古典文學研究輯刊

七　編

曾　永　義　主編

第９冊

《紅樓夢》研究學案

冉　利　華　著

國家圖書館出版品預行編目資料

《紅樓夢》研究學案／冉利華 著 — 初版 — 新北市：花木蘭文
化出版社，2013〔民 102〕

序 4+ 目 2+210 面；19×26 公分

（古典文學研究輯刊　七編：第 9 冊）

ISBN：978-986-322-098-5（精裝）

1. 紅學　2. 研究考訂

820.8　　　　　　　　　　　　　　　　　102001630

ISBN-978-986-322-098-5

9 789863 220985

古典文學研究輯刊

七　編　第九　冊　　　　　　ISBN：978-986-322-098-5

《紅樓夢》研究學案

作　　者　冉利華
主　　編　曾永義
總 編 輯　杜潔祥
出　　版　花木蘭文化出版社
發 行 所　花木蘭文化出版社
發 行 人　高小娟
聯絡地址　新北市永和區中正路五九五號七樓
　　　　　電話：02-2923-1455／傳眞：02-2923-1452
網　　址　http://www.huamulan.tw 信箱 sut81518@gmail.com
印　　刷　普羅文化出版廣告事業
初　　版　2013 年 3 月
定　　價　七編 16 冊（精裝）新台幣 26,000 元

《紅樓夢》研究學案

冉利華　著

作者簡介

冉利華，女，湖北監利人。文學博士、北京外國語大學中文學院教師。主要從事文學理論、跨文化交際等方面的研究。在《文藝研究》、《中國文學研究》、《學海》、《文藝報》等刊物發表論文、譯作二十餘篇，並有譯著出版。曾于韓國以及美國等國高校任教、訪學。

提　　要

　　《紅樓夢》是中國文學中當之無愧的經典。與所有經典一樣，其崇高地位也經歷了一個建構的過程。本書主要對幫助確立與保持其經典地位的非文學性因素進行探討。

　　名人效應在《紅樓夢》經典化過程中表現得非常明顯。本書通過對蔡元培、胡適、毛澤東與劉心武等中國現當代名人的「涉紅」情況進行定點考察，發現：從表面上看，是包括這幾位關鍵人物在內的諸多名人的「贊助」開啟並推動了《紅樓夢》經典化的過程，而實質上，這一經典化過程中一個個關鍵點背後的動因，卻原來是一場場沒有硝煙的文化資本戰爭。文化資本爭奪戰是紅樓夢經典化的第一大外因。

　　《紅樓夢》的研究在中國已成一門顯學—— 紅學，而其中「考證紅學」尤其發達。對此，面向大眾的、綜合性的報紙功不可沒。權威媒體推動下的紅學繁榮可謂《紅樓夢》經典化的第二大外因。

　　《紅樓夢》經典化的第三大外因則是《紅樓夢》在中國社會的高度普及。《紅樓夢》不僅文本高度易得，而且還以其他林林總總的方式滲透進了中國人生活中的每一個角落。這種高度普及性既是作為文學作品的《紅樓夢》被經典化的結果，同時又進一步在全社會加深並鞏固了《紅樓夢》作為經典的形象，反過來成為了《紅樓夢》經典化的另一大外因。

序　言

　　冉利華的博士論文即將出版，囑我作序。她把修改後書稿寄來了，我很有興味地重讀了一遍。寫下了下面這些文字，作為她的書的序言。

　　我對《紅樓夢》一直懷有濃厚的興趣。從進大學開始我就多次地閱讀它。現在差不多每年也還要閱讀一遍。1963 年，我在北師大擔任助教職務時，正當《紅樓夢》的作者曹雪芹逝世 200 週年，我撰寫的處女作《高鶚續〈紅樓夢〉的功過》發表在《北京師範大學學報》的紀念曹雪芹的專輯上，從此我的學術研究開始起步。雖然後來因各種原因，不再研究《紅樓夢》，但是對《紅樓夢》的興趣從未消減。當冉利華決定以《紅樓夢》的經典化為題作為她的博士學位論文寫作時，我很是高興，覺得似乎找到了一個知音。

　　冉利華博士論文答辯順利通過，是意料之中的事情。她的論文一個突出的優點，就是她的研究有獨特的角度，目標也十分明確。即她要探討的不完全是《紅樓夢》的思想與藝術本身，而是《紅樓夢》經典化的過程，換言之，也可以說近現代以來文學領域一個「學案」。

　　中國 18 世紀一個「舉家食粥酒常賒」的窮困潦倒的文人，由於在政治風波中，家道中落，無所事事，出於對過去逝去繁華生活的感歎，拿起筆圍繞自己半生親見的幾個女子編織了一個充滿愛戀的故事。用他小說中自己的話來說，「當此日，欲將以往所賴天恩祖德，錦衣紈絝之時，飫甘饜肥之日，背父兄教育之恩，負師友規勸之德，以致今日一技無成半生潦倒之罪，編述一集，以告天下。」他甚至沒有寫完他的作品，就在窮愁困頓中離世，留下八十回小說，無法印成書，只有一些親朋好友在傳抄。這樣不被看好的書，不能登大雅之堂的書，會成為文學「經典」嗎？然而世界上的事情就是這樣，

轟動一時的書，多少年後，會無人問津，成爲圖書垃圾；倒是那些默默無聞的當時幾乎無多少人知曉的作品，經過時間的篩選，卻會成爲被讀者奉若神明的偉大的經典著作。曹雪芹的《紅樓夢》就是這樣一部當時幾乎無多少人知曉、完全不被看好的殘書，經過一百多年的流傳後，變成了中國文學一大經典。我的學生冉利華要探討的問題，就是《紅樓夢》如何從一部不能登大雅之堂的書變成偉大經典的過程，這樣一個學術研究視角，既獨特，又普通。但冉利華就是要在這個既獨特又普通的視角裏，通過學術話語，深入地完滿地回答這個世上許多人在追問的問題。

冉利華博士論文的另一個突出的優點，就是她選擇的精確。她沒有囉囉嗦嗦把《紅樓夢》的流傳過程全部敘述出來。她選取《紅樓夢》闡釋中四個相關學案來展開她的考證和論述。從曹雪芹 1763 年逝世至今，談論、闡釋《紅樓夢》的傳說、故事、言論和著作很多很多。但是冉利華沒有貪圖全面、完整，而是選取了蔡元培的《石頭記索隱》（即舊紅學的代表）、胡適的《紅樓夢》考證（即新紅學）、毛澤東發動的評《紅》（即「革命紅學」）和劉心武的「秦學」研究與風波（即後現代紅學）四個重要的點，深入地展現這四個點對於《紅樓夢》的經典化所起的作用。她的這個選擇是明智的。因爲這四個點正是「紅學」展開的四個具有標誌性的階段，從古典主義的研究（蔡元培的索隱），到現代主義的研究（胡適的自敘傳理論），再到革命主義研究（毛澤東評《紅》），最後是後現代主義的研究（劉心武的「秦學」的「紅學」）。現在看來，「紅學」的勃興大體上都可以歸入到這四個點或四個階段。

冉利華博士論文的第三個突出的優點就是論文的深厚的學理性。她的研究要是停留在對這四個點的資料的搜集和堆砌上面，那麼就會顯得膚淺。她沒有這樣做。她注重對這四個點的學理的分析和評價。就以對蔡元培的《石頭記索隱》的分析、評價來說，冉利華當然知道蔡元培是用漢代的經學方法來研究《紅樓夢》，其中多是「附會的法子」，其結論不可能說服人。但冉利華的分析、評價中，能比較客觀地給予蔡元培的研究及其效果以肯定的評價。她認爲，第一，蔡元培的著作成爲「暢銷」書，引起廣大讀者的興趣，爭相閱讀，促進了《紅樓夢》的經典化。她說：「蔡元培的《石頭記索隱》（以及由它所代表的紅學索隱派）之存在雖然長期以來遭到了紅學界幾乎眾口一詞的排斥與反對，但是它問世後很長時間之內銷量卻出奇的好，從 1917 年初版之後又連連再版，到 1930 年已出至第十版，完全稱得上『暢銷』二字。《石

頭記索隱》如此驕人的傳播成績如果說還不能視同大受讀者歡迎認可的話，那麼至少可以說它引起了廣大讀者的興趣與重視，因此也就必然引起廣大讀者閱讀與研究《紅樓夢》本身的興趣。即使撇開蔡元培秉承中國文學中影射研究之作之傳統，在《紅樓夢》研究中把索隱派發揚光大不談，僅僅從引起大家對《紅樓夢》的高度重視這個工作而言，說蔡元培及其《石頭記索隱》對《紅樓夢》之經典化功不可沒也應該是恰如其分的。也許我們可以這樣說：蔡元培的《石頭記索隱》對於《紅樓夢》經典化的意義幷不在於其所用的方法或其索解出來的結論，而在於蔡元培作爲一個學貫中西、在中國新文化建設上頗多卓越見解與非凡建樹的通學大儒，對於一部不登大雅之堂的白話小說進行認眞的研究幷且爲之專門著述這一行動本身的含義與影響。」第二，她認爲蔡元培的著作的影響，促進了白話文的推廣。她說：「蔡元培寫作《石頭記索隱》的深層動機在於提高語體小說在文學大家庭中的地位，通過肯定語體小說而肯定語體文幷促進統一的國語的形成、使用與推廣。」第三，她認爲蔡元培的《紅樓夢索隱》一書對於《紅樓夢》的文學價值有著充分的認識和高度的評價。她在引了蔡元培的相關論述之後，概括出蔡對《紅樓夢》文學價值的四點評價：「一、《石頭記》是許多語體小說裏面最好的一部；二、《石頭記》在思想上、藝術上都有著了不得的價值。（按：在這一點上冉利華引了蔡元培著作中的分析：他反對父母強制婚姻，主張自由結婚；他那表面上反對肉欲，提倡眞摯的愛情，又用悲劇的哲學思想來打破愛情的纏縛；他反對祿蠹，提倡純粹美感的文學。他反對歷代陽尊陰卑、男尊女卑的習慣，說男污女潔，且說女子嫁了男人，沾染男人習氣，就壞了。他反對主奴的分別，貴公子與奴婢平等相待。他反對富貴人家的生活，提倡莊稼人的生活。他反對厚貌深情，贊成天眞爛漫。他描寫鬼怪，都從迷信的心理上描寫，自己卻立在迷信的外面。）三、《石頭記》表面香草美人的文字之下，還寄託著前清種種傷心慘目的事實；四、即使放在世界文學之中，《紅樓夢》也是非常了不起的，只有歌德的《浮士德》可與之媲美。」對於蔡元培的《石頭記索隱》如何「走錯了路」，是容易說清楚的，甚至是一目了然的，但要客觀地評析《石頭記索隱》中種種值得肯定的部分，卻不是容易的，但冉利華做到了，這是值得欽佩的地方。

冉利華博士論文的第四個突出優點是能從現代經典理論切入，不厭其繁地搜集事實和資料，揭示《紅樓夢》經典化的外部原因。特別是對商業資本

與文化的關係，有很好的理解。她用了整個「下編」來討論這個問題。我們從下面這兩章的題目，就可以見出其中的新見：「名人效應與文化資本戰爭」、「《紅樓夢》在中國社會的高度普及」。立論是高的，資料的搜集和整理是翔實豐富的，梳理是清晰的。要是冉利華不能全身心投入，不能狠下工夫和力氣，不能付出比別人更多的努力，那麼她的博士論文寫作是不能獲得成功的。

獨特的視角，精準的選擇，學理性的研究，經典化理論的尋求，構成了冉利華博士論文的突出特色。冉利華還年輕，她只要自己下定決心，一定會在學術研究上走得更遠，獲得更多更好的成果。我深深地祝願她！

童慶炳　2012-12-12

目次

緒　論

一、選題的價值和意義

　　《紅樓夢》自問世至今一直是中國文學的研究重鎮。一代一代的文人學者運用各種各樣的方法，從各種各樣的角度，圍繞著《紅樓夢》進行了廣泛、深入而細緻的研究：有的逞奇特之想像，極力尋求文本中隱藏的「本事」或「微義」；有的本科學之精神，小心考證歷史上尚無定論的「作者」與「本子」；有的細細品味，剖析小說藝術之精妙卓絕；有的深深思索，發掘作品思想內容之深厚廣闊；有的借助於它領悟到了中國文化之精神，而有的還從中總結出了處世之法、管理之道、養生之術……馮其庸老先生豪邁地預言：「大哉《紅樓夢》，再評一千年！」20 世紀對《紅樓夢》的種種研究已經使紅學成了一門專門的學問，成了與甲骨學、敦煌學兩大門東方專學鼎足而立的三大顯學之一，而回顧紅學發展過程、梳理紅學研究歷史的著述也在陸續出現。但很少有人從歷時的角度思考《紅樓夢》的經典化問題：《紅樓夢》的經典地位並非與生俱來，而是在漫長的閱讀史中被逐漸建構起來的。那麼它是如何被建構成這樣一部經典的？除了它自身具有的某些經典性特質以外，在它邁向永恒經典的寶座、鞏固經典地位的過程中，還有哪些外在的因素起了作用？考察《紅樓夢》經典化的問題，需要用比通常的文學研究更寬廣的視角、更開放的眼光，其結果將使得我們對於《紅樓夢》巨大的思想藝術容量與歷久彌新的闡釋魅力有更辯證而全面的認識，對於中華民族的文學規範與文學傳統有更清醒的把握，同時也為本民族審美理想與社會文化的勘測提供一條線索。

二、基本研究方法

布爾迪厄的文化資本理論

　　法國社會學大師布爾迪厄（Pierre Bourdieu）的學術思想極其複雜，而文化資本理論是其社會學思想的重要內容。

　　布爾迪厄的資本概念不同於經濟學家所用的資本概念。在他看來，資本是積纍起來的勞動（以物化的形式或「具體化的」、「肉身化的」形式），這種勞動可以作爲社會資源在排他的基礎上被行動者或群體所佔有。

　　布爾迪厄把資本的概念擴展到所有的權力形式。他認爲，當一種資源因其具有很高的價值而成爲爭奪對象，並發揮「社會權力關係」的功能時，這種資源就可以理解爲資本。因此他不僅在經濟領域發現了資本，更在社會、文化領域發現資本這種權力形式的存在。

　　布爾迪厄認爲，資本可以表現爲三種基本的形態：（1）經濟資本，這種資本可以當下直接轉換成金錢，它是以財產權的形式被制度化的；（2）文化資本，這種資本在某些條件下能轉換成經濟資本，它是以教育資格的形式被制度化的；（3）社會資本，它是以社會義務（「聯繫」）組成的，這種資本在一定條件下也可以轉換成經濟資本，它是以某種高貴頭銜的形式被制度化的。〔註1〕

　　儘管文化資本的概念並不是布爾迪厄首創的，但是布爾迪厄將這個概念帶入到了前所未有的深度，他對於文化資本的一系列探討引起了深遠的影響。

　　在布爾迪厄看來，文化資本（cultural capital）可以以三種形式存在：（1）具體的狀態，以精神和身體的持久「性情」的形式；（2）客觀的狀態，以文化商品的形式（圖片、書籍、詞典、工具、機器，等等），這些商品是理論留下的痕迹或理論的具體顯現，或是對這些理論、問題的批判，等等；（3）體制的狀態，以一種客觀化的形式，這一形式必須被區別對待（就像我們在教育資格中觀察到的那樣）。〔註2〕

　　布爾迪厄將場域（field）作爲他進行社會學研究的基本單位，他以資本（capital）爲工具將對場域的分析擴大到整個社會。

〔註1〕　包亞明：《布爾迪厄訪談錄：文化資本與社會煉金術》，上海：上海人民出版社，1997年，第192頁。

〔註2〕　包亞明：《布爾迪厄訪談錄：文化資本與社會煉金術》，上海：上海人民出版社，1997年，第192～193頁。

　　「場域」是布爾迪厄社會學中的一個關鍵的空間隱喻。布爾迪厄說：「從分析的角度來看，一個場域可以被定義爲在各種位置之間存在的客觀關係的一個網絡，或一個構架。正是在這些位置的存在和它們強加於佔據特定位置的行動者或機構之上的決定性因素之中，這些位置得到了客觀的界定，其根據是這些位置在不同類型的權力（或資本）——佔有這些權力就意味著把持了在這一場域中利害攸關的專門利潤的得益權——的分配結構中實際的和潛在的處境，以及它們與其他位置之間的客觀關係（支配關係、屈從關係、結構上的同源關係，等等）。」〔註3〕通俗點兒說，場域可以被視爲一個圍繞特定的資本類型而組織的結構化空間。行動者爲了積纍、爭奪、壟斷不同類型的資本而在這個結構化空間中展開鬥爭。比如，在文學場或藝術場，最主要的爭奪對象就是文化資本，而在經濟場，爭奪的主要對象則是經濟資本。

　　場域內存在力量和競爭，而決定競爭的邏輯就是資本的邏輯，「一種資本總是在既定的具體場域中靈驗有效，既是鬥爭的武器，又是鬥爭的關鍵」〔註4〕。場域中的遊戲就是以資本爭奪資本的過程。

　　布爾迪厄強調指出，儘管場域是一種客觀的關係系統，但是場域中的行動者（agent）並非被外力機械地推來扯去的「粒子」。相反，他們具有一種使他們積極踴躍地行事的傾向〔註5〕，一種屬於自己的性情傾向系統——習性（habitus）。按照布爾迪厄的解釋，習性是「持久的、可變換的一些性情系統，是一些被建構的結構，這些結構傾向於作爲建構型結構而起作用，也就是作爲這樣一些原則而起作用：它們產生和組織了實踐和表徵，從而，即便並未有意識瞄準一些目標，或者並未明確掌握爲達至這些目標必具的運作程序，就可以客觀地適應其結果中去。」〔註6〕

　　本書將嘗試運用布爾迪厄文化理論的主要概念工具「文化資本」、「場域」、「習性」等對《紅樓夢》經典化過程中諸因素與現象進行一定的描述與分析，以揭示《紅樓夢》經典化現象背後的一些不易爲人察覺的動因。

〔註3〕〔法〕皮埃爾‧布爾迪厄、〔美〕華康德：《實踐與反思：反思社會學導引》，李猛、李康譯，北京：中央編譯出版社，2004年，第133～134頁。

〔註4〕〔法〕皮埃爾‧布爾迪厄、〔美〕華康德：《實踐與反思：反思社會學導引》，李猛、李康譯，北京：中央編譯出版社，2004年，第135頁。

〔註5〕〔法〕皮埃爾‧布爾迪厄、〔美〕華康德：《實踐與反思：反思社會學導引》，李猛、李康譯，北京：中央編譯出版社，2004年，第148～149頁。

〔註6〕Bourdieu P, The Logic Of Practice, Standford：Standford University, 1990：53.

三、經典概說

在漢語中，「經」的本意是織物的縱線，與「緯」相對。許慎《說文解字》說：「經，織從絲也。」段玉裁注解謂：「織之從絲謂之經。必先有經，而後有緯。是故三綱五常六藝謂之天地常經。」正如織布要有經和緯（縱線和橫線）起規範作用一樣，人生在世，也必須有「三綱五常六藝」等作爲爲人處世的規範與準則。如此一來，在中國古代「經」就被引申爲被尊崇爲典範的著作或宗教的典籍，甚至專指典範的儒家著作了。「典」的本意爲常道、法則。《爾雅‧釋詁》說：「典，常也。」《爾雅‧釋言》則說：「典，經也。」從這兩層意思出發，典即引申爲記載常道與法則、可以作爲典範的重要書籍。《尚書‧夏書‧五子之歌》中即有「明明我祖，萬邦之君。有典有則，貽厥子孫」句。孔安國《傳》曰：「典，謂經籍。」孔穎達疏曰：「『典』謂先王之典，可憑據而行之，故爲經籍。」可以說，在漢語中，「經」、「典」本爲一義；二者合而言之，更其強調，指那種長期流傳下來的具有典範性和權威性的作品，正如劉勰所謂「經也者，恒久之至道，不刊之鴻教也」——「至道」指的就是經典的權威性與規範性，而「恒久」與「不刊」則說明其流傳之久遠，不容置疑。在英語中，與漢語「經典」相對應的主要是 canon 一詞。canon 在英文中具有兩層基本含義，一層含義是「教規」，即由教會確定的法律或法典，另一層含義是「標準」，即判斷的依據或原則，與中文「經典」具有非常相似的意思。概而言之，無論中文「經典」還是英文 canon，都同時具有「規範」和「恒久」兩層含義。

雖然自二十世紀七十年代經典化問題成爲西方文學研究者關注的焦點以來，傳統文學經典受到了越來越強烈的挑戰，女性主義、西方馬克思主義、後殖民主義和新歷史主義等各種觀點的學者就經典是否有統一的標準、如何鑒別經典、誰的經典、什麼樣的經典等問題進行了激烈的爭論，「拓寬經典」的呼聲越來越高，文學經典越來越難以界定，但我們要探討《紅樓夢》經典化問題，卻不得不勉爲其難，首先對「什麼是文學經典」這一個問題給出簡明的回答。我們所謂的文學經典，指的是長期流傳下來的具有典範性和權威性的文學作品。關於「長期」，我們以約翰遜博士（S. Johnson）認同的標準爲參考。約翰遜在《〈莎士比亞戲劇集〉序言》裏說，「（莎士比亞）他早已活過了他的世紀——這是爲了衡量文學價值通常所定的時間期限。」〔註7〕

〔註7〕〔英〕約翰遜：《〈莎士比亞戲劇集〉序言，《莎士比亞評論彙編》，楊周翰主

按照他的說法，一部作品或一個作家能否眞正成爲經典需要經歷一個世紀的時間考驗。這種主張也許有點苛刻，卻也不無道理。黑茲利特說得好：「我認爲一本書在作者死了一兩代人後仍能生存並非壞事。我對死者比對生者更有信心。當代作家一般可分爲兩類：朋友或敵人。對朋友我們難免想得過好，對敵人我們總是想得太壞，這樣我們就不能從細讀中得到很多快樂，也無法公正地評價他們各自的優點。」〔註 8〕因此眞正的文學經典是經過了「一個世紀」的考驗，或者說在作者死了一兩代人之後仍能讓很多與作者毫無生活情感聯繫的讀者「從細讀中得到很多快樂」的作品。關於「典範性和權威性」，我們以佛克馬和蟻布思在《文學研究與文化參與》一書中所提供的兩種對於文學經典的理解作爲標準。第一種是最普遍的理解，認爲經典是「精選出來的一些著名作品，很有價值，用於教育，而且起到了爲文學批評提供參照系的作用」〔註 9〕，也就是說文學經典是這樣一些作品，它們享有很高的聲譽，被認爲是同類作品中出類拔萃的頂尖之作，是文學批評的標準，是作家模仿的對象，並長期被納入學校教育體制之中，被指定爲學校讀物，通過課程教學得到傳承。第二種是羅森格倫所提出的觀點，認爲「經典包括那些在討論其他作家作品的文學批評中經常被提及的作家作品」〔註 10〕，也就是說經典作品應該是這樣一些作品，它們經常受到主流文化圈的關注，爲學者、評論家、作家所研究、評論與稱引，是頻頻被指涉的對象，並因此而得到普及與流傳。

四、《紅樓夢》──經典常青樹

若以上述關於經典的涵義與特徵的簡要描述作爲標準來衡量《紅樓夢》，恐怕誰都會得出這樣一個結論：《紅樓夢》是中國文學中一部當之無愧的經典，因爲它符合經典的所有標準：

兩個多世紀以來，它在中國一直享有崇高的聲譽。清末傑出外交家、政治家、教育家、「詩界革命巨子」黃遵憲曾向日本學者介紹它「是開天闢地、

編，北京：中國社會科學出版社，1979 年，第 38 頁。
〔註 8〕轉引自哈羅德·布魯姆《西方正典》，江寧康譯，南京：譯林出版社，2005年，第 415 頁。
〔註 9〕〔荷〕佛克馬、蟻布思：《文學研究與文化參與》，俞國強譯，北京：北京大學出版社，1996 年，第 50 頁。
〔註10〕〔荷〕佛克馬、蟻布思：《文學研究與文化參與》，俞國強譯，北京：北京大學出版社，1996 年，第 51 頁。

從古到今第一部好小說，當與日月爭光，萬古不磨者〔註11〕；清末民初中國文壇上影響最大的人物，集著名的政治活動家、啓蒙思想家、資產階級宣傳家、教育家、史學家和文學家等多種身份於一身的梁啓超曾聲稱「清之……文學……以言夫小說，《紅樓夢》只立千古，餘皆無足齒數」〔註12〕；清末民初著名國學大師、「中國近三百年來學術的結束人，最近八十年來學術的開創者」王國維曾斷言《紅樓夢》「自足爲我國美術上之唯一大著述」〔註13〕；清末民初著名古文家、「中國近代文壇的開山祖師及譯界泰斗」林紓也承認「中國說部，登峰造極者無若《石頭記》」〔註14〕，「若『水滸』、『紅樓』，皆白話之聖，並足爲教科之書」〔註15〕；清廷翰林編修、民國教育總長、北京大學校長蔡元培認爲「許多語體小說裏面，要算《石頭記》是第一部……他在文學上的價值，是沒有別的書比得上他」〔註16〕；著名作家、文學史家、「中國無產階級革命文藝運動的旗手」魯迅評價「《紅樓夢》的價值，可是在中國的小說中實在是不可多得的。……總之自有《紅樓夢》出來以後，傳統的思想和寫法都打破了」〔註17〕；中華人民共和國的締造者毛澤東主席稱讚《紅樓夢》是「中國古代小說寫的……最好的一部」〔註18〕……在 1947～1949 年初版的劉大杰的《中國文學發展史》中它「不單是十八世紀中國偉大的文學傑作……《紅樓夢》在文學史上的價值，不僅是中國的，而且是世界的」〔註19〕；在 1962 年中國科學院文學研究所（何其芳爲文學所第一任所長）編的《中國

〔註11〕《黃遵憲全集》（上），陳錚編，北京：中華書局，2005 年，第 648 頁。

〔註12〕梁啓超：《清代學術概論》，《中國現代學術經典·梁啓超卷》，劉夢溪、夏曉虹編，石家莊：河北教育出版社，1996 年，第 208～209 頁。

〔註13〕《王國維文集》（上），姚淦銘、王燕編，北京：中國文史出版社，2007 年，第 15 頁。

〔註14〕林紓：《孝女耐兒傳》，北京：商務印書館，1907 年。

〔註15〕林紓：《林琴南致蔡元培函》，《蔡元培語言及文學論著》，高平叔編選，石家莊：河北人民出版社，1985 年，第 168 頁。

〔註16〕《蔡元培語言及文學論著》，高平叔編選，石家莊：河北人民出版社，1985 年，第 187～188 頁。

〔註17〕魯迅：《清小說之四派及其末流》，《中國小說史略》（附錄），北京：人民文學出版社，1973 年。

〔註18〕董志文、魏國英：《毛澤東的文藝美學活動》，北京：高等教育出版社，1995 年，第 204 頁。

〔註19〕劉大杰：《中國文學發展史》（下），上海：上海古籍出版社，1982 年，第 1247 頁。該書在初版後的五十多年的時間裏多次再版重印，一直作爲大學中文系專業教材。

文學史》中它「是一部對封建社會予以全面批判的現實主義傑作」,「一部偉大的傑作」,「把古典小說的創作藝術推上最高峰」;在 1963 年初版、至今已經歷過三次重大修訂的游國恩、王起等主編的《中國文學史》中它一直是「不朽的巨著」,「我國古典小說藝術的高峰」〔註20〕;在 1996 年初版、2007 年新版的章培恒、駱玉明主編的《中國文學史》中,它「以其藝術上的精緻完美達到了中國古典小說的巔峰」,是「我國文學古今演變的過程中的里程碑式的作品」〔註21〕……

從 20 世紀 20 年代開始《紅樓夢》中的某些篇目長期被作為必讀篇目而收錄在中學語文教材之中,通過九年義務制階段的課堂教學而得到傳播與普及。

《紅樓夢》不僅從其面世之日起就被人們不惜重金購求、爭相傳閱,而且很早就得到了許多知名學者的細細賞鑒、認真研究與高度評價。早在清朝就有學者在筆記等文體中談到《紅樓夢》,至民國時期已出現了所謂舊紅學。1921 年胡適開創了新紅學。1954 年中國曾掀起規模巨大的關於《紅樓夢》研究問題的大討論。文革期間更出現過轟轟烈烈全民總動員的評紅熱潮。20 世紀 80 年代,伴隨著全國範圍的「方法論」熱潮,紅學研究迎來了「少有的繁榮與輝煌」〔註22〕。1980 年為了《紅樓夢》的研究與傳播,中國成立了國家性的專門學術機構──紅樓夢研究所。而早在 1979 年年底,專門的《紅樓夢》研究學術刊物《〈紅樓夢〉學刊》即已創刊;該刊物每年出版四輯,不僅是國內多種《紅樓夢》研究刊物中的翹楚,而且已成為國家重點學術刊物之一。1980 年成立了中國紅樓夢學會,1983 年又成立了中國曹雪芹學會。進入信息時代,《紅樓夢》的愛好者們又在互聯網上組成了由百多個網址構成的熱鬧非凡的紅樓世界〔註23〕。自 20 世紀 80 年代至今,各種《紅樓夢》研究的學術

〔註20〕此書同樣長期作為全國高校中文系通用教材。僅自初版起至 2002 年的近四十年間,其發行量就已近兩百萬套。

〔註21〕章培恒、駱玉明:《中國文學史》(下),上海:復旦大學出版社,1996 年,第 542 頁;章培恒、駱玉明:《中國文學史新著增訂本》(下卷),上海:上海文藝出版總社、復旦大學出版社,2007 年,第 434 頁。

〔註22〕杜景華:《紅學風雨》,武漢:長江文藝出版社,2002 年,第 217 頁。

〔註23〕其中比較有名的網址有紅樓大觀(http://202.96.122.45/qq/mz/hlm)、
紅學(中國文化藝術網的一個頻道(www.culart.com)、
紅樓夢境(http://www.hlmj.eazier.com)、夜看紅樓(redred.51.net)、
紅樓夢譚(http://www.honglm.net/)、情結紅樓(redchamber.126.com)、

討論會相繼舉行，不僅有地方性的、全國性的，而且有國際性的。一言以蔽之，紅學已成爲與甲骨學、敦煌學兩大門東方專學鼎足而立的三大顯學之一。紅學領域不僅曾經雲集了許許多多的名家巨匠，而且一直吸引著各路俊彦。

《紅樓夢》不僅一版再版，擁有無數的讀者，而且多次被改編成電影、電視、戲曲、歌舞劇以及其他多種藝術形式，在民間廣爲傳播，可謂家喻戶曉、老幼皆知。《紅樓夢》中的人物與故事如「林黛玉」、「賈寶玉」、「王熙鳳」、「劉姥姥進大觀園」等也已經成了人們日常生活中某些現象的代名詞。

不僅如此，《紅樓夢》還滋養了中國現當代一代又一代的作家。中國現當代的著名作家，幾乎沒有未曾一讀再讀過《紅樓夢》、未曾受到過《紅樓夢》的影響的。只不過有的作家明白宣稱自己深愛《紅樓夢》、在創作中有意地效法與借鑒《紅樓夢》〔註24〕，而有的作家雖不明言受過《紅樓夢》的影響，但作品卻明顯流露出《紅樓夢》的痕迹〔註25〕。從中國現當代文學史上許多經典之作中，如魯迅的《傷逝》，巴金的《家》與《寒夜》，老舍的《四世同

中國紅樓夢研究網（http：//www.hlm.net.cn/）、
紅樓夢天地（http：//honglm.go3.icpcn.com/index1.htm）、
也是紅樓夢里人（http：//www.yshlmlr.com/a/）、
紅樓藝苑（http：//www.openow.net/home.nv）等等。

〔註24〕張愛玲說：「《紅樓夢》大多數人於一生之中總看過幾遍。就我自己說，八歲的時候第一次讀到，只看見一點熱鬧，以後每隔三四年讀一次，逐漸得到人物故事的輪廓，風格，筆觸，每次的印象各各不同。」（張愛玲：《論寫作》，《張看》，廣州：花城出版社，1997年，第259頁）。劉紹棠說：「馬克思的《資本論》是共產主義運動的聖經，《紅樓夢》可算是中國寫小說的聖經。」「在中國寫小說的人不讀《紅樓夢》，我覺得就像基督徒不讀《聖經》一樣。」（劉紹棠：《斷章取義》，《如是我人：劉紹棠散文隨筆》，北京：華文出版社，1997年，第301頁）。林語堂回憶《瞬息京華》的寫作：「在此期間，猶有一事可記者，即讀《紅樓夢》，故後來寫作受《紅樓》無形中之薰染，猶有痕迹可尋。」（林語堂：《我怎樣寫〈瞬息京華〉》，《林語堂書話》，陳子善編，杭州：浙江人民出版社，2000年，第345頁）。王蒙說：「我是《紅樓夢》的熱心讀者。從小至今，我讀《紅樓夢》，至今沒有讀完，沒有『釋手』，準備繼續讀下去。《紅樓夢》對於我這個讀者，是唯一的一部永遠讀不完，永遠可以讀，從哪裏翻開書頁讀都可以的書。同樣，當然是一部讀後想不完回味不完評不完的書。」（王蒙：《〈紅樓夢啓示錄〉前言》，北京：生活·讀書·新知三聯書店，1997年）。

〔註25〕如巴金，雖然他未明言其創作受到過《紅樓夢》的影響，但其許多作品卻與《紅樓夢》無論在整體構思、人物形象塑造還是在細節描寫上都有著明顯的繼承關係，以至於有很多研究者認爲「我們可以把巴金創作中的一部分作品稱爲『現代《紅樓夢》』」。

堂》，曹禺的《雷雨》、《北京人》、《原野》，李劼人的《死水微瀾》，林語堂的《京華煙雲》，張愛玲的《金鎖記》，路翎的《財主底兒女們》，白先勇的《遊園驚夢》，陳忠實的《白鹿原》，霍達的《穆斯林的葬禮》，賈平凹的《廢都》等等〔註26〕，我們都可以看到《紅樓夢》巨大的思想與藝術投影。

　　把《紅樓夢》與「經典」一詞聯繫在一起，人們覺得是如此順理成章、理所應當，以至於往往會忽略這樣一個事實：與所有的經典一樣，其崇高的地位並非與生俱來，而是經歷了一個建構的過程。它不是從一開始就是一部經典，而是逐漸被人們接受為一部經典的。在這個權威地位被確立的過程，即其經典化的過程中，許多因素起了作用，其中當然主要是文學的因素，但也不乏非文學的因素。本文的主要任務即對《紅樓夢》經典化的過程進行定點考察，並對幫助確立與保持《紅樓夢》經典地位的一些主要的非文學性因素進行一些探討。

〔註26〕參見王兆勝《〈紅樓夢〉與 20 世紀中國文學》，《中國社會科學》2002 年第 3 期。

上　編：

你方唱罷我登場──
《紅樓夢》經典化過程歷史掃描與定點考察

第一章　鮮花著錦　烈火烹油──
　　《紅樓夢》經典化過程概述

　　與別的許多經典作品起起伏伏、升沉變化不定的命運相比,《紅樓夢》經典化的道路應該說是比較順暢的。兩百多年間它雖然也遭到了一些非議、謾罵,甚至一度被禁燬,但總的來說,不僅其經典的地位在逐步鞏固,而且其經典的內涵也在不斷擴充,直至成了一部幾乎可以說是至高無上的經典作品,以至於連身為中國藝術研究院紅樓夢研究所所長的孫玉明先生都說出了這樣的話:「一部小說,一直這麼熱,而且處於高溫高熱,這是極不正常的一種現象」。〔註1〕而之所以如此,是因為《紅樓夢》在中國社會,已經不單單是一部文學經典,或者說不是單純因為其文學價值而被稱頌為經典的了。

　　《紅樓夢》自創作面世、開始在社會上流傳以來,就受到了人們的熱烈歡迎。起初它雖然只是以抄本的形式在較小的範圍內流傳,閱者有限,但也已經聲名遠播。高鶚在程甲本《新鐫全部繡像紅樓夢》卷首的《紅樓夢序》裏就提到「予聞《紅樓夢》膾炙人口者,幾廿餘年」。〔註2〕而程偉元則進一步證實了當時人們不惜重金購其抄本但求一閱的熱情:「《紅樓夢》小說本名《石頭記》,作者相傳不一……好事者每傳抄一部,置廟市中,昂其值得數十金,可謂不脛而走者矣」。〔註3〕乾隆五十六年（1791年）高鶚補定的一百二

〔註1〕　《紅樓研究,爲何百年不衰?》,《中國新聞周刊》2006年10月16日。
〔註2〕　高鶚:《紅樓夢序》,《紅樓夢卷》第一冊,一粟編,北京:中華書局,1963年,第31頁。
〔註3〕　程偉元:《紅樓夢序》,《紅樓夢卷》第一冊,一粟編,北京:中華書局,1963年,第31頁。

十回《紅樓夢》「全璧」的刻印出版爲《紅樓夢》更大範圍的傳播提供了便利，從此，「《紅樓夢》一書……後遂遍傳海內，幾於家置一編」。〔註4〕至嘉慶年間民間已有「開談不說《紅樓夢》，讀盡詩書是枉然」〔註5〕的說法。光緒初年，甚至出現了「紅學」〔註6〕之說。當時所謂「紅學」雖係玩笑〔註7〕之語，但從中倒不難見出時人對《紅樓夢》的熱愛程度。而且我們可以瞭解到，至少在某些「極有心得」的人士心目中，《紅樓夢》當時已然成了可與傳統的高文典冊相提並論的「經典」。

眞正具有示範作用的奉《紅樓夢》爲經典者爲蔡元培。在蔡元培眼裏，《紅樓夢》不僅是中國最好的語體小說，是文學經典，而且更重要的是在表面的香草美人的文字之下，還寄託著前清種種傷心慘目的事實。他以自己在學界影響巨大的通學大儒身份而著專書《石頭記索隱》研究《紅樓夢》，以治經的形式索解其中的微言大義，雖然研究方法有失牽強附會，但僅僅爲之專門著述這一舉動就足以讓《紅樓夢》研究眞正成了紅學，決定性地把《紅樓夢》推向了經典的寶座。

蔡元培的《石頭記索隱》問世五年之後，年輕氣盛的胡適推出了其近兩萬字的長篇論文《紅樓夢考證》。他在「愛眞理過於愛朋友」的熱情驅動下展開的對蔡元培的《石頭記索隱》大膽而尖刻的嘲笑與批判，以及由此而引出的蔡胡論爭佳話，引起了人們更大的閱讀與研究《紅樓夢》的興趣。作爲「近代中國一個最有影響力的自由主義學人」〔註8〕，胡適所開創的「新紅學」不僅使《紅樓夢》研究走上了科學的軌道，成爲一時顯學，而且使《紅樓夢》

〔註4〕 汪堃：《寄蝸殘贅》卷九，《紅樓夢卷》第二冊，一粟編，北京：中華書局，1963年，第381頁。

〔註5〕 得興：《京都竹枝詞》（時尚門），《紅樓夢卷》第二冊，一粟編，北京：中華書局，1963年，第354頁。

〔註6〕 李放《八旗畫錄》記載：「曹霑，號雪芹……所著《紅樓夢》小說，稱古今平話第一……光緒初，京朝士大夫尤喜讀之，自相矜爲紅學云。」參見《紅樓夢卷》第一冊，一粟編，北京：中華書局，1963年，第26頁。

〔註7〕 均耀《慈竹居零墨》記載了這樣一個故事：華亭朱子美先生昌鼎，喜讀小說，自言生平所見說部有八百餘種，而尤以《紅樓夢》最爲篤嗜。精理名言，所譚極有心得。時風尚好講經學，爲欺飾世俗計，或問：「先生現治何經？」先生曰：「吾之經學，係少三曲者。」或不解所謂，先生曰：「無他，吾所專攻者，蓋紅學也。」參見《紅樓夢卷》第二冊，一粟編，北京：中華書局，1963年，第415頁。

〔註8〕 周策縱：《五四運動史》，長沙：嶽麓書社，1999年，第31頁注①。

的經典地位進一步得到了鞏固。

　　如果說在胡適那裏，《紅樓夢》還只是中國「模範的白話文學」作品之一，是一部「只是老老實實的描寫」了「一個『坐吃山空』，『樹倒猢猻散』的自然趨勢」的「自然主義的傑作」，但「在思想見解上比不上《儒林外史》，在文學技術上比不上《海上花》，也比不上《儒林外史》──也可以說，還比不上《老殘遊記》」的話，那麼隨著以考證為主要內容的新紅學的興起，對《紅樓夢》的文學藝術、思想內容、美學價值等各方面的研究也應運而起，蔚然成風。隨著研究的愈益精細深入，《紅樓夢》的經典地位愈益得到鞏固與突出。魯迅通過考察中國小說的發展流變指出：「至於說到《紅樓夢》的價值，可是在中國底小說中實在是不可多得的。其要點在敢於如實描寫，並無諱飾，和從前的小說敘好人完全是好，壞人完全是壞的，大不相同，所以其中所敘的人物，都是真的人物。總之自有《紅樓夢》出來以後，傳統的思想和寫法都打破了。」〔註9〕李辰冬則把《紅樓夢》不僅放在中國文學史中考察，而且放到世界文學的總體格局中去比量，指出，「我國自《詩經》以後，以表現社會意識的複雜而論，沒有過於《紅樓夢》的。《三國演義》、《水滸傳》、《西遊記》、《金瓶梅》都相差得很遠」，「如果要說，但丁是意大利精神的代表，莎士比亞是英格蘭的代表，塞萬蒂斯是西班牙的代表，歌德是德意志的代表，那末，曹雪芹就是中國的代表」〔註10〕，「《紅樓夢》在藝術上，是中國一部不朽的珍寶；在語言上，是中國將來文學的模範；和但丁《神曲》，在現代意大利的藝術史上與語言史上，有同樣的價值」〔註11〕，「從全部文學史看，換句話說，從所有的文藝作品看，創作家的心理分野，可分兩大類：一是主觀的，一是客觀的。一個以『我』為主體……這一派最大的代表是但丁與歌德。一個是把他自己的『我』傾注到宇宙……這一派最大的代表是莎士比亞與曹雪芹」。〔註12〕這樣，在「由於自己國家地位的低落」而感覺「恥辱」與「苦悶」的海外游子那裏，《紅樓夢》成了可以向西洋人介紹以圖「心靈的安慰」的「我國光榮的古代文化」的代表。〔註13〕

〔註9〕魯迅：《中國小說史略‧附錄》，北京：人民文學出版，1973年。
〔註10〕李辰冬：《李辰冬古典小說研究論集》，北京：中華書局，2006年，第70頁。
〔註11〕李辰冬：《李辰冬古典小說研究論集》，北京：中華書局，2006年，第83頁。
〔註12〕李辰冬：《李辰冬古典小說研究論集》，北京：中華書局，2006年，第88～89頁。
〔註13〕李辰冬：《李辰冬古典小說研究論集‧前言》，北京：中華書局，2006年，第5頁。

　　而到了中華人民共和國第一任領袖毛澤東眼裏，《紅樓夢》則不僅是「中國古代小說寫的……最好的一部」，而且是一部中國封建社會的通俗歷史教科書，以至於「不看《紅樓夢》，就不瞭解中國的封建社會」〔註14〕；《紅樓夢》不僅是鑒定中國國民的基本標準，「誰不看完，誰就不算中國人」〔註15〕，而且更是中國在世界面前僅有的幾項民族驕傲之一〔註16〕。評價之高，可謂空前。不僅如此，通過一場由毛澤東所親自發動與領導的關於《紅樓夢》研究的批判運動，《紅樓夢》還成了一塊馬列主義思想的試金石，成了一部改造知識分子思想、統一國民意識形態的寶典。

　　自20世紀70年代末開始，隨著中國改革開放步伐的不斷加大、中國綜合國力的不斷加強，在民族自豪感不斷復蘇與加強的過程中，在民族文化尋根與重建的潮流中，《紅樓夢》又日益以「中華民族文化的萬紫千紅的大觀與奇境」、「萬花筒」、「天仙寶鏡」〔註17〕的形象而呈現在當代讀者的視野之中，成了一部涵蓋、蘊蓄了中華民族傳統文化的方方面面（儒釋道學、倫理道德、風土人情、衣食起居、醫藥養生、建築園林、戲曲繪畫，等等）的「百科全書」。

　　而進入新世紀，在互聯網、電視、報刊雜誌等多種媒體的共同炒作之下，《紅樓夢》的欣賞與研究愈益走向「平民化」，《紅樓夢》日趨成為一種大眾娛樂經典……

　　即使不計一般的文人學者，中國近現代史上也有許許多多的文化名流參與了《紅樓夢》經典化的過程。筆者受學識與才力所限，委實難以對這一個極其漫長而複雜的歷史過程中每一個重要的人物、事件或者階段逐一進行研究，因此只好像佛克馬和蟻布思也曾為他們自己感到不安的那樣，「冒著擅自對歷史進行簡化的危險」〔註18〕，簡單地考察一下在我看來在《紅樓夢》經

〔註14〕董志文、魏國英：《毛澤東的文藝美學活動》，北京：高等教育出版社，1995年，第204頁。

〔註15〕1938年毛澤東在與賀龍、徐海東兩位軍事將領談話時說：「中國有《紅樓夢》、《水滸傳》、《三國演義》這幾部小說，誰不看完，誰就不算中國人。」

〔註16〕1956年，在《論十大關係》一文中毛澤東指出，中國「工農業不發達，科學技術水平低，除了地大物博，人口眾多，歷史悠久，以及在文學上有部《紅樓夢》等等以外，很多地方不如人家，驕傲不起來」。

〔註17〕周汝昌：《紅樓十二層》，太原：書海出版社，2005年，第6頁。

〔註18〕〔荷〕佛克馬、蟻布思：《文學研究與文化參與》，俞國強譯，北京：北京大學出版社，1996年，第39頁。

典化過程中極爲重要的幾個人物——蔡元培、胡適、毛澤東和劉心武——及其「涉紅」情況。

　　筆者之所以選取蔡元培、胡適、毛澤東和劉心武四人作爲本文的主要考察對象，並不是因爲他們對於《紅樓夢》的研究最爲系統和全面，或者最爲深入、透徹與獨到。事實上，這四人中除了胡適以外也許還都算不上眞正的《紅樓夢》研究專家。相反，《紅樓夢》研究史上倒是有不少人對於《紅樓夢》文本本身的研究遠較這四人要精微細緻深刻透闢得多。如王國維。早在 1904 年，王國維就發表了《紅樓夢評論》〔註19〕一文，開創了運用西方哲學和美學觀念從文學批評的角度評價《紅樓夢》美學價值與倫理學價值之先河。對於《紅樓夢》的悲劇性與悲劇意識，王國維不僅有著深刻的認識，而且首次以西方悲劇理論對之進行了闡釋。王國維認爲：「美術之務，在描寫人生之苦痛與其解脫之道，而使吾儕馮生之徒，於此桎梏之世界中，離此生活之欲之爭鬥，而得其暫時之平和，此一切美術之目的也。」而《紅樓夢》一書，「大背於吾國人之樂天精神」，不僅眞實地展現了充滿生活之欲的人間萬象、由於生活之欲不得滿足而產生的種種苦痛，揭示了「此生活、此苦痛之由於自造」，而且提示了「不可不由自己求之」的「解脫之道」，與一切喜劇相反，是徹頭徹尾的悲劇。《紅樓夢》「演出」的悲劇，既不是「由極惡之人，極其所有之能力」而製造的倫理悲劇，也不同於「盲目的運命」播弄的命運悲劇，而是「由於劇中之人物之位置及關係」、「由普通之人物、普通之境遇」而引發的、「逼之不得不如是」、「不得不然」的存在悲劇。這樣的悲劇，足以破壞人生的幸福，它隨時隨地都可能會降臨，每個人都可能會遭遇到，甚至可能會加諸他人。這樣的悲劇，人們深受其害，卻又難言其苦，「躬丁其酷，而無不平之可鳴」，可以說是「天下之至慘」的悲劇。因此《紅樓夢》作爲「悲劇中之悲劇」，是「我國美術上之唯一大著作」、「一絕大著作」。王國維的《紅樓夢評論》全文近一萬五千字，結構嚴謹，層次清楚，觀點鮮明，既不同於零星的、片斷的感悟式的點評，也不同於旨在「知人論世」的歷史考證，更有別於著意尋求作者本旨、還原作品原意的「索隱」，而是開闢了文學批評的闡釋一途，不僅對於《紅樓夢》研究中所謂「小說批評派紅學」有首創之功，而且對於整個中國現代

〔註19〕《王國維文集》（上），姚淦銘、王燕主編，北京：中國文史出版社，2007 年，第 15 頁。

文學批評甚至是現代學術史都有極大的「範式意義」〔註20〕。又如俞平伯。他雖然覺得《紅樓夢》「這書在中國文壇上是個『夢魘』，你越研究便越覺糊塗」〔註21〕，而且1954年還因爲《〈紅樓夢〉簡論》一文而引起了一場轟轟烈烈的大討論、大批判，眞的讓自己的生活突然之間變成了噩夢，但終其一生，他卻一直癡迷於《紅樓夢》研究。1923年，緊接胡適發表《紅樓夢考證》之後，俞平伯即出版《紅樓夢辨》一書。當時，顧頡剛爲此書寫了一篇序言，將它與胡適的《紅樓夢考證》相提並論，稱《紅樓夢考證》和《紅樓夢辨》的出現標誌著「舊紅學的打倒，新紅學的成立」〔註22〕。這種評價給俞平伯帶來了巨大的聲譽，但同時也爲他日後的屢遭誤解埋下了種子。後來人們談起俞平伯，便往往將他與胡適相提並論，認爲他的《紅樓夢》研究也與胡適一樣，是「實證與實錄合一」〔註23〕的歷史考證。事實上，俞平伯的《紅樓夢》研究，雖然用的是考證學的方法，但是「專在《紅樓夢》的本文上用力，尤其注意的是高鶚的續書」〔註24〕，是「與文學鑒賞結合起來的文學考證」〔註25〕。同時，對於《紅樓夢》「正不以希有然後可貴」的藝術創新，俞平伯還有著深刻的洞察與精闢的論述。在人物塑造方面，他認爲《紅樓夢》的作者「善寫人情」，「凡《紅樓夢》中的人物都是極平凡的，並且有許多極污下不堪的。……細細看去，凡寫書中人沒有一個不適如其分際，沒有一個過火的」；「作者對於十二釵，是愛而知其惡的。所以如秦氏的淫亂，鳳姐的權詐，探春的涼薄，迎春的柔懦，妙玉的矯情，皆不諱言之。即釵黛是他的眞意中人了，但釵則寫其城府深嚴，黛則寫其口尖量小，其實都不能算全才」。主人公寶玉呢，也是「亦慧、亦癡、亦淫、亦情」，「千句歸一句，總不是社會上所讚美的正人」。對於《紅樓夢》的審美價值和悲劇精神，俞平伯不僅認識得非常清楚，而且給予了高度的肯定與讚揚。他說：「《紅樓夢》是一部極嚴重的悲劇，書雖然沒有做完，但這是無可疑的，不但寧榮兩府之由盛而衰，十二釵之由榮而悴，

〔註20〕陳維昭：《紅學通史》（上冊），上海：上海人民出版社，2005年，第109頁。
〔註21〕俞平伯：《紅樓夢研究》，上海：復旦大學出版社，2004年，第2頁。該自序作於1950年12月。
〔註22〕顧頡剛：《顧序》，見俞平伯《紅樓夢辨》，北京：人民文學出版社，1973年。
〔註23〕陳維昭：《紅學通史》（上冊），上海：上海人民出版社，2005年，第141頁。
〔註24〕顧頡剛：《顧序》，見俞平伯《紅樓夢辨》，北京：人民文學出版社，1973年。
〔註25〕劉夢溪：《紅樓夢與百年中國》，北京：中央編譯出版社，2005年，第103頁。

能使讀者爲之愴然雪涕而已」。可是「凡中國自來的小說，大都是俳優文學，所以只知道討看客的歡喜。我們的民衆向來以團圓爲美的，悲劇因此不能發達，無論哪種戲劇小說，莫不以大團圓位全篇精彩之處」。在這樣的背景下，「《紅樓夢》……能夠一洗前人的窠臼，不顧讀者的偏見嗜好……在我們文藝界中很有革命的精神……成爲我們中國過去文藝界中第一部奇書」！對於《紅樓夢》的風格，他界定爲「怨而不怒」，並認爲這種風格非常難能可貴。他說：「怨而不怒的書，以前的小說界上僅有一部《紅樓夢》。怎樣的名貴啊！」在風格優劣的評定方面雖然不排除他自己的偏好，但這種偏好也並不是未經理性的思考的，因此即使我們有著另一種偏好，也未嘗不能從他的理解中獲得一定的啓發。他說：「含怒氣的文字容易一覽而盡，積哀思的可以漸漸引人入勝。」「刻薄謾罵的文字，極易落筆，極易博一般讀者的歡迎，但終究不能感動透過人的內心。剛讀的時候，覺得痛快淋漓爲之拍案叫絕。但翻過兩三遍後，便索然意盡了無餘味，再細細審玩一番，已成嚼蠟的滋味了。這因爲作者當時感情浮動，握筆作文，發泄者多，含蓄者少，可以悅俗目，不可以當賞鑒。纏綿俳惻的文風恰與之相反，初看時覺似淡淡的，沒有什麼絕倫超群的地方，再看幾遍漸漸有些意思了，越看越熟，便所得的趣味亦愈深永。」對於《紅樓夢》的主題，俞平伯雖然有一個總的認識，即「懺悔情孽」，但對於書中對社會的批判，他也敏銳地覺察到了。他說：「若細玩寶玉的身世際遇，《紅樓夢》可以說是一部問題小說。試想以如此的天才，後來竟弄到潦倒半生，一無成就，責任應該誰去負呢？天才原是可遇不可求的，即偶然有了亦被環境壓迫毀滅，到窮愁落魄，結果還活著出了家。」〔註26〕淡淡一筆「被環境壓迫毀滅」，輕輕一問「責任應該誰去負呢」，點到即止，正是他所欣賞的《紅樓夢》之「溫厚」的風格。再如何其芳，在上世紀五十年代由「批俞運動」而開始的《紅樓夢》思想批判大合唱之中，撰寫長篇論文《論〈紅樓夢〉》，對《紅樓夢》的思想傾向、人物塑造、藝術表現進行耐心細緻的品鑒，提出了許多獨具己見的看法，在學術界引起了很大的爭議。再如蔣和森，其初版於 1959 年的《紅樓夢論稿》，對《紅樓夢》這一部充滿詩意的作品，進行細膩的藝術分析。而最爲獨特的是，這部批評論著卻洋溢著熱烈的情感，充滿了詩一

〔註26〕以上俞平伯文字皆引自俞平伯《紅樓夢的風格》，《紅樓夢研究》，上海：復旦大學出版社，2004 年，第 110～122 頁。

樣優美的語言，因而極具感染力，「簡直就是一隻神奇的手，撥動了」讀者「心中那些從未發過聲的弦」〔註27〕。……漫漫紅學史上，研究《紅樓夢》而卓有成就的專家學者還有很多很多。而我們只選取蔡、胡、毛、劉四人進行考察，主要是因為，他們對於《紅樓夢》本身的研究雖然未必有多少過人之處，但他們對於各個不同時期《紅樓夢》的經典化進程卻有意無意地起到了一些別人所不及的作用。

〔註27〕蔣和森：《紅樓夢論稿》，北京：人民文學出版社，2006 年，第 419 頁。

第二章　蔡元培：古典紅學研究

　　雖然早在乾嘉年間，都中就「人家案頭必有一本《紅樓夢》」，嘉慶年間已有「開談不說《紅樓夢》，讀盡詩書是枉然」的說法，光緒初年一些「京朝士大夫」就提出了「紅學」一詞，有「吾之經學，係少三曲者」的諧趣故事流傳，但擴大《紅樓夢》在社會上的影響、使《紅樓夢》的研究眞正成爲「紅學」，恐怕還要算自蔡元培的《石頭記索隱》開始。

第一節　傳統的影射研究之範本──《石頭記索隱》

　　蔡元培的《石頭記索隱》1916 年在《小說月報》1～6 期上連載，1917 年9 月由商務印書館出版單行本。他的索隱，是受到了前人的啟發。對於這一點，他在《石頭記索隱》第六版自序開頭便作了交待：「余之爲此索隱也，實爲《郎潛二筆》中徐柳泉之說所引起的。柳泉謂：寶釵影高澹人，妙玉影姜西溟。余觀《石頭記》中，寫寶釵之陰柔、妙玉之孤高，與高、姜二人之品性相合……」
〔註1〕在此基礎上蔡氏本著「審愼之至」的態度，以「品性相類」、「軼事有徵」和「姓名相關」三法相推求，「然每舉一人，率兼用三法或兩法，有可推證，始質言之」，索解出的結果大致如下：

> 《石頭記》者，清康熙朝政治小說也。作者持民族主義甚摯。書中本事，在弔明之亡，揭清之失。而尤於漢族名士仕清者，寓痛惜之意。當時既慮觸文網，又欲別開生面，特於本事以上，加以數層障

〔註1〕《蔡元培語言及文學論著》，高平叔編，石家莊：河北人民出版社，1985 年，第 107 頁。下引蔡氏《石頭記索隱》文字，均根據此書，不再一一作注。

幕，使讀者有橫看成嶺側成峰之狀況……闡證本事，以《郎潛紀聞》所述徐柳泉之說為最合……近人《乘光舍筆記》，謂「書中女人皆指漢人，男人皆指滿人，以寶玉曾云男人是土做的，女人是水做的也」，尤與鄙見相合……

書中紅字多影朱字，朱者，明也，漢也。寶玉有愛紅之癖，言以滿人而愛漢族文化也，好吃人口上胭脂，言拾漢人唾餘也。……

《石頭記》敘事，自明亡始……

……作者深信正統之說，而斥清室為偽統。所謂賈府，即偽朝也……

書中女子，多指漢人；男子多指滿人，不獨女子是水作的骨肉，男人是泥作的骨肉，與漢字滿字有關也……

……賈寶玉言偽朝之帝系也。寶玉者，傳國璽之義也。即指「胤礽」……

……《石頭記》敘巧姐事，似亦指胤礽……林黛玉影朱竹垞也……薛寶釵，高江村也……探春影徐健庵也……王熙鳳，影余國柱也……史湘雲，陳其年也……妙玉，姜西溟也……惜春，嚴蓀友也……寶琴，冒闢疆也……劉老老，湯潛庵也……

從蔡文中我們即可知道，他並不是從事《紅樓夢》索隱的第一人。事實上，早在乾隆年間曹雪芹的同時人戚蓼生就於其《石頭記序》中指出了《石頭記》「作者有兩意」，「注彼而寫此」，提醒「讀者當具一心」，才能「得作者微旨」：

吾聞絳樹兩歌，一聲在喉，一聲在鼻；黃華二牘，左腕能楷，右腕能草。神乎技矣！吾未之見也。今則兩歌而不分乎喉鼻，二牘而無區乎左右，一聲也而兩歌，一手也而二牘，此萬萬所不能有之事，不可得之奇，而竟得之《石頭記》一書，嘻！異矣。……第觀其蘊於心而抒於手也，注彼而寫此，目送而手揮，似譖而正，似則而淫，如《春秋》之有微詞，史家之多曲筆……蓋聲止一聲，手止一手，而淫佚貞靜悲戚歡愉，不啻雙管之齊下也。噫！異矣。其殆稗官野史中之盲左、腐遷乎？然吾謂作者有兩意，讀者當具一心。譬之繪事，石有三面，佳處不過一峰；路有兩溪，幽處不逾一樹。必得是意，以讀是書，乃能得作者微旨。如捉水月，只把清輝；如雨天花，但聞香氣。庶得此書弦外音乎？〔註2〕

〔註2〕《紅樓夢卷》第一冊，一粟編，北京：中華書局，1963年，第27頁。

如果說戚蓼生這篇序言還只是提出了索隱紅學的「方法論總綱」〔註3〕而未進行具體的演示的話，乾隆時人周春在其評論《紅樓夢》的專門著作《閱紅樓夢隨筆》則將它付諸實踐，直接「點破」了《紅樓夢》中的「本事」：

> 相傳此書爲納蘭太傅而作。余細觀之，乃知非納蘭太傅，而序金陵張侯家事也。憶少時見爵帙便覽，江寧有一等侯張謙，上元縣人。癸亥、甲子間，余讀書家塾，聽父老談張侯家事，雖不能盡記，約略與此書相符，然猶不敢臆斷。再證以《曝書亭集》、《池北偶談》、《江南通志》、《隨園詩話》、《張侯行述》諸書，遂決其疑義矣。〔註4〕

周春不僅對《紅樓夢》中的本事關係進行了索解，考定「靖逆襄壯侯勇長子恪定侯雲翼，幼子寧國府知府雲翰，此寧國、容國之名所由起也……其曰代善者，即恪定之子宗仁也……其曰史太君者，即宗仁妻高氏也……其曰林如海者，即曹雪芹之父楝亭也……賈雨村者，張鳴鈞也……」，而且明確指出，不能把《紅樓夢》當小說看，而應以讀史的眼光來評，否則不僅失之膚淺，亦且「辜負作者之苦心」：

> 閱《紅樓夢》者，既要通今，又要博古，既貴心細，尤貴眼明。當以何義門評十七史法評之。若但以金聖歎評《四大奇書》法評之，淺矣……倘十二釵冊、十三燈謎、中秋即景聯句，及一切從姓氏上著想處，全不理會，非但辜負作者之苦心，且何以異於市井之看小說者乎？〔註5〕

對於《紅樓夢》中諸多「隱語」「隱事」的索解，周春除了具體的演示以外，還有理論的指導：「十二釵冊多作隱語，有象形，有會意，有假借，而指事絕少，是在靈敏能猜也。若此處一差，則全書皆不可解矣。」〔註6〕明確地把文字學中的「六書」原則視爲索解《紅樓夢》隱語的重要方法。

正如許多研究者早已注意到的，索隱紅學的重要方法，如「分身法」、「合身法」、「轉換法」、「拆字法」等等，周春在其《閱紅樓夢隨筆》中即使沒有全部明確地命名過，但實際上也基本上都已經運用到了。此後的索隱紅學基本上沒有超出這些方法，只是進行了更嚴密的理論表述，或者進行了優化、豐富而已。

〔註3〕陳維昭：《紅學通史》上卷，上海：上海人民出版社，2005年，第65頁。
〔註4〕《紅樓夢卷》第一冊，一粟編，北京：中華書局，1963年，第66頁。
〔註5〕《紅樓夢卷》第一冊，一粟編，北京：中華書局，1963年，第67頁。
〔註6〕《紅樓夢卷》第一冊，一粟編，北京：中華書局，1963年，第69頁。

　　除了周春的專門著作之外，零零碎碎的關於《紅樓夢》本事的說法還不時見於清人的筆記等類著作之中，如袁枚《批本隨園詩話》上引述的「明珠家事說」、「傅恒家事說」、「張侯家事說」，趙烈文《能靜居筆記》、梁恭辰《北東園筆錄》、俞樾《小浮梅閒話》、陳康祺《燕下鄉脞錄》、英浩《長白藝文志‧小說部集類》中主張的「明珠家事說」，《譚瀛室筆記》中的「和珅家事說」、裕瑞《棗窗閒筆》中的「曹家本事說」等等。直至 20 世紀初，《小說叢話》的作者平子在指點「《紅樓夢》之佳處，在處處描摹，恰肖其人」之前，還專門指出，「《紅樓夢》一書，係憤清人之作，作者真有心人也。著如此之大書一部，而專論清人之事，可知其意矣……焦大必是寫一漢人，爲開國元勳者也，但不知所指何人耳 ……今人無不讀此書，而均毫不感觸，而專以情書目之，不亦誤乎？」〔註7〕而民國初年的眘秋則不忘在比較《石頭記》和《水滸》之餘明陳《石頭記》「作者之傷心懷抱，俱見言外。則書中暗指當時秘事，實無可疑」，只是可惜「無人能一一證明之耳」，並慨歎「異族之辱，黍離之痛，所感深矣！」〔註8〕

　　總而言之，蔡元培的《石頭記索隱》既非索隱紅學開天闢地第一篇，其觀點也多有承借，並沒有多少振聾發聵的獨創性與驚人眼目的亮點。若從容量與篇幅上看，則考證內容不及《石頭記》全書「百之一二」的區區約三萬言，是遠遠不及與它幾乎同時出版的「爲存一代史事，故爲苦心穿插，逐卷證明」〔註9〕、以評點的形式對全書 120 回「有隱必索」的王夢阮、沈瓶庵的《紅樓夢索隱》的。而蔡氏所用之方法與所得之結論則自 1921 年胡適的《紅樓夢考證》一出而長期遭人詬病甚至恥笑。胡適稱之爲「走錯了道路」、「不去搜求那些可以考定《紅樓夢》的著者、時代、版本，等等的材料，卻去收羅許多不相干的零碎史料來附會《紅樓夢》裏的情節」、「絞盡心血去猜那想入非非的笨謎」、「是一種很牽強的附會」〔註10〕。郭豫適先生評之爲「牽強附會」、「自相矛盾」、「離開實際的主觀主義、唯心主義的東西」〔註11〕。韓

〔註7〕 轉引自《紅樓夢資料彙編》，朱一玄編，天津：南開大學出版社，2001 年，第851～852 頁。

〔註8〕 轉引自《紅樓夢資料彙編》，朱一玄編，天津：南開大學出版社，2001 年，第867 頁。

〔註9〕 王夢阮、沈瓶庵：《紅樓夢索隱》上卷，北京：北京大學出版社，1989 年，第32 頁。

〔註10〕 《胡適紅樓夢研究論述全編》，上海：上海古籍出版社，1988 年，第 75～85 頁。

〔註11〕 郭豫適：《紅樓夢研究小史稿》（清乾隆至民初），上海：上海文藝出版社，1980

進廉先生指出：「蔡元培的錯誤，其唯心主義和形而上學以及對文藝反映社會生活的庸俗化的理解且不論，在客觀上蓋由對曹雪芹的身世一無所知所致。」〔註12〕張曉唯先生對蔡元培在《石頭記索隱》中所表現出來的「不言而喻的」「治學方法的幼稚和所得結論的不確」進行了分析，認爲「顯然，在他身上，西洋近代學術的科學精神還沒有化解爲得心應手的思維方法，在一些問題上，中國舊學的影響仍具有十分強韌的張力」，並相信「這樣一種混合型的知識結構以及由此而形成的複雜文化性格，在清末民初那樣的過渡時代，很具有代表性」〔註13〕。劉夢溪先生雖然出於對蔡元培的高度崇敬，認爲「以蔡氏的淵博和嚴謹，所引史料應承認是可靠的，具體推求，也不乏學術的嚴肅性，同爲索隱，終究有一種特異的學術味道，吸引讀者在一定程度上產生共鳴」，承認「就出發點來說，蔡元培的索隱不能說不審愼，因此他所說的自屬眞誠，有些猜想，亦不無會心處」，但還是忍不住覺得他「因具體方法在求一一套實，結論固多誤，就整體而言，又不好以審愼目之」、「有穿鑿附會之嫌」〔註14〕。

　　余英時先生卻認爲，以蔡元培爲代表的索隱派「廣義地說，這也是歷史考證，簡單地稱之爲『猜謎』，似有未妥」〔註15〕；陳維昭先生則進一步指出，「《紅樓夢》的構思既有傳統經學、史學的皮裏陽秋的特點，也有清初的影射思維的特點」〔註16〕，而「索隱派是對《紅樓夢》和脂硯齋的經學特點的呼應，從傳統學術淵源看，它是對傳統史學的『皮裏陽秋』和傳統文藝學的『文以載道』觀念的運用」〔註17〕，因此，「索隱方法也是詮釋文化的一種方法」〔註18〕。這樣蔡元培的與其「倡揚民族主義的反滿清的政治傾向密切相關」

年，第 153～154 頁。
〔註12〕韓進廉：《紅學史稿》，石家莊：河北人民出版社，1981 年，第 149 頁。
〔註13〕張曉唯：《蔡元培評傳》，南昌：百花洲文藝出版社，1993 年，第 170 頁。
〔註14〕劉夢溪：《紅樓夢與百年中國》，北京：中央編譯出版社，2005 年，第 162～165 頁。
〔註15〕余英時：《紅樓夢的兩個世界》，上海：上海社會科學院出版社，2006 年，第 6 頁。
〔註16〕陳維昭：《紅學與二十世紀學術思想》，北京：人民文學出版社，2000 年，第 12 頁。
〔註17〕陳維昭：《紅學與二十世紀學術思想》，北京：人民文學出版社，2000 年，第 13 頁。
〔註18〕陳維昭：《紅學與二十世紀學術思想》，北京：人民文學出版社，2000 年，第 53 頁。

〔註19〕的《石頭記索隱》存在之合理性終於獲得了微弱的認可。

　　有意思的是，蔡元培的《石頭記索隱》（以及由它所代表的紅學索隱派）之存在雖然長期以來遭到了紅學界幾乎眾口一詞的排斥與反對，但是它問世後很長時間之內銷量卻出奇的好，從 1917 年初版之後又連連再版，到 1930 年已出至第十版，完全稱得上「暢銷」二字。《石頭記索隱》如此驕人的傳播成績如果說還不能視同大受讀者歡迎與認可的話，那麼至少可以說它引起了廣大讀者的興趣與重視，因此也就必然引起了廣大讀者閱讀與研究《紅樓夢》本身的興趣。即使撇開蔡元培秉承中國文學研究中影射研究之傳統、在《紅樓夢》研究中把索隱一派發揚光大不談，僅僅從引起大家對《紅樓夢》的高度重視這個意義上而言，說蔡元培及其《石頭記索隱》對《紅樓夢》之經典化功不可沒也應該是恰如其分的。

　　也許我們可以這樣說：蔡元培的《石頭記索隱》對於《紅樓夢》經典化之意義並不在於其所使用的方法或其所索解出的結論，而在於蔡元培作為一個學貫中西、在中國的新文化建設上頗多卓越見解與非凡建樹的通學大儒，對於一部不登大雅之堂的白話小說進行認真的研究並且為之專門著述這一行動本身的含義與影響。同時，筆者認為，蔡氏進行《紅樓夢》索隱，態度嚴謹、審慎，旁徵博引，固然完全不同於閒適文人一時心血來潮的戲筆之談，但也並非為了宣揚民族主義思想，同時其方法與結論也不能簡單地視為因為中國舊學的影響仍十分頑固所導致的「西洋近代學術的科學精神還沒有化解為得心應手的思維方法」的令人遺憾的結果。

　　蔡元培的《石頭記索隱》是 1916 年開始在《小說月報》上與讀者見面的，但是實際上蔡元培對於《紅樓夢》索隱發生興趣卻至少早在 1896 年就開始了。在他 1896 年 6 月 17 日的日記中我們可以發現這樣的記載：

> 《郎潛筆記》述徐柳泉（時棟）說《紅樓夢》小說，十二金釵皆明太傅食客：妙玉即姜湛園，寶釵即高澹人。以是推之，黛玉當是竹垞。所謂西方靈河岸上，謂浙西秀水，絳朱草，朱也。鹽政林如海，以海鹽記之，瀟湘館映竹垞還淚指詩。史湘雲是陳其年，年前身是善卷山房誦經獺，故第四十九回有孫行者來了之謔。第五十回所製燈謎是耍的猴兒。寶琴是吳漢槎，槎嘗謫寧古塔，故寶琴有從小所

〔註19〕陳維昭：《紅學與二十世紀學術思想》，北京：人民文學出版社，2000 年，第55 頁。

走過地方的古迹不少，又稱見過眞眞國女孩子，三春疑指徐氏昆弟，

春者東海也，劉老老當是沈歸愚。

其實《郎潛紀聞二筆》中只提到了妙玉指姜宸英（湛園），寶釵指高士奇（澹人），而蔡元培在這則日記中卻順著徐柳泉的思路進一步推測，認爲黛玉是朱彝尊（竹垞），史湘雲是陳維松（其年），寶琴是吳兆騫（漢槎），三春是徐氏三兄弟（徐乾學、元文和秉義），劉姥姥是沈德潛（歸愚）。也就是說，從這時候起他不僅對《紅樓夢》之本事產生了興趣，而且實際上已經開始了索隱工作。此後的一些年中，他又陸續閱讀了其他一些書籍，進行了更廣泛深入而細緻的疏證。在 1898 年 7 月 27 日的日記中他寫道：

余喜觀小説，以其多關人心風俗，足補正史之隙，其佳者往往意内言外，寄託遙深，讀時逆志，尋味無窮。前曾剌康熙朝士軼事，疏證《石頭記》，十得四、五，近又有所聞，雜誌左方，以資印證。固知唐喪筆箚，庶亦賢於博弈：

林黛玉（朱竹垞）	薛寶釵（高澹人）	寶琴（冒闢疆）
妙玉（姜湛園）	王熙鳳（余國柱）	李紈（湯文正）
探春（徐澹園）	惜春（嚴藕舫）	元春
史湘雲（陳其年）	賈母（明太傅）	迎春
寶玉（納蘭容若）	劉老老（安三）	秋菱

可以看出，這時他的索隱工作與以前相比有了明顯的進展，他不僅對最初的索解有了一些補充，也作了一些重大的修正。如一方面他進一步索解出王熙鳳影射余國柱，李紈影射湯文正，惜春影射嚴蓀友，賈母影射明太傅，寶玉影射納蘭容若；而另一方面他又在大量材料與深入思索的基礎上改變了自己最初的一些猜測，如以前他認爲「寶琴是吳漢槎」，而現在則斷定寶琴影射冒闢疆（據他後來在《石頭記索隱》中交代主要是用了他自己設定的「品性相類」、「軼事有徵」與「姓名相關」三法中的第三法）；以前覺得「劉老老當是沈歸愚」，而現在則考出劉姥姥影射安三；同時對於一些證據不足的猜測他則暫時保持沉默，以待材料充足而後定，如最初他覺得「三春疑指徐氏昆弟」，而此時他則只是再次肯定了探春影射徐澹園，而對於元春與迎春則未作定論，足可見其態度之嚴謹與審愼。將這則日記內容與《石頭記索隱》相對照，我們不難發現，蔡元培是一直在堅持吸收別人的觀點、在「證據」面前不憚修正自己的觀點的。如此時他考出賈寶玉影射納蘭容若，而後來在《石頭記

索隱》中則根據《乘光舍筆記》中與他意見相合的「書中女人皆指漢人，男人皆指滿人」等說法以及其他材料而將其考定爲「僞朝之帝系」，「即指『胤礽』」。

　　正因爲還有很多問題疑而未定，所以蔡元培在長達十年的時間之內一直在不斷地搜集材料與深入思考，而並未急於將索隱所得付諸梓版，直到上海商務印書館的好友編輯張元濟書信催促才於 1916 年讓《石頭記索隱》在《小說月報》上與讀者見面。即便在此時，他也沒有因爲定稿出版而輕率地下任何一個斷語，而是一如既往地如自己所言「審愼之至」。這一點無需看他如何地旁徵博引，「每舉一人，率兼用三法或兩法，有可推證，始質言之」〔註20〕，而只從如下句式與用語等即可見一斑：

　　　「賈寶玉言僞朝之帝系也」，「林黛玉影朱竹垞也」，「薛寶釵，高江村也」，「探春影徐健庵也」，「王熙鳳，影余國柱也」，「史湘雲，陳其年也」，「妙玉，姜西溟也」，「惜春，嚴蓀友也」，「寶琴，冒闢疆也」，「劉老老，湯潛庵也」。

　　　「《石頭記》敘巧姐事，似亦指胤礽」，「忠順王疑影外藩」，「焦大醉後謾罵……似影射方望溪事」，「第十八回……似影射張文端助王漁洋事」，「元妃省親，似影射清聖祖之南巡」。

對於自己認爲有足夠的證據可以斷定的人物，很乾脆地用了「……者，……也」的肯定判斷句，而對於「近於孤證」、尚不能確定的情況，則用了「疑」、「似」等語明明白白地告訴讀者只是自己的猜測。分別極其鮮明，絕不糊弄讀者。

　　蔡元培從事《石頭記》索隱，既不是閒適文人一時心血來潮而作戲筆之談，也不曾因爲以胡適爲首的新紅學界人士嘲笑與批評而改變或放棄，而是表現出相當的執著。《石頭記索隱》發表之後蔡元培還一直在繼續尋找新的證據，從事進一步的索隱。他自己在其《口述傳略》中曾提到，「應《小說月報》之要求，整理舊稿，爲《石頭記索隱》一冊，後又印爲單行本。然此後尚有繼續考出者，於再版、三版時，均未及增入也」〔註21〕。而劉廣定先生在《蔡元培〈石頭記索隱〉補遺》〔註22〕一文中對此有更爲詳細的介紹：

〔註20〕 《蔡元培語言及文學論著》，高平叔編，石家莊：河北人民出版社，1985 年，第 107 頁。

〔註21〕 《自述與印象：蔡元培》，楊揚編，上海：上海三聯書店，1997 年，第 15 頁。

〔註22〕 劉廣定：《蔡元培〈石頭記索隱〉補遺》，《紅樓夢學刊》2003 年第 1 輯。

　　1917 年 7 月 29 日蔡元培曾於日記中比較《紅樓夢》小說人物和《清朝野史大觀》所記；1918 年 1 月 26 日於日記中談到司空圖《詩品‧典雅》與花襲人之影射，秦朝釪、大樽《消寒詩話》與晴雯和鴛鴦之影射；1918 年 9 月 29 日於日記中談到寶釵、李紈、寶玉、黛玉、香菱等的影射情況；1919 年 5 月 15 日於日記中談到秦太虛與秦可卿、太虛幻境的影射情況；同年 5 月 23 日、6 月 2 日、7 月 12 日、7 月 18 日、8 月 3 日、1923 年 4 月 25 日、1934 年 9 月 13 日、1937 年 3 月 20 日等多次於日記中談到《紅樓夢》中的人物和事件的影射情況。

　　不僅如此，在民國十五年（1926）為同鄉壽鵬飛的《紅樓夢本事辯證》一書所作的序言中他再次公開宣稱「不贊成胡適之君以此書為曹雪芹自述生平之說」，而堅持認為「於當時大事」，「記（即《石頭記》）中有特別影寫之例」〔註23〕。

　　1935 年 8 月 3 日在《追悼曾孟樸先生》一文中蔡元培曾「供述」自己是「最喜歡索隱的人」。他說：

> 我是最喜歡索隱的人，曾發表過《石頭記索隱》一小冊。但我所用心的，並不只《石頭記》，如舊小說《兒女英雄傳》、《品花寶鑒》，以至於最近出版的《轟天雷》、《海上花列傳》等，都是因為有影事在後面，所以讀起來有趣一點。〔註24〕

蔡元培喜歡索隱，固然是受了「舊學」（傳統文學觀念）的影響〔註25〕，但他之所以進行《紅樓夢》（及其他白話小說）的索隱工作，更大程度上是跟他的性格和人生追求、社會理想有關。

　　在同輩中間，蔡元培是有名的謙謙君子；在晚輩眼裏，他是人所共仰的寬厚長者。蔣夢麟曾為他寫這樣的「一筆簡照」：「先生日常性情溫和，如冬日之可愛，無疾言厲色。處世接物，恬淡從容。」〔註26〕邵力子「所追念的蔡先生」，也是「具有溫良恭儉的美德，從不以疾言厲色待人，也不作道學家

〔註23〕《蔡元培語言及文學論著》，高平叔編，石家莊：河北人民出版社，1985 年，第 239 頁。
〔註24〕《蔡元培語言及文學論著》，高平叔編，石家莊：河北人民出版社，1985 年，第 310 頁。
〔註25〕關於蔡元培閱讀包括《紅樓夢》在內的小說為何喜歡索隱以及《紅樓夢》研究史上索隱派長期存在的原因，筆者日後將另文進行探討，此處暫不多談。
〔註26〕《自述與印象：蔡元培》，楊揚編，上海：上海三聯書店，1997 年，第 69 頁。

的論調而同學自然受其感化」〔註27〕。任鴻雋更「進一步妄意推測」,「蔡先生的對人接物,似乎有兩個原則,一個是尊重他人的人格,決不願意以自己的語言和行動使他人感到一點不快或不便。一個是承認他人的理性,以為天下事無不可以和平自由的方法互相瞭解或處理」。〔註28〕

　　然而蔡元培並不是個無可無不可、一味折中的老好人,他最令陳獨秀佩服的一點便是,「有關大節的事或是他已下決心的事,都很倔強的堅持著,不肯通融,雖然態度還很溫和」〔註29〕。早在 20 世紀初他就以清廷翰林身份而主持愛國學社、光復會,「公言革命無所忌」〔註30〕;1912 年剛出任中華民國教育總長即明令廢止讀經、停止祭孔;任北京大學校長期間,不僅頂住社會上「男女混雜,傷風敗俗」的謾罵聲,率先開放女禁,招收女生入北大與男生同校學習,實踐自己的男女平等的主張,而且正面回應桐城派古文家林紓的指責與攻擊,堅持在北大循「思想自由」原則,取兼容並包主義。〔註31〕因此有人說,「先生的處世謙遜,可以代表東方文化之精華,而先生對於國事的積極,卻不少西方勇敢進取之氣概」〔註32〕。傅斯年說得好:「蔡先生之接物,有人以為濫。這全不是事實,是他在一種高深的理想上,與眾不同……」〔註33〕這是一種什麼樣的高深理想呢?蔣夢麟曾這樣總結蔡元培的一生事迹:

> 一位在科舉時代極負盛名的才子,中年而成為儒家風度的學者。經德、法兩國之留學而極力提倡美育與科學。在教育部時主張以美育代宗教。在北京大學時主張一切學問當以科學為基礎。
>
> 在中國過渡時代,以一身而兼東西兩文化之長。立己立人,一本於此,到老其志不衰,至死其操不變。〔註34〕

確實,考察蔡元培的一生,我們可以發現他始終在為了他的理想——近代中

〔註27〕《蔡元培先生紀念集》,蔡建國編,北京:中華書局,1984 年,第 63～64 頁。

〔註28〕《蔡元培先生紀念集》,蔡建國編,北京:中華書局,1984 年,第 65 頁。

〔註29〕《自述與印象:蔡元培》,楊揚編,上海:上海三聯書店,1997 年,第 56 頁。

〔註30〕《蔡元培先生紀念集》,蔡建國編,北京:中華書局,1984 年,第 243 頁。

〔註31〕《蔡元培語言及文學論著》,高平叔編,石家莊:河北人民出版社,1985 年,第 164 頁。

〔註32〕《蔡元培先生紀念集》,蔡建國編,北京:中華書局,1984 年,第 66 頁。

〔註33〕《自述與印象:蔡元培》,楊揚編,上海:上海三聯書店,1997 年,第 182 頁。

〔註34〕《自述與印象:蔡元培》,楊揚編,上海:上海三聯書店,1997 年,第 70 頁。

國社會與文化的改造而勤奮地學習、思考、鼓吹與身體力行。誠如戴維翰所言：「在某些方面，蔡元培的觀點與那些主張大量向中國介紹西方的準則和政治制度的激進同僚相似。他是一個西方科學和民主的讚頌者，篤信它們適合 20 世紀中國的需要。像他那個時代的大多數進步分子一樣，他猛烈批判中國的傳統文化，認為那種固步自封、陳舊迂腐、虛驕自大、那種僵硬的等級制度及倫理思想中的宗法制度已經完全過時，在新的中國已沒有立足之地。」〔註35〕然而他畢竟又與他那些「激進同僚」大不相同。他「為其父之遺傳性」〔註36〕的寬厚的性格使他從心底裏反對偏激、冒進，反對訴諸暴力，而他對國家、民生的關切又使他充滿「勇敢進取的氣概」。因此，在為理想而奮鬥的路途上，他精神積極、執著，而態度與方法又常不失溫和。他認為中國必須在停滯和激烈變動之間走一條中間路線，認為中國必須吸收外來文化，但是不是在對所有傳統文化無情地拋棄的基礎之上，也不是在短時期之內對外來文化的生吞活剝，而是必須經由一個長時期的消化與吸收，像人體的器官一樣消化和吸收。他曾經這樣諄諄教誨畫家劉海粟：

> 要善于兼收並蓄，師法西人之長，同時不要忘記我國偉大文明傳統，在作畫上一定要保存東方人氣質，中國畫的神韻。要綜合，思考，昇華，變化，化出的東西要純，否則不中不西，消化不良，斷難有成就！「五四」前後，有些人忘了祖宗，要什麼全盤西化，那是不足為訓的，只不過證明他們不懂中國的歷史和文化而已，我不贊成！
>
> 〔註37〕

他自己在治學上，也正是自覺地力圖做到「師法西人之長，同時不要忘記我國偉大文明傳統」。蔡元培一生勤學不倦，「以一物不知為恥」〔註38〕，在中西學術方面涉獵極其廣泛。泛論他各門學科上的治學情況非筆者學力所及，在本文中也無必要。我們只需看看他研究《紅樓夢》的情況即可得一印證。

眾所周知，中國小說的歷史源遠流長。早在西漢時期，司馬遷的《史記》中許多篇章如果撇開其歷史蘊含就完全可以當作小說來讀〔註39〕。此後小說

〔註35〕 轉引自張曉唯：《蔡元培評傳》，百花洲文藝出版社，1993 年，第 233 頁。
〔註36〕 《自述與印象：蔡元培》，楊揚編，上海：上海三聯書店，1997 年，第 2 頁。
〔註37〕 《自述與印象：蔡元培》，楊揚編，上海：上海三聯書店，1997 年，第 149 頁。
〔註38〕 《自述與印象：蔡元培》，楊揚編，上海：上海三聯書店，1997 年，第 47 頁。
〔註39〕 石昌渝：《中國小說源流論》，北京：生活・讀書・新知三聯書店，1994 年，第 1 頁。

這一文體一路蓬勃發展，從魏晉南北朝志人志怪小說、唐代傳奇小說、宋元明話本小說到明清章回小說，在漫長的發展歷程中產生了許多很有社會影響力的篇章，而且確如胡適所言，「幾百年來，中國社會裏銷行最廣，勢力最大的書籍，並不是《四書》、《五經》，也不是程、朱語錄，也不是韓、柳文章，乃是那些『言之不文，行之最遠』的白話小說！」〔註 40〕然而在以言志載道的詩文爲「經國之大業，不朽之盛事」的中國文學傳統中，小說這一文體——無論是以實錄爲己任以補正史之闕的叢殘小語、尺寸短書，還是虛實相半、深得遊戲三昧、供人消遣的故事，無論是出之以文言還是呈之以白話——都一直處於一種附庸的、受歧視的地位，沒有被納入文學正宗的行列中去，有時創作小說這一行爲本身甚至可能給作者的榮名帶來極其惡劣的影響〔註 41〕。所以文人學士講說、寫作小說，一般只是把它當作客廳裏、旅舍中、航船上、冬爐前一種高雅的消遣〔註 42〕，而編輯和評點小說也往往要拉上爲「愚夫愚婦」立教、傳道解惑的大旗爲幌子。在這樣的背景下，把一部不登大雅之堂的白話小說作爲嚴肅的文學研究對象，爲之耗費大量的時間和心血，爲之專門著述〔註 43〕，無疑是受了西方近現代重小說的文學觀念的很大影響〔註 44〕，同時也是對梁啓超等人倡導的「小說界」革命的一種有力的呼

〔註 40〕 胡適：《白話文學史》，天津：百花文藝出版社，2002 年，第 1～2 頁。

〔註 41〕 明代參加過纂修《永樂大典》的李昌祺，就因爲創作《剪燈餘話》，死後名字被家族革除學官，不予社祭。轉引自石昌渝：《中國小說源流論》，北京：生活‧讀書‧新知三聯書店，1994 年，第 17 頁。

〔註 42〕 石昌渝：《中國小說源流論》，北京：生活‧讀書‧新知三聯書店，1994 年，第 149 頁。

〔註 43〕 前面提到過，乾隆時人周春寫作過評論《紅樓夢》的專門著作《閱紅樓夢隨筆》，但是周春是把《紅樓夢》當史傳、至少也是當作「正史之闕」看，而不是當文學作品來評，他明確地要求「閱《紅樓夢》者，既要通今，又要博古，既貴心細，尤貴眼明。當以何義門評十七史法評之。」並明確指出，如果把《紅樓夢》看作一般的小說，「若但以金聖歎評《四大奇書》法評之，淺矣」。蔡元培則不然，他是在把《紅樓夢》與其他「文學正宗」相提並論的前提下、在充分承認其文學價值與地位的前提下來作《石頭記索隱》的。1920 年 6 月 13 日在國語傳習所演說時，談起「文章」的歷史，他從古代的文言文、六朝的駢文、韓柳的古文、宋元的《水滸》、《三國演義》等語體小說到曹雪芹的《石頭記》一路縷來，認爲《石頭記》「在文學上的價值，是沒有別的書比得上他」（見高平叔編《蔡元培語言及文學論著》，石家莊：河北人民出版社，1985 年，第 186～188 頁）

〔註 44〕 1916 年 12 月 27 日他在北京通俗教育研究會的演說中就曾談到「小說於教育尤爲有密切之關係，往往有寢饋其中而獲得知識者。昔時尚無人注意及此。

應，對傳統文學觀念的一種堅決的矯正。儘管如此，他卻並沒有徹底摒棄中國文人對待文學作品的傳統解讀習慣，而是「觸類旁通，以意逆志」，將《紅樓夢》中「一切怡紅快綠之文，春恨秋悲之迹，皆作二百年前之因話錄、舊聞記讀〔註45〕」。可以說，這是一種非常自覺的兼收並蓄、將西方的小說觀念與中國的讀解傳統結合起來的嘗試。這種嘗試的合理性如何，另當別論。但至少可以肯定的是，這並不是因為中國舊學對他的影響仍十分頑固因而在他身上「西洋近代學術的科學精神還沒有化解為得心應手的思維方法」的無奈的失敗的結果，而是一種非常清醒的選擇之下的主動行為。

第二節　蔡元培創作《石頭記索隱》的動機

　　由於蔡元培在《石頭記索隱》中開篇就說，「《石頭記》者，清康熙朝政治小說也。作者持民族主義甚摯。書中本事，在弔明之亡，揭清之失。而尤於漢族名士仕清者，寓痛惜之意」，因此長期以來很多研究者認為，他從事《紅樓夢》的索隱工作並出版《石頭記索隱》，是為了宣傳排滿，倡揚民族主義的反滿清的政治傾向。筆者以為，這種觀點並不符合蔡元培一貫的政治傾向，因此恐怕也是難以說明他寫作《石頭記索隱》的真正動機的。

　　身為清廷的翰林，蔡元培確實很早就開始了反抗與破壞清政府統治的革命活動。早在 1902 年 4 月，他就與葉翰等人發起成立中國教育會並被選為事務長（即會長）。在日漸高漲的反清革命運動中，該會表面辦理教育，暗中鼓吹革命，隱然成為東南各省革命之集團〔註46〕。1902 年底南洋公學退學風潮之中，他又在中國教育會同人的贊同和支持之下在上海創辦起愛國學社，並被推舉為學社的總理（即校長）。愛國學社名為教學機關，但在蔡元培等人的主持下倒更像是一個革命團體。從 1903 年 2 月中旬開始，蔡元培與教育會同人率領愛國學社學生每周到上海張園舉行一次演說會，評析時事，發表政見，警醒國人奮起抵禦外侮，產生了廣泛的社會影響，使愛國學社在社會上名聲大振，幾乎成為「國內唯一之革命機關」。1903 年 12 月蔡元培與劉師培、葉

　　　近自西學輸入，翻譯彼邦小說，日漸繁多，國人始稍稍注意……歐洲各國小
　　　說，在文學界中，位置素高」。（見高平叔編《蔡元培全集》第 2 卷，第 493
　　　～494 頁）
〔註45〕《蔡元培語言及文學論著》，高平叔編，石家莊：河北人民出版社，1985 年，
　　　第 149 頁。
〔註46〕本段內容參考了張曉唯《蔡元培評傳》第 2 章，百花洲文藝出版社，1993 年。

翰等人發起成立「對俄同志會」，並與陳鏡泉等合作創刊《俄事警聞》日報，謀劃和宣傳拒俄運動。1904 年 2 月日俄戰爭爆發後，《俄事警聞》擴大版面改名《警鐘》。這份改版後由蔡元培主編的刊物，「一面要國人鑒於日俄戰爭，即時猛省，一面譯登俄國虛無黨的歷史，為國人種下革命思想」。此後有一段時間他深受俄國虛無黨（主要是民粹黨）的影響，甚至認定暗殺是改變社會政治的一種迅捷有效的方式，因而參加了留日學生暗殺團在上海的活動，與陳獨秀等人一起「同在一個實驗室秘密製造炸彈」〔註47〕。1904 年 11 月，蔡元培參與發起組織光復會，被推舉為會長。1905 年夏，中國同盟會在日本東京成立，孫中山委任蔡元培為上海分會主持人……清廷推翻了，民國成立了，但蔡元培的革命活動並未就此而止。1932 年 12 月，蔡元培與宋慶齡、楊杏佛等人發起成立中國民權保障同盟，針對國民黨政府壓制民主、踐踏人權的黑暗現實，呼籲「保障人類生命與社會進化所必需之思想自由與社會自由」。蔡元培晚年雖因病隱居香港，但 1939 年 12 月 7 日仍以 73 歲高齡而為國際反侵略大會中國分會作會歌《滿江紅》。詞中寫道，「公理昭彰，戰勝強權在今日……把野心軍閥盡排除，齊努力。我中華，泱泱國。愛和平，禦強敵……獨立寧辭經百戰，眾擎無愧參全責……」〔註48〕，抗敵救國之切不減當年。

蔡元培逝世後，周恩來獻了一幅輓聯：

從排滿到抗日戰爭，先生之志在民族革命；

從五四到人權聯盟，先生之行在民主自由。

確實，蔡元培的一生，既是「盡瘁教育的一生，是努力於學術研究的一生」〔註49〕，也是為了民族革命和民主自由而不懈奮鬥的一生。但是對於這一「民族革命」，我們不能作太狹隘的理解。從他一生的革命事迹來看，我們不難發現，無論是早期的反對清廷的「排滿」活動，還是後來的發起成立中國民權保障同盟，他革命的目的，一直是作為一個自由主義知識分子，為了整個中華民族，為了全中國人民的自由、民主與平等，而從來沒有狹隘的種族主義或者愛國主義。清光緒二十九年三月十四、十五日（1903 年 4 月 11、12 日）蔡元培曾在當時積極宣傳反清革命的《蘇報》上發表《釋「仇滿」》〔註50〕一

〔註47〕 周策縱：《五四運動史》，長沙：嶽麓書社，1999 年，第 70 頁注①。

〔註48〕 《蔡元培語言及文學論著》，高平叔編，石家莊：河北人民出版社，1985 年，第 346 頁。

〔註49〕 《蔡元培先生紀念集》，蔡建國編，北京：中華書局，1984 年，第 9 頁。

〔註50〕 《蔡元培全集》第一卷，高平叔編，北京：中華書局，1984 年，第 171～174 頁。

文。在其《口述傳略》裏蔡元培是這樣介紹寫作此文的緣起的：

> 張園之演說會，本合革命與排滿爲一談。而是時鄒蔚丹君作《革命
> 軍》一書，尤持「殺盡胡人」之見解。孑民不甚贊同〔註51〕。

也就是說，該文是針對當時革命志士中排滿情緒太強烈、鄒容等人甚至主張
「驅逐住居中國之滿洲人或殺以報仇」這種情況而發的。蔡元培在文章一開
頭就指出，「吾國人一皆漢族而已，烏有所謂『滿洲人』者哉！」。爲什麼這
麼說呢？他從一般所謂的種族之別的兩個主要的方面「血液」與「風習」上
論證了漢滿兩族漸趨同化的事實。他認爲，「滿洲人」這一名詞在中國，只是
政治特權的符號：「然而『滿洲人』之名詞，則嚇然揭著於吾國，則亦政略上
佔有特權之一記號焉耳。其特權有三：世襲君主，而又以少數人專行政官之
半額，一也；駐防各省，二也；不治實業，而坐食多數人之生產，三也。」
因此他認爲，「今日紛紛『仇滿』之論，皆政略之爭，而非種族之爭」。文章
對那種「無滿不仇，無漢不親；事之有利於滿人者，雖善亦惡；而事之有害
於滿人者，雖凶亦吉」的「純乎種族之見」進行了批評。文章飽含激情地指
出，「夫民權之趨勢，若決江河，沛然莫禦」，「世運所趨，非以多數幸福爲目
的者，無成立之理；凡少數特權，未有不摧敗者」，因此所謂仇滿，固不在彼
──純乎種族之見的反滿興漢，而在此──摧敗少數特權！由此可見，蔡元
培雖積極投身於當時所謂的「排滿」革命，但他所宣揚的「仇滿」，所仇的並
不是民族學意義上的「滿洲人」，而是少數人固有之特權，是腐敗、無能而專
制的封建統治。他心中所激蕩的並不是狂熱的排斥少數民族滿族人的情緒，
而是救國的熱望，是對「民權」的嚮往。

　　其實，蔡元培不僅在中國之內的滿漢關係上不存狹隘的種族主義，就是
在面對外侮、心憂國家存亡之際，他所提倡與追求的也不是狹隘的愛國主義，
而是他所深引以爲自豪的「中國人根本思想」──世界主義、和平主義〔註52〕
等。他 1904 年 2 月中下旬連載於《俄事警聞》上的白話小說《新年夢》中的
一段話很能表現這種思想。在該小說中，眾人在大會上討論到「撤去租界」
這個問題時，有人提出：「他們外國人是講強權，不講公理的……他們就不認
你爲國，就趁機會用兵力來壓制，這什麼好呢？」而壇上人的回答是：「……

〔註51〕《自述與印象：蔡元培》，楊揚編，上海：上海三聯書店，1997 年，第 8 頁。
〔註52〕參見蔡元培：《中國的文藝中興》，《蔡元培語言及文學論著》，高平叔編，石
　　　　家莊：河北人民出版社，1985 年，第 225～230 頁。

現在我們造的水底潛行艦，空中飛行艇，不到三個月，就可用了，他們戰艦來的時候，我們或從水底驟放潛雷，或從空中猛擲炸藥，他們雖有多多鐵甲，也都化作齏粉了。」但他接著又擔心：「但此法太狠，他們艦中的人，一個不能生活。」因此他主張「只好臨時應應急罷了。平日我們還是主張用陸海軍彼此攻擊，傷人較少，所以特別課程，還有當兵一門啊！」在他看來，當外敵來襲之時，我們不能不奮起抵抗與反擊，但抵抗與反擊的目的不是把外敵全部消滅殆盡，而只是爭取與保障我們自己的利益與安全而已。在強權勝過公理的現實社會中，這也許只是一種幼稚善良得近乎迂腐甚至可笑的想法，但這種想法中寄寓著的是多麼高尚而令人感動的和平主義啊！如果我們還覺得這只是小說人物之言，不足以證明蔡元培本人的思想的話，那麼現實生活中發生在蔡元培身上的一件小事恰可與這段小說話語相發明——

　　蔡元培的學生傅斯年回憶說：「凡認識蔡先生的，總知道蔡先生寬以容眾……但少有人知道，蔡先生有時也很嚴詞責人。」他所記得的一次領教蔡先生嚴詞相責的經過是這樣的：

> 北伐勝利之後，我們的興致很高。有一天在先生家中吃飯，有幾個同學都喝了點酒，蔡先生喝得更多。不記得如何說起，說到後來我便肆口亂說了。我說：「我們國家整理好了，不特要滅了日本小鬼，就是西洋鬼子，也要把他趕出蘇伊士運河以西，自北冰洋至南冰洋，除印度、波斯、土耳其以外都要『郡縣』之。」蔡先生聽到這裏，不耐煩了，說：「這除非你作大將。」蔡先生說時，聲色俱厲，我的酒意也便醒了。〔註53〕

在師生歡聚共慶勝利的酒席之上，一個自己素所欣賞與愛重的學生酒後信口胡說了些有悖於世界主義與和平主義的醉話，蔡元培尚且要聲色俱厲地加以批評，則他本人對世界主義與和平主義的執著追求、對狹隘的愛國主義與民族主義的強烈不滿就可見一斑了。而反過來看，對待侵略與蹂躪中國的外敵尚且如此，那麼對待一國之內的其他兄弟民族，也就更不可能存什麼仇視與排斥之心了。因此，把他早年的「排滿」革命與《石頭記索隱》開頭所謂的「《石頭記》者，清康熙朝政治小說也。作者持民族主義甚摯。書中本事，在弔明之亡，揭清之失。」等話語結合起來，就推斷出蔡元培寫作《石頭記索隱》的目的在於宣傳排滿、倡揚民族主義的反滿清的政治傾向，恐怕是對他

〔註53〕《蔡元培先生紀念集》，蔡建國編，北京：中華書局，1984年，第80頁。

的一種誤會。正如劉廣定先生所言，蔡之所謂「政治小說」，只是指含有政界
人物故事的小說而已，與現代「政治小說」意義不同〔註54〕。而「作者持民
族主義甚摯」等語，與其說是論者「持民族主義甚摯」的表述，不如說是論
者本著客觀求實的態度從小說中發現的「事實」，而他本人所抱持的絕非狹隘
的民族主義，所反對的絕非滿族人，而是占少數的統治者的特權，是阻礙社
會進步、讓人民得不到自由平等生活的腐朽專制的封建政權。一言以蔽之，
可以肯定地說，蔡元培寫作《石頭記索隱》，目的並不在宣揚狹隘的民族主義、
倡揚反異族統治的政治傾向。

筆者倒有理由認為，蔡元培寫作《石頭記索隱》，其深層的動機在於提高
語體小說在文學大家庭中的地位，通過肯定語體小說而肯定語體文並從而促
進統一的國語的形成、使用與推廣。

胡適在 1922 年 3 月 13 日的日記中曾摘錄了顧頡剛駁論蔡元培《石頭記
索隱》的一封信。在這封信中顧頡剛指出，「實在蔡先生這種見解是漢以來的
經學家給與他的。」〔註55〕雖然顧頡剛在信裏是對蔡元培研究《紅樓夢》、寫
作《石頭記索隱》所運用的方法和得出的結論進行批評，認為蔡元培繼承了
漢以來的經學家闡釋《易經》、《詩經》等所慣用的方法──「附會的法子」，
但同時他卻也正好指出了這樣一個毋庸置疑的事實，即蔡元培是在像古代經
學家研究儒家經典一樣研究《紅樓夢》。蔡元培的確是這樣做的。而他用治經
的方法研究《紅樓夢》這一行為本身正說明，歷來在正統文學觀念中不登大
雅之堂的、以《紅樓夢》為代表的語體「小說稗類」在他那兒成了可以與儒
家經典、與詩文正統相提並論的研究對象（雖然他不曾像後來胡適那樣明明
白白地大聲宣稱）！以他在學界的崇高地位，以他在社會上強烈而廣泛的影
響，這一行動對於語體小說的推廣，對於小說在社會上、在文學類型中的地
位無疑是一個極大的促進與提升。

前面提到過，蔡元培雖然主要是對《紅樓夢》進行索隱式的研究，但他
對《紅樓夢》的文學價值是有著充分的認識和高度的評價的。他說：

> 許多語體小說裏面，要算《石頭記》是第一部。他的成書總在二百
> 年以前。他反對父母強制的婚姻，主張自由結婚；他那表面上反對
> 肉欲，提倡真摯的愛情，又用悲劇的哲學的思想來打破愛情的纏縛；

〔註54〕劉廣定：《蔡元培〈石頭記索隱〉補遺》，《紅樓夢學刊》，2003 年第 1 輯。
〔註55〕《胡適紅樓夢研究論述全編》，上海：上海古籍出版社，1988 年，第 121 頁。

他反對祿蠹，提倡純粹美感的文學。他反對歷代陽尊陰卑、男尊女卑的習慣，説男污女潔，且説女子嫁了男人，沾染男人的習氣，就壞了。他反對主奴的分別，貴公子與奴婢平等相待。他反對富貴人家的生活，提倡莊稼人的生活。他反對厚貌深情，贊成天真爛漫。他描寫鬼怪，都從迷信的心理上描寫，自己卻立在迷信的外面。照這幾層看來，他的價值已經了不得了。這種表面的長處還都是假象。他實在把前清康熙朝的種種傷心慘目的事實，寄託在香草美人的文字，所以説「滿紙荒唐言，一把辛酸淚。」他還把當時許多瑣碎的事，都改變面目，穿插在裏面。這是何等才情！何等筆力！我看過的書，只有德國第一詩人鞠臺所著的《缶斯脱》（Faust）可與比擬……《石頭記》是北京話，雖不能算是折衷的語體，但是他在文學上的價值，是沒有別的書比得上他，又是我平日研究過的，所以特別的介紹一回。〔註56〕

從這段話中我們至少可以獲得以下幾個信息：蔡元培之所以「特別的介紹一回」《石頭記》，是因為一、《石頭記》是許多語體小説裏面最好的一部；二、《石頭記》在思想上、藝術上都有著了不得的價值；三、《石頭記》表面的香草美人的文字之下，還寄託著前清種種傷心慘目的事實；四、即使放在世界文學之中，《紅樓夢》也是非常了不起的，只有歌德的《浮士德》可與之相媲美。如果單純結合蔡元培的《石頭記索隱》來看，我們也許會以為在這四點之中，蔡元培所最看重的是第三點。但是如果我們瞭解了蔡元培是在什麼場合、為了什麼目的講的這番話，我們就會發現，他之所以特別的介紹《石頭記》，主要為的其實是第一點：它是許多語體小説裏面最好的一部！

這段話是蔡元培 1920 年 6 月 13 日在國語傳習所所作演説的演説詞的最後一部分。這次演説一開始，蔡元培就自問自答，闡明了之所以要有國語的原因。他説：

為什麼要有國語？一是對於國外的防禦，一是求國內的統一。現在世界主義漸盛，似無國外防禦的必要，但我們是弱國，且有強鄰，不能不注意。國內的不統一，如省界，如南北的界，都是受方言的影響。

〔註56〕《蔡元培語言及文學論著》，高平叔編，石家莊：河北人民出版社，1985 年，第 187～188 頁。

既然國語既事關對外防禦與國內統一，又能爲國民生活提供便利〔註 57〕，那當然應該大力提倡國語了。如何造成一種國語呢？蔡元培指出了途徑：

> 我們想造成一種國語，從那裏下手呢？第一是語音，第二是語法，
> 第三是國語的文章。

接下來，在依次分析與介紹了改造語音、語法的方法以後，在「語體文」部分，他「特別的」重點介紹了《石頭記》。也就是說，「《石頭記》是北京話，雖不能算折衷的語體」〔註 58〕，但是作爲「文學上的價值」「沒有別的書比得上」的「許多語體小說裏面」的「第一部」，在造成一種國語的過程中，它還是有資格作爲「國語的文章」的範本的！由此可見，在蔡元培的心目中，《紅樓夢》是與他統一國語的救國思想密不可分的。我們即使不能因此而斷定，他寫作《石頭記索隱》的非常自覺的目的就是爲了吸引更多的人閱讀《紅樓夢》、接受語體文並從而推進國語的統一與應用，但我們完全有理由相信，以他統一國語以救國利民之熱切〔註 59〕，借《紅樓夢》的廣泛傳播以推廣語體文、進而逐步統一國語必然是促使他寫作《石頭記索隱》的潛在的、深層的動機。

　　一個我們不應忽略的事實是，蔡元培即便在極力呼籲統一國語、提倡白話文的同時，也並沒有對文言文進行徹底的否定，沒有像後來的胡適等白話文運動的倡導者那樣把文言文斥爲死文字，沒有主張將文言文決絕地摒棄、毫不留情地扔進歷史的垃圾堆裏去。1920 年 10 月在北京高等師範學校作「論國文的趨勢及國文與外國語及科學的關係」的演說〔註 60〕時，他指出：

〔註 57〕 蔡元培 1922 年還專門撰寫了一篇名爲《國語的應用》的文章，論述了國人應用國語的需要。他認爲，在求知識、謀職業和服務社會這三件最重要的事情上，應用國語都能帶來很大的便利，因此國人必需學習與應用統一的國語。參見高平叔編《蔡元培語言及文學論著》，石家莊：河北人民出版社，1985，第 207～209 頁。

〔註 58〕 在這段演說的前半部分，他曾談到「用那一種語言作國語？有人主張北京話，但北京也有許多土語，不是大多數通行的……國語的標準決不能指定一種方言，還是用吳稚暉先生『近文的語』作標準，是妥當一點。現在通行的白話文，就是這一體。」

〔註 59〕 早在 1916 年秋，蔡元培就與北京各界人士聯合發起成立了「國語研究會」，提倡「國語統一」「言文一致」。該研究會於 1917 年、1918 年及 1919 年均召開大會各一次，通過並改定簡章，舉出蔡元培爲會長。

〔註 60〕 《蔡元培語言及文學論著》，高平叔編，石家莊：河北人民出版社，1985 年，第 189～191 頁。

> 國文分二種：一種實用文，在沒有開化的時候，因生活上的必要發
> 生的；一種美術文，沒有生活上的必要，可是文明時候不能不有的。
> 實用文又分兩種：一種是說明的。譬如對於一樣道理，我的見解與
> 人不同，我就發表出來，好給大家知道。或者預見一件事情，大家
> 討論討論，求一個較好的辦法。或者有一種道理，我已知道，別人
> 還有不知道的，因用文章發表出來……一種是敘述的。譬如自然界
> 及社會的現象，我已見到，他人還沒有見到的，因用文章敘述出
> 來……
> 美術文又分兩種：一種有情的，一種無情的。有情的文章，是自然
> 而然。野蠻人唱的歌……後來慢慢發達，就變作詩詞曲等等了。無
> 情的又分數種：一種是客套的……一種是賣錢的……一種是技巧
> 的……
> 學生的國文既應以實用為主，可是文體應該用白話呢？或則用文言
> 呢？有許多原因，我們不能不主張白話。

在蔡元培看來，「白話與文言，形式不同而已，內容一也」〔註61〕，因此文言
文與白話文之間並沒有你死我活的矛盾，它們是可以同時共存、并行不悖的。
雖然為了現代生活的方便，「我們不能不主張白話」，而且雖然他「敢斷定白
話派一定占優勝。但文言是否絕對的被排斥，尚是一個問題。」照他的觀察，
「將來應用文，一定全用白話。但美術文，或者有一部分仍用文言」〔註62〕。

　　作為一個五歲零一個月就進家塾讀書、十三歲已經學作八股文、十六歲
就考取秀才、二十六歲被朝廷授為翰林編修的舊學才子、通學大儒，蔡元培
可以說是在文言文的浸泡與濡染之下長大並靠文言文而博取功名、獲得盛譽
的。他閱讀文言文自然沒有任何障礙與不適，運用文言文也絕對的揮灑自如，
甚至比一般的舊學之士還要淋漓盡致、「不落恒蹊」。他自己在《口述傳略》
中也不無自得地回憶自己年輕時「偶於書院中為四書文，則輒以古書中通假
之字易常字，以古書中奇特之句法易常調，常人幾不能讀，院長錢振常、王
繼香諸君轉以是賞之。其於鄉、會試，所作亦然」〔註63〕。可以說文言文對

〔註61〕《蔡元培語言及文學論著》，高平叔編，石家莊：河北人民出版社，1985年，
　　　　第164頁。
〔註62〕《蔡元培語言及文學論著》，高平叔編，石家莊：河北人民出版社，1985年，
　　　　第177頁。
〔註63〕《自述與印象：蔡元培》，楊揚編，上海：上海三聯書店，1997年，第2～3頁。

他而言沒有任何不方便之處，他本人對於文言文也沒有絲毫的反感。因此他之所以極力提倡統一國語，提倡應用與推廣統一的國語，完全是爲了廣大民眾考慮。蔡元培是一個憂國憂民意識特別強烈的自由主義知識分子，「從五四到人權聯盟，先生之行在民主自由」，他畢生都在爲了將中國改造成一個科學、民主與自由的現代化的國家而努力。雖然蔡元培極力想要擺脫自居大眾之上的精英感，爲此還特意將自己的號由「民友」改爲「子民」（他曾自問：「吾亦一民耳，何謂民友？」），但事實上在他爲中國社會的自由平等而奮鬥的歲月裏，在社會基本上還蒙昧未開、教育遠未普及、絕大部分民眾都不通文言的情況下，他是當之無愧的精英。正因爲不願意高居少數特權階層之列，恒守一己之精英地位，悲憫或漠然地俯視眾生，他才不惜畢生精力爲社會的改造而奔走呼號。一個自由平等的社會從何建起？在他這樣一個教育家與社會改革家看來，平民教育、教育的普及是必不可少的。而要想做到在平民中普及教育，首先就必須統一國語，推廣白話文。他說：「從前的人，除了國文，可算是沒有別的功課。從六歲起到二十歲，讀的寫的，都是古人的話，所以學得很像。現在應學的科學很多了，要不是把學國文的時間騰出來，怎麼來得及呢？而且從前學國文的人是少數的，他的境遇，就多費一點時間，還不要緊。現在要全國的人都能寫能讀，那能叫人人都費這許多時間呢？」〔註64〕對於有人「靠文言來統一中國」的提議，蔡元培進行反對所據的理由是，「要說是靠文言來統一中國，那些大多數不通文言的人，豈不屏斥在統一之外麼？」〔註65〕他心目中的統一，是理所應當包括所有平民也即「那些大多數不通文言的人」在內的統一。蔡元培還曾經專門寫過一篇文章，談國語的應用。在文章中他談到，我們生在一個國家裏面，最重要的事情莫過於求知識、謀職業和服務社會了。而這三件事都有應用國語的必要。首先，在求知識方面，如果學生會講國語就會很便利，到外地學習就不用學當地方言，也不會有聽不懂的麻煩了。其次，在謀職業方面，要是大家都會國語，去外地謀生，就不會有因語言不通而帶來的障礙了。最後，在服務社會方面，因爲不同地方的人各講自己的方言，與其他地方的人交流與溝通起來就不太容易，這樣往往會引起一些誤會與爭執，引起排斥外鄉人的問題。因此爲了

〔註64〕《蔡元培語言及文學論著》，高平叔編，石家莊：河北人民出版社，1985年，第176頁。
〔註65〕《蔡元培語言及文學論著》，高平叔編，石家莊：河北人民出版社，1985年，第177頁。

「合全國同胞來大公無私爲國家服務」，大家都應該學國語。文章雖然是針對全體國民而言，但重點無疑還是在爲廣大的平民階層而著想。蔡元培統一國語、倡導推廣白話文的目的，從大處說是爲了抵抗外侮、統一國家，而落實到國民生活上，則是爲了爲廣大平民謀便利。可以說在蔡元培眼裏，統一的國語和白話文是廣大平民在社會上的安身立命之本。

在蔡元培的時代，力倡統一國語、使用白話文的，並非只有他一人。事實上，自晚清起，即有不少有識之士極力提倡白話文，主張言文一致。如早在 1887 年，黃遵憲就在《日本國志》這本書中提出了「言文合一」問題。他認爲「語言與文字離，則通文者少，語言與文字合，則通文者多，其勢然也」〔註 66〕，因此「欲令天下之農工商賈婦女幼稚皆能通文字之用，其不得不於此求一簡易之法哉！」〔註 67〕。此後在裘廷梁、陳榮袞、梁啓超等維新派人士的極力標舉之下，僅自 1897 年起的三五年間全國就出現了四五十種白話報刊，掀起了一個頗具規模、頗見成效的白話文運動。當時那些維新派人士之所以提倡白話文，都是爲了「開通民智」〔註 68〕及其「便利敏捷」〔註 69〕起見。因爲自十九世紀上半葉以來，中國無論在與西方「蠻夷」英國的鴉片戰爭還是在與東鄰「蕞爾小國」日本的甲午海戰中都慘遭失敗，被迫簽訂了一系列不平等條約。這些慘痛的失敗與喪權辱國的條約，早已把中國人從「天

〔註 66〕黃遵憲：《日本國志·學術志二·文字》，《黃遵憲全集》（下），陳錚編，北京：中華書局，2005 年。

〔註 67〕黃遵憲：《日本國志·學術志二·文字》，《黃遵憲全集》（下），陳錚編，北京：中華書局，2005 年，第 117～118 頁。

〔註 68〕李文治在「《形聲通》自序」中說，「今宇内憂時之士，憫中土之顛危，慨人心之蔽塞，發憤著書，輒以開通民智爲第一義。」參見《清末文字改革集》第 48 頁。光緒二十九年十一月十一日直隸大學堂王用舟等人「上直隸總督袁世凱書」中主張「出白話報」，因爲「民情頑固，國家一切政治皆無從措手。朝野上下，劃然兩截。宜乎，政治風俗，爾爲爾，我爲我也。今欲開通風氣，宜如何而民始難惑，如何而後民始易曉，是非使人人閱白話報不爲功。白話報者，以一人之演說能達之千萬人，行之千萬里之利器也」。；主張「編白話書」，因爲「夫感動愚人之心，啓發愚人之智，文字常不如語言，深言又不如白話者。人人所共知也。……既出白話報以日新其耳目，復出白話書以陶鎔其志氣，開通風氣，此爲要圖矣。書期人人能讀，話期人人易曉。推行愈廣，成人愈多。」出處同上，第 36～38 頁。

〔註 69〕當時拼音字母的積極主張者勞乃宣這樣說：「字之爲用，所以存其言之迹焉爾。……其體之繁簡難易……各有所宜。欲其高深淵雅，則不厭繁難；取其便利敏捷，則必求簡易。」轉引自趙家璧主編《中國新文學大系 建設理論集》導言。

朝上國」的迷夢中震醒，把深重的民族危機赤裸裸地推到了他們的眼前。在
「亡國滅種」眞眞切切的威脅之下，在「富國強兵」「自強圖存」刻不容緩的
要求之下，在「師夷長技以制夷」、「朝士竟言西學」而仍然扭轉不了中國在
列強面前節節敗退、不斷割地賠款的局面之下，這些有識之士深刻地認識到
了開通民智、普及教育的重要性。他們認爲，「我國言與文相離，故教育不能
普及，而國不能強盛。泰西各國，言文相合，故其文化之發達也易」〔註70〕。
他們深信「識字者多則民智，智則強。識字者少則民愚昧，愚則弱」〔註71〕，
「普及教育，世界第一義也。東西列邦之強，由於民智之開，由於通文字之
人多；其不開，由於通文字之人少」〔註72〕，「故今日欲救中國，非教育普
及不可。欲教育普及，非有易識之字不可。」〔註73〕而具有「省日力」、「除
驕氣」、「免枉讀」、「保聖教」、「便幼學」、「煉心力」、「少棄才」、「便貧民」
〔註74〕等八大益處的白話文自然就成了普及教育、開通民智的首選工具
了，正所謂「智天下之具，莫白話若」〔註75〕，「言文一致，方能保國保種」
〔註76〕！也就是說，在那種民族危亡的緊要關頭，在那些不願「坐視神州
陸沉，聖裔種滅」〔註77〕的「忠臣義士」們看來，那需「聚天下聰明豪傑
之人，終其身沉淪墨海」而方能「幸而通籍」的「清眞雅正」、「高深淵雅」
的文言文，那曾經給了上層人士以進身之階、給了他們區別於「愚夫愚婦」
的優越感的古老的文化資本，不僅已經變得毫無意義，「士至有皓首窮經而
未能盡明其字義者」，令人「自悔三十年以前之精神皆消磨於無用之地」，

〔註70〕朱文熊：《〈江蘇新字母〉自序》，《清末文字改革集》，北京：文字改革出版社，
　　　　1958年，第60頁。
〔註71〕勞乃宣：《〈簡字全譜〉自序》，《清末文字改革集》，北京：文字改革出版社，
　　　　1958年，第77頁。
〔註72〕韓印符等：《陳請資政院頒行官話簡字說帖》，《清末文字改革集》，北京：文
　　　　字改革出版社，1958年，第128頁。
〔註73〕勞乃宣：《進呈〈簡字譜錄〉折》，《清末文字改革集》，北京：文字改革出版
　　　　社，1958年，第80頁。
〔註74〕裘廷梁：《論白話爲維新之本》，轉引自《中國歷代文論選》第四冊，郭紹虞
　　　　主編，上海：上海古籍出版社，1980年，第170頁。
〔註75〕裘廷梁：《論白話爲維新之本》，轉引自《中國歷代文論選》第四冊，郭紹虞
　　　　主編，上海：上海古籍出版社，1980年，第172頁。
〔註76〕黃遵憲：《日本國志·學術志二·文字》，《黃遵憲全集》（下），陳錚主編，北
　　　　京：中華書局，2005年。
〔註77〕溫灝：《序》，《清末文字改革集》，北京：文字改革出版社，1958年，第14
　　　　頁。本段中以下引文多出自該序。

甚至已經嚴重阻礙了教育的普及與民智的開通，嚴重影響到國家的興亡與治亂，因爲「文愈繁則治亦愈衰」，「舞文之弊，遂致傷國脈而喪元氣。固不待中日之戰，已知其致敗有由矣」。在這種時候，如果聽任少數人獨享這種傳統的文化資本，堅持「地可割，款可賠，而文字終不可變」，則國家岌岌可危，「神州陸沉，聖裔種滅」指日可待。而如果拋棄這種文化資本，代之以一種不僅於「博通之儒者」極簡單，而尤爲重要的是於「愚陋之蚩氓」也很便利，「易識易解，性敏者數日而可通；即極鈍之資，至遲數月而無不解者」〔註78〕的新型的文化資本——統一的國語，即白話文，「使學者得免文字之束縛，耽其力以講求經濟」，則「未始非富強之初基」，則民族的統一有望，國家的復興有望！

　　雖然蔡元培和其餘這些維新派知識分子對待廣大平民的態度有平等與俯視之別，他們的最終目的也有利民與救國之偏重，但是在具體的目標上，他們卻是相當一致的，那就是推動國語的統一，推廣白話文。也正是從這一點著眼，我們才發現，蔡元培搞《石頭記索隱》、推崇《紅樓夢》，雖然是一種具體而微小的個人行爲，但這一行爲本身卻表現出濃厚而深刻的社會意義，反映了文言文和白話文兩種文化資本之間無聲而激烈的鬥爭。可以說蔡元培的這一舉動，是爲了把廣大的、無條件習得文言文的平民大眾從語言上統一起來、武裝起來，爲他們爭取開創幸福新生活同時也利於國家的統一與富強的文化資本——統一的國語所做出的努力。

〔註78〕勞乃宣：《進呈〈簡字譜錄〉折》，《清末文字改革集》，北京：文字改革出版
　　　社，1958年，第80頁。

第三章　胡適：現代紅學之一種
——科學主義研究

第一節　新紅學的開山之作——《〈紅樓夢〉考證》

　　1921 年 5 月，胡適的長篇論文《〈紅樓夢〉考證》〔註 1〕作爲上海亞東圖書館新標點系列小說之一《紅樓夢》前言而附在該書卷首出版面世。這篇論文一開頭，胡適就指出「《紅樓夢》的考證是不容易做的」，並毫不客氣地對以往研究這部書的人提出了批評：

　　　　向來研究這部書的人都走錯了道路。他們怎樣走錯了道路呢？他們
　　　　不去搜求那些可以考定《紅樓夢》的著者，時代，版本等等的材料，
　　　　卻去搜羅許多不相干的零碎史事來附會《紅樓夢》裏的情節。他們
　　　　並不曾做《紅樓夢》的考證，其實只做了許多《紅樓夢》的附會！

　　　　〔註 2〕

〔註 1〕　由於初稿是 1921 年 3 月 27 日爲了配合亞東版新標點《紅樓夢》的出版而在
　　　　資料還不太充分的情況下在不到一個月的時間之內匆匆寫就的，比較粗糙，
　　　　因此胡適很快又在學生顧頡剛、俞平伯等的幫助下，搜集了大量的資料，對
　　　　它進行了修改與補充，於 1921 年 11 月 12 日完成了《〈紅樓夢〉考證》改定
　　　　稿。改定稿先被收進同年 12 月亞東圖書館出版的《胡適文存》一集卷三，隨
　　　　後又於 1922 年 5 月附在亞東版新標點《紅樓夢》的再版卷首出版。此後亞東
　　　　版《紅樓夢》多次重印，胡適《〈紅樓夢〉考證》改定稿也隨之而廣泛流傳。
　　　　本文中以下談到的《紅樓夢考證》所指即其改定稿。
〔註 2〕　《胡適紅樓夢研究論述全編》，上海：上海古籍出版社，1988 年，第 75 頁。

在對這種「附會的『紅學』」中的主要三派——以王夢阮的《紅樓夢索隱》爲代表的「清世祖與董鄂妃」說派、以蔡元培《石頭記索隱》爲代表的「清康熙朝政治小說」說派和納蘭成德說派——逐一進行了介紹與駁斥以後，胡適提出了「真正瞭解《紅樓夢》」的正確方法與做《紅樓夢》考證的「正當範圍」：

> 我們只須根據可靠的版本與可靠的材料，考定這書的著者究竟是誰，著者的事迹家世，著者的時代，這書曾有何種不同的本子，這些本子的來歷如何。〔註3〕

在這篇論文中，胡適在「著者」與「本子」這兩個問題上著手，運用他「力所能搜集的材料，參考互證」，「處處想撇開一切先入的成見；處處存一個探求證據的目的；處處尊重證據，讓證據做向導」〔註4〕，引出了「一些比較的最近情理的結論」，主要如下：

《紅樓夢》的著者是曹雪芹；《紅樓夢》最初只有八十回，後四十回是高鶚補作的；《紅樓夢》是一部隱去真事的自敘：裏面的甄、賈兩寶玉，即是曹雪芹自己的化身，甄賈兩府即是當日曹家的影子。

胡適對自己的《〈紅樓夢〉考證》一文所運用的研究方法以及所取得的成果是頗爲自信的。在文章的結尾他說：

> 我的許多結論也許有錯誤的，——自從我第一次發表這篇《考證》以來，我已經改正了無數大錯誤了，——也許有將來發見新證據後即須改正的。但我自信：這種考證的方法，除了《董小宛考》之外，是向來研究《紅樓夢》的人不曾用過的。我希望我這一點小貢獻，能引起大家研究《紅樓夢》的興趣，能把將來的《紅樓夢》研究引上正當的軌道去：打破從前種種穿鑿附會的「紅學」；創造科學方法的《紅樓夢》研究。〔註5〕

胡適把西方實驗主義的科學法則和我國古代的考據學、考證學方法相結合，在對《紅樓夢》的研究中「大膽的假設，小心的求證」，在方法上與以蔡元培爲代表的索隱派確實有了很大的不同，「將《紅樓夢》從繆悠之說、揣測之詞的迷霧中解脫出來，將它落實到科學研究的基地上來」〔註6〕，所得出的結論也比較令人信服，「使得噓氣結成的仙山樓閣換做了磚石砌成的奇偉

〔註3〕《胡適紅樓夢研究論述全編》，上海：上海古籍出版社，1988年，第86頁。
〔註4〕《胡適紅樓夢研究論述全編》，上海：上海古籍出版社，1988年，第118頁。
〔註5〕《胡適紅樓夢研究論述全編》，上海：上海古籍出版社，1988年，第118頁。
〔註6〕白盾：《胡適評紅的百年反思》，《紅樓夢學刊》，2005年，第4期。

建築」〔註7〕；也因此在學界產生了巨大而深遠的影響，獲得了廣泛的認同，被公認爲開創了紅學研究的新紀元，「起到了開先啓後的劃時代作用，標誌了中國文化史上的一個分水嶺和新紀元」〔註8〕。

　　胡適不僅在《〈紅樓夢〉考證》一文中一再指斥蔡元培的《石頭記索隱》爲「很牽強的附會」，猜「笨謎」，而且在 1922 年所作的《跋〈紅樓夢考證〉》一文的結尾還特意引用了亞里士多德在其《尼可馬鏗倫理學》裏的一段話：

　　　討論這個學說使我們感覺一種不愉快，因爲主張這個學說的人是我
　　　們的朋友。但我們既是愛智慧的人，爲維持眞理起見，就是不得已
　　　把我們自己的主張推翻，也是應該的。朋友和眞理既然都是我們心
　　　愛的東西，我們就不得不愛眞理過於愛朋友了。〔註9〕

並且特別說明：「我把這個態度期望一切人，尤其期望我所最敬愛的蔡先生。」可見他對蔡元培的《石頭記索隱》所持的批判態度是極其鮮明而堅決的。而學界在這一點上對他的認同也是相當明顯的。事實上，自從他的《〈紅樓夢〉考證》一文一出，由其所開創的考證紅學就被稱爲「新紅學」，而此前包括蔡元培的《石頭記索隱》在內的《紅樓夢》研究則被明顯帶有貶義地當成了「舊紅學」。

第二節　胡適考證《紅樓夢》的背景與動機

　　關於蔡胡二人思想方法與學術觀點的差異已有不少人進行過探討，此處不贅述。但筆者感興趣的是，他們二人的《紅樓夢》研究，難道就沒有什麼共同之點嗎？當然，我所希望發現的共同之點，並不是二者共有的缺點。關於後者，在「新紅學」成爲紅學研究主流之後，雖沒有太引起學界的注意，但也斷斷續續有一些研究者進行過探討。如早在 1925 年 2 月就有黃乃秋有感於「胡君之所以責人者是，而所以自處者非也」，而在《學衡》雜誌上發表《評胡適紅樓夢考證》一文，從胡適在《〈紅樓夢〉考證》中對於「本子」與「著者」兩方面的考證入手，細細討論，以證明胡氏「其所以斥人者甚是；惟其積極之論端，則猶不免武斷，且似適蹈王夢阮、蔡子民附會之覆轍」〔註10〕。

〔註 7〕　《顧頡剛序》，俞平伯《紅樓夢辨》，上海：亞東圖書館，1923 年。
〔註 8〕　《顧頡剛序》，俞平伯《紅樓夢辨》，上海：亞東圖書館，1923 年。
〔註 9〕　《胡適紅樓夢研究論述全編》，上海：上海古籍出版社，1988 年，第 141 頁。
〔註 10〕　《紅樓夢研究稀見資料彙編》（上），呂啓祥、林東海主編，北京人民文學出
　　　　　版社，2001 年，第 129～142 頁。

1928 年更有一位怡墅先生直截了當地稱「胡適之先生在他的《紅樓夢考證》裏謂蔡說爲附會的紅學；謂之爲『走錯了道路』；謂之爲『大笨伯』；『笨謎』；謂之爲『很牽強的附會』；我看胡先生也不免是『五十步笑百步』！因爲不『牽強附會』，那裏能考證出一部非『歷史小說』的小說呢？」〔註 11〕而在 2005 年才出版的《紅學通史》中，作者陳維昭也指出：「一方面，『新紅學』對現代學術的最大貢獻在於它用實證的方法對《紅樓夢》的作者和版本方面一系列重大問題進行考證……另一方面，胡適還用實證的方法（有時也用索隱方法）對《紅樓夢》的歷史本事進行還原，這時，他表現出與索隱紅學相同的旨趣。」〔註 12〕而我所感興趣的是，在比較積極的方面，蔡、胡二人的《紅樓夢》研究有沒有什麼共同之點？

我們還是先來看看胡適爲什麼進行《紅樓夢》考證。

作爲「新紅學」的開山祖師，從 1921 年的《紅樓夢考證》始，到 1962 年 2 月逝世前四日所寫的《紅樓夢問題最後一信》止，胡適一生所寫有關《紅樓夢》的考證研究文章書信，共約 15 篇，計 10 萬餘字，差不多佔了他的小說考證文字的四分之一〔註 13〕。對於與《紅樓夢》有關的問題，他無疑是非常感興趣的，爲此耗費了大量的心血與時間。那麼他對於《紅樓夢》這部作品本身評價如何呢？

胡適晚年說過一些對《紅樓夢》評價不夠高的話。在 1960 年 11 月分別致蘇雪林和高陽的信以及 1961 年 1 月致蘇雪林和高陽的信中，胡適談到：

> 我寫了幾萬字考證《紅樓夢》，差不多沒有說一句讚頌《紅樓夢》的文學價值的話……我只說了一句「《紅樓夢》只是老老實實的描寫這一個『坐吃山空』，『樹倒猢猻散』的自然趨勢，因爲如此，所以《紅樓夢》是一部自然主義的傑作」……
>
> 這一句話已經是過分讚美《紅樓夢》了。
>
> 《紅樓夢》的主角就是含玉而生的赤霞宮神瑛侍者的投胎；這樣的見解如何能產生一部「平淡無奇的自然主義」的小說！
>
> ……《紅樓夢》在思想見解上比不上《儒林外史》，在文學技術上比

〔註 11〕 《紅樓夢研究稀見資料彙編》（上），呂啓祥、林東海主編，北京人民文學出版社，2001 年，第 280 頁。

〔註 12〕 陳維昭：《紅學通史》（上），上海：上海人民出版社，2005 年，第 143～144 頁。

〔註 13〕 易竹賢：《胡適傳》，武漢：湖北人民出版社，2005 年，第 119～200 頁。

不上《海上花》，也比不上《儒林外史》——也可以說，還比不上《老
殘遊記》。〔註14〕

有的學者認為這是他的「偶爾失言，或一時的憤激之語」〔註15〕，有的認為
是他老來糊塗，自己都不知道自己在說些什麼，有的甚至因此而對他「十分
失望」，「益發深信」他「對芹書根本沒有認真研讀，他寫《紅樓夢考證》，一
點兒也不是特別重視芹書，只不過是為了提倡『白話文』，對幾部章回小說名
著加以『整理』，為了印行，才逐一地各作一番考證罷了」〔註16〕。

　　胡適早年寫作《〈紅樓夢〉考證》是為了提倡白話文，此話不假；晚年因
為反感於大陸轟轟烈烈的批胡運動而評紅時語帶憤激也在人情之中，不無可
能性；但若以為他是偶爾失言、老糊塗、一點兒也不特別重視芹書，甚至「對
中華語文的品格高下優劣是如此缺乏審美鑒賞力」〔註17〕，則是筆者所不敢
苟同的。

　　儘管經歷了幾十年的歲月之後人們對同一事物的觀點發生改變（甚至是
重大改變）是十分常見同時也是非常合情合理的事情，但是就胡適而言，實
際的情況卻是，他在暴得大名的青春韶華與垂垂老矣的暮年時分對《紅樓夢》
的評價並沒有多大的改變。

　　胡適少年時代在安徽老家就偷偷地讀了許多小說，其中就有《紅樓夢》。
這些「閒書」讓他如癡如醉，在多年以後所作的《四十自述》中他還忍不住
激動地說，《水滸傳》「這一本破書忽然為我開闢了一個新天地，忽然在我的
兒童生活史上打開了一個新鮮的世界！」〔註18〕對年少而身處封閉的鄉村、
整天被老師要求念四書五經的胡適而言，這句話移諸《紅樓夢》無疑也是同
樣有效的。而且兒時的這種閱讀經驗無疑只是一種粗淺的文學閱讀經驗。這
種兒時愉快而朦朧的閱讀經驗延伸到成年，就成了一種依然愉快但卻比較清

〔註14〕《胡適紅樓夢研究論述全編》，上海：上海古籍出版社，1988 年，第 278〜293
　　　　頁。
〔註15〕白盾：《悟紅論稿——白盾論紅樓夢》，北京：文化藝術出版社，2005 年，第
　　　　380 頁。
〔註16〕周汝昌：《我與胡適先生》，《追憶胡適》，歐陽哲生選編，北京：社會科學文
　　　　獻出版社，2000 年，第 59〜60 頁。
〔註17〕周汝昌：《我與胡適先生》，《追憶胡適》，歐陽哲生選編，北京：社會科學文
　　　　獻出版社，2000 年，第 59 頁。
〔註18〕《胡適文集》（1），歐陽哲生選編，北京：北京大學出版社，1998 年，第 49
　　　　〜50 頁。

楚明確的認識。有證據表明，雖然胡適一生研究《紅樓夢》所運用的方法都是所謂的「考證學的方法」，他並沒有專門寫用文學批評的方法研究《紅樓夢》的文章，但他對《紅樓夢》的文學價值還是有很深刻而獨特的感受與認識的：

在 1917 年 1 月發表於《新青年》上鼓吹文學革命、提倡白話文學的第一篇正式宣言《文學改良芻議》中，胡適宣稱「今人猶有鄙夷白話小說為文學小道者，不知施耐庵、曹雪芹、吳趼人皆文學正宗，而駢文律詩乃眞小道耳。」〔註19〕

在 1918 年 10 月的《文學進化觀念與戲劇改良》一文中，他談到：

> 中國文學最缺乏的是悲劇的觀念。無論是小說，是戲劇，總是一個美滿的團圓……有一兩個例外的文學家，要想打破這種團圓的迷信，如《石頭記》的林黛玉不與賈寶玉團圓……但是這種結束法是中國文人所不許的，於是有《後石頭記》、《紅樓圓夢》等書，把林黛玉從棺材裏掘起來好與賈寶玉團圓……這種「團圓的迷信」乃是中國人思想薄弱的鐵證。做書的明知世上的眞事都是不如意的居大部分，他明知世上的事不是顛倒是非，便是生離死別，他卻偏要使「天下有情人都成了眷屬」，偏要說善惡分明，報應昭彰。他閉著眼睛不肯看天下的悲劇慘劇，不肯老老實實寫天工的顛倒慘酷，他只圖說一個紙上的大快人心。這便是說謊的文學。更進一層說：團圓快樂的文字，讀完了，至多不過能使人覺得一種滿意的觀念，決不能叫人有深沉的感動，決不能引人到澈底的覺悟，決不能使人起根本的思量反省。例如《石頭記》寫林黛玉與賈寶玉，一個死了，一個出家做和尚去了，這種不滿意的結果方才可以使人傷心感歎，使人覺悟家庭專制的罪惡，使人對於人生問題和家庭社會問題發生一種反省。若是這一對有情男女竟能成就「木石姻緣」，團圓完聚，事事如意，那麼曹雪芹又何必作這一部大書呢？這一部書還有什麼「餘味」可說呢？……有這種悲劇的觀念，故能發生各種思力深沉，意味深長，感人最烈，發人猛省的文學〔註20〕。

〔註19〕《中國新文學大系　建設理論集》（影印本），趙家璧主編，上海：上海文藝出版社，1981 年，第 42 頁。

〔註20〕《中國新文學大系　建設理論集》（影印本），趙家璧主編，上海：上海文藝出版社，1981 年，第 382～383 頁。

在 1921／1922 年的《〈紅樓夢〉考證》一文中，他說：「《紅樓夢》是一部自然主義的傑作。那班猜謎的紅學大家不曉得《紅樓夢》的眞價值正在這平淡無奇的自然主義上面。」〔註21〕並且「平心而論」，認爲「高鶚補的後四十回，雖然比不上前八十回，也確然有不可埋沒的好處。他寫司棋之死，寫鴛鴦之死，寫妙玉的遭劫，寫鳳姐的死，寫襲人的嫁，都是很精彩的小品文字。最可注意的是把這些人都寫作悲劇的下場。還有那最重要的『木石前盟』一件公案，高鶚居然忍心害理的教黛玉病死，教寶玉出家，作一個大悲劇的結束，打破中國小說的團圓迷信。這一點悲劇的眼光，不能不令人佩服。……我們不但佩服，還應該感謝他。因爲他……居然替中國保存了一部有悲劇下場的小說！」〔註22〕

在 1922 年 3 月寫的《五十年來中國之文學》中，他說：白話小說起於宋代，到明朝才到了成人時期；《水滸傳》、《金瓶梅》、《西遊記》都是出在這個時代。清初的《水滸後傳》、乾隆時代的《儒林外史》與《紅樓夢》都是很好的作品……這五百年之中流行最廣、勢力最大、影響最深的，就是《水滸》、《三國》、《西遊》、《紅樓》等那幾部小說〔註23〕。

在 1935 年寫的《中國新文學大系 建設理論集》導言裏，他說：「舊日講文學史的人……只看見了方苞、姚鼐、惲敬、張惠言、曾國藩、吳汝綸，他們全不看見方、姚、曾、吳同時還有更偉大的天才正在那兒用流麗深刻的白話來創作《醒世姻緣》、《儒林外史》、《紅樓夢》、《鏡花緣》、《海上花列傳》。〔註24〕

即使在晚年發出讓許多人遺憾與困惑的「酷評」，認爲「《紅樓夢》在思想見解上比不上《儒林外史》，在文學技術上比不上《海上花》，也比不上《儒林外史》──也可以說，還比不上《老殘遊記》」，其實也還是在以一種冷靜的態度與進化的眼光〔註25〕進行客觀的評價，而且就在這同時他還不忘提醒

〔註21〕《胡適紅樓夢研究論述全編》，上海：上海古籍出版社，1988 年，第 108 頁。
〔註22〕《胡適紅樓夢研究論述全編》，上海：上海古籍出版社，1988 年，第 117～118頁。
〔註23〕《胡適文集》（3），歐陽哲生選編，北京：北京大學出版社，1998 年，第 251頁。
〔註24〕《中國新文學大系　建設理論集》（影印本），趙家璧主編，上海：上海文藝出版社，1981 年，第 21 頁。
〔註25〕胡適一向是非常強調用歷史進化的眼光看待文學作品的。早在《文學改良芻議》一篇中他就指出「文學者，隨時代而變遷者也。一時代有一時代之文學……

蘇雪林等藐視《紅樓夢》與曹雪芹之人，不能無視曹雪芹創作時的境況而對他「不公允」。他認為曹雪芹是一位最不幸的作家，「值得我們無限悲哀的同情」和「惋惜與諒解」：

> 曹雪芹有種種大不幸。他有天才而沒有受到相當好的文學訓練，是一大不幸。他的文學朋友都不大高明，他的文學環境與背景都不大高明，是二大不幸。他的貧與病使他不能從容寫作，使他不能從容細細改削他的稿本，使他不得不把未完成的稿本趕抄去換銀錢來買面買藥，是三大不幸。他的小說的結構太大了，他病中的精力已不夠寫完成了，他死時只留下一部未完的殘稿，是四大不幸……《紅樓夢》沒有經過長時期的修改，也沒有得到天才文人的仔細修改，是《紅樓夢》的最大不幸。〔註26〕

顯而易見，他是很喜歡《紅樓夢》的，對《紅樓夢》與曹雪芹的文學評價也很高，只不過是沒有像很多人那樣將他們擡到至高無上的近乎神化的地位而已。在他眼裏，《紅樓夢》一直是中國最好的幾部白話小說之一。曹雪芹是個天才的作家，但因為條件的限制，天才未能充分地發揮。倘若天假其年其便，《紅樓夢》是可以成為一部更偉大的作品的。

因此，我們可以很肯定地說，胡適寫作《〈紅樓夢〉考證》一文，目的雖不在肯定其文學價值，但毫無疑問是以對《紅樓夢》的文學價值之高度評價為基礎與出發點的。那麼他進行《紅樓夢》考證工作的動機何在呢？

在一些文章與講話中，胡適曾反覆申明他的《〈紅樓夢〉考證》「是考證方法的一個實例」，是「赫胥黎、杜威的思想方法的實際應用」〔註27〕。他之所以要考證《紅樓夢》，是「要教人一個思想學問的方法」，「要教人疑而後信，考而後信，有充分證據而後信」〔註28〕。

從1920年起，胡適開始對一系列傳統小說進行考證。胡適自己在其《口述自傳》中說：

> 吾輩以歷史進化之眼光觀之，決不可謂古人之文學皆勝於今人也。左氏史公之文奇矣。然施耐庵之《水滸傳》視《左傳》、《史記》，何多讓焉。《三都》、《兩水》之賦富矣。然以視唐詩宋詞，則糟粕耳。此可見文學因時進化，不能自止。」

〔註26〕《胡適紅樓夢研究論述全編》，上海：上海古籍出版社，1988年，第278～294頁。

〔註27〕《胡適紅樓夢研究論述全編》，上海：上海古籍出版社，1988年，第192頁。

〔註28〕《胡適紅樓夢研究論述全編》，上海：上海古籍出版社，1988年，第194頁。

> 從 1920 年到 1933 年，在短短的十四年之間，我以「序言」、「導論」
> 等不同的方式，爲十二部傳統小說大致寫了三十萬字〔的考證文
> 章〕。〔註29〕

而據易竹賢先生調查，當時亞東圖書館出版的新式標點本傳統小說，共 16 種。
第一種是《水滸傳》，1920 年 8 月初版；第二種是《儒林外史》，同年 11 月初
版；第三種是《紅樓夢》，1921 年 5 月初版；第四種是《西遊記》，同年 12 月
初版；以下還有《三國演義》、《鏡花緣》、《水滸續集》、《老殘遊記》、《海上
花》、《兒女英雄傳》、《三俠五義》、《官場現形記》、《宋人話本八種》、《醒世
姻緣傳》及《今古奇觀》、《十二樓》等。前 14 種「全有胡適之先生的考證傳
序或引論」〔註30〕

　　也就是說，《紅樓夢》並不是胡適考證過的唯一一部小說，甚至也還不是
他考證的第一部小說，而是他大量而系統地研究中國傳統小說的一個小小的
部分。胡適認爲，以這十幾種小說爲代表的中國傳統小說──

> 一共有兩種體裁：第一種是由歷史逐漸演變出來的小說，例如《三
> 國演義》、《西遊記》、《封神榜》、《水滸傳》，等等。這些小說都經過
> 了幾百年的流傳〔最後才寫出有現在形式的定稿〕。它們最初多爲一
> 些流行故事，由說書的或講古的人〔加以口述〕……對這些小說，
> 我們必須用歷史演進法去搜集它們早期的各種版本，來找出它們如
> 何由一些樸素的原始故事逐漸演變成爲後來的文學名著。
> 第二種小說是創造的小說，例如《紅樓夢》。對這一種小說我們就必
> 須盡量搜尋原作者的身世和傳記數據，以及作品本身版本的演變及
> 其他方面有關的資料。〔註31〕

而他在所有有關這兩種小說的研究中，用的是同一種考據方法。也就是說，
對這些中國傳統小說的考證，給他提供了最好的機會「來闡明和傳播由證據
出發的思想方法」〔註32〕。

〔註29〕《胡適口述自傳》，唐德剛編，桂林：廣西師範大學出版社，2005 年，第 187
　　　　頁。
〔註30〕易竹賢：《胡適傳》，武漢：湖北人民出版社，2005 年，第 186 頁注 3。
〔註31〕《胡適口述自傳》，唐德剛編，桂林：廣西師範大學出版社，2005 年，第 188
　　　　頁。
〔註32〕《胡適口述自傳》，唐德剛編，桂林：廣西師範大學出版社，2005 年，第 187
　　　　頁。

作爲一個社會責任感特別強烈的中國現代知識分子〔註 33〕，胡適終生坐而言、起而行想要實現的目標和梁啓超的一樣，就是「新民」，就是「再造文明」，即改造中國的民族，要把這老大的病夫民族改造成一個新鮮活潑的民族〔註 34〕。然而早在 1918 年前後胡適即已失望地認識到追求政治途徑以改造社會的無裨於事〔註 35〕。對於他而言，再造文明最好莫過於嘗試思想改革的途徑。胡適之所以如此不遺餘力地「闡明和傳播由證據出發的思想方法」，正是因爲他已經選擇從思想方面入手在中國再造一個「科學」與「民主」的文明社會。按照他的理解，「民主」是一種生活方式，是一種習慣性的行爲。「科學」則是一種思想和知識的法則。科學和民主兩者都牽涉一種心理狀態和一種行爲的習慣、一種生活方式〔註 36〕。只有依照科學法則和科學精神，運用科學方法，「才使我們不讓人家牽著鼻子走」〔註 37〕。只有大眾逐漸學會了用評判的態度看待事物，用科學的方法研究問題，一個民主與科學的社會才有望逐漸造成。

而用白話來代替文言，用白話文學來代替文言文學，從最初開始在他的構想中就是思想改革的一個重要的組成部分。眾所周知，胡適以一個二十六七歲的青年而「暴得大名」，最初純粹是因爲他提倡文學革命。1917 年 1 月他的《文學改良芻議》一文在《新青年》上發表。文章開宗明義，指出文學改良需從八事入手：

> 吾以爲今日而言文學改良，須從八事入手。八事者何？
>
>> 一曰，須言之有物。
>>
>> 二曰，不摹倣古人。

〔註 33〕 早在 1915 年還在美國留學之時，胡適就在日記中寫道：「蓋吾返觀國勢，每以爲今日祖國事事需人，吾不可不周知博覽，以爲他日爲國人導師之預備。……吾所貢獻於社會者，惟在吾所擇業耳。吾之天職，吾對於社會之責任，唯在竭吾所能，爲吾所能爲。」（見《胡適日記》第 26 頁，沈衛威編，山西教育出版社，1997 年版）

〔註 34〕 羅志田：《再造文明的嘗試》，北京：中華書局，2006 年，第 49 頁。

〔註 35〕 參見周策縱《五四運動史》，長沙：嶽麓書社，1999 年，第 326 頁；周明之：《胡適與中國現代知識分子的選擇》，桂林：廣西師範大學出版社，2005 年，第 175 頁。

〔註 36〕 《胡適口述自傳》，唐德剛編，桂林：廣西師範大學出版社，2005 年，第 187 頁。

〔註 37〕 《胡適口述自傳》，唐德剛編，桂林：廣西師範大學出版社，2005 年，第 188 頁。

三曰，須講求文法。

四曰，不作無病之呻吟。

五曰，務去濫調套語。

六曰，不用典。

七曰，不講對仗。

八曰，不避俗字俗語。

他的「言之有物」之所謂「物」，不同於古人所謂「文以載道」之「道」，而是指有情感、有思想，有「今日社會」「這一個時代」的情感與思想。而文學要能有效地表達當代的新的情感與思想，則不能不運用當代的「活的工具」——新鮮的活潑的口語，一種「人民的活生生的語言」，因為「語言是最重要的思想和表達的載體」〔註38〕。因此他極力反對摹倣古人，反對作文作詩用「三千年前之死字」、「不能行遠不能普及之秦漢六朝文字」，而大力肯定不避俗語俗字的通俗行遠的白話小說。他說：「吾每謂今日之文學，其足與世界『第一流』文學比較而無愧色者，獨有白話小說一項。此無他故，以此種小說皆不事摹倣古人……而惟實寫今日社會之情狀，故能成真正文學」，甚至提出「白話文學為中國文學之正宗」、「為將來文學之利器」的觀念。

在當時的中國，經由晚清梁啓超等人的「小說界革命」之努力，經由晚清以來「國語」、「白話文」之提倡，社會上已經出現了一些白話報，出現了不少白話小說與文章，甚至連古文大家林紓也不僅大量翻譯西方小說，而且稱某些西方小說家為可以與太史公比肩〔註39〕。然而提倡白話者往往只是把白話當作開啟民智的工具，而並不認同白話文學。相反，他們仍認為文言的古文、駢文和律詩才是高雅的文學，仍然只作古文古詩，正如胡適在《五十年來中國之文學》中所言，「二十多年來，有提倡白話報的，有提倡白話書的，有提倡官話字母的，有提倡簡字字母的……這些人可以說是『有意的主張白話』，但不可以說是『有意的主張白話文學』。他們的最大缺點是把社會分作兩部分：一邊是『他們』，一邊是『我們』，一邊是應該用白話的『他們』，一邊是應該做古文古詩的『我們』。我們不妨仍舊吃肉，但他們下等社會不配

〔註38〕《胡適作品集》（第 37 冊），臺北：遠流出版事業股份有限公司，1986 年，第 246 頁。

〔註39〕鄭振鐸：《林琴南先生》，《林紓的翻譯》，錢鍾書著，北京：商務印書館，1981 年，第 17 頁。

吃肉，只好拋塊骨頭給他們去吃罷」〔註40〕。提倡小說者，則往往將小說與
經史相比附，強調其教化功能和啓蒙作用，以之爲服務於政治運動的工具，
而並未眞正以文學目之，而且往往雖認可通俗小說而鄙視白話。即以林紓爲
例，他本人帶頭打破中國文人歷來對於小說以「小道」目之的傳統，以一個
鼎鼎大名的桐城派「古文家」而動手翻譯了 156 部西方通俗小說（包括戲劇），
且稱他們的小說家爲可以與太史公比肩，而另一方面這些小說卻全是以文言
文譯出的，而且林紓明確反對推行白話文、白話文學。他擔心「若盡廢古書，
行用土語爲文字，則都下引車賣漿之徒，所操之語，按之皆有文法，不類閩、
廣人爲無文法之嗚啾。據此，則凡京、津之稗販，均可用爲教授矣。」〔註41〕
因此，胡適的公然宣稱「白話文學爲中國文學之正宗」、公然提倡不避俗語俗
字的白話文學的《文學改良芻議》一出，在當時的中國文壇和中國思想界引
起了巨大的反響，並由此拉開了文學革命——中國文學史上第一次眞正偉大
的革命的序幕。陳獨秀最先起來響應，他在 1917 年 2 月《新青年》第 2 卷第
6 號上發表《文學革命論》，正式舉起標有「三大主義」的文學革命旗幟。他
寫道：「余甘冒全國學究之敵，高張『文學革命軍』大旗，以爲吾友之聲援。
旗上大書特書吾革命軍三大主義：曰推倒雕琢的阿諛的貴族文學，建設平易
的抒情的國民文學；口推倒陳腐的鋪張的古典文學，建設新鮮的立誠的寫實
文學；曰推倒迂晦的艱澀的山林文學，建設明瞭的通俗的社會文學」〔註42〕。
接著，北京大學的師生錢玄同、劉半農、周作人、傅斯年等也紛紛撰文，展
開了熱烈的討論；而以魯迅爲代表的作家們，則以其創作的白話文學作品，「顯
示了文學革命的實績」。令胡適出乎意料而且高興的是，他們的鬥爭「如此之
快」地「獲得了部分的勝利。其中重要的部分就是以白話文爲教育的工具」，
因爲「在 1920 年，北京政府教育部便正式通令全國，於是年秋季始業，所有
國民小學中第一二年級的教材，必須完全用白話文。政府並且規定，小學一
二年級原用的〔文言文〕老教材，從今以後要一律廢除。小學三年級的老教
材限用到 1921 年。四年級老教材，則限至 1922 年〔過此也都一律廢除〕。所
以在 1922 年以後，所有的小學教材都要以國語（白話）爲準了」〔註43〕。而
令他「感覺到不滿意」的是，雖然「從文學方面來說，白話文學在 1916～1917

〔註40〕《胡適文集》(3)，歐陽哲生選編，北京：北京大學出版社，1998 年，第 252 頁。
〔註41〕林紓：《畏廬三集》，北京：商務印書館，1924 年，第 27～28 頁。
〔註42〕陳獨秀：《文學革命論》，《新青年》，1917 年第 2 期。
〔註43〕《胡適口述自傳》，唐德剛編，桂林：廣西師範大學出版社，2005 年，第 165 頁。

年間也就開始產生了」，「1918 年 1 月之後，所有的文學創作用的都是白話了」，然而「文學方面的進展是相當緩慢的」〔註 44〕。張恨水等人用古文所寫的文言通俗小說在下層民眾中大受歡迎，而在相當長的一段時間內，接受白話小說的卻只是特定一部分人。可以說，原有意面向「引車賣漿者流」的白話小說只在上層精英知識分子和追隨他們的邊緣知識分子中流傳，而原被認爲是爲上層精英分子說法的古文卻在更低（底）層但有閱讀能力的大眾中風行〔註 45〕。究其原因，除了創作者有意識無意識的精英感、與下層廣大民眾的疏離等各種複雜的因素以外，恐怕很大程度上還是由於創作者提倡有心而創作無力，結果導致當時很多白話小說啓蒙味道太濃，生活氣息較少，而技巧又不夠圓熟，除了語言是白話可能讓一般民眾閱讀無礙外，其他從內容到形式各方面都讓一般讀者接受起來尚有困難。從這一點著眼，則胡適從 1920年開始的「整理國故」的重要內容之一——選擇一系列傳統白話小說作爲實踐科學方法的研究對象進行考證，也不能排除這樣一種考慮，即不滿於當時的白話小說創作與接受的情況，故特意整理文學國故，分清「國渣」與「國粹」，從而提供一些優秀的古典白話小說作爲新文學的榜樣。

　　其實以優秀的古典白話小說作爲新文學的榜樣這一層意思胡適早在 1918年 4 月 15 日《新青年》第 4 卷第 4 號上發表的《建設的文學革命論》一文中就明白地表述出來了。在該文中他指出，「創造新文學的進行次序，約有三步：（一）工具，（二）方法，（三）創造。」而工具的預備方法，約有兩種。第一就是「多讀模範的白話文學。例如，《水滸傳》、《西遊記》、《儒林外史》、《紅樓夢》……」。不過他認爲，單有「工具」，沒有方法，即單靠白話，沒有高明的文學方法，也創造不出眞正的新文學。雖然胡適認爲「中國文學的方法實在不完備，不夠作我們的模範……小說好的，只不過三四部，這三四部之中，還有許多疵病」，「西洋的文學方法，比我們的文學，實在完備的多，高明得多，不可不取例」，因此「不可不趕緊翻譯西洋的文學名著，做我們的模範」，但是在具體論述「文學的方法」之時，還是明顯地流露出他是時時處處以中國文學中這「三四部」好小說作爲新文學取鑒的對象的。他說：「我以爲將來的文學家收集材料的方法，約如下：甲、推廣材料的區域。官場妓院與齷齪社會三個區域，決不夠採用……一切家庭慘變，婚姻苦痛，女子之位置，

〔註44〕《胡適口述自傳》，唐德剛編，桂林：廣西師範大學出版社，2005 年，第 166頁。
〔註45〕羅志田：《再造文明的嘗試》，北京：中華書局，2006 年，第 127 頁。

教育之不適宜，……種種問題，都可供文學的材料。乙、注意實地的觀察和個人的經驗……眞正文學家的材料大概都有『實地的觀察和個人的自己的經驗』做個根底。不能作實地的觀察，便不能做文學家；全沒有個人的經驗，也不能做文學家。丙、要用周密的理想作觀察經驗的補助。實地的觀察和個人的經驗，固是極重要，但是也不能全靠這兩件。例如施耐庵若單靠觀察和經驗，決不能做出一部《水滸傳》……寫人要舉動，口氣，身分，才性，……都要有個性的區別。件件都是林黛玉，決不是薛寶釵；件件都是武松，決不是李逵。寫境要一喧，一靜，一石，一山，一雲，一鳥，……也都要有個性的區別。《老殘遊記》的大明湖，決不是西湖，也決不是洞庭湖；《紅樓夢》裏的家庭，決不是《金瓶梅》裏的家庭。」

　　當然，除了給新文學整理出學習的榜樣以外，他以「科學的方法」考證古典白話小說，更主要的是意在進一步確立與鞏固白話小說的「文學正宗」地位。在其《口述自傳》中胡適坦言：

> 我在中國文藝復興運動的初期，便不厭其詳地指出這些小說的文學價值。但是只稱讚它們的優點，不但不是給與這些名著〔應得〕的光榮的唯一的方式，同時也是個沒有效率的方式。〔要給予它們在中國文學上應有的地位〕，我們還應該採取更有實效的方式才對。我建議我們推崇這些名著的方式，就是對它們做一種合乎科學方法的批判與研究〔也就是寓推崇於研究之中〕。我們要對這些名著做嚴格的版本校勘和批判性的歷史探討──也就是搜尋它們不同的版本，以便於校訂出最好的本子來。如果可能的話，我們更要找出這些名著作者的歷史背景和傳記資料來。這種工作是給予這些小說名著現代學術榮譽的方式；認定它們也是一項學術研究的主體，與傳統的經學、史學平起平坐。
>
> 我想我實在不必在這方面去鼓吹，最好的辦法還是採取實際的行動。因此從 1920 年到 1936 年的十六年之間，我就花了很多時間去研究這些傳統名著。

胡適的努力沒有白費。歷史事實表明，確實只有當他提倡以白話小說為文學正宗，並且不僅明確宣稱而且率先實踐，將白話小說作為與經學、史學同等的嚴肅的學術研究主題之後，白話小說在文學大家庭中的經典地位才正式確立了。

　　余英時先生在《中國近代思想史上的胡適》一文中對於胡適思想革命的兩個領域有非常精到的論述。他認爲，胡適思想影響的全面性主要由於它不但衝擊了中國的上層文化，而且觸動了通俗文化。胡適的「暴得大名」最初完全是由於他提倡文學革命。他提倡白話，尊《水滸傳》、《紅樓夢》、《儒林外史》爲文學正宗，把通俗文化提升到和上層文化同等的地位上來。這一全新的態度受到了廣大城市平民——新興知識分子和工商階層的廣泛支持，同時卻因爲直接威脅到士大夫的上層文化的存在而激起當時守舊派的強烈反感。如果胡適僅以提倡白話而轟動一時，那麼他的影響力最多只能停留在通俗文化的領域之內。上層文化界的人不但不可能承認他的貢獻，而且還會譏笑他是「以白話藏拙」。在當時學術界的領導人物的精神憑藉和價值系統基本上仍多來自儒家，國故學界各家研究都是建築在乾、嘉以來考據、辨僞的基礎之上的背景下，胡適在國故學界的出色表演——在北京大學中國哲學史課堂上用新觀點、新方法成功地把北大國學程度最深而且具有領導力量的幾個學生傅斯年、顧頡剛等從舊派教授的陣營中爭取過來，在《中國哲學史大綱》中用大量的篇幅討論有關考證、訓詁、校勘的種種問題，以當時西方哲學史、歷史學和校勘學的方法論爲基本構架，對清代考證學的各種實際方法做了一次系統的整理——才使他得以躋身於考證學的「正統」之內，並從而也在中國取得了思想的領導權。〔註46〕

　　深入地考察一下胡適考證古典白話小說的背景和動機，我們不難發現，他的這種文學考證工作，其實也是爲了白話文學的正宗地位在上層文化界得到認可而在國故學界做出的又一次出色的表演。我們知道，在當時的中國，雖然白話文的倡導得到了極其熱烈的響應——在「1919 年五四運動之後，全國青年皆活躍起來了。不只是大學生，縱是中學生也居然要辦些小型報刊來發表意見……在 1919 年至 1920 年兩年之間，全國大小學生刊物總共約有四百多種。全是用白話文寫作的」〔註47〕，而且「民國九年十年（1920～1921），白話公然叫做國語了」〔註48〕，雖然白話文學的鼓吹與嘗試也獲得了巨大的

〔註46〕余英時：《重尋胡適歷程——胡適生平與思想再認識》，桂林：廣西師範大學出版社，2004 年，第 178～191 頁。
〔註47〕《胡適口述自傳》，唐德剛編，桂林：廣西師範大學出版社，2005 年，第 164～165 頁。
〔註48〕《胡適文集》（第 3 冊），歐陽哲生選編，北京：北京大學出版社，1998 年，第 261 頁。

成效——「1916 年以後我們就試用活的文字來作一切文學的媒介；首先我們便嘗試用白話文來做詩，一種中國詩界的新試驗。1917 年以後青年作家們，也就群起試做了。白話文很容易就被一般群眾和青年作家們所接受。從 1918 年起，《新青年》雜誌也全部以白話文編寫。當然其中還偶爾有幾篇簡潔的古文，但是大體上所有的文章都是以白話為主了。特別是在 1918 年 1 月之後，所有的文學創作用的都是白話」〔註 49〕，但是主要是在「一般群眾和青年」之中，而並未得到多少「傳統士大夫」式知識分子的認同。相反，來自上層文化界的阻力和壓力還是非常之大的。不僅北大之內的守舊派「同仁」劉師培、黃侃、陳漢章、梁漱溟等發起成立了《國故》月刊社，「欲發起學報，以圖挽救」，拯救新文化運動導致的「國學淪喪」〔註 50〕；而且校外的林紓公開致信時任北大校長的蔡元培，指責胡適等「盡反常軌，侈為不經之談」，憂心忡忡於「若盡廢古書，行用土語為文字，則都下引車賣漿之徒，所操之語，按之皆有文法，不類閩、廣人為無文法之啁啾。據此，則凡京、津之稗販，均可用為教授矣」〔註 51〕；嚴復則更是乾脆嗤之以鼻，鄙薄不已，認為文學革命正如「春鳥秋蟲」，必將「自鳴自止」，根本不值得憂慮、較論。他在《與熊純如書箚六十四》中說道：

> 設用白話，則高者不過《水滸》、《紅樓》，下者將同戲曲中簧皮之腳本。就令以此教育，易於普及，而遺棄周鼎，寶此唐锭，正無如退化何耳！須知此事全屬天演。革命時代學說萬千，然而施之人間，優者自存，劣者自敗。雖千陳獨秀、萬胡適、錢玄同，豈能劫持其柄？則亦如春鳥秋蟲，聽其自鳴自止可耳。林琴南輩與之較論，亦可笑也。〔註 52〕

這些守舊派人士自然是或擔憂或恥笑以白話文學為代表的通俗文化對傳統高雅文化的侵襲與破壞，因此極力抗拒通俗文化，維護自己的為少數人所獨有的文化資本。而胡適呢，則正是要努力把通俗文化提升到至少與傳統高雅文化並駕齊驅的地位。他曾明確指出，「我們這一文學革命運動，事實上就是負責把這一大眾所酷好的小說，升高到它們在中國活文學上應有的地位」

〔註 49〕 《胡適口述自傳》，唐德剛編，桂林：廣西師範大學出版社，2005 年，第 165 ～166 頁。
〔註 50〕 《發起始末》，《國故》，1919 年第 1 期。
〔註 51〕 林紓：《畏廬三集》，北京：商務印書館，1924 年，第 27～28 頁。
〔註 52〕 《嚴復集》第 3 冊，王栻主編，北京：中華書局，1986 年，第 699 頁。

〔註 53〕。羅志田先生說得很透闢：「小說的地位升高，看小說的『大眾』地位當然也跟著升高」〔註 54〕。因此，提升白話文學的地位也就是提高大眾在社會生活中的地位，是爲大眾提供與上層高雅文化鬥爭的文化資本。如果我們回憶一下前面所述的蔡元培寫作《石頭記索隱》的深層動機──藉此引起人們對《紅樓夢》的閱讀興趣，借《紅樓夢》的廣泛傳播以推廣語體文，進而逐步統一國語，推廣白話文，即把新興的平民大眾從語言上統一起來、武裝起來──那麼我們可以說，胡適考證包括《紅樓夢》在內的古典白話小說，從一定程度上正可以說是對蔡元培《紅樓夢》索隱這一事業的繼承與開拓。如果說在善良的蔡元培那裏，統一的國語還主要只是爲下層民眾生活之便利提供保障的話，那麼在胡適這裏，科學、民主、自由、平等則成了一個健康的新社會的必然要求，而堪居中國文學正宗地位、享有現代學術榮譽的白話小說則是廣大民眾爭取這種社會的文化資本，因爲白話小說不僅僅是用白話作的小說，而且是表達不同於上層文化所規定的「死的」思想意識的新思想新情感的健康活潑的「活文學」。

　　胡適此舉的目的可以說是成功地達到了，而其手段則頗可謂耐人尋味──用上層文化界推崇的乾、嘉考據學的方法研究上層文化界所鄙斥的白話文學，也就是說，以上層文化的合法性手段爭取通俗文化資本的合法性，借上層文化之力而鞏固通俗文化的地位。胡適運用此法，自然首先是跟他自己的學術研究的興趣與偏好有關。他曾說過：

> 我最恨中國史家說的什麼「作史筆法」，但我卻有點「歷史癖」；我又最恨人家咬文嚼字的評文，但我卻又有點「考據癖」！因爲我不幸有點歷史癖，故我無論研究什麼東西，總喜歡研究他的歷史。因爲我又不幸有點考據癖，故我常常愛做一點半新不舊的考據。〔註 55〕

但是如果先不考慮這種「歷史癖」與「考據癖」，胡適選用此法是否還有一些更深的用意？以胡適遇到壓力就反彈的性格來看，這自然是一種更大膽的宣戰──不僅要爲這些白話文學作品爭取文學史上的正宗地位，而且要更進一步，給予它們「現代學術榮譽」，認定它們也是一項學術研究的主體，「與傳

〔註 53〕《胡適口述自傳》，唐德剛編，桂林：廣西師範大學出版社，2005 年，第 225 頁。

〔註 54〕羅志田：《再造文明的嘗試》，北京：中華書局，2006 年，第 123 頁。

〔註 55〕《胡適文集》（2），歐陽哲生選編，北京：北京大學出版社，1998 年，第 378 頁。

統的經學、史學平起平坐。」然而胡適又畢竟不是陳獨秀，沒有陳那種「必不容反對者有討論之餘地」〔註56〕的激進的死硬的革命性。他「頭腦細密，顧前顧後」〔註57〕，而且雖然提倡懷疑，喜歡立異，被「逼上梁山」，「首舉義旗」號召文學革命，但內心裏對於上層文化界的「學究」們還是很重視的。胡適自己的一段話明顯地透露了他內心的消息。在其《口述自傳》中胡適回憶他的《文學改良芻議》發表時的情況：

> 這篇文章於1917年1月在《新青年》刊出之後，在中國文化界引起了一場極大的反應。北京大學一校之內便有兩位教授對之極為重視。其一則為陳獨秀本人。另一位則是古典音韻學教授錢玄同。錢氏原為國學大師章太炎的門人。他對這篇由一位留學生執筆討論中國文學改良問題的文章，大為賞識，倒使我受寵若驚。〔註58〕

國學大師門人的賞識既然能讓他受寵若驚，則上層文化界的國學通儒們的強烈反對應該不會只是單純地加強他迎戰的鬥志。那麼在一定程度上他選用考據學方法研究白話小說，也未嘗不是對學究們的一種妥協甚至是迎合。可以說他是在用這種獨特的方式巧妙地告訴他們這些白話小說的一些值得研究之處。而一旦「學究」們對白話小說產生研究的興趣，則離他們接受甚至喜歡上白話小說的時候也就不遠了！

如果說以上說法缺乏直接而明確的史料支持〔註59〕，或許難免遭「妄測歷史人物」之譏的話，至少我們可以很肯定地說，不管胡適自己是否真有這樣一層用意，但他的這種方法是非常巧妙的，在當時特定的歷史語境下，它不僅比一味為古典白話小說叫好、鼓吹「更有效率」，而且比徑直用西方文學批評方法研究小說也更為有力得多，是一種「更有實效的方式」。

筆者此言絲毫沒有把所謂紅學的「本體」劃歸「考證」而把關於《紅樓夢》

〔註56〕《通信》，《新青年》，1917年第3期。

〔註57〕轉引自羅志田：《再造文明的嘗試》，北京：中華書局，2006年，第123～124頁。

〔註58〕《胡適口述自傳》，唐德剛編，桂林：廣西師範大學出版社，2005年，第152頁。

〔註59〕事實上，胡適1917年4月9日確曾從紐約寫信給陳獨秀說：「此事之是非，非一朝一夕所能定，亦非一二人所能定。甚願國中人士能平心靜氣與吾輩同力研究此問題。討論既熟，是非自明。吾輩已張革命之旗，雖不容退縮，然亦絕不敢以吾輩所主張為必是而不容他人之匡正。」參見《胡適文集》（1），歐陽哲生選編，北京：北京大學出版社，1998年，第163頁。

的文學批評排除在外的意思。即使是終生考證《紅樓夢》的胡適，也從來不曾有過他所開創的新紅學只能用史學考證方法研究《紅樓夢》的意思。他說：

> 我希望我這一點小貢獻，能引起大家研究《紅樓夢》的興趣，能把將來的《紅樓夢》研究引上正當的軌道上去：打破從前種種穿鑿附會的「紅學」，創造科學方法的《紅樓夢》研究！〔註60〕

他所希望的只是紅學擺脫穿鑿附會之說的纏繞，走上科學的軌道而已。

　　其實，學術研究方法的選擇除了個人的興趣以外，還很大程度上受著特定歷史條件的限制，同時也反映著特定的社會歷史需要。胡適自身的精神與知識準備以及學術興趣、他所處的特定歷史環境，決定了他從一開始就對《紅樓夢》採取考證的研究方法。然而百多年間，世易時移，人們關於文學的觀念也已經發生了巨大的變化，如果還只執守考證一途，反倒有失拘泥僵化了。

　　以上所論，如果說主要還是胡適考證古典白話小說的大動機的話，那麼若論《紅樓夢》的入選，又有一些什麼具體而微妙的原因呢？

　　前面我們已經提到，胡適他是很喜歡《紅樓夢》的，對《紅樓夢》與曹雪芹的文學評價也很高。作為「文學革命」首舉義旗的人，他非常欣賞《紅樓夢》的是其「流麗深刻的白話」，是其表現為「只是老老實實的描寫」「一個『坐吃山空』『樹倒猢猻散』的自然趨勢」的「平淡無奇的自然主義」〔註61〕，是其敢於打破團圓的迷信的悲劇的觀念，是黛玉之死與寶玉出家

〔註60〕《胡適紅樓夢研究論述全編》，上海：上海古籍出版社，1988年，第118頁。

〔註61〕「平淡無奇」一詞並非胡適對《紅樓夢》之價值的否定性評價，而是他對自己所理解的自然主義表現方法的客觀表述，即看似平淡無奇地像鏡子一樣客觀地反映現實，「唯實寫今日社會之情狀」，而不加浪漫主義的粉飾、想像與誇張，因此能使人「起根本的思量與反省」、「思力深沉，意味深長，感人最烈，發人猛省」。這也正是胡適所非常推崇的易卜生的「寫實主義」。在《易卜生主義》一文中胡適說：「易卜生的文學，易卜生的人生觀，只是一個寫實主義……人生的大病根，在於不肯睜開眼睛來看世間的真實現狀。明明是男盜女娼的社會，我們偏說是聖賢禮義之邦；明明是贓官污吏的政治，我們偏要歌功頌德；明明是不可救藥的大病，我們偏說一點病都沒有！卻不知道：若要病好，須先認有病；若要政治好，須先認現今的政治實在不好；若要改良社會，須先知道現今的社會實在是男盜女娼的社會！易卜生的長處，只在他肯說老實話，只在他能把社會種種腐敗齷齪的實在情形寫出來叫大家仔細看。」明乎此，我們也就可以理解他晚年為什麼說《紅樓夢》的主角就是含玉而生的赤霞宮神瑛侍者的投胎，這樣的見解如何能產生一部『平淡無奇的自然主義』的小說！」了，因為在他心目中，「平淡無奇的自然主義」是最驚心動魄最高妙的文學藝術表現手法。

的結局「使人覺悟家庭專制的罪惡，使人對於人生問題和家族社會問題發生一種反省」。但不能排除的也許還有寶黛的悲劇深深地觸動了他自己心中的隱痛。

　　胡適去世後，蔣介石親筆書寫的輓聯「新文化中舊道德的楷模；舊倫理中新思想的師表」頗為人稱道，被認為是確切地概括了胡適一生複雜的思想和經歷。究其實，所謂「新文化中舊道德的楷模」，最明顯的例證恐怕要數他以留洋歸來的五四時期名噪一時的新人物身份而不背棄舊婚約，聽憑媒妁之言、母親之命而娶了一位沒有見過面、不識字的小腳太太江冬秀了。胡適三歲喪父，是年輕守寡的母親含辛茹苦將他拉扯成人，因此胡適懂事後一直事母至孝，不忍違逆母意。而與江冬秀的婚事就是 1904 年胡適去上海進學堂的那年春天由其母做主定下的。看著他與江冬秀完婚是其母長期以來最大的心願，對此胡適別無選擇。對這個問題，胡適晚年「最好的好後學」唐德剛看得非常清楚。他說：「胡老師是位很軟弱純良的人。先革後碰〔註62〕，我相信他做不到。因為要革，他首先就要『革』掉兩個可憐的女人的『命』。第一個犧牲者便是他的寡母。胡氏母子情深，他對他母親的遭遇太同情了；革母親的命，他做不到！第二個犧牲者便是那個可憐的村姑江冬秀。冬秀何辜，受此毫無反抗之力的平白犧牲，胡適之先生是個軟心腸的人，他也無此狠心！」〔註63〕胡適自己婚後不久（1918 年 5 月 2 日）也曾在給好友胡近仁的信中吐露隱衷：「吾之就此婚事，全為吾母起見，故從不曾挑剔為難。（若不為此，吾決不就此婚，此意但可為足下道，不足為外人言也。）今既婚矣，吾力求遷就，以博吾母歡心。吾之所以極力表示閨房之愛者，亦正欲令吾母歡喜耳。」〔註64〕然而婚姻雖可以遷就，愛情或者對自由戀愛與自主婚姻的渴望卻是壓抑不住的。其實我們根本不必去追究胡適當年在美國與女友韋蓮司交往的詳情，也無須細探他與莎菲女士（陳衡哲）之間是否真有過所謂柏拉圖式的戀情，只要聽聽他在其唯一的劇本《終身大事》中借主人公之口發出的呼喊「這是孩兒的終身大事，孩兒應該自己決斷！」〔註65〕，只要看看 1938 年他赴美

〔註62〕 「革」指反對舊式婚姻，進行家庭革命；「碰」指「各憑天命」，碰到自己的人生伴侶。

〔註63〕 唐德剛：《胡適雜憶》，桂林：廣西師範大學出版社，2005 年，第 183 頁。

〔註64〕 轉引自易竹賢：《胡適傳》，武漢：湖北人民出版社，2005 年，第 103 頁。

〔註65〕 《胡適文集》（2），歐陽哲生選編，北京：北京大學出版社，1998 年，第 634 頁。

舊地重遊寫下的詩句：

　　　四百里的赫貞江，

　　　從容地流下紐約灣，

　　　恰像我的少年歲月，

　　　一去了永不回還。

　　　這江上曾有我的詩，

　　　我的夢，我的工作，我的愛。

　　　毀滅了的似綠水長流，

　　　留住了的似青山還在。〔註66〕

我們就完全可以跟唐德剛一樣覺悟「胡適不是什麼超人，更不是什麼完人或聖人。」〔註67〕他和普通人一樣有血有肉，有哀有樂，有青春時熱血與愛情的湧動。他自己在詩中寫道：

　　　豈不愛自由？此意無人曉：

　　　情願不自由，也是自由了。〔註68〕

在這「愛自由」與「情願不自由」之間掙扎的該是一顆怎樣痛苦呻吟的心靈，這顆心所承受的又是一種多麼無可奈何、無計可消的悲哀？！胡適非常欣賞《紅樓夢》悲劇的眼光，他說：「中國文學最缺乏的是悲劇的觀念。無論是小說，是戲劇，總是一個美滿的團圓……有一兩個例外的文學家，要想打破這種團圓的迷信，如《石頭記》的林黛玉不與賈寶玉團圓……但是這種結束法是中國文人所不許的……做書的明知世上的真事都是不如意的居大部分，他明知世上的事不是顛倒是非，便是生離死別，他卻偏要使『天下有情人都成了眷屬』，偏要說善惡分明，報應昭彰。他閉著眼睛不肯看天下的悲劇慘劇，不肯老老實實寫天工的顛倒慘酷，他只圖說一個紙上的大快人心。」他又說：「高鶚補的後四十回，雖然比不上前八十回，也確然有不可埋沒的好處。他寫司棋之死，寫鴛鴦之死，寫妙玉的遭劫，寫鳳姐的死，寫襲人的嫁，都是很精彩的小品文字。最可注意的是把這些人都寫作悲劇的下場。還有那最重要的『木石前盟』一件公案，高鶚居然忍心害理的教黛玉病死，教寶玉出家，

〔註66〕《胡適日記》，沈衛威編，太原：山西教育出版社，1997年，第243頁。

〔註67〕唐德剛：《胡適雜憶》，桂林：廣西師範大學出版社，2005年，第13頁。

〔註68〕胡適：《病中得冬秀書》，《胡適文集》(9)，歐陽哲生選編，北京：北京大學出版社，1998年，第107頁。

作一個大悲劇的結束，打破中國小說的團圓迷信。這一點悲劇的眼光，不能不令人佩服。」以胡適到那時為止的人生經歷而言，雖然也有幼年喪父的痛苦而模糊的記憶，但是年紀輕輕就「暴得大名」，成了全國景仰的新文化代表人物，「於中國偶像界中備一席」〔註69〕──還在美國留學即以一篇《文學改良芻議》而成為國內「文學革命」的領軍人物；剛一回國、不滿26歲就以一「翩翩少年」而當上了中國第一高等學府北京大學的教授；執教一年即發表轟動學界的《中國哲學史大綱》從而在中國學術史與思想史上穩穩地占取一席之地──在他心裏更多的應該是少年得志、功成名就、春風得意馬蹄輕的喜悅。因此如果說他之耿耿於「世上的真事都是不如意的居大部分」的「悲劇慘劇」不是「為賦新詞強說愁」的話，那就很難說不是由於他自身的婚姻悲劇使然了！用「深刻而流麗」的白話文寫作的《紅樓夢》，那一種暴露「天工的顛倒慘酷」的寫法，那一種打破團圓迷信的「令人不滿意的結果」，在令他怦然心動、悄焉心痛之際，在令他對於「家庭專制的罪惡」「澈底的覺悟」，對於「人生問題和家庭社會問題」「起根本的思量反省」之餘，成為他考證的對象，也就是自然而然的選擇了。

讓我們再回到胡適考證《紅樓夢》的大動機這個話題。前面談到，胡適當時考證《紅樓夢》主要是為了幫助提升與確立白話小說在中國文學中的正宗地位，同時也是為了給新文學提供榜樣，以推動新文學的發展。然而廢棄文言文而倡揚白話文並不是胡適的最終目的。對於他而言，提倡白話文另有深意存焉。

對於先於自己而提倡白話文的那些維新人士的心理，胡適曾經進行過這樣的分析：

> 二十多年以來，有提倡白話報的，有提倡白話書的，有提倡官話字母的，有提倡簡字字母的……這些人可以說是『有意的主張白話』，但不可以說是『有意的主張白話文學』。他們的最大缺點是把社會分作兩部分：一邊是『他們』，一邊是『我們』，一邊是應該用白話的『他們』，一邊是應該做古文古詩的『我們』。我們不妨仍舊吃肉，但他們下等社會不配吃肉，只好拋塊骨頭給他們去吃罷。
>
> 那時候的中國智識份子是被困在重重矛盾之中的：……他們明知白

〔註69〕《胡適往來書信選》（上冊），中國社會科學院近代史研究所中華民國史組，
　　　　北京：中華書局，1979年，第106頁。

話可以作「開通民智」的工具，可是他們自己總瞧不起白話文，總

想白話文只可用於無知百姓，而不可用於上流社會。……〔註70〕

作為那次白話文運動的積極提倡與身體力行者，蔡元培後來也實事求是地說：「民元前十年左右，白話文也頗流行，……但那時候作白話文的緣故，是專為通俗易解，可以普及常識，並非取文言而代之，主張以白話代文言，而高揭文學革命的旗幟，這是從《新青年》時代開始的。」〔註71〕

那麼胡適「高揭文學革命的旗幟」，極力主張以白話文取代文言文，又是出於何種心理與目的呢？

在其《嘗試集》自序裏，胡適曾提到：「我的朋友錢玄同曾替《嘗試集》做了一篇長序，把應該用白話做文章的道理說得很痛快透切。」〔註72〕我們且看看錢玄同是如何說的──

中華的字形，無論虛字實字，都跟著字音轉變，便該永遠是「言文一致」的了。為什麼二千年來，語言和文字又相去這樣的遠呢？

我想這是有兩個緣故。

第一，給那些獨夫民賊弄壞的。那獨夫民賊，最喜歡擺架子。無論什麼事情，總要和平民兩樣，才可以使他那野蠻的體制尊崇起來；像那吃的，穿的，住的，和妻妾的登記，僕役的樹木，都要定得不近人情，並且決不許他人效法。對於文字方面，也用這個主義；所以嬴政看了那皋犯的「皋」字，和皇帝的「皇」字（皇字的古寫。）上半部都從「自」字，便硬把皋犯改用「罪」字；『朕』字本來和『我』字一樣，在周朝，無論什麼人，自己都可以「『朕』，……到了嬴政，又把這「朕」字獨佔了去，不許他人自稱。……於是那些小民賊也從而效尤，定出許多野蠻的款式來；凡是做到文章，尊貴對於卑賤，必須要裝出許多妄自尊大看不起人的口吻；卑賤對於尊貴，又必須要裝出許多彎腰屈膝脅肩諂笑的口吻。其實這些所謂尊貴卑賤的人，當面講白話，究竟彼此也沒有什麼大分別；只有做到文章，便

〔註70〕《胡適文集》（3），歐陽哲生選編，北京：北京大學出版社，1998 年，第 252 頁。

〔註71〕蔡元培：《總序》，《中國新文學大系　建設理論集》（影印本），趙家璧主編，上海：上海文藝出版社，1981 年。

〔註72〕《胡適文集》（9），歐陽哲生選編，北京：北京大學出版社，1998 年，第 70 頁。

可以實行那「驕」『「諂」兩個字。若是沒有那種「驕」「諂」的文章，這些獨夫民賊的架子便擺不起來了，所以他們是最反對那質樸的白話文章的。這種沒有道理的辦法，行得久了，習非成是，無論什麼人，反以爲文章不可不照這樣做，若是有人不照這樣做，還要說他不對。這是言文分離的第一個緣故。

第二，給那些文妖弄壞的。……這兩種文妖，是最反對那老實的白話文文章的。因爲做了白話文章，則第一種文妖，便不能搬運他那些垃圾的典故，肉麻的詞藻；第二種文妖，便不能賣弄他那些可笑的義法，無謂的格律。並且若用白話做文章，那麼會做文章的人必定漸多，這些文妖，就失去了他那會做文章的名貴身分，這是他最不願意的。

我們現在認定白話是文學的正宗：正是要用質樸的文章，去劃除階級制度裏的野蠻款式；正是要用老實的文章，去表明文章是人人會做的，做文章是直寫自己腦筋裏的思想，或直敍外面的事物，並沒有什麼一定的格式。對於那些腐臭的舊文學，應該極端驅除，淘汰淨盡，才能使新基礎穩固。」〔註73〕

顯而易見，以胡適爲首的「文學革命」的提倡者們此時標舉白話文早已不僅僅是因爲文言文「晦澀難懂，作爲工具已不實用」〔註74〕，不是出於「哀憐老百姓無知無識，資質太笨」而給他們的「一種求點知識的簡易法門」〔註75〕，而是想拆散那些「獨夫民賊」的「架子」，消除文學中的「驕」「諂」之氣，使人與人之間的「尊貴」與「卑賤」之分不再通過文學而泛濫；是要撕爛那些「文妖」靠「垃圾的典故」「肉麻的詞藻」「可笑的義法」與「無謂的格律」等所織就的「名貴」外衣，在社會上培養文章並無定法、人人能做的意識。說得直接明瞭一點，就是通過文字的改革，在社會上培養一種新的自由、平等的觀念。用文學革命的另一干將周作人的話來說，就是文學革命實際上是分兩步走，第一步是文字革命，第二步是「思想革命」：

「我們反對古文，大半原爲他晦澀難解，養成國民籠統的心思，使

〔註73〕《中國新文學大系 建設理論集》，趙家璧主編，上海：上海文藝出版社，1981年，第106～109頁。

〔註74〕曹而云：《白話文體與現代性》，上海：上海三聯書店，2006年，第141頁。

〔註75〕《導言》，《中國新文學大系 建設理論集》，趙家璧主編，上海：上海文藝出版社，1981年，第11頁。

得表現力與理解力都不發達。但別一方面，實又因爲他內中的思想荒謬，於人有害的緣故。這宗儒道合成的不自然的思想，寄寓在古文中間，幾千年來，根深蒂固，沒有經過廓清，所以這荒謬的思想與晦澀的古文，幾乎已融合爲一，不能分離。我們隨手翻開古文一看，大抵總有一種荒謬思想出現。便是現代的人做一篇古文，既然免不了用幾個古典熟語，那種荒謬思想已經滲透進了文字裏面去了，自然也隨處出現。……

……所以我說，文學革命上，文字改革是第一步，思想改革是第二步，卻比第一步更爲重要。」〔註76〕

如所周知，胡適不是一個激進盲動的人〔註77〕，而是一個非常穩健、凡事很重視計劃與步驟的改革者。在他看來，「沒有具體計劃的革命，──無論是政治的是文學的──決不能發生什麼效果。」而周作人所認識到的這種「文學革命」「兩步走」也正是胡適所「具體計劃」的「先後的程序」：

我們認定文字是文學的基礎，故文學革命的第一步就是文字問題的解決。我們認定「死文字定不能產生活文學」，故我們主張若要造一種活的文學，必須用白話來做文學的工具。我們也知道單有白話未必就能造出新文學；我們也知道新文學必須要有新思想做裏子。但是我們認定文學革命須有先後的程序：先要做到文字體裁的大解放，方才可以用來做新思想新精神的運輸品。〔註78〕

那麼，這個文學革命的「第二步」之思想革命究竟意欲何爲呢？

胡適的博士導師杜威曾經分析過辛亥革命失敗的原因是「政治改變過分超越思想上和道德上的準備」；他強調指出，「政治革命是形式上的、外在的；有名無實的政體革命兌現以前，一定要先有一次思想革命。」「要是沒有基於思想變革的社會改革，中國是改變不了的。政治革命失敗了，因爲它是外在的，形式上的，只觸及社會活動的架構，沒有影響到真正控制社會生活的概

〔註76〕周作人：《思想革命》，趙家璧主編，《中國新文學大系　建設理論集》，上海：上海文藝出版社，1981年，第200～201頁。

〔註77〕他曾明確主張，「最要緊的一點是我們要用自覺的改革來替代盲動的所謂『革命』。怎麼叫盲動的行爲呢？不認清目的，是盲動；不顧手段的結果，是盲動；不分別大小輕重的先後程序，也是盲動。」（見胡適：《我們走那條路》，《胡適文集》（5），歐陽哲生選編，北京：北京大學出版社，1998年，第362頁。

〔註78〕胡適：《〈嘗試集〉自序》，《胡適文集》（9），歐陽哲生選編，北京：北京大學出版社，1998年，第82頁。

念。」〔註 79〕杜威的觀點無疑會給胡適以相當大的影響〔註 80〕。不僅如此。
事實上，早在 1917 年於回國途中聽說張勳復辟時，胡適自己就已經對純粹而
直接的政治革命失望了。此後 20 年間他「裹足不參加政治」〔註 81〕，而積極
投身於文學革命，正是寄希望於通過文學革命而實行思想革命，徹底改造國
民的思想與信仰〔註 82〕，並從而達到他「再造文明」的目的，因為——「新
思想」「新精神」一旦在社會上廣為傳播、深入大眾的頭腦，「德先生」和「賽
先生」一旦在社會上受到廣泛的擁戴，一種「由人民發動」的新政治〔註 83〕
一旦形成，一種「新的文明」也便「再造」成功，自由與民主的社會也就達
成了！胡適晚年就是這樣給當年那場由他所「策動」的「中國文藝復興」也
即「新思潮」「下定義」的：「通過嚴肅分析我們所面臨的活生生問題，通過
由輸入的新學理、新觀念、新思想來幫助我們瞭解和解決這些問題，同時通
過以相同的批判的態度對我們固有文明的瞭解和重建，我們這一運動的結
果，就會產生一個新的文明來。」〔註 84〕！

胡適深信，「文明不是籠統造成的，是一點一滴的造成的；進化不是一晚
上籠統進化的，是一點一滴的進化的。」〔註 85〕而提倡白話文、推崇白話文
學、考證古典白話小說、整理國故等工作，正是他為了實現「再造文明」這
個「唯一的目的」所做出的一點一滴的努力。從這個意義上來說，胡適考證
「用流麗深刻的白話來創作」的、「思力深沉，意味深長，感人最烈，發人猛

〔註 79〕 轉引自周策縱：《五四運動史》，長沙：嶽麓書社，1999 年，第 326 頁。

〔註 80〕 胡適自己就毫不諱言「杜威教授當然更是對我有終身影響的學者之一。」參
見《胡適口述自傳》，唐德剛編，桂林：廣西師範大學出版社，2005 年，第
97 頁。

〔註 81〕 周策縱：《五四運動史》，長沙：嶽麓書社，1999 年，第 326 頁。

〔註 82〕 參見《胡適文存》第 2 集胡適 1922 年 6 月 16 日復孫伏盧和常乃德的信，1942
年，第 101 頁。

〔註 83〕 1920 年 8 月 1 日，胡適等在所發表的《爭自由的宣言》中說，「辛亥革命到現
在已經九年了，在這九年的假共和的統治下，我們飽嘗了種種不自由的痛苦。
不論政局怎樣的變動，執政黨怎樣的變換，這痛苦絲毫未變。政治逼得我們
到了這種境地，我們便不得不起一種徹底的覺悟，認定政治如果由人民發動，
不得不先有養成國人思想自由評判的真精神的空氣……這幾年軍閥政黨膽敢
這樣橫行，便是國民缺乏自由思想自由評判的真精神的表現。」參見《東方
雜誌》1920 年 8 月 25 日第 17 卷 8 號，第 133～134 頁。

〔註 84〕 《胡適口述自傳》，唐德剛編，桂林：廣西師範大學出版社，2005 年，第 176
頁。

〔註 85〕 胡適：《新思潮的意義》，《新青年》，1919 年第 1 期。

省的」「自然主義傑作」《紅樓夢》，已經不是像蔡元培那樣只是把它作爲語言教具，想借它而從語言上把平民武裝起來，卻是爲了在整個社會上推行一種自由平等的新思想、新道德、新風尚，爲了從思想觀念上把全體大眾改造過來、武裝起來，是爲了創造一種自由、平等的新政治新社會。如果說他和蔡元培都是在借《紅樓夢》而啓蒙的話，那麼，蔡氏所進行的只是一種語言啓蒙，而且仍屬羅志田先生所謂的「啓」別人的「蒙」〔註86〕，即「引車賣漿者流」的「蒙」；而胡適所進行的則不僅是語言啓蒙，而且是思想啓蒙；更爲重要的是，胡適所啓蒙的對象不僅僅是引車賣漿者流，而是包括以往的啓蒙者在內，包括所有的「會說什麼『聖賢』話，『大人』話，『小人』話，『求容』話，『驕人』話，『妖精』話，『渾沌』話，『仙佛俠鬼』話，最不會的是說『人』話」〔註87〕的「文妖」在內，包括所有把中國搞得民不聊生、「山窮水盡」的「獨夫民賊」與軍閥在內。在他這裏，《紅樓夢》成了與那些「孔教、禮法、貞節、舊倫理、舊政治」、「舊藝術、舊宗教」、「國粹和舊文學」〔註88〕等等鬥爭的工具。

　　跟蔡元培的個人行爲表現出濃厚而深刻的社會意義一樣──準確點說，更爲明顯的是──胡適借考證《紅樓夢》而推廣白話文學、提升其地位，而傳播新的思想觀念，在由他本人所引領的五四新文化運動的時代大潮之中，更是「吾道不孤」。在漫長的中國封建社會裏，在靠詩賦或八股文取士的官員選拔體制下，文言文學是許多人夢寐以求的文化資本，因爲憑藉它，似賈雨村那樣的「生於末世，父母祖宗根基已盡」的貧寒士子才也有機會求取功名，「接履於雲霓之上」。文言文學不僅可以用來提升人的社會地位，還可以用來「言志」、「貫道」，用來「教人明天理，滅人欲」〔註89〕，用來教人「上下之分，尊卑之義，理之當也，禮之本也，常履之道也」〔註90〕，從而強化人們的等級觀念，鞏固社會的等級秩序。在中國社會尚未遇到嚴重的外來挑戰、最嚴重的危機也不過是改朝換代的危機之時，因爲文言文學所使用的語言媒

〔註86〕羅志田：《再造文明的嘗試》，北京：中華書局，2006年，第121頁。

〔註87〕傅斯年：《白話文學與心理的改革》，《中國新文學大系　建設理論集》（影印本），趙家璧主編，上海：上海文藝出版社，1981年，第204頁。

〔註88〕胡適：《新思潮的意義》，《新青年》，1919年第1期。

〔註89〕《朱子語類》（第一冊）卷十二，黎靖德、王星賢編，北京：中華書局，1986年。

〔註90〕《朱子語類》（第六冊）卷九十五，黎靖德、王星賢編，北京：中華書局，1986年。

介是文言文，人們往往「童而習之，白首而不能窮其蘊」；它的詩詞講格律，文章講義法，「『起承轉合』，都有一定的部位」〔註91〕，與日常的話語相去甚遠，普通老百姓根本沒有時間、精力與財力去獲取這種代價高昂的資本，因此文言文學一直是由封建貴族所獨佔而且為他們所樂於享有、令平民百姓所豔羨但對他們而言卻高不可攀的文化資本。然而隨著西方列強的堅船利炮撞破清朝的大門，在「亡國滅種」的重大社會危機面前，這種曾經分外寶貴的文化資本卻日益顯得面目可憎起來。自 1840 年至 1842 年的鴉片戰爭以來，中國人唯我獨尊的意識和「世界中心」的盲目的優越感一而再、再而三地遭到了重大的打擊，直至最後被完全瓦解，以至於「四萬萬人齊下淚」，不知「天涯何處是神州」！在西方文明的強烈衝擊下，「目擊國恥」而「憂思憤盈」的中國人不得不開始急切地尋求救國、「保種」之路。在經歷了「師夷長技以制夷」式的器物技能層次的學習、「中學為體，西學為用」式的「制度層次」的努力，而中國內亂依舊紛紛、外患不斷加劇的情況下，到五四時期，中國社會終於被逼進了「重新評估一切價值」的思想行為大變更的時代〔註92〕，開始對自己深層的文化進行反思與批判。在這一時代，中國的先進知識分子「不僅發現自己的國家不是強國，而且發現自己不是『人』——不是現代文化意義上的『人』」〔註93〕。他們發現，要救國，「要把國家推向現代化，除了必須改革國家的政治、經濟制度之外，還必須改革人的精神素質，療治和重新塑造人的靈魂，把人當成人，變成具有現代文化意義上的人」〔註94〕。也就

〔註91〕錢玄同：《〈嘗試集序〉》，《中國新文學大系 建設理論集》（影印本），趙家璧主編，上海：上海文藝出版社，1981 年，第 108 頁。
〔註92〕在《五四運動史》導言中，周策縱先生談到中國對西方文明的三個反應階段。第一個階段，中國的知識分子領導人物開始覺悟到中國實有學習西方科學的技術之必要，但仍舊認為中國的傳統制度和傳統思想比西方高明，不需要改革。第二個階段，中國的先進知識分子認識到了除了要學習科學的技術之外，中國還應當效法西方的法律和政治制度，但他們仍然堅持中國哲學、倫理觀念和傳統社會的基礎原則不應當改變。第三個階段，新興的知識分子不僅公開主張需要介紹西方科學技術、法律及政治制度，而且也宣稱，中國的哲學、倫理觀念、自然科學、社會學說和制度，都應該徹底重估，參考西方的這些部門，重新創造。在《從傳統到現代》一書中，金耀基先生把這三個階段簡要地歸納為「中國現代化的三個層次」：第一，器物技能層次。第二，制度層次。第三，思想行為層次。
〔註93〕劉再復、林崗：《傳統與中國人》，合肥：安徽文藝出版社，1999 年，第 7 頁。
〔註94〕劉再復、林崗：《傳統與中國人》，合肥：安徽文藝出版社，1999 年，第 7～8 頁。

是說，他們認為，只有當一個國家、一個社會中的人能夠享有平等的權利，
當每個人都能自由地表達自己的思想與感情，每個人都具有獨立的人格價值
時，這個國家、這個社會才有希望，才能在現代世界上生存下去、獨立起來。
在這個「人的意識」驟然覺醒，「科學」「自由」「平等」呼聲日高的時代，在
高漲的「偶像破壞浪潮」〔註95〕中，幾千年來「吃人的」「孔教、禮法、貞節、
舊倫理、舊政治」、「舊藝術、舊宗教」都遭到了猛烈的攻擊。在這樣的時代，
文言文學這種昔日寶貴的文化資本正是因為裹挾了、傳播著「吃人的」「孔教、
禮法、貞節、舊倫理、舊政治」，而不可避免地顯現為中國「人的解放」的嚴
重束縛，因而也就成了中國社會發展的嚴重障礙。陳獨秀號召「文學革命」，
提倡「推倒雕琢的阿諛的貴族文學，建設平易的抒情的國民文學」；「推倒陳
腐的鋪張的古典文學，建設新鮮的立誠的寫實文學」；「推倒迂晦的艱澀的山
林文學，建設明瞭的通俗的社會文學」，正是因為這三種文學「公同之缺點」
為「其形體則陳陳相因，有肉無骨，有形無神，乃裝飾品而非實用品；其內
容則目光不越帝王權貴，神仙鬼怪，及其個人之窮通利達。所謂宇宙，所謂
人生，所謂社會，舉非其構思所及」，「與吾阿諛誇張虛偽迂闊之國民性，互
為因果」，正是為了「革新政治」而「不得不革新盤踞於運用此政治者精神界
之文學」〔註96〕。周作人反對「非人的文學」，提倡「人的文學」、「平民文學」，
正是因為中國的文言文學大多「從儒教道教出來」，「宗儒道合成的不自然的
思想，寄寓在古文中間」，「著作的態度，以非人的生活為是」〔註97〕。傅斯
年反對「非奴隸而似奴隸，非囚犯而似囚犯的獻諛文，科場文」、「非妓女而
似妓女，非孌童而似孌童的感慨文」，主要是因為它們缺乏「『人』的思想」、
「『人』的感情」，沒有「人生的深切而又著明的表現，向上生活的興奮劑」。
他提倡「白話文學」，提倡「白話文學心理的改革」，正是因為「真正的中華
民國必須建築在新思想的上面。新思想必須放在新文學的裏面」，因為「用手
段高強的文學，包括著『人的』思想，促動大家對於人生的自覺心，是我們
的使命」〔註98〕。魯迅批判中國自古以來流行的「瞞和騙的文藝」，正是因為

〔註95〕周策縱：《五四運動史》，長沙：嶽麓書社，1999年，第265頁。
〔註96〕陳獨秀：《文學革命論》，《中國新文學大系 建設理論集》（影印本），上海：
　　　　上海文藝出版社，1981年，第44～46頁。
〔註97〕《中國新文學大系 建設理論集》（影印本），趙家璧主編，上海：上海文藝出
　　　　版社，1981年，第193～201、210～213頁。
〔註98〕《中國新文學大系 建設理論集》（影印本），趙家璧主編，上海：上海文藝出

痛感「中國人向來因爲不敢正視人生，只好瞞和騙，由此也生出瞞和騙的文藝來，由這文藝，更令中國人更深地陷入瞞和騙的大澤中，甚而至於已經自己不覺得」，正是因爲明白「文藝是國民精神所發的火光，同時也是引導國民精神的前途的燈火」，所以希望「我們的作家取下假面，眞誠地，深入地，大膽地看取人生並且寫出他的血和肉來」，希望中國人不再「不敢正視各方面，用瞞和騙，造出奇妙的逃路來，而自以爲正路」，不再「怯弱，懶惰，而又巧滑。一天一天的滿足著，即一天一天的墮落著，但卻又覺得日見其光榮」〔註99〕……顯而易見，在那個時代，對舊文學的批判、對新文學的倡揚，並不是一兩個勇士偶然而孤獨的鬥爭與吶喊，而是已經形成了一場聲勢浩大的戰鬥，已經彙成了一種相當普遍而強大的社會呼聲。因爲能給頹敗的中國帶來新生的「自由」、「民主」、「科學」的社會，它既是當時的先進知識分子的理想，也是廣大民眾的心願；而要建成這樣的社會，就必須拋棄那種古老的文化資本──「非人的」舊文學，而爭取這樣一種新型的文化資本──能夠勇敢地正視人生與社會、能夠自由地表達人的思想與情感、能夠深切地關注民生與社會的白話新文學，用它來改造國民的思想、情感與靈魂。胡適借考證《紅樓夢》而推廣白話文學、而傳播新的思想觀念，所加入的、所領導的，正是這樣一種文化資本之爭。

版社，1981年，第202～209頁。

〔註99〕魯迅：《論睜了眼看》，《語絲》，1925年第38期。

第四章　毛澤東：現代紅學之另一種
——意識形態批判

第一節　《紅樓夢》研究批判運動之始末

　　毛澤東並不曾像蔡元培那樣專門著書搞過《紅樓夢》的索隱，也不曾像胡適那樣多次爲文做過《紅樓夢》的考證，他甚至從未寫過一篇評論《紅樓夢》的文章，但他在《紅樓夢》的經典化過程中所起的作用卻絲毫不亞於蔡胡二位，相反倒可以說是有過之而無不及的。這不僅是因爲他給《紅樓夢》定了位，把它推到了至高無上的位置，更因爲 1954 年，正是在他的親自發動和領導之下，才在全國範圍內掀起了一場轟轟烈烈的關於《紅樓夢》研究的批判運動（後文有時也稱「「批俞運動」）！事情的大致經過是這樣的——

　　1954 年的春天，兩個剛從山東大學畢業不久的年輕人李希凡和藍翎因爲對俞平伯剛發表的《〈紅樓夢〉簡論》及其早年的專著《紅樓夢研究》中的不少觀點和意見有異議而合作撰寫了一篇論文《關於〈紅樓夢簡論〉及其他》。他們先將文章投寄至《文藝報》，因較長時間不見回音，就又改投母校山東大學的《文史哲》雜誌。結果文章被該雜誌採用並於同年 9 月 1 日在第 9 期上發表了。毛澤東可能是經江青推薦而看到了這篇文章〔註1〕，大爲讚賞，並同

〔註 1〕江青在文革初期就曾坦言，「我……多年來都是給主席做秘書，……在文教方面我算一個流動的哨兵。就是訂著若干刊物報紙，這樣翻著看，把凡是我認爲比較值得注意的東西，包括正面的、反面的材料，送給主席參考。」作爲山東大學的校刊，五十年代《文史哲》每期都寄給山東籍的中央首長，人

-75-

意江青的建議，讓她拿去由《人民日報》進行轉載。然而當時主管文化宣傳
的中共中央宣傳部副部長周揚和文藝界其他領導林默涵、邵荃麟、何其芳等
人認爲這篇文章「很粗糙」、「也沒有什麼了不起的地方」、作者的態度也不好，
因此以「小人物的文章」、「黨報不是自由辯論的場所」等理由拒絕將其在《人
民日報》轉載，而只同意在《文藝報》轉載。很快，文章在《文藝報》第 18
期上轉載了，在其前面，主編馮雪峰還特意加了一個編者按。10 月 10 日，《光
明日報》「文學遺產」專欄又發表了李希凡和藍翎的另一篇文章《評〈紅樓夢
研究〉》，同時在文章前面也加了一個編者按。後一篇文章同樣引起了毛澤東
的重視，然而那兩個編者按則似乎更激起了他的怒火。他不僅在閱讀報紙時
在那兩則按語上面加了一些非常嚴厲、怒氣十足的批語，更於 10 月 16 日親
筆寫下了《關於〈紅樓夢〉研究問題的信》，並將《關於〈紅樓夢簡論〉及其
他》和《評〈紅樓夢研究〉》兩篇文章一併附上，給劉少奇、周恩來、陳雲、
鄧小平、朱德、胡繩、董老、林老、彭德懷、陸定一、胡喬木、陳伯達、郭
沫若、沈雁冰、鄧拓、袁水拍、林淡秋、周揚、林楓、凱豐、田家英、林默
涵、張際春、丁玲、馮雪峰、習仲勳、何其芳等 28 人傳閱。在這指定傳閱的
28 人中，朱德、劉少奇、周恩來、陳雲、董必武、林伯渠、彭德懷是中央政
治局委員，陸定一是中央宣傳部部長，胡喬木、陳伯達、凱豐、張際春、周

手一份。江青是山東人，所以 1954 年 9 月號的那期《文史哲》出版後也寄
給了她一份。雖然現在關於毛澤東的很多檔案尚未解密，缺乏直接的證據證
明是江青先讀到《文史哲》而後推薦給毛澤東的，但是鑒於她的「流動哨兵」
的工作性質和敏銳的政治嗅覺以及她確曾收到過那期《文史哲》等情況，這
樣進行推測也有很大的合理性。（參見陳輝《〈紅樓夢〉的當代命運》第 79
～80 頁）不過，按照從 1950 年冬至 1966 年夏一直爲毛澤東管理圖書報刊
的逢先知的介紹，毛澤東本人不僅嗜愛讀書，有時還把閱讀報刊看得比讀書
更重要、更緊迫。他認爲「一天不讀報是缺點，三天不讀報是錯誤」。全國
解放後，他每年訂閱的報刊（包括出版社贈送的），都在百種以上。他每天
必讀的報紙有《光明日報》、《人民日報》、《文匯報》等十來種。他經常看的
雜誌則主要有《哲學研究》、《歷史研究》、《新建設》、《文史哲》、《經濟研究》
等十幾種。作爲 1951 年 1 月由當時的山東大學校長、馬克思主義歷史學家
和哲學家華崗所創辦的山東大學校刊、全國高校中問世最早的一份學報、與
《新建設》和《學術月刊》並稱建國初期最有影響的三份社科刊物之一，《文
史哲》正居這十幾種他經常看的雜誌之列。（參見龔育之、逢先知、石仲泉
著《毛澤東的讀書生活》之「毛澤東讀報章雜誌」部分）因此，是毛澤東本
人自己首先讀到了《文史哲》上李藍二人的文章亦不無可能。但是因爲文章
首先是由江青出面讓《人民日報》轉載的，所以筆者此處姑從陳輝先生的說
法。

揚是中央宣傳部副部長，林默涵是中宣部文藝處處長，其餘諸人皆爲當時文
藝界的頭面人物：全國文聯主席、《人民日報》總編輯、副總編輯、文藝組組
長、《文藝報》主編、中國科學院文學所所長等等。

　　接到此信，有關方面迅速做出反應。中共中央宣傳部、中國作家協會黨
組立即召開會議，傳達與落實毛澤東的指示。10 月 23 日和 24 日，《人民日報》
接連發表了兩篇關於《紅樓夢》研究的文章——署名鍾洛的《應該重視〈紅
樓夢〉研究中的錯誤觀點的批判》和李希凡、藍翎的《走什麼樣的路？——
再評俞平伯先生關於〈紅樓夢〉研究的錯誤觀點》。同時，就在 10 月 24 日，
中國作家協會召開了《紅樓夢》研究問題座談會。10 月 26 日的《人民日報》、
《光明日報》和 10 月 28 日的《文匯報》都對這次會議的情況進行了報導。11
月份，長春、武漢、江西、陝西、西安等省、市文聯以及南京大學、四川大
學、武漢大學、廈門大學、華中師範學院、西南師範學院、浙江師範學院等
四五十個單位均召開了關於《紅樓夢》研究問題的座談會。〔註2〕自 10 月 31
日至 12 月 8 日，中國文聯主席團和中國作家協會主席團又連續召開了八次聯
席擴大會議。同時，全國各地報刊和文化部門紛紛跟進，一場轟轟烈烈的《紅
樓夢》研究批判運動全面展開。不僅紅學專家紛紛著文，就連對《紅樓夢》
沒有特別的興趣與研究、此前甚至連俞平伯的著作和李希凡與藍翎二人的文
章都沒看過的許多其他領域的專家學者，也都身不由己地加入到了這場批判
運動之中，做起了紅學文章。據顧平旦主編的《紅樓夢研究論文資料索引》
（1874～1982）統計，1949 年至 1959 年 10 年間，全國各大報紙雜誌共發表
紅學論文 638 篇，其中 1952 和 1953 年兩年一共只有 15 篇，而 1954 年和 1955
年則分別發表了 284 篇和 188 篇。而後來在七十年代的 1973 年至 1975 年三
年間所掀起的更狂熱、全國數億人全都參加的「評紅運動」也正是號稱是在
毛澤東這封《關於紅樓夢研究問題的信》的「戰鬥號令」下進行的〔註3〕。由

〔註 2〕據華東作家協會資料室編印的《紅樓夢研究資料集刊》（初、二編）所收《紅
　　　　樓夢研究問題座談會日誌》、《紅樓夢研究問題座談會日誌的補充及其他》兩
　　　　文的統計，自 1954 年 10 月 24 日起，全國各地陸續召開的各種層次的紅樓夢
　　　　研究問題座談會至少達 110 次。

〔註 3〕如 1974 年 10 月 16 日，北京大學和清華大學兩校批判班子「梁效」的《批
　　　　判資產階級永不停》一文中說：「二十年前，偉大領袖毛主席寫下了光輝的
　　　　歷史文件《關於紅樓夢研究問題的信》，它在我國社會主義革命和社會主義
　　　　建設時期，對於無產階級批判資產階級的鬥爭，起著偉大的指導作用，具有
　　　　深遠的歷史意義。今天，我們結合二十年來思想文化戰線上的鬥爭經驗，重

此可見，這場由毛澤東親自發動的關於《紅樓夢》研究的批判運動是何等成功而廣泛地發動起了人們閱讀、研究或者評論《紅樓夢》的興趣！

表面看來，這一場運動的發生有極大的偶然性，如兩個小人物一時興起撰文與權威商榷，江青碰巧細讀了《文史哲》上這篇「小人物」的文章並且向毛澤東進行了推薦，日理萬機的毛澤東碰巧細讀了並且很欣賞那篇文章，周揚、何其芳等人碰巧沒核實江青所口頭傳達的毛澤東指示是真是假而拒絕在《人民日報》轉載，馮雪峰、陳鶴翔碰巧在李希凡和藍翎的文章前加了令毛澤東大為生氣的編者按等等。然而所有這些偶然性的因素只是構成了一根小小的導火線而已。如果在當時的中國、在毛澤東的思想和意念中，「反對胡適派資產階級唯心論的鬥爭」不是已經時機成熟、勢在必行的話，這一根小小的導火線是無論如何也引發不了那一場聲勢浩大的批判運動的。

這場由兩個小人物「偶然」引起的運動在一開始原只不過是一種學術討論，但自從毛澤東開始關注並親自領導與控制、把它作為向胡適派資產階級反動思想開炮的一發重型炮彈之後，運動的性質就由學術討論而轉變成了政治批判，發展成了一場政治干預學術的悲劇。陳維昭先生指出：「「批俞運動「之所以是一場非學術性的討論，並不在於『政治干預學術』，而在於使用政治權力、政治高壓，一邊倒地進行狂轟濫炸，而本來應該是作為討論的另一方的俞平伯，沒有進行討論的權力，而只有接受各種大批判、各種無限上綱、誤解曲解乃至謾罵誣陷，只有進行自我反省、自我批判。這種只允許認錯反省不允許申辯討論的政治強制的做法，是一種政治運動而不是學術討論……但是，把文藝批評與政治運動相結合卻並非違背肩負著民族解放和人民解放重任的中國共產黨的思維邏輯。不能把這種對待文藝與政治關係的態度歸結到毛澤東個人身上。」此言誠為持平之論。不過，「批俞運動」發生在新中國成立初的 1954 年，固然是當時各種特定的社會文化因素作用的結果，但它既然是由毛澤東個人以當時的國家最高領袖身份而親自發動與領導的，就必然也受著毛澤東自身的性情氣質、文學愛好、文學觀念，尤其是其由當時的中國共產黨和國家發展戰略與路線所決定的思想狀況等諸多因素的深刻影響。

新學習這一歷史文件，進一步深入領會它的光輝思想，這將有力地推動當前批林批孔的鬥爭。」《解放軍報》大批判組寫作班子「吳紅」的《還要努力作戰》一文也寫道：「這封信，既是無產階級在古典文學研究領域清算胡適派唯心論的鬥爭號令，又是無產階級在上層建築各個領域全面專政的偉大綱領。」

正是這一切構成了這場運動爆發的必然性。而要想對這種必然性有比較清楚的認識，我們還是得先從毛澤東那封著名的信入手。

那封信全文如下：

各同志：

駁俞平伯的兩篇文章附上，請一閱。這是三十多年以來向所謂《紅樓夢》研究權威作家的錯誤觀點的第一次認真的開火。作者是兩個青年團員。他們起初寫信給《文藝報》，詢問可不可以批評俞平伯，被置之不理。他們不得已寫信給他們的母校——山東大學的教師，獲得了支持，並在該校刊物《文史哲》上登出了他們的文章駁《紅樓夢簡論》。問題又回到北京，有人要求將此文在《人民日報》上轉載，以期引起爭論，展開批評。又被某些人以種種理由（主要是「小人物的文章」、「黨報不是自由辯論的場所」）給以反對，不能實現；結果成立妥協，被允許在《文藝報》轉載此文。嗣後，《光明日報》的《文學遺產》欄又發表了這兩個青年的駁俞平伯《紅樓夢研究》一書的文章。看樣子，這個反對在古典文學領域毒害青年三十餘年的胡適派資產階級唯心論的鬥爭，也許可以開展起來了。事情是兩個「小人物」做起來的，而「大人物」往往不注意，並往往加以阻攔，他們同資產階級作家在唯心論方面講統一戰線，甘心作資產階級的俘虜。這同影片《清宮秘史》和《武訓傳》放映時的情形幾乎是相同的。被人稱為愛國主義實際是賣國主義影片的《清宮秘史》，在全國放映之後，至今沒有受到批判。《武訓傳》雖然批判了，卻至今沒有引出教訓，又出現了容忍俞平伯唯心論和阻攔「小人物」的很有生氣的批判文章的奇怪事情，這是值得我們注意的。

毛澤東

一九五四年十月十六日

俞平伯這一類資產階級知識分子，當然是應當對他們採取團結態度的，但應當批判他們毒害青年的錯誤思想，不應當對他們投降。〔註4〕

從信中可以看出，在毛澤東的眼裏，李希凡和藍翎的文章已不再是普通的學術批評論文，而是意識形態領域鬥爭的嚴正檄文。而這種鬥爭「三十多年以

〔註4〕　《毛澤東文集》第六卷，中共中央文獻研究室編，北京：人民出版社，1999年，第352～353頁。

來」一直未曾認真進行，最近幾年依然沒有受到應有的重視，致使「資產階級唯心論」「錯誤觀念」橫行無忌，「毒害青年」、「俘虜」人心。現在，借著這「三十多年以來」兩個小人物「向所謂《紅樓夢》研究權威作家的錯誤觀點的第一次認真的開火」之機，「反對在古典文學領域毒害青年三十餘年的胡適派資產階級唯心論的鬥爭」，「也許可以開展起來了」。「也許可以開展起來了」，話雖然說得還很婉轉，但其實心意已經是很堅決的了。所以在寫完信並簽名落款之後，他又加了這樣一段話：

> 俞平伯這一類資產階級知識分子，當然是應當對他們採取團結態度
> 的，但應當批判他們毒害青年的錯誤思想，不應當對他們投降。

主要目的雖在指示批判運動的宗旨是對那一類有資產階級錯誤思想的知識分子進行思想批判而不是人身攻擊，但附帶地也進一步明確了應當對他們進行鬥爭、而不應當對他們投降的意思。因此，「反對在古典文學領域毒害青年三十餘年的胡適派資產階級唯心論的鬥爭」，不是「也許可以」，而是「必須」開展起來了！

第二節　毛澤東發起《紅樓夢》研究批判運動的原因與動機

究竟是些什麼原因導致毛澤東決定就在那時開展那場「鬥爭」的呢？

羅斯·特里爾在他的《毛澤東傳》裏不只一次提到毛澤東對知識分子的偏見。他說：「知識分子使毛澤東情緒低落」〔註5〕，「毛澤東鄙視形形色色的專家……在毛澤東看來，知識分子型的專家沒有生氣，行止古怪。這位半知識分子喜歡冷嘲熱諷，同時又要與爭道擋路的教授爭個高低。」〔註6〕他甚至斷言，「在他（毛澤東）內心深處他是蔑視每一個知識分子的。這部分是由於他贊成列寧的觀點，部分是由於毛澤東在早年深受『學閥』之苦。但與列寧主義者不同，他認為知識分子是可以改造的。」〔註7〕首先且不追究他所分析

〔註5〕 羅斯·特里爾：《毛澤東傳》，胡為雄、鄭玉臣譯，北京：中國人民大學出版社，2006年，第319頁。

〔註6〕 羅斯·特里爾：《毛澤東傳》，胡為雄、鄭玉臣譯，北京：中國人民大學出版社，2006年，第325頁。

〔註7〕 羅斯·特里爾：《毛澤東傳》，胡為雄、鄭玉臣譯，北京：中國人民大學出版社，2006年，第301頁。

的兩個原因是否符合事實，即列寧是否蔑視知識分子、毛澤東早年曾否深受學閥之苦等等，單看看毛澤東一生勤學不倦、對知識的不懈追求，看看他認為給他的一生以深刻影響的早年恩師楊昌濟〔註8〕與楷模胡適、陳獨秀〔註9〕和李大釗〔註10〕等都是鼎鼎大名的知識分子——楊昌濟，愛丁堡大學哲學博士；胡適、陳獨秀、李大釗，北京大學教授，——我們就有理由認為這種猜測純粹是無稽之談。毛澤東決定對知識分子進行思想改造，絕對不可能是因為他個人對知識分子有什麼偏見，看不起他們，看不慣他們，因而想要整整他們，而必定是另有他故。

　　無可否認，毛澤東在發出開展這一批判運動的指令前的那一刻情緒確實比較激動，甚至可以說是有點惱怒。這從他在《文藝報》和《光明日報》那兩則編者按上所加的批語上就可以看出來。《文藝報》的編者按是這樣的：

　　　　這篇文章原來發表在山東大學出版的《文史哲》月刊今年第九期上面。它的作者是兩個在開始研究中國古典文學的青年；他們試著從科學的觀點對俞平伯先生在《紅樓夢簡論》一文中的論點提出了批評，我們覺得這是值得引起大家注意的。因此，徵得作者的同意，把它轉載在這裏，希望引起大家討論，使我們對《紅樓夢》這部偉大傑作有更深刻和更正確的瞭解。

　　　　在轉載時，曾由作者改正了一些錯字和由編者改動了一二字句，但完全保存作者原來的意見。作者的意見顯然還有不夠周密和不夠全面的地方，但他們這樣的去認識《紅樓夢》，在基本上是正確的。只有大家來繼續深入地研究，才能使我們的瞭解更深刻和周密，認識也更全面；而且不僅關於《紅樓夢》，同時也關於我國一切優秀的古典文學作品。

〔註 8〕　毛澤東 1915 年 7 月在給友人的信中說：「弟觀楊先生之涵宏盛大，以為不可及」。羅斯・特里爾在《毛澤東傳》中正確地指出，「沒有哪位良師……能比這位……中國人對毛澤東產生過如此深刻的影響」（見該書第 30 頁）。

〔註 9〕　1936 年毛澤東在同埃德加・斯諾的談話中曾經這樣回憶說：「我在師範學校上學的時候，就開始讀這個雜誌（《新青年》）了。我當時非常佩服胡適和陳獨秀的文章。有一段時期他們代替了梁啓超和康有為，成為我的楷模。」（見《毛澤東自述》（增訂本），馬連儒、柏裕江編，北京：人民出版社，1996 年，第 37 頁。）

〔註10〕　正是李大釗的演說與文章讓青年毛澤東開始具體地瞭解十月革命和馬克思主義。

這則短短的編者按應該說態度不偏不倚，用語也是比較客觀的。但在毛澤東眼裏它卻流露出了輕視與壓制青年人的意味。在「它的作者是兩個在開始研究中國古典文學的青年」這個句子旁邊他批了句情緒性很強的反語：「不過是小人物」。顯然這句客觀介紹作者身份的話卻讓他聯想到了周揚等人拒絕該文在《人民日報》轉載時的理由。在「他們試著從科學的觀點對俞平伯先生在《紅樓夢簡論》一文中的論點提出了批評」一句中的「試著」二字旁他畫了兩道豎線，又批了一句反語：「不過是不成熟的試作」。顯然他看到的是這句幾乎不帶什麼傾向性的介紹，想到的更多的卻仍然是周揚等人對於這篇文章輕視性的評價「很粗糙」、「也沒有什麼了不起的地方」等。對於「作者的意見顯然還有不夠周密和不夠全面的地方」這句話他更是正面而直接地表示了不滿，在下面批註道：「對兩青年的缺點則不饒過。很成熟的文章，妄加批駁。」從編者這句並不失公允〔註11〕的評語中看出了對青年人的壓制。而在「希望引起大家討論，使我們對《紅樓夢》這部偉大傑作有更深刻和更正確的瞭解」一句旁他則立場鮮明地批道：「不應當承認俞平伯的觀點是正確的」。同時，在「更深刻和更正確的瞭解」和後段「才能使我們的瞭解更深刻和周密」一句中的「瞭解更深刻和周密」的旁邊，他又畫了兩道豎線，打了個問號，批道：「不是更深刻周密的問題，而是批判錯誤思想的問題。」，明確地將學術爭鳴的問題上昇並定性為政治思想批判。

《光明日報》的編者按更短：

> 目前，如何運用馬克思主義科學觀點去研究古典文學，這一極其重要的工作尚沒有很好地進行，而且也急待展開。本文試圖從這方面提出一些問題和意見，是可供我們參考的。同時我們更希望能因此引起大家的注意和討論。又，與此文相關的一篇「關於《〈紅

〔註11〕 該文的作者之一李希凡三十多年後在《我和〈紅樓夢〉》一文中也承認，「這兩篇文章，今天來看，是粗疏幼稚的，值不得文學史家們認真推敲。」在《「豈好辯哉？予不得已也」》一文中，他還談到自己當時對《文藝報》主編馮雪峰的印象：「馮雪峰同志在《文藝報》轉載此文前接見我們時就曾說過：『你們的文章有些地方還粗糙，沒寫好，有些地方我要給你們改一改，發表時還要加個編者按語。』我當時很同意這個批評。」而文章的另一位作者藍翎在《四十年間半部書》一文中也談到當時的感受：「馮雪峰將我們文章中的錯別字和用詞不當以及標點符號不妥之處一一指出，並隨手加以改正，然後，拿出一份轉載的『編者按』擬稿，徵求我們的意見。當我看到有『用科學的觀點……』的詞句，感到評價過高，表示實在不敢當。」

樓夢〉簡論》的文章業已在第十八期《文藝報》轉載，也可供大
家研究。

可它卻似乎引起了毛澤東更強烈的不滿情緒。在對這則編者按下批語時，毛
澤東一連用了幾個反問句。在「本文試圖從這方面提出一些問題和意見，是
可供我們參考的」一句中他三處加批，針對「試圖」一詞他反問：「不過是試
作？」；針對「提出一些問題和意見」一語，反問：「不過是一些問題和意見？」；
針對「可供我們參考」一語他又反問：「不過可供參考而已？」〔註12〕讓人彷
彿可以嗅到愈來愈濃的火藥味。

　　毛澤東之所以如此憤怒，與其說是因為「發生了拒不執行毛澤東指示的
『奇怪事件』」〔註13〕，倒不如說主要是因為他從李、藍二人文章的遭遇中發
現了蔑視與壓制青年人的情況〔註14〕。而這種情況對毛澤東來說——即使不
是作為一個由衷地讚美「長江後浪推前浪」、新奇地形容青年人「好像早上八
九點鐘的太陽」，熱情地宣稱「世界是你們的，也是我們的，但是歸根結底是
你們的」〔註15〕、號召青年人積極投身社會主義建設的國家主席，而只是作
為一個不迷信、不盲從、沒有顯赫的家世背景與學歷、單靠自己強烈的激情
與不懈的挑戰而成就了一番偉業的個人而言，也是難以容忍的。羅斯·特里
爾的《毛澤東傳》裏記載了這樣一件軼事：毛澤東在私塾念書時，課堂上背
書的禮節是先站起來走到先生的講桌前站好，面向旁邊，以免正視先生，然
後開始背書。但是，有一天，當先生叫他背書時，十歲的他卻公然反抗這種
繁文縟節，坐在座位上紋絲不動，並這樣大膽地回答先生的質問：「既然我坐

〔註12〕　以上毛澤東對兩則編者按的批語均引自《建國以來毛澤東文稿》第4冊，中
　　　　共中央文獻研究室編，北京：中央文獻出版社，1990年，第569～573頁。
〔註13〕　孫玉明：《紅學：1954》，北京：北京圖書館出版社，2003年，第76頁。
〔註14〕　客觀地講，這並不完全是他欲加之罪而捕風捉影、無中生有。周揚等人拒絕
　　　　將該文在《人民日報》轉載時給出的理由之一確實就是「小人物的文章」，而
　　　　「小人物」一語裏所流露的分明就有點兒尊重和迷信權威與瞧不起默默無聞
　　　　的青年人的意思。既然這樣，那麼他們拒不轉載「小人物」與「大人物」商
　　　　榷的文章這一行為就不可避免地多多少少帶上了一點不給敢於挑戰權威的青
　　　　年人以機會、甚至是壓制青年人的意思了。當然了，「小人物」一語出自周揚
　　　　等人，而毛澤東的怒氣卻借批《文藝報》與《光明日報》編者按之機發泄了
　　　　出來，那兩位編者可以算得上是當了替罪羊。
〔註15〕　1957年11月17日，毛澤東在莫斯科向中國留學生講話時說：「世界是你們的，
　　　　也是我們的，但是歸根結底是你們的。你們青年人朝氣蓬勃，正在興旺時期，
　　　　好像早晨八九點鐘的太陽。希望寄託在你們身上。世界是屬於你們的。中國
　　　　的前途是屬於你們的。」

著背書你也聽得清楚，那麼爲什麼我要站起來背呢？」〔註16〕此事如果屬實，則大可作爲毛澤東自小即很強烈的挑戰精神的一個明顯例證。而對毛澤東的生平事迹多少有些瞭解的人都會知道，他的一生可以說充滿了對權威的挑戰與反叛，其中最著名的莫過於不迷信蘇聯十月革命的模式，而帶頭走出了一條「農村包圍城市，武裝奪取政權」的中國革命成功之路。正因爲這樣，他十分看重青年人的能量，十分欣賞青年人充沛的活力與挑戰的豪情。羅斯•特里爾在《毛澤東傳》中提到：

> 在漢口的一次講話中，他列舉了歷史上一些沒有受過教育，職位不高，年紀又不大，而成就了偉大事業的著名人物，以此來譴責專業知識、榮譽和高級地位。「范文瀾同志」，他轉向正在聆聽他講話的著名學者，「我說得對不對？你是歷史學家，我說得不對，請你糾正。」毛澤東沒有停頓，繼續説：「馬克思也不是在中年或晚年以後才創立了馬克思主義，而是在青年時期。列寧創立布爾什維克的時候也只不過三十二歲……〔註17〕

羅斯•特里爾別具會心地把毛澤東的話聽成了對「專業知識、榮譽和高級地位」的「譴責」。其實，把它理解成「不要迷信高學歷、高職位與權威，不要瞧不起青年人」也許更爲恰當一些。羅斯•特里爾的書中還提到了毛澤東青年時代在北京大學的「傷心往事」：

> 在北京大學，毛澤東不是什麼長沙才子，而只是靠兩隻蒼白的手整理書刊的雇員。毛澤東回憶説：「由於我的職位低下，人們都不願同我來往。」
>
> 或忙碌在大窗户下邊三屜辦公桌前，或穿梭於書架之間，身著褪了色的藍長衫，穿一雙布鞋，他的大眼睛不放過任何東西。毛澤東通過他的簽名簿認識了一些新文化運動的領軍人物，「我曾經試圖同他們談談政治和文化問題，」他傷心地回憶道，「可是，他們都是大忙人，沒有時間聽一個講南方方言的圖書管理員要説些什麼。」
>
> 在北大的各個場合毛澤東的地位也同樣低。只有在緘口不言時他才能去聽講座。一次，他斗膽向胡適提了一個問題。胡適問提問題的

〔註16〕〔美〕 羅斯•特里爾：《毛澤東傳》，胡爲雄、鄭玉臣譯，北京：中國人民大學出版社，2006年，第7頁。

〔註17〕〔美〕 羅斯•特里爾：《毛澤東傳》，胡爲雄、鄭玉臣譯，北京：中國人民大學出版社，2006年，第326頁。

　　　　是哪一個，當他得知毛澤東是沒有註冊的學生時，這位激進而灑脫
　　　　的教授拒絕回答。〔註18〕

這樣的經歷即使談不上屈辱與傷心，至少也是讓他感覺有些壓抑的，而這種
壓抑之感多少會令毛澤東對無名小輩抱持一種親切的同情，會對敢於挑戰大
人物的無名小輩升起一種自我認同式的欣賞與佩服。也正因為如此，他才會
為周揚等以「小人物的文章」為理由而拒不在《人民日報》轉載敢於挑戰學
術權威的李藍二人的文章而惱怒了。

　　當然，這種惱怒只是使毛澤東在做出發動那場鬥爭的決定時帶上了一
點火氣而已，真正促使他做出那個決定的還是他當時所意識到的同「資產
階級唯心論」作鬥爭的迫切要求與現實可能性，正如李藍二人的文章真正
令他欣賞的不僅僅是「兩個小人物」挑戰權威的豪情，而更是他們所用以
看待與分析問題的方法以及他們科學與革命的觀點一樣。這種方法與觀
點，可以說既符合毛澤東的「習性」，又是與當時中國建設與發展的需要相
一致的。

　　眾所周知，毛澤東非常喜歡《紅樓夢》，甚至可以說深愛《紅樓夢》。據
陳晉在《文人毛澤東》一書中介紹，毛澤東早在湖南第一師範讀書時就讀了
《紅樓夢》。1928 年在井岡山期間也讀過《紅樓夢》，還同賀子珍討論過林黛
玉的性格。延安時期，《紅樓夢》是他同文化人經常談論的話題。新中國成立
後，他常對人說《紅樓夢》這部小說他至少讀了五遍。他逝世後工作人員整
理他在中南海故居的圖書時發現了 20 種不同版本的《紅樓夢》，有線裝木刻
本、線裝影印本、石刻本，還有各種平裝本。在影印本《脂硯齋重評石頭記》
和木刻本《增評補圖石頭記》兩種版本上毛澤東都用鉛筆圈畫過。俞平伯 1954
年 3 月在《新建設》上發表《〈紅樓夢〉簡論》的時候，毛澤東正巧在杭州西
湖邊上同隨行工作人員議論《紅樓夢》，而且當年他很可能又正在重讀這本書。

　　前面曾經提到，毛澤東對《紅樓夢》的評價非常高。在他眼裏，《紅樓夢》
是中國在世界面前最值得驕傲的民族文化經典，是中國古代最好的一部小
說。他熱情稱讚《紅樓夢》的語言：「作者的語言寫得很好，可以學習他的語

〔註18〕　〔美〕 羅斯・特里爾：《毛澤東傳》，胡為雄、鄭玉臣譯，北京：中國人民大
　　　　學出版社，2006 年，第 41～42 頁。羅斯・特里爾書中這方面的材料直接來自
　　　　埃德加・斯諾的《西行漫記》一書。1936 年 10 月，毛澤東多次接見了這位第
　　　　一個到達陝甘寧革命邊區的西方記者斯諾，應他的要求，用了十幾個夜晚的
　　　　時間，講述了自己的成長過程和早年的革命經歷。

言，這部小說的語言是所有古典小說中最爲好的一部」〔註19〕，「中國古代小說寫得好的是這一部，最好的一部。創造了好多文學語言呢」〔註20〕。他甚爲欣賞《紅樓夢》的人物塑造：「（《紅樓夢》裏）一共是327人，從皇帝、貴族，直到老百姓，都寫到了，而且性格各異……我就喜歡曹雪芹筆下的人物，活靈活現，可愛極了」〔註21〕。作爲一位有深厚文學修養的大詩人，他還對《紅樓夢》精妙的藝術表現手法有著非常親切而獨特的理解。在人民文學出版社 1954 年版的《紅樓夢》第 19 回「情切切良宵花解語，意綿綿靜日玉生香」尾部，毛澤東曾寫下這樣的批語：

> 此回是一篇偉大的現實主義作品。
>
> 情切切段，是將兩種人生觀相互衝突的愛情，用花樣的語言，切切道出。寶玉與襲人相愛，兩者都是誠懇的，但他們性格不同，思想有矛盾，無法統一。在襲人看寶玉，是：性格異常，放蕩弛縱，任性恣性。而寶玉對襲人，也只能「坐八人轎」慰之。
>
> 意綿綿段與前段相反，這裏是將同一人生觀相互結合的愛情，像玉一樣的光輝，香一樣的氣氛，綿綿地噴發出來。寶玉與黛玉的相愛，不僅是眞摯的，而是建築在思想一致的基礎上，是任何人不能相比的，故寶玉說：「見了別人，就怪膩的」，他把黛玉比作「眞的香玉」。而黛玉說：「眞正你是我命中的妖魔星」。在襲人的口中，聽到切切的箴□（缺字），故待之以八人大轎。從黛玉的身上，聞到綿綿的幽香，故比之以優美的童話。

〔註19〕 董志文、魏國英：《毛澤東的文藝美學活動》，北京：高等教育出版社，1995年，第 231 頁。

〔註20〕 《毛澤東文藝論集》，中共中央文獻研究室編，北京：中央文獻出版社，2002年，第 209～210 頁。毛澤東在自己的文章和談話中還經常引用《紅樓夢》中的語言，並把它同我們的現實生活聯繫起來。如 1957 年 3 月 1 日在最高國務會議的結束語中，用王熙鳳對劉姥姥說的「大有大的難處」來說明大國的事情也並不那麼好辦；1957 年在宣傳工作會議上，用王熙鳳說過的「捨得一身剮，敢把皇帝拉下馬」來鼓勵立志改革的志士仁人；在訪蘇的時候，用林黛玉說的「不是東風壓倒西風，就是西風壓倒東風」來比喻國際形勢；在 1958年的成都會議上，用小紅說的「千里搭長棚，沒有不散的筵席」來說明聚散的辯證法和「沒有一件事情不是相互轉化的」；等等。(參見龔育之、逄先知、石仲泉：《毛澤東的讀書生活》(增訂版)，北京：生活‧讀書‧新知三聯書店，1996 年，第 226～227 頁。)

〔註21〕 許祖範：《毛澤東幽默趣談》，濟南：山東人民出版社，1995 年，第 161 頁。

　　然而，總體來說，毛澤東更看重的是《紅樓夢》一書的社會歷史方面的認識價值。1938 年在延安魯迅藝術學院作「怎樣做藝術家」的講演時他說：「《紅樓夢》是一部很好的小說，特別是它有極豐富的社會史料。」〔註22〕1959 年12 月至 1960 年 2 月在讀蘇聯《政治經濟學教科書》的談話中，他提到：「《紅樓夢》裏有這樣的話：『陋室空堂，當年笏滿床。衰草枯楊，曾爲歌舞場。蛛絲兒結滿雕梁，綠紗今又在蓬窗上。』這段話說明了在封建社會裏，社會關係的興衰變化，家庭的瓦解和崩潰。」並認爲從《紅樓夢》中，「就可以看出家長制度是在不斷分裂中」〔註23〕。1961 年在中共中央政治局常委和各大區委第一書記會議上他強調，「《紅樓夢》，不僅要當作小說看，而且要當作歷史看。他寫的是很細緻的、很精細的社會歷史。」〔註24〕1964 年，在與哲學工作者談話時，他承認，「《紅樓夢》我至少讀了五遍。我是把它當作歷史讀的。開始當故事讀，後來當歷史讀。」並指出「什麼人都不注意《紅樓夢》的第四回，那是個總綱，還有《冷子興演說榮國府》，《好了歌》和注。……《紅樓夢》寫四大家族，階級鬥爭激烈，幾十條人命。」1973 年他甚至這樣告訴許世友：「《紅樓夢》……他那是把眞事隱去，用假語村言寫出來，所以有兩個人，一名叫甄士隱，一名叫賈雨村。眞事不能講，就是政治鬥爭。弔膀子這些是掩蓋它的」〔註25〕。顯然，毛澤東主要是將《紅樓夢》當成一部瞭解中國封建社會的通俗歷史教科書，他這樣對他的表侄孫女說，「你要不讀一點《紅樓夢》，你怎麼知道什麼叫封建社會？」〔註26〕。

　　用社會歷史的眼光觀照文學作品，把文學作品中所表現的內容同歷史和現實政治相聯繫，在毛澤東既是緣於先天的文學解讀傾向，更是由他長期的革命經歷和在革命隊伍中的領導地位所決定的。

　　毛澤東少年時就讀了不少古典小說。而 1908 年讀私塾時，他最愛讀的也

〔註22〕董志文、魏國英：《毛澤東的文藝美學活動》，北京：高等教育出版社，1995
　　　　年，第 227 頁。
〔註23〕《毛澤東文藝論集》，中共中央文獻研究室編，北京：中央文獻出版社，2002
　　　　年，第 206 頁。
〔註24〕《毛澤東文藝論集》，中共中央文獻研究室編，北京：中央文獻出版社，2002
　　　　年，第 205～206 頁。
〔註25〕《毛澤東文藝論集》，中共中央文獻研究室編，北京：中央文獻出版社，2002
　　　　年，第 209 頁。
〔註26〕龔育之、逄先知、石仲泉：《毛澤東的讀書生活》（增訂版），北京：生活・・
　　　　讀書・新知三聯書店，1996 年，第 223 頁。

正是《水滸傳》、《西遊記》、《三國演義》、《精忠岳傳》、《隋唐演義》等這些老師和父親都不讓讀的「閒書」、「雜書」。別的孩子讀了這些書，一般也就是喜歡聚在一起互相講述，增加一些談資而已。而毛澤東則不一樣，他會從自己所置身的現實出發，把小說中的世界與自己所處身的世界相比照，從中發現問題，並進而做出自己的解釋與判斷。多年後他回憶說：「有一天我忽然想到，這些小說有個特別之處，就是裏面沒有種田的農民。人物都是勇士、官員或者文人學士，沒有農民當主角。」身為農民兒子的毛澤東為此「納悶了兩年」，後來他就自己開始分析小說的內容。他發現這些小說「全都頌揚武士，頌揚人民的統治者，而這些人是不必種田的，因為他們擁有並控制土地，並且顯然是迫使農民替他們耕作的」〔註27〕。他從中覺察到了社會上的不平等現象，感到了這種社會的不合理、不公平。

可以說正是一種先天的對社會問題、政治問題的敏感決定了他自發的對文學作品的這種解會，也決定了他的人生理想與人生道路——盡畢生之力，以馬克思主義為理論武器，獻身於解放舊中國、建設社會主義新中國的事業。而反過來，他的理想與追求、他畢生所致力的事業又強化了他與生俱來的這種敏感，並使之逐漸成為一種革命與政治場域中的習性，使得他在各種其他活動中也常常有意識地或者下意識地保持這種敏感，讓一切其他活動與他所從事的革命和建設事業發生聯繫，或者更準確地說，是讓其他活動圍繞中國革命與社會主義建設事業，以之為目的，服務於它，推動它的發展。正是考慮到這一點，我們才可以斷定，他之所以對「兩個小人物」的那篇文章那麼敏感，之所以趁機而發動那場《紅樓夢》研究批判運動，既不是什麼仇視或者蔑視知識分子的情結作祟，更不是因為李藍文章的轉載波折冒犯了他的威嚴，也不全是他所察覺的壓制「小人物」的蛛絲馬迹激起了他的反感與憤怒，而應該主要是因為對《紅樓夢》研究中有關問題的批判正符合當時社會主義建設事業的特定需要：在那個特定的時期，社會各方面的條件已經成熟，可以而且應該在中國著手毛澤東考慮已久的那一項工作——建設真正的社會主義的新文化了；而李藍文章的適時出現不僅製造了一個良好的契機，而且提供了一種很好的操作方式的樣板。那一場批判運動雖因《紅樓夢》研究的問題而起，其意卻絕不僅僅只在《紅樓夢》研究。其實早在運動初起之時，時

〔註27〕《毛澤東自述》，馬連儒、柏裕江編，北京：人民出版社，1996 年，第 18～19 頁。

任中國科學院院長、深刻領會了毛澤東指示精神的郭沫若就曾向《光明日報》的記者透露過這一點，他說：「討論的範圍要廣泛，應當不限於古典文學研究的一方面而應當把學術界的一切部門都包括進去；在文化學術界的廣大的領域中，特別是在歷史學、哲學、經濟學、建築藝術、語言學、教育學乃至於自然科學的各部門，都應當來開展這個思想鬥爭。」〔註28〕一言以蔽之，那應該是一場全面的思想改造運動。孫玉明先生分析得非常有道理，「毛澤東之所以看中（《關於〈紅樓夢簡論〉及其他》）這篇文章……最重要的一點，是這篇文章可以用來在思想文化領域引發一場大批判運動，以便實現他多年以來以馬列主義統一人們思想的宏偉構想。」〔註29〕而之所以要進行思想改造，以馬列主義統一人們的思想，目的正是爲了進行整個國家的文化改造與建設，即把中國當時的社會文化改造與建設爲「整個的社會主義的國民文化」。

　　毛澤東一貫很重視文化問題，很早就開始考慮中國的社會主義新文化建設的問題。但是他也很早就認識到，社會主義新文化的建設，要經歷一個漫長的複雜的過程，不是短期內能夠完成的，它很大程度上受著社會政治經濟軍事等各方面狀況的限制，必須分步驟逐漸而靈活地進行。毛澤東很欣賞郭沫若的一句話：「凡事有經有權」〔註30〕，即行事既要有經常的道理堅持的原則，但也要有權宜之計。在中國的新文化建設問題上，毛澤東的思想與做法是對這句話很好的闡釋。

　　1940 年在《新民主主義論》中毛澤東即明確指出：

　　「我們共產黨人，多年以來，不但爲中國的政治革命和經濟革命而奮鬥，而且爲中國的文化革命而奮鬥；一切這些的目的，在於建設一個中華民族的新社會和新國家。在這個新社會和新國家中，不但有新政治、新經濟，而且有新文化。這就是說，我們不但要把一個政治上受壓迫、經濟上受剝削的中國，變爲一個政治上自由和經濟上繁榮的中國，而且要把一個被舊文化統治因而愚昧落後的中國，變爲一個被新文化統治因而文明先進的中國。一句話，我們要建立一個新中國。建立中華民族的新文化，這就是我們在文化領域中的目的。」〔註31〕

〔註28〕參見孫玉明：《紅學：1954》，北京：北京圖書館出版社，2003 年，第 84 頁。
〔註29〕孫玉明：《紅學：1954》，北京：北京圖書館出版社，2003 年，第 69 頁。
〔註30〕陳晉：《文人毛澤東》，上海：上海人民出版社，2005 年，第 241 頁。
〔註31〕《毛澤東選集》第二卷，北京：人民出版社，1991 年，第 663 頁。

也就是說，建立中華民族的新文化即社會主義的文化，這是毛澤東所領導的中国共產黨在文化領域中堅定不移的目標。但是在達到這個目標之前還有漫長的路要走，而在這漫長的過程中不得不忍受一些曲折，有時甚至不得不暫時做出一些妥協。早在那時毛澤東就對中國革命的歷史進程有了清醒的認識與清楚的表述：

> 很清楚的，中國現時社會的性質，既然是殖民地、半殖民地、半封建的性質，它就決定了中國革命必須分爲兩個步驟。第一步，改變這個殖民地、半殖民地、半封建的社會形態，使之變成一個獨立的民主主義的社會。第二步，使革命向前發展，建立一個社會主義的社會。中國現時的革命，是在走第一步。〔註32〕

正因爲這樣，毛澤東並非危言聳聽地宣稱：

> 在中國從事革命的一切黨派，一切人們，誰不懂得這個歷史特點，誰就不能指導這個革命和進行這個革命到勝利，誰就會被人民拋棄，變爲向隅而泣的可憐蟲。〔註33〕

那麼具體到文化革命上，懂得了這個歷史特點，究竟該如何才能指導這個革命走向勝利，避免「變爲向隅而泣」、「被人民拋棄」的「可憐蟲」的命運呢？那就得順應時勢的特點，採取一些權宜之計。既然這時中國革命還只是在走第一步，革命的基本任務還主要地是反對外國的帝國主義和本國的封建主義，還是資產階級民主主義的革命，整個社會還沒有形成「整個的社會主義的政治和經濟」，還不能有「整個的社會主義的國民文化」，那麼這時的文化革命相應地就只能是與既有著「在一定時期中和一定程度上的革命性」又有著「對於革命敵人的妥協性」的資產階級結成統一戰線，容留資本主義的文化，同資產階級一起齊心協力與封建主義、帝國主義的文化作鬥爭，努力建設「以無產階級社會主義文化思想爲領導的人民大眾反帝反封建的新民主主義」的文化了。不過，毛澤東非常明確地指出：「在『五四』以前，中國的新文化運動，中國的文化革命，是資產階級的，他們還有領導作用。在『五四』以後，這個階級的文化思想卻比較它的政治上的東西還要落後，就絕無領導作用，至多在革命時期在一定程度上充當一個盟員，至於盟長資格，就不得不落在無產階級文化思想的肩上。」〔註34〕資產階級既然在反帝反封建的革

〔註32〕 《毛澤東選集》第二卷，北京：人民出版社，1991年，第666頁。
〔註33〕 《毛澤東選集》第二卷，北京：人民出版社，1991年，第665頁。
〔註34〕 《毛澤東選集》第二卷，北京：人民出版社，1991年，第698頁。

命時期都只能在一定程度上充當一個盟友，那麼在反帝反封建的革命勝利之後、在資產階級的政治與文化思想更加明顯地落後於甚至阻礙社會主義建設事業的時候，它就再也不能保留盟友的地位，而是成了必須鬥爭與清理的對象了。1942 年的延安文藝座談會上毛澤東談「我們的文藝是爲什麼人」的問題時關於小資產階級知識分子必須「改變立足點」的一段話可以說正是透露了這種信息：

> 有許多同志，因爲他們自己是從小資產階級出身……這些同志的立足點還是在小資產階級知識分子方面，或者換句文雅的話說，他們的靈魂深處還是一個小資產階級知識分子的王國。這樣，爲什麼人的問題他們就還是沒有解決，或者沒有明確地解決。……要徹底地解決這個問題，非有十年八年的長時間不可。但是時間無論怎樣長，我們卻必須解決它，必須明確地徹底地解決它。〔註35〕

原則固然是必須明確地徹底地解決資產階級、小資產階級的思想改造問題，但是在具體的操作上卻不能急於求成、畢其功於一役，「非有十年八年的長時間不可」。爲什麼？因爲當時整個社會還沒有形成「整個的社會主義的政治和經濟」，而只有整個社會具備了社會主義的政治和經濟基礎，才能明確地與資產階級思想作鬥爭，建設社會主義的國民文化。而到了 1954 年的 10 月，整個社會的政治、經濟條件成熟了！

　　1950 年 6 月 30 日由毛澤東發佈命令公佈施行《中華人民共和國土地改革法》。自那時起到 1953 年春，在中國土地上發生了一場規模廣大、內容深刻的社會大變動，全國除若干少數民族聚居的地區外，徹底廢除了封建土地所有制，三億多無地少地的農民無償得到了約七億畝土地和大量生產資料。這場規模與速度空前的土地改革，不僅使中国共產黨和中央政府更進一步獲得了占全國人口百分之八十以上的中國農民的衷心擁戴，而且解放了農村生產力，極大地調動起了億萬農民的生產積極性，爲國家財政經濟狀況的根本好轉創造了第一個基本條件〔註36〕。

　　1950 年 6 月朝鮮戰爭爆發。同年 10 月 25 日，中國人民志願軍打響了抗美援朝的第一仗。抗美援朝戰爭，是毛澤東一生中最艱難的一次決策〔註37〕。

〔註35〕《毛澤東選集》第二卷，北京：人民出版社，1991 年，第 856～857 頁。
〔註36〕《毛澤東傳》（1949～1976）（一），中共中央文獻研究室編，北京：中央文獻出版社，2004 年，第 92～93 頁。
〔註37〕《毛澤東傳》（1949～1976）（一），中共中央文獻研究室編，北京：中央文獻

當時，不僅「我們的敵人認為：新生的中華人民共和國面前擺著重重的困難，
他們又用侵略戰爭來反對我們，我們沒有可能克服自己的困難，沒有可能反
擊侵略者」〔註 38〕，而且在中共中央內部意見也不一致，多數人不贊成出兵
或者對出兵存有種種疑慮。理由主要是中國剛剛結束戰爭，經濟十分困難，
亟待恢復；新解放區的土地改革還沒有進行，土匪、特務還沒有肅清；我軍
的武器裝備遠遠落後於美軍，更沒有制空權和制海權；在一些幹部和戰士中
間存在著和平厭戰思想；擔心戰爭長期拖下去，我們負擔不起，等等〔註 39〕。
然而毛澤東作為一國領袖，高瞻遠矚，充分地意識到，「朝鮮的存亡與中國的
安危是密切關聯的，唇亡則齒寒，戶破則堂危。中國人民支持朝鮮人民的抗
美戰爭不止是道義上的責任，而且和我國全體人民的切身利害密切地關聯
著，是為自衛的必要性所決定的。救鄰即是自救，保衛祖國必須支持朝鮮人
民」〔註 40〕。他認真地聽取各種不同意見，然後再說服大家〔註 41〕，最後終
於統一意見，做出了抗美援朝的決定。抗美援朝，經過三年，取得了偉大的
勝利〔註 42〕。1953 年 7 月 27 日，朝鮮停戰協定在板門店簽字，結束了歷時三
年的朝鮮戰爭。正如毛澤東在中央人民政府委員會第二十四次會議上的講話
中所言，抗美援朝戰爭的勝利讓全世界尤其是帝國主義侵略者懂得了：「現在
中國人民已經組織起來了，是惹不得的。如果惹翻了，是不好辦的。」〔註 43〕
也就是說，通過抗美援朝戰爭，新生的中華人民共和國不但救援了近鄰，保
衛了自身安全，增強了國民的信心與凝聚力，而且同等重要的是，在國際舞
臺上立穩了腳跟，贏得了強大的軍事與外交資本。

　　1950 年 10 月至 1951 年 10 月，毛澤東在指導抗美援朝戰爭的同時，開
展並領導了另一條戰線的鬥爭——國內的鎮壓反革命運動。國民黨敗逃臺灣

　　　　出版社，2004 年，第 190 頁。
〔註 38〕《毛澤東傳》（1949～1976）（一），中共中央文獻研究室編，北京：中央文獻
　　　　出版社，2004 年，第 171～172 頁。
〔註 39〕《毛澤東傳》（1949～1976）（一），中共中央文獻研究室編，北京：中央文獻
　　　　出版社，2004 年，第 119 頁。
〔註 40〕《人民日報》，1950 年 11 月 5 日。
〔註 41〕《毛澤東傳》（1949～1976）（一），中共中央文獻研究室編，北京：中央文獻
　　　　出版社，2004 年，第 119 頁。
〔註 42〕《毛澤東傳》（1949～1976）（一），中共中央文獻研究室編，北京：中央文獻
　　　　出版社，2004 年，第 186 頁。
〔註 43〕《毛澤東軍事文集》第六卷，北京：軍事科學出版社，中央文獻出版社，1993
　　　　年，第 355 頁。

時，在大陸上留下了一大批反革命分子。朝鮮戰爭爆發後，反革命分子的活動明顯地猖獗起來。這些暗藏的反革命分子破壞工廠、鐵路、倉庫，陰謀破壞抗美援朝的軍運工作和經濟建設。他們殺人放火，燒毀民房，搶劫糧食、財物，製造大規模的社會混亂。他們甚至襲擊、圍攻縣、區、鄉人民政府，殘殺革命幹部和積極分子。1950 年一年在新解放區有近四萬名幹部和群眾被反革命分子殺害〔註 44〕。在這種情況下，「對匪首、惡霸、特務（重要的）必須採取堅決鎮壓的政策，群眾才能翻身，人民政權才能鞏固」〔註 45〕。歷時一年的鎮壓反革命運動，基本上清除了國民黨在大陸上的殘餘勢力，剷除了長期危害人民安全和社會安定的各種惡勢力，保證了抗美援朝戰爭的順利進行，為國民經濟的恢復和大規模國家工業化建設創造了良好的社會環境〔註 46〕，也為國內老百姓創造了一個安定的生活環境。可以說，鎮壓反革命運動的順利完成，為毛澤東所領導的中國共產黨和中央政權在中國國內更加鞏固了政治資本。

　　鎮壓反革命運動剛剛結束，1951 年 11 月，毛澤東向全黨發出了進行「三反」鬥爭（反貪污、反浪費、反官僚資本）的號令，著手懲治和克服中國共產黨黨內已經滋生起來的貪污腐敗現象。〔註 47〕1951 年 12 月，全國範圍的「三反」運動正式開始。1952 年初，在「三反」運動正走向高潮的時候，針對大量黨政人員貪污受賄案件都同不法資本家的腐蝕拉攏有密切關係這一情況，毛澤東又做出了發動「五反」運動的決策──在大、中城市對違法的資產階級開展反對行賄、反對偷稅漏稅、反對盜騙國家財產、反對偷工減料、反對盜竊經濟情報的運動。在黨政軍民（群眾團體）內部大張旗鼓地開展的三反運動，雷厲風行、毫不容情，「真正做到了從高級幹部抓起，敢於

〔註44〕參見《毛澤東傳》（1949～1976）（一），中共中央文獻研究室編，北京：中央文獻出版社，2004 年，第 191～192 頁。
〔註45〕《毛澤東文集》第六卷，北京：人民出版社，1999 年，第 141 頁。
〔註46〕參見中共中央文獻研究室：毛澤東傳（1949～1976）（一），北京：中央文獻出版社，2004 年，第 201 頁。
〔註47〕當時，從東北局、西南局、華北局等處送來的報告中，毛澤東瞭解到並越來越認定，貪污、浪費、官僚主義已普遍存在並且極為嚴重。從他 1951 年 12 月 11 日轉發的華北軍區後勤黨委關於「三反」報告中他的批語裏我們能多少瞭解一些當時這方面的情況：「軍事系統各部門，特別是後勤部門，貪污、浪費和官僚主義的情況極為嚴重。很多黨員，甚至負責幹部，沉埋於事務工作，政治思想極不發展，黨內生活極不健全，因此許多人陷入了貪污、浪費和官僚主義的泥坑。」

碰硬」〔註48〕，使得中国共產黨在廣大民眾中有效地樹立起了廉潔清正、大公無私的形象；在外部開展的懲治不法資本家犯罪行爲的「五反」運動，給不法資本家以很大的震動，「作爲一個階級來說，資產階級已被工人群眾和工人階級所領導的國家的威力所壓倒了」。這爲以後用和平的方式逐步改造資本主義工商業，創造了前所未有的條件。「三反」、「五反」運動的順利完成，進一步爲中國進行大規模經濟建設創造了良好的社會環境，從一定意義上可以說爲中國獲得強大的經濟資本打下了堅實的基礎。

「毛澤東總是這樣，在一定時期，集中精力抓住一個主要問題加以解決，同時兼及其他。既不是單打一，又不是無重點地平均使用力量。一個主要問題解決了，再集中精力解決另一個主要問題。一個問題一個問題地解決，由此推進革命和建設事業不斷發展。」〔註49〕因此，在親自指揮土地改革、抗美援朝、鎮壓反革命、「三反」「五反」等國際國內幾項重大工作順利完成之後，在新興的中華人民共和國獲得並鞏固了自己的軍事資本、外交資本、政治資本、經濟資本，國民經濟順利而且有點出乎意料地快速開始向社會主義過渡〔註50〕之後，接下來，毛澤東就可以集中精力發動一場轟轟烈烈的思想改造運動，指揮新民主主義的文化向社會主義的文化過渡，也就是建設社會主義的新文化了。

〔註48〕 薄一波：《若干重大決策與事件的回顧》（修訂本）上卷，北京：人民出版社，1997年，第152頁。

〔註49〕 《毛澤東傳》（1949～1976）（一），中共中央文獻研究室編，北京：中央文獻出版社，2004年，第193頁。

〔註50〕 1952年夏秋之交，中國社會經濟的現實生活中發生了一些超出原來預料的變化。第一是在以巨大財力支持抗美援朝戰爭的情況下，恢復國民經濟的任務奇迹般地提前完成。第二是經過三年經濟恢復時期，國營工商業和私營工商業的產值比例發生了根本性的變化，國營經濟已經超過私營經濟。經歷「五反」運動後，私營工商業已經開始納入接受國營經濟領導的軌道。在工業和商業流通領域中，一場深刻的社會變革實際上已經開始。第三是在土地改革以後，農村中的互助合作事業普遍地開展起來。繼土地改制後的一場更加深刻的農村生產關係和生產力的變革，也在悄然興起。1953年9月，人民政協全國委員會向全國正式公佈了經毛澤東審閱修改的過渡時期總路線：從中華人民共和國成立，到社會主義改造基本完成，這是一個過渡時期。黨在這個過渡時期的總路線和總任務，是要在一個相當長的時期內，逐步實現國家的社會主義工業化，並逐步實現國家對農業、對手工業和對資本主義工商業的社會主義改造。」參見《毛澤東傳》（1949～1976）（一），中共中央文獻研究室編，北京：中央文獻出版社，2004年，第240～241、265～266頁。

　　事實上，在當時的毛澤東看來，這樣一場轟轟烈烈的徹底的思想改造運動不僅是可以，而且簡直是必須開展起來了！因爲他敏銳地覺察到，資產階級唯心論不僅嚴重地「毒害」著「青年」，而且已經「俘虜」了許多黨內的「大人物」。1950年3月，毛澤東在看完被稱爲「愛國主義」的電影《清宮秘史》之後，就認爲它是一部賣國主義的影片，應該進行批判。然而文化界卻沒人響應〔註51〕。這想必已經讓他對文化界的「思想麻木與混亂」產生了很大的不滿。1950年年底1951年年初「電影《武訓傳》的出現，特別是對於武訓和電影《武訓傳》的歌頌竟至如此之多」，讓他再次感到「我國文化界的思想混亂」達到了令人難以容忍的程度。「特別值得注意的，是一些號稱學得了馬克思主義的共產黨員」，「喪失了批判的能力，有些人則竟至向這種反動思想投降。」「資產階級的反動思想侵入了戰鬥的共產黨」，已經成爲了無可爭辯的事實！〔註52〕從1951年5月起雖然在毛澤東的指示下在全國範圍內開展了對電影《武訓傳》的批判，從1951年9月至1952年秋全國還廣泛地開展了一場知識分子思想改造運動〔註53〕，但是到1954年10月李希凡和藍翎的《關於〈紅樓夢簡論〉及其他》出現之時，卻還是「沒有引出教訓，又出現了容忍俞平伯唯心論和阻攔『小人物』的很有生氣的批判文章的奇怪事情」，看來事情已經到了非解決不可的時候了，不然就不只是幾個「大人物」成爲資產階級思想的俘虜了，整個國家的「社會主義建設和社會主義改造任務都會受到嚴重阻礙」！清理和批判資產階級思想和資產階級唯心主義的必要性，在中共中央《關於宣傳唯物主義思想批判資產階級唯心主義思想的指示》裏表述得非常清楚：

　　　　爲了實現黨的總路線，在三個五年計劃、十五年左右（一九五三年算起）的時期內實現我國的社會主義建設和社會主義改造，達到消滅城鄉資本主義的成分，在六萬萬人口的偉大國家中建成社會主義社會，必須在知識分子中和廣大人民中宣傳辯證唯物主義和歷史唯物主義思想，批判資產階級唯心主義思想，並在這個思想戰線上取得勝利。沒有這個思想戰線上的勝利，社會主義建設和社會主義改造的任務就將受到嚴重阻礙。〔註54〕

〔註51〕 孫玉明：《紅學：1954》，北京：北京圖書館出版社，2003年，第76頁。
〔註52〕 《毛澤東文集》第六卷，北京：人民出版社，1999年，第166～167頁。
〔註53〕 參見《毛澤東傳》（1949～1976）（一），中共中央文獻研究室編，北京：中央文獻出版社，2004年，第102～106頁。
〔註54〕 轉引自《毛澤東傳》（1949～1976）（一），中共中央文獻研究室編，北京：中

在以前的新民主主義革命時期，無產階級必須聯合資產階級和小資產階級，藉重其力量，與封建主義、帝國主義的文化作鬥爭，因此不能不容留其文化的存在。正如 1952 年在「三反」運動結束時毛澤東所說的：「在新民主主義時期，即允許資產階級和小資產階級存在的時期，如果要求他們合乎工人階級的立場與思想，取消他們的資產階級和小資產階級的立場和思想，其結果不是造成混亂，就會逼出偽裝，這是對統一戰線不利的，也是不合邏輯的。在允許資產階級和小資產階級存在的時期內，不允許資產階級和小資產階級有自己的立場和思想，這種想法是脫離馬克思主義的，是一種幼稚可笑的思想」〔註 55〕。但是當資產階級作為階級已經在逐步被消滅之中，當整個社會的政治經濟已經開始從新民主主義向社會主義過渡之時，對資產階級文化進行清理與批判也就成了合乎邏輯的必然之舉了。文化改造的根本是思想改造。只有當資產階級、小資產階級知識分子以及所有受資產階級、小資產階級思想「俘虜」或影響的「大人物」「小人物」們都拋棄了資產階級唯心主義思想，都認真學習並且真正接受了馬克思列寧主義，當他們在思想上用馬列主義統一起來之時，資本主義文化才能被消滅或成功轉化，真正純粹的社會主義新文化才可望造成，整個國家的社會主義改造與社會主義建設事業才可能順利進行。

然而正如孫玉明所言，缺乏具體內容的空洞的思想改造運動，收效甚微。毛澤東清楚地認識到，必須首先消除知識分子頭腦中那根深蒂固的傳統思想，才能讓他們徹底地接受馬列主義。如不破舊，就難立新。〔註 56〕李、藍二人這時發表批評俞平伯《紅樓夢》研究的文章，一方面，正值客觀上中國有條件毛澤東也有精力而且主觀上他和黨中央認為必須與資產階級思想作堅決鬥爭的時候；另一方面，李、藍二人這種對於深受國人喜愛的古典名著《紅樓夢》的評論，為「亟待」開展的思想改造運動提供了一種實實在在的憑藉；尤其重要的是，他們的文章的那種對俞平伯具體研究方法與觀點的批判、對馬列主義理論與方法的運用〔註 57〕，為思想改造運動指示了一種標準的、行

央文獻出版社，2004 年，第 298 頁。
〔註 55〕《毛澤東傳》（1949～1976）（一），中共中央文獻研究室編，北京：中央文獻出版社，2004 年，第 230 頁。
〔註 56〕參見孫玉明：《紅學：1954》，北京：北京圖書館出版社，2003 年，第 68 頁。
〔註 57〕李、藍二人在文章中運用當時在大陸流行的蘇聯模式的現實主義文藝理論對俞平伯進行批判並對《紅樓夢》及其作者曹雪芹進行分析。在第一篇文章《關

於〈紅樓夢簡論〉及其他》中，二人對俞平伯在《紅樓夢簡論》以及《紅樓夢研究》中的一些觀點提出了尖銳的批評，認為他未能從現實主義創作的角度「探討《紅樓夢》鮮明的反封建的傾向，而迷惑於作品的個別章節和作者對某些問題的態度，所以只能得出模棱兩可的結論。」俞平伯離開了現實主義的批評原則，離開了明確的階級觀點，從抽象的藝術觀點出發，本末倒置地把《水滸》貶為一部過火的『怒書』，並對他所謂的《紅樓夢》『怨而不怒』的風格大肆讚揚，實質上是力圖貶低《紅樓夢》反封建的現實意義。」而他們則從現實主義的原則出發，認為：（一）《紅樓夢》出現在清代王朝的所謂「乾隆盛世」，並不是偶然的現象。乾隆時期正是清代王朝的鼎盛時期，但也是它行將衰敗的前奏曲。在這歷史的轉變期中注定了封建貴族統治階級不可避免的衰亡命運。曹雪芹從自己的家庭遭遇和親身生活體驗中，已經預感到本階級的必然滅亡。他將這種預感和封建貴族統治集團內部崩潰的活生生的現實，用典型的生活畫面、完整的藝術形象鎔鑄在《紅樓夢》中，真實地、深刻地暴露了它必然崩潰的歷史命運。（二）《紅樓夢》之所以能在創作上取得了傑出的成就，就在於曹雪芹的現實主義的創作和世界觀中的落後因素並不完全一致。《紅樓夢》不是「色」「空」觀念的具體化，而是活生生的現實人生的悲劇。人們通過作者筆下的主人公的悲劇命運所獲得的認識不是墜入命定論的深淵，而是激發起對於封建社會制度和封建地主階級的深刻憎恨，對於大觀園被壓迫的女奴以及叛逆的貴族青年賈寶玉、林黛玉的熱情同情。（三）《紅樓夢》的輝煌成就與它以前的古典文學傳統有著極其密切的關係。它繼承並發展了由《詩經》、屈原、杜甫、關漢卿、王實甫、羅貫中、施耐庵、吳承恩等偉大作家所代表的古典文學特別是小說中的人民性傳統。它深刻地揭示出封建貴族統治階級的生活腐朽，並進而涉及幾乎封建制度的全部問題。它創造並歌頌了肯定的典型人物，把封建制度的叛逆者與蔑視者寶黛作為理想的人物，通過對他們的愛情和生活理想的肯定，一方面體現著作者對封建制度的蔑視與反抗，一方面體現著作者所追求的生活理想。它繼承和發展了中國古典文學的現實主義創作方法。在第二篇文章《評〈紅樓夢研究〉》中，李、藍二人不僅繼續批評俞平伯「以其考證學觀點，只取其中局部的字句……從而把《紅樓夢》這樣一部現實主義傑作，還原為事實的『真的記錄』，認為這部作品只是作者被動地毫無選擇地寫出自己所經歷的某些事實。這樣引申下去，《紅樓夢》就成為曹雪芹的自傳，因而處處將書中人物與作者的身世混為一談，二而一的互相印證，其結果就產生了一些原則性的錯誤」（如：把賈府從當時的社會發展和它所隸屬的階級孤立開來去考察；對於《紅樓夢》中人物的考證，也是拋開了它的社會內容孤立起來去考察；認為《紅樓夢》的藝術方法是自然主義的「寫生」方法，其悲劇結構的形成，是由於「拘束於事實」，其藝術方法的根本特色是「怨而不怒的風格」等等），並且進一步探討了造成俞平伯這些錯誤觀點的根源，指出：「俞平伯的這些錯誤觀點，決不能簡單地歸之於『這些抑揚的話頭，或者是由於我的偏好也未可知』，因為這是文學批評的原則問題。在俞平伯的所謂『偏好』的後面，隱藏著研究者的階級觀點。從文學批評觀點上說，俞平伯的見解就是資產階級的主觀唯心主義的觀點」。「總結起來，造成《紅樓夢研究》這些錯誤的根本原因，是俞平伯對於《紅樓夢》所持的自然主義的寫生說。但是，這種把《紅樓夢》作

之有效的、可以普遍使用的「破舊立新」——消除根深蒂固的舊思想、接受
與運用馬列主義新觀念的方式與路徑。兩個小人物的文章受到毛澤東如此強
烈的關注,在中國大地上掀起了如此轟轟烈烈的一場「風波」,也就毫不足怪
了。

　　隔了五十多年的歲月再回首 1954 年那場《紅樓夢》研究批判運動,我們
現在已經能夠很清楚地看到,那場運動「討論的範圍」相當廣泛,「不限於古
典文學研究的一方面」,而是「把學術界的一切部門都包括」了進去;「在文
化學術界的廣大的領域中,特別是在歷史學、哲學、經濟學、建築藝術、語
言學、教育學乃至於自然科學的各部門」,都開展了「這個思想鬥爭」。我們
也很清楚地瞭解了,那個在古典文學研究中掀起的「思想鬥爭」,只是一場聲
勢更爲浩大的對於「胡適派資產階級唯心論」思想的徹底清理與鬥爭的序幕。
正因爲這樣,人們談起這場運動,便往往會不由自主地想到毛澤東與胡適交
往的點點滴滴,想到毛澤東早年對胡適的崇拜,想到 1945 年、1948 年毛澤東
對胡適的爭取與挽留〔註 58〕,想到胡適的拒絕與最後站錯隊〔註 59〕,甚至可
能會禁不住懷疑:胡適當年若接受毛澤東和共產黨的美意,在大陸上留下來,
這場「胡適派資產階級唯心論」思想批判運動可能就不會發生了。不過在筆
者看來,如果我們眞的產生這種懷疑,那就不僅是對這場運動的誤解,更是
對毛澤東的曲解了!恩格斯在致薩拉爾的信中這樣說過:「主要人物是一定階
級和傾向的代表,因而也是他們時代的一定思想的代表,他們的動機不是從

爲一部純自傳性的作品來評價而抽掉了它的豐富性的社會內容的見解,無非
是重複了胡適的看法……俞平伯正是一脈相承了胡適的這種『自然主義』的
『自敘』說……他們一致否認《紅樓夢》是一部偉大的現實主義傑作,否認
《紅樓夢》所反映的是典型的社會的人的悲劇,進而肯定《紅樓夢》是個別
家庭和個別的人的悲劇,把《紅樓夢》歪曲成爲一部『自然主義』的作品。
這就是新索隱派所企圖達到的共同目標,《紅樓夢研究》就是這種新索隱派的
典型代表作品之一。」

〔註 58〕1945 年 7 月,傅斯年等「國民參政會參政員」到延安與中國共產黨「商談兩
黨團結,共建國內和平問題」時,毛澤東請傅斯年回去「代問胡適老師好」,
表達了中國共產黨希望同胡適派知識分子在抗日戰爭與建立民主聯合政府的
事業中進行合作的意向。1947 年 12 月,在陝北楊家溝召開的中央會議上,毛
澤東明確表示,革命勝利之後,「可叫胡適當個圖書館館長」。所以 1948 年底,
中國共產黨曾通過延安廣播電臺對胡適專線廣播,希望他能留在北平,北平
解放後將任命他爲北大校長和北京圖書館館長。

〔註 59〕1948 年 12 月在北平解放前不久,胡適乘國民黨的專機離開北平前往南京,之
後不久,又隨國民黨一起逃往了臺灣。

瑣碎的個人欲望中，而正是從他們所處的歷史潮流中得來的。」〔註60〕作為中国共產黨和中華人民共和國的領袖，毛澤東正是這樣一位當之無愧的「主要人物」。他的思想與行動，正是從他當時所處的歷史潮流中來的，是當時由他所領導的中国共產黨和中華人民共和國的傾向的代表，而不是出於他個人瑣碎的恩怨。其實早在 1921 年當毛澤東還只是湖南新民學會的一個成員時，他就明確地表示：「待朋友：做事以事論，私交以私交論，做事論理論法，私交論情。」「吾人有主義之爭，而無私人之爭。主義之爭，處於不得不爭，所爭者主義，非私人也。私人之爭，世亦多有，則大概是可以相讓的。」〔註61〕三十多年後於 1954 年借批判俞平伯而發起這場批判胡適派的鬥爭時他也強調，「俞平伯這一類資產階級知識分子，當然是應當對他們採取團結態度的，但應當批判他們毒害青年的錯誤思想，不應當對他們投降。」顯而易見，對於毛澤東而言，這場借《紅樓夢》研究問題而發起的對「胡適派資產階級唯心論」的鬥爭，不是什麼私人的「可以相讓的」意氣之爭，而是關係到國家與民族命運因而「不得不爭」的「主義之爭」。它不是因為胡適「不領情」而惱羞成怒所引發的，也就絕不會因為胡適的「領情」而抑而不發。無論胡適留不留在大陸、擁不擁護共產黨和中国共產黨中央人民政府，這樣一場運動在當時的歷史條件下都會發生。說到底，這是由毛澤東所領導的社會主義新中國與由胡適所代表的自由主義「唯心論」的資產階級之間的一種文化資本之爭。

如果說對於蔡元培和胡適而言，為了普及教育而奔走，為了統一國語而努力，為了文學革命而振臂高呼，為了再造一種新文明而自覺自願地「為國人導師」〔註62〕，只是出於中國傳統知識分子那種「天下興亡，匹夫有責」、「士不可以不弘毅，任重而道遠」的責任感，出於較早領受歐風美雨沐浴因而先知先覺的近代自由主義知識分子的社會良知，那麼對於作為一國政治領袖的毛澤東而言，統一國民思想，創造社會主義新文化，則是他肩上實實在在、不容推卸的重任。

〔註60〕《恩格斯致斐·拉薩爾》，《馬克思恩格斯選集》第 4 卷，中共中央馬克思恩格斯列寧斯大林著作編譯局編，北京：人民出版社，2006 年，第 343～344頁。
〔註61〕《毛澤東書信選集》，中央文獻研究室編，北京：中央文獻出版社，2003 年，第 14 頁。
〔註62〕《胡適日記》，沈衛威編，太原：山西教育出版社，1997 年，第 26 頁。

對於文化的重要性毛澤東有著非常充分的認識，他指出「一定的文化是一定社會的政治和經濟在觀念形態上的反映。」〔註63〕封建社會有反映封建政治與經濟、宣揚封建主義道理的封建文化，資本主義社會有反映資本主義政治與經濟、宣揚資產階級思想意識的資本主義文化，社會主義的中國應該也有自己的文化，因爲「文化是反映政治鬥爭和經濟鬥爭的，但它同時又能指導政治鬥爭和經濟鬥爭。文化是不可少的，任何社會沒有文化就建設不起來。」〔註64〕「如果不發展文化，我們的經濟、政治、軍事都要受到阻礙。」〔註65〕

然而什麼樣的文化才是眞正的社會主義的文化呢？社會文化的建設從何著手呢？毛澤東很早就開始對文化問題進行了冷靜的反思。1920 年 7 月 31日，正值新文化運動的熱潮之中，他在湖南《大公報》上發表《文化書社緣起》一文，文中談到：「新文化，嚴格說來，全體湖南人都和他不相干。若說這話沒有根據，試問三千萬（湖南人）有多少人入過學堂？入過學堂的人有多少人認得清字，懂得清道理？認得清字、懂得清道理的人有多少人明白新文化是什麼？我們要知道，眼裏、耳裏隨便見聞過幾個新鮮名詞，不能說即是一種學問，更不能說我懂得新文化，尤其不能說湖南已有了新文化。徹底些說吧，不但湖南，全中國一樣尚沒有新文化。全世界一樣尚沒有新文化。一枝新文化小花，發現在北冰洋岸的俄羅斯。」〔註 66〕在毛澤東看來，一個人如果光識字明理，光知道幾個新名詞，而不改變思想觀念，就不能算眞正懂得新文化的新人；一個社會，如果新的思想觀念還沒有被廣大民眾所接受、所信仰，就不能算是有新文化的社會。文化的改造不是僅僅依靠讀書識字明事理就能完成的，更重要的是改變思想觀念。因此，可以說，至少自 1920 年開始他就已經和胡適一樣，認識到了思想革命的重要性。所不同的是，作爲一個很早即失望於「以暴易暴」的政治革命的自由主義知識分子，胡適長期執著於思想革命，寄望於「以思想的力量改造社會，再以社會的力量改造政治」〔註67〕，「一步一步自覺的改革，在自覺的指導之下一點一滴的收不斷的

〔註63〕《毛澤東選集》第二卷，北京：人民出版社，1991 年，第 694 頁。

〔註64〕《毛澤東文藝論集》，中共中央文獻研究室編，北京：中央文獻出版社，2002年，第 105 頁。

〔註65〕《毛澤東文藝論集》，中共中央文獻研究室編，北京：中央文獻出版社，2002年，第 106 頁。

〔註66〕《毛澤東早期文稿》，長沙：湖南出版社，1990 年，第 498 頁。

〔註67〕傅斯年：《白話文學與心理的改革》，《中國新文學大系 建設理論集》，趙家璧主編，上海文藝出版社，1981 年，第 208 頁。

改革之全功。不斷的改革收功之日，即是我們的目的地達到之時」〔註 68〕；同時，他所欲「再造」出來的新社會是「一個治安的、普遍繁榮的、文明的、現代的」，掃除統治中國幾千年的「孔教、禮法、貞節、舊倫理、舊政治」，由「德先生」和「賽先生」所統治的社會，他所心儀的新政治文化是一種民主與法治的「眞正自由主義的」民主政治，也即「一切公民（有產的無產的，政府與反對黨）都有集會、結社、言論、出版、罷工之自由」，「特別重要的是反對黨派之自由」〔註 69〕的民主政治。而作爲一個戎馬半生、用實踐證明了「槍桿子裏面出政權」這一眞理的革命家，作爲一個既有著堅定的信仰又同時深知「凡事有經有權」的戰略家與政治家，毛澤東所選擇的是一條先武裝奪取政權，再用思想革命來鞏固與擴大武裝革命的成果的道路。同時，他所希望創造的也是完全不同於胡適理想的另一種「新文化」。如果說在由胡適等「首舉義旗」所引發的新文化運動中，熱血沸騰的青年毛澤東還只是朦朧地意識到理想的新文化應該有著「北冰洋岸的俄羅斯」所開出的「小花」那種芬芳的話，那麼在經歷了幾十年的革命、成功地建立了中華人民共和國之後，作爲一國領袖的毛澤東已經相當清楚地認識到了在他所領導的中國應該建設與推廣的是「社會主義的國民文化」，應該實行的是人民民主專政——「對人民內部的民主」和「對反動派的專政」。這種人民民主專政甚至可以名之爲「人民民主獨裁」，就是「剝奪反動派的發言權，只讓人民有發言權」。要建設這樣的國家和文化，必須用馬克思列寧主義統一國民思想，使馬克思列寧主義成爲國家的主導意識形態。

　　爲什麼必須用馬克思列寧主義統一國民思想？要回答這個問題，首先必須弄清楚另一個問題：中国共產黨最初爲什麼會選擇馬克思列寧主義？這是中國人在經歷了長期的求索與慘痛的歷史教訓之後所做出的正確選擇。毛澤東說，近代以來，中國的先進分子雖然歷經千辛萬苦，執著地向西方資本主義國家學習，向他們尋找眞理，但是一直行不通，維新、救國的理想總是不能實現。相反，中國人學西方的迷夢總是屢屢被西方帝國主義的侵略所打破。在這樣的迷茫與困境之中，「十月革命一聲炮響，給我們送來了馬克思列寧主義。」「這時，也只是在這時，中國人從思想到生活，才出現了一個嶄新的時

〔註 68〕　胡適：《我們走那條路》，《胡適文集》（第 5 冊），歐陽哲生選編，北京大學出版社，1998 年，第 362 頁。
〔註 69〕　胡適：《〈陳獨秀的最後見解〉序言》，自由中國出版社叢書，1949 年。

期。」〔註70〕

馬克思主義的要義，誠如胡適早就已經認識到的，是歷史唯物主義和階級鬥爭學說。胡適雖然終身信仰與主張資產階級唯心主義，但1919年在《四論問題與主義》〔註71〕一文中，他從學術意義的角度肯定了馬克思的歷史唯物史觀，認為「唯物的歷史觀，指出物質文明與經濟組織在人類進化社會史上的重要，在史學上開一個新紀元，替社會學開無數門徑，替政治學說開許多生路：這都是這種學說所含意義的表現，不單是這種學說本身在社會主義運動史上的關係了」。

同樣是在這篇文章中，胡適還明確表示了對馬克思的階級鬥爭學說的不贊成，他說：

> 又如階級戰爭說，指出有產階級與無產階級不能並立的理由，在社會主義運動史上與工黨發展史上固然極重要。但是這種學說，太偏向申明「階級的自覺心」，一方面，無形之中養成一種階級的仇視心，不但使勞動者認定資本家為不能並立的仇敵，並且使許多資本家也覺勞動者真是一種敵人。這種仇視心的結果，使社會上本來應該互助而且可以互助的兩種大勢力，成為兩座對壘的敵營，使許多建設的救濟方法成為不可能，使歷史上演出許多本不須有的悲劇。

然而長期的革命實踐告訴以毛澤東為首的中國共產黨人，正是馬克思列寧主義科學的宇宙觀（唯物主義歷史觀），是其社會革命論（階級鬥爭學說）領導中國革命走向了勝利。「十月革命幫助了全世界的也幫助了中國的先進分子，用無產階級的宇宙觀作為觀察國家命運的工具，重新考慮自己的問題。走俄國人的路──這就是結論。」〔註72〕而中國一經走上「俄國人的路」，出現的結果是，「和中國舊的封建主義文化相比較可以被艾奇遜們視為『高度文化』的那種西方資產階級的文化，一遇見中國人民學會了的馬克思列寧主義的新文化，即科學的宇宙觀和社會革命論，就要打敗仗。被中國人民學會了的科學的革命的新文化，第一仗打敗了帝國主義的走狗北洋軍閥，第二仗打敗了

〔註70〕 毛澤東：《論人民民主專政》，《毛澤東選集》第四卷，北京：人民出版社，1991年，第1470～1475頁。

〔註71〕 《胡適文集》（2），歐陽哲生選編，北京：北京大學出版社，1998年，第277頁。

〔註72〕 毛澤東：《論人民民主專政》，《毛澤東選集》第四卷，北京：人民出版社，1991年，第1471頁。

帝國主義的又一名走狗蔣介石在二萬五千里長征路上對於中國紅軍的攔阻，第三仗打敗了日本帝國主義及其走狗汪精衛，第四仗最後地結束了美國和一切帝國主義在中國的統治及其走狗蔣介石等一切反動派的統治」〔註73〕，出現的結果是「自從中國人學會了馬克思列寧主義以後，中國人在精神上就由被動轉入主動。從這時起，近代世界歷史上那種看不起中國人，看不起中國文化的時代應當完結了。」〔註74〕概言之，這種科學的革命的馬克思列寧主義的新文化，指導中國人民推翻了一切反動派的統治，幫助中國人民結束了在近代世界史上屈辱的國際地位。

　　這種馬克思列寧主義的新文化，在以往的新民主主義革命的實踐中確實領導中國人民打倒了帝國主義、資本主義等一個又一個反動派，實現了一個又一個的勝利。然而，在中國革命已然取得勝利之後，在中華人民共和國已然成立之後，在國家建設中為什麼還要堅持它，還要推廣、普及它，使之成為「整個的社會主義的國民文化」呢？是因為從國際上看，各種反動派依然大量存在，階級鬥爭的現實依然存在，還在威脅著新生的中華人民共和國，因此我們還必須堅持馬克思列寧主義的唯物史觀和階級鬥爭「定律」，堅持「鬥爭，失敗，再鬥爭，再失敗，再鬥爭，直至勝利」〔註75〕，我們還必須要「學景陽岡上的武松。在武松看來，景陽岡上的老虎，刺激它也是那樣，不刺激它也是那樣，總之是要吃人的。或者把老虎打死，或者被老虎吃掉，二者必居其一。」〔註76〕只有堅持馬克思列寧主義，堅持與老虎作鬥爭，才有可能徹底地「把老虎打死」。而如果不堅持馬克思列寧主義的指導，那就很有可能會「被老虎吃掉」，也就是說，「革命就要失敗，人民就要遭殃，國家就要滅亡。」〔註77〕。就國內來說，如果聽任資產階級唯心論「毒害青年」，「俘虜」黨內的「大人物」，「侵入戰鬥的共產黨」，則整個國家的「社會主義建設和社

〔註73〕毛澤東：《唯心歷史觀的破產》，《毛澤東選集》第四卷，北京：人民出版社，1991年，第1514～1515頁。

〔註74〕毛澤東：《唯心歷史觀的破產》，《毛澤東選集》第四卷，北京：人民出版社，1991年，第1516頁。

〔註75〕毛澤東：《丟掉幻想，準備鬥爭》，《毛澤東選集》第四卷，北京：人民出版社，1991年，第1487頁。

〔註76〕毛澤東：《論人民民主專政》，《毛澤東選集》第四卷，北京：人民出版社，1991年，第1473頁。

〔註77〕毛澤東：《論人民民主專政》，《毛澤東選集》第四卷，北京：人民出版社，1991年，第1475頁。

會主義改造任務都會受到嚴重阻礙」。而一旦中國的社會主義建設與改造的任務遇到障礙甚至遭遇失敗，那麼內外交困，中國在世界上的生存也就必然會出現重大的危機。

因此，事情確實似乎已經到了非解決不可的地步了！到了必須用馬克思列寧主義改造所有受資產階級唯心論影響的知識分子、用馬克思列寧主義武裝全體國民頭腦的時候了，到了必須向胡適「開火」的時候了——因為胡適在現代中國文化領域有著極其重大的影響：他是「20世紀中國學術思想史上的一位中心人物」，從1917年「暴得大名」開始，他就逐步在中國思想和學術的許多領域內——從哲學、史學、文學到政治、宗教、道德、教育等——佔據了「樞紐地位」〔註78〕；他與魯迅分別代表著現代中國兩種思想文化和兩類不同的知識分子，是現代中國文化戰線上對立著的兩面旗幟〔註79〕；他是中國自20世紀20年代末以來「資產階級唯心論的代表人物」〔註80〕，正如周揚所言，「中國資產階級思想的代表人物當然不止胡適一人，但他卻是中國資產階級思想的最主要的、集中的代表者」，即使到了中華人民共和國成立以後的五十年代，其「資產階級唯心論思想」「在人民和知識分子的頭腦中還佔有很大的地盤」〔註81〕。

顯而易見，對於新中國成立初期的中國共產黨及其領袖毛澤東而言，在紛繁複雜甚至險惡的國際國內環境中，時刻保持警惕、繼續堅持鬥爭以救亡圖存，這仍然是新中國所面臨的最大任務。而馬克思列寧主義則是完成這一任務的制勝法寶，是實現這一目的不可或缺的資本。因此，1954年由毛澤東所親自發動的借批判俞平伯《紅樓夢》研究而展開的批判胡適派資產階級唯心論的運動，是一場堅持、推廣與加強社會主義文化建設的最有力的文化資本——馬克思列寧主義歷史唯物史觀和階級鬥爭學說的鬥爭，圍繞《紅樓夢》及其研究的批判與討論則是用以獲取這種資本的手段。

另一方面，毛澤東很清楚地知道，任何一種新文化都不是從天上掉下來

〔註78〕余英時：《中國近代思想史上的胡適》，《重尋胡適歷程》，桂林：廣西師範大學出版社，2004年，第161頁。

〔註79〕易竹賢：《胡適傳》，武漢：湖北人民出版社，2006年，第10頁。

〔註80〕郭沫若：《三點建議》，《紅樓夢問題討論集》第一集，北京：作家出版社，1955年，第4頁。

〔註81〕周揚：《我們必須戰鬥》，《紅樓夢問題討論集》第一集，北京：作家出版社，1955年，第25頁。

的，不可能在沒有任何舊文化存留的情況下憑空產生。社會主義新文化也不例外。它很大程度上是在用馬列主義思想對舊有文化進行改造的基礎上形成的。這種改造是一種破舊立新。在這裏，破舊與立新不是先後相繼、截然相對的兩件事，而是同一現象的兩個方面。破舊同時也就意味著立新。對於像《紅樓夢》這樣的傳統文化產品，用封建的倫理道德、忠孝節義觀念去分析它評價它鑒賞它，它可以成爲維護封建社會秩序的文化資本；用色空觀念、自敘傳等觀點去解讀它，它也可以說是支持資產階級唯心主義的文化資本；而用馬列主義的階級鬥爭的觀點、用現實主義的文藝理論去看待與分析它，它則可以成爲反映封建社會的罪惡、批判資產階級唯心主義與個人主義謬誤的社會主義的文化資本。因此，毛澤東所發動的《紅樓夢》研究批判運動，從這個意義上來說，也是與封建主義尤其是與資產階級唯心主義、個人主義爭奪《紅樓夢》這一類可以批判地利用的封建時代遺留下來的文化資本的運動。

　　談到毛澤東的功與過，國外毛澤東研究專家斯圖爾特・施拉姆說過這樣的話：「在五四時期，救亡壓倒了啓蒙，而在延安時期，毛澤東更是將救亡視爲目標。從那時起，知識進步所要求的法律上的自由和言論自由在毛澤東的中國逐漸被削弱，其重要的根據在於現實的帝國主義威脅。儘管作爲其結果的政治控制在今天難以被接受，但這並不能夠證明爲抵抗外敵侵略做出犧牲本身是一個錯誤。」〔註 82〕確實，在中華人民共和國在世界上已經得到了普遍承認、其獨立性已經得到了切實的鞏固、其國際地位已經得到了很大的提升的今天，很多人對於當年那場用馬克思列寧主義統一全民思想的運動都會感到難以接受。但回到當年那種特定的歷史語境，我們卻不難發現，對於毛澤東所領導的中国共產黨和中央人民政府而言，它依然是新中國「救亡」「圖存」的一種不可避免的選擇。

　　不過，儘管我們不能否認毛澤東發動那一場批判運動的歷史必然性與必要性，也不能要求生活於當時的社會歷史條件下的前人從我們現在所面臨的問題出發而採取相應的對待社會的態度與建設國家的措施，但我們仍然不由得爲一代偉人毛澤東、也爲中國的社會主義文化建設所走的彎路而感到沉重的惋惜。毛澤東終生都在爲了創立與建設一個社會主義的新中國而艱苦探索、努力奮鬥，但在 1954 年卻還是由於過於狹隘地理解了馬克思主義，過於

〔註82〕斯圖爾特・施拉姆：《毛澤東的遺產》，《現代哲學》，2006 年，第 1 期。

把「社會革命論」——階級鬥爭論定於一尊，結果不但給文化界許多人士及其家庭造成了嚴重的創傷甚至是深重的災難，而且使《紅樓夢》研究中的「異質雜鳴」、「眾聲喧嘩」被整合成了一種單聲道的齊聲大合唱，最後是在相當長的時期內，藝術發展與科學進步所需要的「百花齊放、百家爭鳴」〔註83〕局面形成不了，「社會主義文化繁榮」只能是一種內涵不明、前景渺茫的夢想！

〔註83〕毛澤東：《百花齊放、百家爭鳴》，《毛澤東文藝論集》，中共中央文獻研究室編，北京：中央文獻出版社，2002年，第158頁。

第五章　劉心武：後現代的「平民紅學」

第一節　秦學風波

劉心武是當代著名作家。1977 年他發表後來被稱爲「傷痕文學」的發軔之作的短篇小說《班主任》，引起轟動，從此走上文壇。此後他不斷有作品問世，並不時引起新的轟動，如 1985 年發表長篇小說《鐘鼓樓》並獲茅盾文學獎、連續發表紀實小說《5.19 長鏡頭》與《公共汽車詠歎調》，1987 年任《人民文學》雜誌社主編時因爲「舌苔事件」而被停職檢查等。但他的《紅樓夢》研究在 2005 年所引起的轟動恐怕還是得算到目前爲止他所引起的最大的一次轟動了。

其實劉心武早在十幾年前就開始研究《紅樓夢》了。據他自己說，「我從小就喜歡《紅樓夢》，我的家庭也是一個喜歡《紅樓夢》的家庭，我從小受到薰陶，十幾年前的時候，我準備寫我的第三部小說《四牌樓》，我寫的《鐘鼓樓》得了茅盾文學獎，自己並不是很滿意。打算寫的這個小說《四牌樓》有自傳性、自敘性、家族史的性質等等，這樣的話我就借鑒古典文學當中最優秀的作品了，特別是《紅樓夢》它本身就具有這個特點」〔註1〕。他從那時開始研究《紅樓夢》的結果是，1992 年他「開始發表研究《紅樓夢》的論文，並將研究成果以小說形式發表，陸續出版多部專著」〔註2〕——「1994 年輯成

〔註 1〕http：//book.sina.com.cn，2005 年 11 月 23 日 17 點 38 分，新浪讀書《劉心武做客新浪談〈紅樓〉聊天實錄》。
〔註 2〕劉心武：《我是劉心武》，天津：天津人民出版社，2006 年，第 263 頁。

《秦可卿之死》一書，1996 年修訂過一次，到 1999 年又擴展爲《紅樓三釵之謎》」〔註3〕。2000 年後，他「把研究的觸角推進到對康熙朝廢太子胤礽及其兒子弘皙（也就是康熙的嫡孫），揭示出他們跌宕起伏、詭譎多變的命運對曹雪芹家族榮辱興衰的巨大影響，以及在曹雪芹創作《紅樓夢》時，從中採用了哪些人物原型、事件原型、細節原型作爲藝術虛構的資源，這些成果在 2003 年又形成了《畫梁春盡落香塵》一書」〔註4〕。不過，雖然他自認爲到 2004 年，他的「『秦學』研究彷彿山溪終於流出了窄谷，奔瀉到了更廣闊的田園，形成了一條自成形態的河流」〔註5〕，並且於 2004 年又將前面那些與《紅樓夢》有關的著作加以修訂，並增加了約 7 萬字的新稿，於 2005 年 4 月出版了《紅樓望月》這本新書，但是總的說來，到那時爲止他的《紅樓夢》研究還是沒有引起太大的反響。然而，自從他應中央電視臺 10 頻道（科學·教育頻道）的邀請，從 2005 年 4 月 2 日開始在《百家講壇》欄目做有關《紅樓夢》的講座（大體上是每周六中午 12：45 播出一講，他連續講了 23 講）以來，情況有了極大的改觀。正如他自己不無自得地談到的，「沒有想到的是，這樣一檔時間安排上遠非黃金——有人調侃說是『鐵錫時間』，甚至說是『睡眠時間』，12：45 本來是許多人要開始午睡，重播的時間爲 0：10，就更是許多人香夢沉酣的時刻了——的講述節目，竟然產生了極強烈的反響。追蹤觀看的人士很是不少，老少都有，而且其中有相當一部分是年輕人，包括在校學生。在互聯網上，很快就有非常熱烈的回應：激賞的、歡迎的、鼓勵的、提意見的、提建議的、深表質疑的、大爲不滿的、『迎頭痛擊』的，都有。而且，這些反應不同的人士之間，有的還互相爭論，互相駁辯」〔註6〕。同時，還「有人表示，這個系列節目引發出了閱讀《紅樓夢》的興趣，沒讀過的要找來讀，沒通讀過的打算通讀，通讀過的還想再讀，而網上關於對《紅樓夢》的討論，也就角度更多，觀點更新，分析更細，揭示更深」〔註7〕。一言以蔽之，他的系列講座在相當大的範圍內使本來已持續多年的「紅學熱」或者說「《紅樓夢》熱」一時間達到了高熱的程度。一個直接的結果就是不僅他自己的研紅著作在圖書市場上占盡風頭——2005 年 4 月第 1 版的《紅樓望月》僅到同年 9 月

〔註3〕 劉心武：《紅樓望月·自序》，太原：書海出版社，2005 年，第 2 頁。
〔註4〕 劉心武：《紅樓望月·自序》，太原：書海出版社，2005 年，第 2 頁。
〔註5〕 劉心武：《紅樓望月·自序》，太原：書海出版社，2005 年，第 2 頁。
〔註6〕 劉心武：《我是劉心武》，天津：天津人民出版社，2006 年，第 170 頁。
〔註7〕 劉心武：《我是劉心武》，天津：天津人民出版社，2006 年，第 170 頁。

就印刷了 6 次，賣得火熱，「應紅迷朋友要求」而結集出版的在中央電視臺百家講壇所作的「揭秘《紅樓夢》講座」的講稿《劉心武揭秘〈紅樓夢〉》以及《劉心武揭秘〈紅樓夢〉》（第二部）也持續熱銷、不斷加印、甚至出現了盜版現象，而且他的研究對象《紅樓夢》的銷量也跟著攀升。據有關方面統計，劉心武「揭秘」《紅樓夢》之後，半年內《紅樓夢》就賣了 8 萬冊，而此前 5 年之內卻只賣了 6 萬冊！難怪中國現代文學館研究員傅光明 2006 年 3 月 9 日在北京電視臺 5 頻道的一個電視節目中宣稱劉心武客觀上擴大了《紅樓夢》的影響，大作家王蒙 2006 年 1 月接受記者採訪時也認為劉心武的研究引起了大眾對《紅樓夢》的興趣，劉心武對促進紅學起了決定性的作用〔註 8〕。而網上更是有不少劉心武的「粉絲」為他吶喊叫好，認為「沒有劉心武，就沒有紅樓熱」，因為「中國人對於讀書的興趣越來越小了，尤其是在網絡佔據我們的生活之後。劉心武和他的《劉心武揭秘〈紅樓夢〉》把沉寂很久的讀書興趣給帶了起來。」〔註 9〕總之，誰也無法否認這樣一個客觀事實，即劉心武的《紅樓夢》「揭秘」對於經典名著《紅樓夢》在當代的再度火爆起到了很大的作用。正因為此，我們才把他作為《紅樓夢》經典化過程中一個重要的人物來進行重點考察。

　　不過，《紅樓夢》學術研究界對劉心武的《紅樓夢》研究的反應就遠遠沒有那麼熱烈了，相反倒是經歷了一個從長期漠然處之到一朝激烈批判的過程。雖然劉心武「秦學」研究的第一篇文章《秦可卿出身未必寒微》早在 1992 年就在當年的《紅樓夢學刊》第 2 輯上發表了，但 2005 年以前，情況基本上是：「自上個世紀九十年代初劉心武先生提出他的『秦學』觀點以來，十幾年了，紅學界並沒有人對他的觀點提出任何批評。2005 年 4 月 2 日中央電視臺《百家講壇》開始播出劉心武的『揭秘』後，半年多的時間裏也沒有任何一位紅學家對劉心武先生的『秦學』提出什麼批評」〔註 10〕。後來，由於「劉

<hr/>

〔註 8〕http：//www.sina.com.cn 光明網，2006 年 1 月 20 日。
〔註 9〕王人龍：《沒有劉心武 就沒有紅樓熱》，紅網，2005 年 12 月 9 日。
〔註 10〕鄭鐵生：《劉心武「紅學」之疑‧張慶善序言》，北京：新華出版社，2006 年，
　　　　第 2 頁。筆者之所以說「情況基本上」是這樣，是因為事實上還是有少數學
　　　　者很早就對劉心武的「秦學」提出了批評。劉心武本人在《「秦學」探佚的
　　　　四個層次》一文中就提到：1994 年 5 月他的《秦可卿之死》一書剛開始發行，
　　　　陳詔就在貴州省紅學會《紅樓》雜誌 1994 年第 2 期、梁歸智也在山西《太原
　　　　日報》1994 年 7 月 26 日「雙塔」副刊上發表了與他爭鳴的文章。另外，我們
　　　　至少還可發現，《紅樓夢學刊》1997 年第 3 輯上有一篇賈穗的文章《無益無趣

心武的『秦學』和他在央視的系列講座在社會上引起了較大的反響，很多讀者寫信、打電話詢問紅學專家的意見，要求紅學家們出來說話」〔註11〕，2005年10月，中國紅樓夢學會副會長胡文彬在大觀園的一次紅學講座中對劉心武的觀點進行了批評，成爲第一個在公共場合發表批評意見的《紅樓夢》研究者。繼而，蔡義江、孫玉明、張書才、吳祚來等「數位中國清史和紅學方面最權威的專家接受採訪或者撰文，表示對比以往的索隱派走得更遠的劉心武的『紅學』和『秦學』必須說話了」〔註12〕，他們的觀點集中發表在《藝術評論》2005年第10期上。同時，著名紅學家馮其庸、李希凡以及中國紅樓夢學會會長張慶善也接受了《紅樓夢學刊》記者的採訪，訪談錄發表在《紅樓夢學刊》2005年第6輯上。紅學界針對劉心武「秦學」的討論與批評就此展開。不僅《紅樓夢學刊》與《藝術評論》陸續刊登相關文章，其他期刊報紙網站等也紛紛發表相關的報導與文章。同時，其他領域也有學者開始對劉心武的「秦學」發表自己的見解。《紅樓夢學刊》2006年第2輯就登載了題爲《學術研究與學術規範》的記者就劉心武「秦學」對「十四位非紅學領域的專家學者」的訪談錄。總的來看，學術研究界對劉心武「秦學」是持否定與批判的態度的。

劉心武的涉紅著作大致可以分爲三類〔註13〕，第一類是「秦學」研究著作，中央電視臺百家講壇「劉心武揭秘《紅樓夢》」系列講座之講稿《劉心武揭秘〈紅樓夢〉》及《劉心武揭秘〈紅樓夢〉》（第二部）可謂集其大成；第二類是「紅學」研究的隨筆，如《紅樓望月》中的《賈璉王熙鳳的夫妻生活》、《賈珍尤氏的夫妻生活》、《臙油凍佛手》、《龜大何首烏》、《〈紅樓夢〉裏的歇後語》等篇目；第三類是「之死」系列「學術小說」《秦可卿之死》、《賈元春之死》、《妙玉之死》等。劉心武最引以爲驕傲的是其「秦學」，而學術界對劉心武的批判也主要是針對其「秦學」觀點和研究方法的。

的猜想探佚之作——讀劉心武先生的「學術小說」〈賈元春之死〉》，它對劉心武的「考證」研究提出了批評。《紅樓夢學刊》1998年第4輯也有一篇言正的文章《研究的深入與沉渣的泛起——紅學現狀一瞥》，對包括劉心武的研究在內的一些現象進行了批判。

〔註11〕《馮其庸、李希凡、張慶善訪談錄——關於劉心武「秦學」的談話編者按》，《紅樓夢學刊》，2005年第6輯。

〔註12〕《大河報》，2005年10月31日。

〔註13〕筆者此處援用了鄭鐵生先生對劉心武紅學著作的分類。參見鄭鐵生《劉心武「紅學」之疑》，北京：新華出版社，2006年，第9頁。

　　其實，所謂「秦學」，原只是作家王蒙見劉心武的《紅樓夢》研究從秦可卿入手、以秦可卿爲中心而開玩笑式地爲他「命名」的。不過，劉心武很高興地接受了這一命名。對於自己的「秦學研究」，他「有基本自信，因爲，一、另闢蹊徑；二、自成體系；三、自圓其說。」〔註14〕在他看來，《紅樓夢》是一部非常神秘的作品，而《紅樓夢》之所以「被稱爲神秘的作品，它的神秘性，體現於書中暗示了康、雍、乾三朝的政治時局，而作者曹雪芹家族的興衰榮辱又與其緊密相連，他把自己家族經歷的事件和他腦海中的人物，一一展現在《紅樓夢》裏，似若有所指，而又不敢造次，《紅樓夢》裏主要的人物和事件，都能在康、雍、乾三朝找到影子。」〔註 15〕因此他爲自己的《紅樓夢》研究規定了一項極具挑戰性的任務──揭秘。以一位作家的敏感，他發現，在《紅樓夢》裏那些「錯綜複雜的人物和事件中，有一位人物是聯繫它們的關鍵，那就是賈蓉的媳婦秦可卿，這位神秘人物是破解《紅樓夢》秘密的總鑰匙，在她身上，隱藏著《紅樓夢》的巨大秘密」〔註16〕，「關於《紅樓夢》中秦可卿這一形象，以及圍繞著這一神秘形象所引發出的種種問題，是最具魅力的『紅謎』」〔註 17〕，因此他決定，「對《紅樓夢》的揭秘，就從探究秦可卿這個人物開始。」把「文本細讀」和「原型研究」兩種方法相結合，經過十年的努力，他終於揭開了《紅樓夢》的秘密──

　　《紅樓夢》是一部自傳性小說，書中隱藏了令人驚心動魄的秘密：康熙皇帝兩立兩廢的皇太子允礽（又名胤礽）在第二次被廢的關鍵時刻生了一個女嬰。爲了讓此女免遭與自己一起被圈禁的命運，廢太子設法將其偷運出去送到與自己一向交好的江寧織造曹家寄養。因爲與廢太子交往多年，有一定的感情；同時，考慮到廢太子既然兩立兩廢，也許以後還有復立的希望，保護他的女兒不失爲一種很好的政治投資，因而曹家冒著巨大的風險收留與藏匿了這位公主。在這之前，爲了「雙保險」，曹家早就進行了另外一種很保險的政治投資，即把自己家族的一個女兒（曹雪芹的姐姐）送到了皇宮裏面，打算想辦法讓她逐步晉升，使她最後能夠到皇帝的身邊，成爲皇帝所寵愛的一個女子。曹雪芹的這位姐姐先是入選秀女，留在了東宮，允礽及其長子弘皙都很寵愛她。後來康熙帝駕崩，雍正帝篡位成功。廢太子眼見自己大勢已

〔註14〕劉心武：《劉心武揭秘紅樓夢》，北京：東方出版社，2005 年，第 5 頁。
〔註15〕劉心武：《劉心武揭秘紅樓夢》，北京：東方出版社，2005 年，第 30 頁。
〔註16〕劉心武：《劉心武揭秘紅樓夢》，北京：東方出版社，2005 年，第 30 頁。
〔註17〕劉心武：《紅樓望月》，太原：書海出版社，2005 年，第 53 頁。

去，含恨去世。不久曹家也被抄了家、治了罪。後來雍正帝暴亡，乾隆帝繼位。他寬免了曹家的所有虧空，並將曹雪芹的那位姐姐納爲皇妃，曹家因而中興。廢太子雖亡，然其子女之心仍不死。曹家藏匿的公主與其長兄弘晳暗中勾結，密謀造反。曹妃一則爲了自己向上爬，二則爲了保全曹家，便向乾隆帝告發了曹家藏匿公主的秘密。公主被迫懸梁自盡。公主之兄弘晳激於奪位之仇、殺妹之恨，於乾隆四年春天起事（即歷史上所謂「弘晳逆案」），趁乾隆帝離宮外出春狩時對他進行謀刺。結果乾隆帝儘管未被刺死，但作爲他被放過一馬的條件，他卻被迫把「狐媚惑主」、密告公主、釀成慘禍的曹妃交給弘晳一黨殺頭泄恨了。隨後曹家也遭到了毀滅性的打擊，從此一敗塗地，「落了片白茫茫大地眞乾淨」。《紅樓夢》即是曹雪芹根據自身的生命體驗，根據自己家族在清朝康熙、雍正、乾隆三個朝代裏面的盛衰、榮辱、驚心動魄的大變化、大跌宕而撰寫出來的，小說中的許多人物均可以在清朝歷史上找到原型，如出身寒微的寧國府長孫媳秦可卿的原型即那位被藏匿的血統高貴的公主，曹雪芹的姐姐乾隆帝的皇妃即賈元春的原型，康熙廢太子允礽即「壞了事」的義忠親王老千歲的原型，乾隆帝即「今上」的原型，質莊親王永瑢與愼靖郡王允禧的結合體即北靜王水溶的原型，曹雪芹即賈寶玉的原型，曹雪芹的祖父曹寅即榮國公賈代善的原型，曹雪芹的祖母李煦之妹李氏即老太太賈母的原型，曹雪芹的父親曹頫即賈政的原型，等等等等。本來《紅樓夢》八十回以後的故事曹雪芹都寫完了，只是書稿沒有定稿，還缺一些部件而已。但遺憾的是由於種種原因八十回以後的書稿被遺失了。不過，曹雪芹之妻脂硯齋（有時又作「畸笏叟」）的批語給讀者透露了許多信息，讓細心而有領悟力的讀者不僅可以依此揭秘——推測出書中人物事件的原型，而且能探佚——探究八十回以後（也包括前八十回中部分篇目）的眞正情節與內容。

自從劉心武在中央電視臺百家講壇對《紅樓夢》進行「揭秘」以後，其「秦學」研究受到了越來越多的紅學研究者甚至其他領域的學者的批判。總的來看，學界對他的批判主要有以下幾點：

第一，劉心武的研究不遵守起碼的學術規範，其所謂「秦學」不具備學術品格

劉心武自稱其研究方法主要是文本細讀和原型研究，並且說明「原型研究起碼是從上個世紀以來，中外文學界很常見的一種研究模式，比如說英國，

一般認爲《簡·愛》這個作品就是作者自己帶有自傳性的作品……」〔註18〕，也就是說這個原型研究並非他自己的什麼發明，而是中外普遍運用的「比較古典的研究方式」。劉心武所謂的「原型研究」顯然跟目前學界所謂的「原型批評」大異其趣，而比較接近另一種古老的將小說中的虛擬世界與歷史上的現實世界相比照，從歷史事實中尋找小說虛擬世界中的人物、事件與細節的「模特兒」——用劉心武的話說，即人物原型、事件原型和細節原型——的研究方法。不過與這種研究方法還是不同，他所「尋找」到的「原型」卻純屬個人獨創，他人在眞實歷史中根本無法找到。他「秦學」的研究中心秦可卿的所謂原型——康熙廢太子胤礽的被偷運出宮又被曹家藏匿的女兒——根本就沒有任何文獻資料可以證明其存在，而完全是劉心武自己所分析和推測出來的，是他認爲「應該」有的、「完全可能」有的這麼一個人。他的全部論證推理過程是這樣的：

　　首先，因爲他通過「文本細讀」，覺得秦可卿無論如何不可能寒微到只是一個被宦囊羞澀的小官吏抱養大的來自養生堂的棄嬰，而更應該是一個出身高貴的不幸的公主，他就「先做一個結論」〔註19〕，即「曹雪芹所寫的秦可卿這個角色是有生活原型的。這個角色的生活原型，就是康熙朝兩立兩廢的太子他所生下的一個女兒。這個女兒應該是在他第二次被廢的關鍵時刻落生的，所以在那個時候，爲了避免這個女兒也跟他一起被圈禁起來，就偷運出宮，託曹家照應。而現實生活當中的曹家，當時就收留了這個女兒，把她隱藏起來，一直養大到可以對外說是家裏的一個媳婦。在曹雪芹寫《紅樓夢》的時候，這個生活原型使他不能夠迴避，他覺得應該寫下來，於是就塑造了一個秦可卿的形象」〔註20〕。然後，因爲「根據史料，太子被二廢後，他是一直不死心的」〔註21〕，而且因爲《清聖主實錄》〔註22〕裏記載，在太子第二次被廢的前後，一個叫得麟的成年人用詐死的辦法從太子被圈禁的咸安宮裏逃了出去，還被一個大學士嵩祝所收留了，他就理直氣壯地說：「現在我們

〔註18〕劉心武：《我是劉心武》，天津：天津人民出版社，2006年，第179頁。
〔註19〕劉心武：《劉心武揭秘紅樓夢》，北京：東方出版社，2005年，第191頁。
〔註20〕劉心武：《劉心武揭秘紅樓夢》，北京：東方出版社，2005年，第191～192頁。
〔註21〕劉心武：《劉心武揭秘紅樓夢》，北京：東方出版社，2005年，第193頁。
〔註22〕有學者指出，劉心武此處所引爲證據的「史實」與《清聖主實錄》上的記載「風馬牛不相及」、「百分之一百不符」。參見《紅樓夢學刊》2007年第四輯楊啓樵的文章「劉心武先生的《揭秘紅樓夢》質疑」。

雖然還沒找到任何關於太子的女兒偷運出來，被曹家藏匿的史料，但我們可以不必再問：那是可能的嗎？因為其可能性，應該大於得麟的逃逸和被收留藏匿。得麟是一個成人，詐死以後裝作死屍也很大，尚且都可以偷運出來，何況剛剛誕生的嬰兒。得麟不過是廢太子身邊的僕役，尚且有大學士嵩祝覺得『奇貨可居』，可以作為將來向『正位』的胤礽邀功的本錢，願意將其收留藏匿，那麼，收留藏匿胤礽的一個女兒，對於曹家來說，難道不是能獲取更大利益的政治投資嗎？何況『宿孽總因情』，他們之間不光有共同的政治利益，交往久了，也確實有了感情。」〔註23〕最後，因為發現康熙自己就處理過這樣一個案子──一個叫鄭特的包衣佐領領養過內大臣覺羅他達的一個沒有報宗人府登記的女兒，他就覺得：既然「康熙朝就發生過類似事件。因此，我們所面對的就不是一個可能不可能的問題，依我說，這（即皇族血統的孩子未經宗人府登記而被外人私自抱養。筆者注。）是完全可能的，只是我們現在還沒有找到胤礽的一個女兒被曹家藏匿的一手檔案而已。」〔註24〕而經過這麼幾番論證以後，秦可卿的原型就不容置疑地由「完全可能」變成確有其人其事了，而他的「秦學」也就「自圓其說」了！

支撐他「秦學」的另一個關鍵人物賈元春的所謂原型「曹妃」同樣也是於史無證，而是「應該」有的、「完全可能」有的。不過，對於有的讀者可能會「不服氣」，劉心武早就有了心理準備。他的解釋是：「乾隆銷毀了絕大部分相關檔案」，所以後人當然就「幾乎找不到任何正式檔案了」〔註25〕。而他又何從得知乾隆銷毀了相關檔案的呢？還是靠推測。他說：「雍正朝時期，李煦、曹頫的被懲治，現在還可以查到不少檔案，但是，乾隆四年平息「弘晳逆案」後，涉及此案的弘晳等重要案犯的檔案材料保留下來的很少，現在能查到的也大都十分簡略，或語焉不詳，甚至輕描淡寫，給人一種小風波一樁的感覺。這顯然是乾隆從政治上考慮，所採取的一種措施，就是盡量銷毀檔案，不留痕跡，以維持自己的尊嚴，並防止引發出另外的麻煩。」既然「鑿鑿有據的檔案」已經被乾隆別有用心地銷毀了，那麼他「拐了幾個彎」去「進行艱苦推測」，就不僅「是不得已而為之」，而且也是有充分的理由的了：「為什麼我的這番揭秘不直截了當地公佈檔案，比如說某某角色的原型已經查出

〔註23〕劉心武：《劉心武揭秘紅樓夢》，北京：東方出版社，2005 年，第 194～195頁。

〔註24〕劉心武：《劉心武揭秘紅樓夢》，北京：東方出版社，2005 年，第 196 頁。

〔註25〕劉心武：《劉心武揭秘紅樓夢》，北京：東方出版社，2005 年，第 264 頁。

清朝戶籍，或者宗人府檔案，或者某族古傳家譜，那人就在其中第幾頁，第幾行到第幾行……如果真能查到，還會等到我來查來公佈嗎？」〔註26〕

　　然而學者們卻並不因爲他的這種「不得已」和他堅信「應該」如此、「沒有辦法做別的解釋」〔註27〕，就接受與認可了他的這種論證方法與結論。胡文彬堅持認爲「學術研究就一定要接受學術的檢驗，提出一個學術觀點必須拿出相關的證據來證明這個觀點的成立，而不是憑想像瞎猜。」在他看來，因爲「劉心武所提出的那些東西，沒有一個能拿出證據，沒有一個能夠有理有據地來說服大家」，所以「其『秦學』著作沒有遵守學術規範，是一種猜謎」〔註28〕。孫玉明指出，劉心武之《紅樓夢》解讀存在幾大誤區。「想當然爾」存在於劉心武解讀《紅樓夢》立論與求證的諸多環節之中，「他往往先是腦子裏面武斷地存有某種想法，然後去找證據。那些證據很多都不是硬證、鐵證，有些竟然是歷史上根本查不著的」。劉心武的解讀中還存在爲了利於自己的論證而故意「生造」的問題〔註29〕。面對這樣一些問題，張書才諄諄規勸：「史學不是靠『悟』，而是證據」〔註30〕。劉倩表示遺憾：劉心武「已經明白自己研究的根本缺陷，卻還是執迷不悟，從學術研究的立場而言，這違背了基本的學術規範，也是理性自審精神的嚴重缺失。」〔註31〕詹福瑞更是不無擔憂：「劉心武『秦學』的考據路徑缺少確切的文獻記載，大部分觀點和內容都是推測和猜測，如不指出這是一種不規範的研究態度和方法，任其泛濫，會給正常的古典文學研究帶來很大的衝擊」〔註32〕。蔡義江認爲學術文章最惡「三不」作風，即不顧常識、不擇手段、不負責任，而劉心武的「秦學」一類的研究讓他悲哀，因爲他看到紅樓文化被當做了隨便傾倒廢物的垃圾場！〔註33〕

〔註26〕劉心武：《劉心武揭秘紅樓夢》（第二部），北京：東方出版社，2005 年，第219 頁。
〔註27〕劉心武：《劉心武揭秘紅樓夢》，北京：東方出版社，2005 年，第83 頁。
〔註28〕胡文彬：《劉心武應遵守學術規範》，《新京報》，2005 年10 月30 日。
〔註29〕賈舒穎：《平心而論劉心武——訪中國紅樓夢學會秘書長孫玉明》，《藝術評論》，2005 年第10 期。
〔註30〕劉曉真：《.史學需要「證」而不是「悟」——訪清史專家張書才先生》，《藝術評論》，2005 年第10 期。
〔註31〕劉倩：《劉心武紅樓「揭秘」淺論》，《紅樓夢學刊》，2006 年，第2 輯。
〔註32〕詹福瑞：《對劉心武的「秦學」如果默認，那是學界的一種悲哀》，《紅樓夢學刊》，2006 年第2 輯。
〔註33〕陳曉紅：《請告劉心武先生：新索隱派之路走不通——訪紅學家蔡義江先生》，

第二，劉心武缺乏必要的學養，學術積纍不夠

很多學者撰文批評劉心武缺乏歷史常識與文學常識，邏輯混亂，悖理悖情。

劉心武的「秦學」將《紅樓夢》的虛構世界與清朝康雍乾三代的歷史相比附，認爲《紅樓夢》第一回至八十回敘事文本的時間順序，與文本「後面」的朝年順序是對應一致的，從中可以瞭解到《紅樓夢》小說文本後面的人物原型、事件原型、對象原型、細節原型。而他在論述過程中卻暴露出了許多「對清史知識的膚淺與無知」〔註34〕。專門從事清史研究的中國第一歷史檔案館研究員張書才就按照劉心武在著作中對具體人物、事件、對象等的具體說法，結合清代歷史與典制，一一列舉了劉心武著作中種種不符合清代典制和歷史實際、違背文本實際甚至違背常情常理之處，細細論證了劉心武的「秦學」著作從學術層面上講的「論點自相矛盾，爲此忘彼，相互牴牾，結果自己否定自己，不能自圓其說」，從「任何一個嚴肅認眞的、具有學術使命感和社會責任感的研究者理當具備的修養和態度」著眼對他的研究提出了批評。〔註35〕

劉心武的「秦學」的另一重要方法是「文本細讀」。然而他對文本的精細解讀與獨特理解又往往暴露出他在文學常識與文化傳統知識方面的欠缺。支持他「秦學」體系的一個關鍵的前提即他所謂的「月喻太子」說。然而作爲中華民族的一個重要的文化符號，月亮一般被用來隱喻帝王、皇后，卻從來未被用來比喻過太子〔註36〕。劉心武「月喻太子」之說的最大根據在於他的一個獨特的發現，即林黛玉初進賈府時所見的一副烏木鏨銀聯牌上的對聯「座上珠璣昭日月，堂前黼黻煥煙霞」與康熙廢太子年輕時很得意並且經常寫出來送人的一副名對「樓中飲興因明月，江上詩情爲晚霞」「結構相同：『座上』與『樓中』，『堂前』和『江上』都是呼應的；對聯最後一個字呢，乾脆就一樣，上聯都是『月』，下聯都是『霞』」〔註37〕。他由此得出結論：「這兩副對聯是有血緣關係的，它們之間是有一個從生活眞實昇華到藝術眞實的過程。也就是說，它們是從一個生活中的原型對象，演化爲一個作品裏，一個故事

《藝術評論》，2005 年第 10 期。

〔註34〕蟋都張生：《論劉心武先生對清史知識的膚淺與無知》，bbs.hongxue.org，2006年 9 月 9 日。

〔註35〕張書才：《〈劉心武揭秘紅樓夢〉芻議》，《紅樓夢學刊》，2006 年第 1 輯。

〔註36〕參見紀健生：《劉郎已恨蓬山遠，更隔蓬山一萬重——讀〈劉心武揭秘紅樓夢〉》，《紅樓夢學刊》2006 年，第 1 輯。

〔註37〕劉心武：《劉心武揭秘紅樓夢》，北京：東方出版社，2005 年，第 110 頁。

裏面的對象，它們之間有這個關係。」〔註38〕他的「雙懸日月」說、秦可卿原型說都是以此為基礎而建立起來的。然而事實上，「樓中飲興因明月，江上詩情為晚霞」這副對聯根本就不是什麼康熙廢太子的名對，而是唐朝詩人劉禹錫的一首詩中的一聯；即便真像劉心武所「想」〔註39〕的那樣，是太子小時候在沒有讀過劉禹錫原詩的情況下，老師給出了上聯，他則「敏捷」地對出了下聯，與劉詩「不謀而合」，那麼這兩副對聯也是「不同遠遠超過了近似，完全不成比例，不可同日而語」〔註40〕，根本不可能構成「生活中的原型對象」與「故事裏面的對象」的關係。

　　不僅如此，劉心武在論證過程中表現出的邏輯混亂也頗遭人詬病。紀健生就稱他的論證方法為「東家食又西家宿」。他說：「拜讀劉心武先生之《揭秘紅樓夢》，感到並不像他借一位聽眾之口說出的那樣，『對《紅樓夢》的這種解讀是具有學術性的，是從文本出發，是原型研究，思路縝密，邏輯清晰，而且確有創見』《望月自序》），反而覺得他在論證方法上，作為作家之激情與經驗較多，而作為學者的冷靜與沉思較少，其『材料』硬傷與『邏輯』硬傷均有一定的存在。」〔註41〕

　　而沈治鈞更具體檢點了劉心武書中存在的「不少硬傷」：「將脂批『此回

〔註38〕劉心武：《劉心武揭秘紅樓夢》，北京：東方出版社，2005年，第110頁。

〔註39〕在《劉心武揭秘〈紅樓夢〉》第八講「曹家沉浮之謎」裏，劉心武談到，自己所引為重大依據的「胤礽這副對聯的事兒，最早記載在康熙朝一個大官王士禎所寫的一本書《居易錄》裏面」，然而「最近有熱心的紅迷朋友」告訴他而且他自己也查證了，「樓中飲興因明月，江上詩情為晚霞」是唐朝詩人劉禹錫的兩句詩。在劉心武看來，既然「起碼有兩本清史專家的著作裏，都引用了王士禎《居易錄》裏的記載」，那麼就足以「說明這記載是可信的」。因此對於王士禎的所謂「太子名對」的記載，應該這樣看待：「王士禎行文比較簡約，我想，他所說的情況，可能是當年太子還小，他的老師說了劉禹錫詩裏的前半句，作為上聯，讓他對個下聯，他當時並沒有讀過劉禹錫的這首詩，卻敏捷地對出了下聯，與劉禹錫的詩句不謀而合。這當然也就足以受到老師誇獎，康熙知道後當然也就非常高興，一時傳為了美談。當時太子不但學對對子，也學書法，他一再地寫這兩句，因為書法好，經常寫出來賞賜臣屬，說這兩句是他的『名對』，也就不難理解了。」對於自己的「學說」如此關鍵的問題，不靠過硬的證據而只用一個「想」來的解釋進行證明，正好又暴露了劉心武對學術規範的不尊重。

〔註40〕參見沈治鈞：《何須漫相弄，幾許費精神──評劉心武揭秘〈紅樓夢〉》，《紅樓夢學刊》，2006年第1輯。

〔註41〕紀健生：《劉郎已恨蓬山遠，更隔蓬山一萬重──讀〈劉心武揭秘紅樓夢〉》，《紅樓夢學刊》，2006年第1輯。

只十頁』及『少卻四五頁』中的『頁』錯抄成繁體字『葉』，還強作解人（第
28 頁）；將『秉刀斧之筆』誤說爲『用大刀大斧砍去許多眞相（第 49 頁），看
碧成朱；將『一手而二牘』誤解爲『一隻手能寫出兩封信來』（第 129 頁），
強不知以爲知；將『乘槎待帝孫』中的『帝孫』曲解爲『皇帝的嫡長孫』（第
132 頁），指鹿爲馬；將『索隱派』多次訛寫爲『索引派』（第 144 頁），數典
忘祖；將『《紫瓊岩詩鈔》』錯寫成『《紫瓊嚴詩草》』（第 151 頁），讓人莫名
其妙；將『太醫』誤會爲『只有皇帝他才能設太醫院，那裏面的大夫才能夠
叫太醫』（第 168 頁），令人忍俊不禁；將《雷雨》中周樸園的棄婢梅萍妄說
爲『前夫』（第 176 頁），不辨雌雄；將『清聖祖』錯稱爲『清聖主』（第 194
頁），不知所云；還有先說『王子這個詞兒是跟國王配套的』，繼而又說『王
子就是指國王的兒子，也就是皇帝的兒子，就是本來可以繼承帝位的人』（第
97 頁），概念混亂，無從說理。更別提只有太子才能稱『千歲』的大笑話了。
至於顛三倒四的病句贅語，俯拾即是的標點錯誤，就不用談了。」〔註42〕

第三，劉心武的研究混淆了文學和歷史的關係

張慶善認爲，劉心武的《紅樓夢》研究中所犯的最大錯誤就是混淆了文
學與歷史的關係，混淆了生活素材、生活原型與文學創作、文學形象的關係。
他說：「小說和歷史的關係；生活素材、生活原型與文學創作、文學形象的關
係，既是一個文學常識問題，又是紅學研究中經常遇到的問題。劉心武先生
是一個有影響的作家，應該知道文學創作的規律，文學是允許虛構的。他從
所謂的秦可卿的原型入手，解密《紅樓夢》。但他說秦可卿的原型是廢太子胤
礽的女兒，可這個原型人物根本是子虛烏有的，是劉心武先生猜想出來的。
劉心武所謂的「秦學」都是從這個不存在的原型開始的，他的「秦學」還能
靠得住嗎？他混淆了文學和素材的關係，混淆了文學和歷史的關係。」〔註43〕
呂啓祥也認爲，「在『秦學』之中，《紅樓夢》這部大旨談情、包蘊深厚的文
學巨著，被破譯爲充滿政治角逐、權力爭鬥和陰謀色彩的宮廷秘史〔註44〕」。

〔註42〕 沈治鈞：《何須漫相弄，幾許費精神——評劉心武揭秘〈紅樓夢〉》，《紅樓夢
學刊》，2006 年第 1 輯。

〔註43〕 甘丹：《張慶善：我接觸的人沒有支持劉心武的》，《.新京報》，2005 年 11 月
18 日。

〔註44〕 呂啓祥：《秦可卿形象的詩意空間——兼說守護〈紅樓夢〉文學家園》，《紅樓
夢學刊》，2006 年第 4 輯。

第四，劉心武的「秦學」貶損了《紅樓夢》的價值

沈治鈞認為，「《紅樓夢》是一部經典名著，大家為擁有這部寶貴的文化遺產而自豪。因而，對於曹雪芹十年辛苦的結晶，理應保持敬畏之心和珍惜之念，而不宜動輒戲說，誤導公眾。……把具有深刻哲理內涵和超凡藝術魅力的《紅樓夢》，解說為作家身世與宮闈秘事的混合物，實在是貶低了這部小說的思想意義與文學價值。……以錯誤的方法和隨意的態度『戲說』《紅樓夢》，不可能起到普及名著的正面效果。」〔註45〕呂啟祥認為，「『秦學』全部論著的揭秘破謎，都在建構游離於原著的另一套體系。人們發現，面對《紅樓夢》，『秦學』完全無視其文學的存在，把原本是豐厚、渾成、蘊藉、複雜的以至是多義的作品，解析為乾枯的、單一的、膚淺的以至曲折離奇、匪夷所思的故事。」並痛心地發問：「這到底是在闡發原著的價值呢，還是貶損、扭曲原著，把人引入解讀的歧途呢！」她指出，『秦學』完全淹沒了《紅樓夢》的本來面目，失去了它作為文學作品最基本也最崇高的精神品格——審美」，並認為它「之所以模糊以至失落了《紅樓夢》的本來面目，從根本上說，是因為忽略了『《紅樓夢》是文學』、是作家的審美創造這一要義。」〔註46〕

應該說，學界對劉心武的批判主要是從學術規範和學理層面著眼，雖然有些人的措辭比較尖刻，但大家的態度都還是實事求是的，意見也是比較中肯的。但是因為學界是在較長時間的沉默之後突然「發言」，而且「一發不可收拾」，接二連三地不斷有學者對媒體表態或者撰文對劉心武「秦學」進行批判，於是有人誇張地把這種不約而同的否定與批判看成了對劉心武的「圍剿」、「群毆」、「圍毆」等。2005 年 11 月 3 日陳林在《新京報》發表文章，聲言「『圍剿』劉心武主流紅學更應該反躬自省」；11 月 8 日薛湧在《新京報》發表文章，標題即《我看「圍毆」劉心武這場鬧劇》；11 月 28 日朱大可在《中國新聞周刊》發表文章《紅學及「×學家」的終結》，中有所謂「不久前北京作家劉心武在電視上『揭密』《紅樓夢》，引發主流紅學界的圍毆」等語。12 月 3 日《新聞快報》的報導《紅學家集體「圍剿」劉心武》更是聲稱「這次專家的集體圍剿」「數條罪狀刀刀見血」，「毫不留情」〔註47〕。另外，網易文

〔註45〕沈治鈞：《何須漫相弄，幾許費精神——評劉心武揭秘〈紅樓夢〉》，《紅樓夢學刊》，2006 年第 1 輯。

〔註46〕呂啟祥：《秦可卿形象的詩意空間——兼說守護〈紅樓夢〉文學家園》，《紅樓夢學刊》，2006 年第 4 輯。

〔註47〕http：//book.QQ.com，2005 年 12 月 3 日。

化頻道還推出了「紅學家們『群毆』劉心武爲那般？」專題（http：//culture.163.com/special/r/00280030/redlxw.html），並設置了網絡投票調查和代表各方觀點的自由評論。

　　紅學家們的批評、尤其是媒體上「圍毆」、「群毆」之類的字眼激起了許多追捧劉心武的「紅迷」的極大不滿。他們紛紛在網上發言，對紅學家們進行質疑與攻擊，同時表示對劉心武的熱情支持，結果造成了一位網易網友所謂的「紅學專家們圍毆劉心武，民眾群毆紅學專家」的局面。而民眾「群毆」紅學家們、支持劉心武的理由主要是：

第一，人人都有研究紅學的自由，劉心武的自由權利應該得到維護

　　有的網友冷靜地表示，「應該尊重每個人的發言權，沒有個人觀點，只是盲目的崇拜那個權威人士，那才叫可悲」〔註48〕。有的網友則憤激地宣稱，「很多人攻擊劉心武是非法的。《紅樓夢》，是祖宗傳給每一個中國人的遺產，每個人都可以繼承，都可以評論和研究，誰敢獨吞祖宗的遺產，利用公眾傳播媒體設限，剝奪中國公民的繼承權，誰就是人民的公敵」〔註49〕。

第二，劉心武的「揭秘」不僅引發了大家對《紅樓夢》的興趣，而且通俗易懂又有趣地引導大家讀《紅樓夢》，勞苦功高

　　有些網友對劉心武充滿了敬佩，因爲「他使普通觀眾產生了瞭解《紅樓夢》的興趣」〔註50〕，「劉心武讓古典文學走進現代社會，使許多與傳統文化隔絕的年輕人喜歡上古典文學，這有什麼不好！這是很了不起的啊」！〔註51〕，所以，「我們所需要的就是劉這樣的大眾的紅學家。外國的可以火，好的作品我們要學習。但是我們民族的精華文化我們更要去學習。但是我們不需要一罐子醜〔註52〕水一罐子死水的紅學家，我們所需要的是劉這樣的大眾的紅學家，和大家一起分享，掀起全民族重讀紅學的熱情，進而熱愛我們自己的文化，不是很好嗎？」〔註53〕。對這些人而言，劉心武的觀點如何並不重要，重要的只是他引起了大家對《紅樓夢》的興趣，消除了大家面對經典的「眩暈」感、只能遠觀而不會也不敢近玩感。有人說，「無

〔註48〕「紅樓夢譚」網站，2006 年 3 月 9 日。

〔註49〕「紅樓夢譚」網站，2006 年 9 月 6 日。

〔註50〕「紅樓夢譚」網站，2005 年 11 月 30 日。

〔註51〕「紅樓夢譚」網站，2005 年 11 月 25 日。

〔註52〕此字當爲「臭」字之誤。

〔註53〕「紅樓夢譚」網站，2005 年 12 月 7 日。

論劉心武先生理論如何，單就他引起了眾多人的紅樓情節〔註 54〕，就是非常難能可貴的」〔註 55〕；有人說，「劉說的對不對並不重要，重要的是他說了」〔註 56〕；有人說，「劉心武引領我閱讀紅樓夢，他的觀點我不在乎。其他的所謂大專家都不會有這個功勞，我越看他們的書會越厭倦紅樓夢。但劉心武卻能使我懂得紅樓夢中的諸多角色，人物關係，作者可能的家世。聽劉心武演講後看紅樓夢就再也不會有暈暈的感覺。」〔註 57〕甚至還有人說，「不管白貓黑貓，抓住老鼠就是好貓。即是不管是『學術考證』還是『探佚索引』，只要前後能說通，消除疑團，不要在漆黑的死胡同里轉不出來，就是本事。」

有些網友對劉心武的「秦學」倒是存有一定的保留意見，不過仍然對他本人充滿了感激，因為「雖然我開始看紅樓夢，假如沒有劉心武，可能沒能引發我對紅樓夢那麼大的興趣。雖說後來看多了他寫（的）評論，越看越不是滋味，但還是要感謝他！是他引我走進紅樓」〔註 58〕，因為「劉心武的講解可能有錯誤的地方，但通過他的講解確實引起了公眾對紅樓夢的新的興趣，……把心得體會拿出來讓大家分享分享，就是很好的」。

對於學者們的批判，劉心武也很快就做出了回應。有意思的是，他的回應卻閃避了「不遵守學術規範」這一異口同聲的指責，而重點在強調自己作為一個公民自由發表見解的權利、自己研究的無功利性以及自己作為一個「退休金領取者」而且不隸屬於任何研究機構的「平民研究者」的身份。在他的「初步回應」裏他這樣寫道：「在中央電視臺邀請我的情況下，我作為一個中華人民共和國的公民，怎麼就『不能』應邀去錄制節目呢？」「在對方邀請的情況下，我不是『不能』，而是『能』，也就是，我可以接受邀請，去講我個人研究《紅樓夢》的觀點，這是我絕不能放棄的公民權利。」〔註 59〕他還表示了對批評者「以身份壓人」、稱呼不夠「禮貌」等問題的不滿：「我不理解，批評我，為什麼要亮出這樣一個身份來？這讓我很困惑。當然，蔡先生還有『中國紅樓夢學會創始人之一、副會長、紅學專家』的身份。我歡迎批評，但我覺得，大家既然是討論《紅樓夢》，就應該是完全平等地來對話。兩屆政

〔註 54〕此字當為「結」字之誤。
〔註 55〕「紅樓夢譚」網站，2006 年 10 月 4 日。
〔註 56〕「紅樓夢譚」網站，2006 年 1 月 16 日。
〔註 57〕「紅樓夢譚」網站，2005 年 11 月 24 日。
〔註 58〕「紅樓夢譚」網站，2006 年 8 月 12 日。
〔註 59〕劉心武：《我的初步回應》，《新京報》，2005 年 11 月 7 日。

協委員，這和討論《紅樓夢》有什麼關係呢？即使是『中國紅樓夢學會』的『創始人之一』和『副會長』，在討論《紅樓夢》時，也應該平等待人。採訪者對蔡先生的採訪記錄，題目是《請告劉心武：新索引派之路走不通》，這應該是蔡先生的原話。我總覺得，在我名字後面加上『先生』二字，似乎更禮貌一點吧。」

　　學界的批評與劉心武的回應以及廣大紅迷們出於義憤而為報答其普及經典之功、為維護其研究與發表言論的自由而「誓死」「挺劉」的做法相映成趣，形成了這樣一種局面：以紅學研究者為主的學者們和「平民研究者」劉心武及其擁護者言來語往，爭辯相當激烈，但其實大家所爭論的卻並不是同一個問題。不僅如此，被指為「圍毆」劉心武的紅學家們大有被積極「挺劉」的廣大紅迷「群毆」之勢〔註60〕。

　　要想對這場熱熱鬧鬧的論爭的雙方下一個簡單明瞭的是非判斷，顯然是很困難的。因為無論劉心武本人是如何聲稱的，從客觀上來看，他的《紅樓夢》揭秘對於《紅樓夢》而言，純粹是一種後現代式的解讀與改寫，是一件典型的文化工業的產品，拼湊、猜謎、娛樂化，即時的、瞬間的效應很大，追求發行量、收視率，卻不追求最終的意義。而從紅學家們對他的批評來看，紅學家們則很顯然是認認真真追求意義的——不僅追求學術研究的意義，也希望闡發《紅樓夢》的意義。雙方的真正追求並不相同，在這種情況下要想判定他們孰是孰非，不僅困難，而且也毫無意義。不過，鑒於劉心武本人的聲稱與他的實際追求並不一致，鑒於這場論爭本身已經超越了具體的學術爭鳴的界線，而成為一種在當前社會語境下也許不無代表性的社會現象，我們倒也不妨試著用社會學理論來對它進行一些分析。法國社會學家布爾迪厄是當今世界最具影響力的社會學家之一，他對於當代社會問題進行了長期的批判性的探索，並運用「場域」、「習性」、「文化資本」等理論概念對當代社會文化再生產的性質進行了深刻的分析。用維特根斯坦的話說，布爾迪厄自己與概念的關係是一種實用主義的關係：他把這些概念看做被設計用來幫助他解決問題的「工具箱」。〔註61〕我們也不妨向布爾迪厄學習，從他的工具箱中借用一些工具，「解決」我們自己

〔註60〕 管恩森：《究竟誰「群毆」了誰？——從網易文化頻道看劉心武紅學事件背後的傳媒力量》，《紅樓夢學刊》，2006年第2輯。

〔註61〕 〔法〕皮埃爾·布爾迪厄、〔美〕華康德：《實踐與反思：反思社會學導引》，李猛、李康譯，北京：中央編譯出版社，2004年，第34頁。

面臨的問題——分析一下此時在我們的中國社會中出現的這場「秦學風波」。

按照布爾迪厄的社會學理論，現代社會是一種高度分化的社會。「在高度分化的社會裏，社會世界是由大量具有相對自主性的社會小世界構成的，這些社會小世界就是具有自身邏輯和必然性的客觀關係的空間」，也就是一個個不同的場域，如文學場域、學術場域、經濟場域、政治場域等等。而「這些小世界自身特有的邏輯和必然性也不可化約成支配其他場域運作的那些邏輯和必然性」，也就是說，每個場域都有自己特定的遊戲規則，往往不能在各場域之間通用，例如藝術場域是通過拒絕或否定物質利益的法則而構成自身場域的，經濟場域是通過追求實際的經濟利益和摒棄友誼和愛情這種令人心醉神迷的關係而實現的，學術場域是通過追求立論有根據、論證合邏輯的學術規範而構建的〔註 62〕。

場域具有以下結構特徵〔註 63〕：首先，場域是為了控制有價值的資源而進行鬥爭的領域，是「一個爭奪的空間」〔註 64〕。場域的鬥爭圍繞著對於特定形式的資本的爭奪。例如，經濟場域爭奪的是經濟資本，學術場域所爭奪的則是學術資本。場域的形式與資本的形式一樣多。其次，場域是由在資本的類型與數量的基礎上形成的統治地位與被統治地位所組成的結構性空間。場域中的鬥爭使處於統治地位的人與處於被統治地位的人相互對抗。爭奪場域中的地位的鬥爭，使那些在某種程度上能夠實施資本分配與界定的有壟斷性權力的人，與那些想要篡權的人相互對抗。第三，場域把特定的鬥爭形式加諸行動者。「我們可以將一個場域小心地比作一種遊戲……我們有一筆遊戲投資，即在參加遊戲之前就具有的一種『幻象』：捲入遊戲的遊戲者彼此敵對，有時甚至殘酷無情，但只有在他們都對遊戲及其勝負關鍵深信不疑、達成共識時，這一切才有可能發生」〔註 65〕。也就是說，佔據統治地位的既得利益者與處於被統治地位的挑戰者，都首先接受了一個心照不宣的前提：這個鬥

〔註62〕〔法〕皮埃爾・布爾迪厄、〔美〕華康德：《實踐與反思：反思社會學導引》，李猛、李康譯，北京：中央編譯出版社，2004 年，第 134 頁。

〔註63〕〔美〕戴維・斯沃茨：《文化與權力——布爾迪厄的社會學》，陶東風譯，上海：上海譯文出版社，2006 年，第 142～147 頁。

〔註64〕〔法〕皮埃爾・布爾迪厄、〔美〕華康德：《實踐與反思：反思社會學導引》，李猛、李康譯，北京：中央編譯出版社，2004 年，第 139 頁。

〔註65〕〔法〕皮埃爾・布爾迪厄、〔美〕華康德：《實踐與反思：反思社會學導引》，李猛、李康譯，北京：中央編譯出版社，2004 年，第 135 頁。

爭的場域是值得追逐的，這個遊戲是值得玩的、有價值的。「遊戲者之間的這種『勾結關係』正是他們競爭的基礎」〔註66〕。進入一個場域，要求心照不宣地接受遊戲規則，它意味著特定的鬥爭形式是合法的，而別的形式則被排除。這樣，進入專業場域，就意味著把鬥爭限於被認爲是合法的專業程序的形式與術語。爲了使場域能夠有效運作，在場域中活動的行動者必須具有適當的習性（「某種確定的稟賦構型」〔註67〕、「深刻地存在在性情傾向系統中的、作爲一種技藝存在的生成性能力」）〔註68〕以便使他們能夠並且願意在場域中投資。「無論什麼時候，每個場域都要強徵一筆類似『入場費』之類的東西，而且這種東西又確定了誰更適於參與這一場域，從而對行動者進行優勝劣汰的遴選」〔註69〕。不過，「儘管各種場域總是明顯地具有各種或多或少已經制度化了的『進入壁壘』的標誌，但它們很少會以一種司法限定的形式出現」〔註70〕；場域活動所遵循的規則——常規，也並不是明白無疑、編撰成文的。同時，場域的界限也難以進行明確的劃分，可以確定的只是：「場域的界限位於場域效果停止作用的地方」〔註71〕。第四，場域在很大的程度上，是通過其自己的內在發展機制加以構建的，並因而具有一定程度的相對於外在環境的自主性。

對照場域的這樣一些結構特點，我們不難發現，劉心武及其秦學之所以引起批評，是由於：

第一，劉心武想進入學術場域卻又不遵守學術場域的遊戲規則

很多人感到不理解，甚至還有一些人非常不滿：紅學界內部一直紛紛擾擾，鬥爭不斷，長期以來不僅形成了評點、索隱、考證、小說批評等不同的研究派別，而且各派之間「你攻我伐，無有盡時；同一學派內部也歧見紛呈，

〔註66〕〔法〕皮埃爾·布爾迪厄、〔美〕華康德：《實踐與反思：反思社會學導引》，李猛、李康譯，北京：中央編譯出版社，2004年，第135頁。

〔註67〕〔法〕皮埃爾·布爾迪厄、〔美〕華康德：《實踐與反思：反思社會學導引》，李猛、李康譯，北京：中央編譯出版社，2004年，第147頁。

〔註68〕〔法〕皮埃爾·布爾迪厄、〔美〕華康德：《實踐與反思：反思社會學導引》，李猛、李康譯，北京：中央編譯出版社，2004年，第165頁。

〔註69〕〔法〕皮埃爾·布爾迪厄、〔美〕華康德：《實踐與反思：反思社會學導引》，李猛、李康譯，北京：中央編譯出版社，2004年，第147頁。

〔註70〕〔法〕皮埃爾·布爾迪厄、〔美〕華康德：《實踐與反思：反思社會學導引》，李猛、李康譯，北京：中央編譯出版社，2004年，第138頁。

〔註71〕〔法〕皮埃爾·布爾迪厄、〔美〕華康德：《實踐與反思：反思社會學導引》，李猛、李康譯，北京：中央編譯出版社，2004年，第138頁。

爭論不休。迄今為止，沒有哪一個紅學問題不存在各種意見的分歧」〔註72〕。劉夢溪在其專著《紅樓夢與百年中國》中僅「舉其要者」介紹的長期「聚而訟之」而逐漸形成的「大的論爭」就有17次，而由這些聚訟無尾的論爭而演變成的「公案」就有九大樁。另外，由於可靠的歷史材料告缺，僅就考證一派而言，就存在著所謂「四條不解之謎」和「三個死結」。既然如此，那麼劉心武為什麼就不能另闢蹊徑創立自己的「秦學」呢？

　　其實，持這種疑問的人是忽略了這樣一個問題：紅學界內部關於各自研究的合法性與權威性問題雖然是存在著很多爭議，長期以來眾多研究者雖然一直在為爭奪統治地位與話語權力而進行鬥爭，但是大家都遵守一個共同的場域規則：嚴格按照學術規範進行研究。「學術規範不是哪一個學會或者哪一個人制定的，這是在長期的學術研究歷程中形成的學術準則，是每一個治學的人必須遵守的，是一種自律的學術行為」〔註73〕。如布爾迪厄所謂的所有的場域規則一樣，它不象限定的司法形式那樣明白無疑、編撰成文，而是一些為大家所默認的、似乎不言自明的共同規範。簡言之，即「凡立一義，必憑證據」〔註74〕、「實事求是」、「有幾分證據說幾分話」〔註75〕，即「立論要有根據，論證要合乎邏輯，不能愛怎麼想就怎麼想，想怎麼說就怎麼說」〔註76〕，即「一切從實際出發，從客觀存在的事實出發，以事實為依據，正確反映客觀事物的本身面貌、樣態、本質、規律，杜絕主觀臆測、杜撰乃至有意識的歪曲、編造，一句話，必須實事求是而不是向壁虛構」〔註77〕。然而顯而易見劉心武的著作表現出了對這種學術規範的違背。更有甚者，這種違背還並不是由於他的無心之失，而是有意為之。前面提到，他曾理直氣壯地反問：「為什麼我的這番揭秘不直截了當地公佈檔案，比如說某某角色的原型已經查出清朝戶籍，或者宗人府檔案，或者某族古傳家譜，那人就在其中第幾頁，第幾行到第幾行……如果真能查到，還會等到我來查來公佈嗎？」

〔註72〕劉夢溪：《紅樓夢與百年中國》，北京：中央編譯出版社，2005年，第322頁。
〔註73〕張慶善：《〈劉心武「紅學」之疑〉序》，《紅樓夢學刊》，2006年第2輯。
〔註74〕梁啟超：《清代學術概論》，南京：鳳凰出版傳媒集團，江蘇出版社，2007年，第47頁。
〔註75〕參見張慶善：《〈劉心武「紅學」之疑〉序》，《紅樓夢學刊》，2006年第2輯。
〔註76〕周先慎：《學術研究與學術規範‧學術規範與學術品格》，《紅樓夢學刊》，2006年第2輯。
〔註77〕李心峰：《學術研究與學術規範‧學術是什麼，不是什麼？》，《紅樓夢學刊》，2006年第2輯。

〔註78〕，認爲自己立論沒有證據是迫不得已、是有充分的理由的。但如果說這畢竟還是承認了自己的研究是缺乏足夠的證據的話，那麼後來在別的場合，他則乾脆把「缺乏證據」這一批評全盤否定了。在 2006 年 7 月 10 日中央電視臺 1 頻道和 10 頻道播出的一個訪談節目中，他強調指出，《百家講壇》的講座是爲「普通老百姓，爲中等文化水平的人服務的」，而「不是要完成我的一個學術成果」，因而無須也不能講依據，否則就不能引起他們的興趣。他說：「有人說我編故事，其實我所講的都有依據。有人說你爲什麼不把你的依據講出來呢？這是很麻煩的，比如說我講到秦可卿，她的原型，跟胤礽家族有關，胤礽他開頭呢，爲什麼叫胤礽？後來爲什麼叫允礽？我一一說明出處，是哪部書的第幾頁，或者我參考了哪些人的有關的著作，那你想這個節目能播出來嗎？播出來以後能有人看嗎？」〔註79〕應該說他充分考慮到受眾的興趣與接受水平從而將自己的講座定位爲以「消遣」、「消閒」爲形式，以激發他們對《紅樓夢》的興趣爲目的〔註80〕，這是很明智的決定。不過撇開他前後兩種說法的自相矛盾不論，也不計許多學者所指出的他論證中的虛構、想像、生造與牽強，即使真如他所謂的「所講的都有依據」，那麼如果你不出示依據，又何以見得是嚴肅的學術研究，更如何支撐得起一個新的理論體系呢？對於紅學界第一個公開對劉心武「秦學」表態的專家胡文彬的批評「你在家怎麼猜謎都可以，寫出著作也可以，問題是你不能把猜謎的結論拿到中央電視臺上宣傳」，不僅劉心武耿耿於懷，就連某些非紅學界的學者也憤憤不平。有人冷靜呼籲「《紅樓夢》不是某些人的『獨立王國』」〔註81〕；有人大聲質問「劉心武上電視也需要『准入資格』嗎？」〔註82〕胡文彬的話單獨看起來、

〔註78〕 劉心武：《劉心武揭秘紅樓夢》（第二部），北京：東方出版社，2005 年，第 219 頁。

〔註79〕 劉心武：《我是劉心武》，天津：天津人民出版社，2006 年，第 182～183 頁。

〔註80〕 關於目的，劉心武自己的表述存在一定的矛盾。他先表述爲「就是講學問，也是以一種消遣、消閒的形式，去激發他們對學問的興趣」，目的似在激發聽眾對「學問」的興趣。而稍後他又說：「畢竟這是《百家講壇》，我不是要完成一個我的學術成果，也不是說聽了我講座的人以後就紛紛做《紅樓夢》的學問，他能夠對《紅樓夢》感興趣，目的就達到了。」目的又似只在激發聽眾對《紅樓夢》而不是「學問」的興趣。（參見《我是劉心武》第 182～3 頁）

〔註81〕 廖保平：《〈紅樓夢〉不是某些人的「獨立王國」》，http：//book.QQ.com 光明網，2005 年 12 月 3 日。

〔註82〕 徐來：《劉心武上電視也需要「准入資格」嗎》，《.新京報》，2005 年 11 月 1 日。

乍一聽起來，確實有點霸道的味道。可是結合這句話的上下文〔註83〕，我們不難發現，他的意思並不是說劉心武不能研究《紅樓夢》、不能上電視談《紅樓夢》，而是說劉心武不遵守學術規範，其秦學不能算學術研究，而只是猜謎、戲說，因此不能在受眾面廣大的中央電視臺講壇上借學術研究之名而廣泛傳播、誤導觀眾。重點其實也還是批評劉心武不遵守學術規範卻偏自稱進行的是學術研究。也難怪劉心武揭秘《紅樓夢》會「樂了讀者，怒了專家」〔註84〕，原來他一方面把自己的研究定性為嚴肅認真的學術研究，並大聲宣告自己獨闢蹊徑，創立了一門新學，也就是說不僅要進入學術場域爭奪學術資本，並且要爭奪學術場域的統治地位，另一方面又或以證據被銷毀為藉口、或以研究面向大眾為理由而公然逃避學術規範的約束，拒不交納「入場費」。一言以蔽之，即既要參與遊戲，又不遵守遊戲規則。那還有誰會樂意同他一起玩這種明顯的不公平的遊戲呢？遊戲自然就沒法進行了。學術場域之內的譴責與驅逐之聲自然也就隨之而起了。

第二，劉心武缺乏學術場域活動者的習性

　　布爾迪厄指出，為了使場域能夠有效運作，在場域中活動的行動者必須具有適當的習性。就學術場域而言，其行動者應該具有怎樣的習性呢？有兩位學者的相關批評可以作為回答。其一，研究者需要對所研究的學科的「學科性質有相應瞭解，對該學科的研究歷史有相應瞭解，對相關的研究方法和專業知識有相應瞭解」〔註85〕。其二，「正常的批評和反批評是學術發展的健康之路」；「學術爭鳴，包括批評和反批評，也是應該遵守學術規範的。這就是要擺事實、講道理。……對……提出的駁難，能從學理層面上作出同樣是

〔註83〕胡文彬引起爭議的那幾句話是在這樣的語境中出現的：「學術研究就一定要接受學術的檢驗，提出一個學術觀點必須拿出相關的證據來證明這個觀點的成立，而不是憑想像瞎猜。劉心武所提出的那些東西，哪一個能拿出證據，哪一個能夠有理有據地來說服大家？……像《劉心武揭秘紅樓夢》這樣的書很多啊，比如有《職場紅樓夢》等等，作者不說自己是在做學術，只說自己是戲說，那就無可厚非。……他把猜謎拿到中央電視臺去做講座，以為這就是一種對文本的解讀，就認為是做學術研究，這是不對的。你在家怎麼猜謎都可以，寫出著作也可以，問題是你不能把猜謎的結論拿到中央電視臺上宣傳。中央電視臺的受眾面這麼大，一個猜謎的東西讓全國觀眾坐在下面聽，那就不行了。」

〔註84〕《劉心武揭密紅樓：樂了讀者怒了專家》，http：//book.QQ.com，央視國際，2005 年 12 月 3 日。

〔註85〕劉石：《文學研究不同於猜謎活動》，《紅樓夢學刊》，2006 年第 2 輯。

擺事實、講道理的回應」〔註86〕。從前面談到的學術界對劉心武的批評可以
看出，劉心武對所研究的學科的學科性質缺乏足夠的瞭解——「混淆了文學
和歷史的關係」，對相關的研究方法和專業知識缺乏相應的瞭解——號稱「原
型研究」實則虛構「原型」，號稱「文本細讀」實則過度闡釋，材料硬傷與邏
輯硬傷大量存在，因而顯見不太具備在學術場域進行學術研究的習性。同時，
面對學術批評，他不是有針對性地給出學理層面上的回應，而是將問題引向
社會政治權利、非學術性的個人身份等方面，「停留在稱不稱先生、誰是政協
委員之類的枝節問題上」〔註87〕，偏離學術爭鳴的道路，直接引起廣大挺劉
網友對紅學家們的憤怒指責甚至謾罵，導致正常的學術爭鳴無法進行。這也
正是他缺乏在學術場域進行正常的學術批評與反批評的習性的表現。

　　劉心武與紅學家們一樣，有著一種心照不宣的對鬥爭利益的認可，即首
先肯定《紅樓夢》是神聖的、偉大的、值得學習與研究的文化經典。他多次
表示，《紅樓夢》是中國文化的經典之作，應該成為中國的名片云云。對於自
己的研究與研究成果他也有著充分的自信，定要登堂入室，進入學術研究場
域，爭奪這一場域內的統治地位，或者至少是在其中分疆劃界，圈定一大塊
領地。然而因為他還缺乏在此場域活動的適當的習性，所以即使他願意，事
實上他也是沒有資格在此場域投資的。

　　因此嚴格說起來，紅學家和劉心武之間的鬥爭，還算不上一個場域之內
的鬥爭，而是場域維護者與場域僭越者之間的鬥爭，是守邊衛疆者與衝擊邊
界者的鬥爭。

　　然而這一場鬥爭所引起的風波卻相當嚴重，直接關係到學術場域的自主
性。

　　按照布爾迪厄的理論，場域在很大程度上是通過其自己的內在發展機制
加以構建的，並因而具有一定程度的相對於外在環境的自主性〔註88〕。也就
是說，場域在很大程度上存在一種趨向自主的傾向：場域行動者遵照本場域
自身特有的邏輯和必然性，這些邏輯和必然性不可化約成支配其他場域運作
的那些邏輯和必然性；他們認同與追逐自己的特定的機構化的、專業化的利
益；在場域內部，同行的推崇與評論具有優先性。

〔註86〕周先慎：《學術規範與學術品格》，《紅樓夢學刊》，2006年第2輯。
〔註87〕周先慎：《學術規範與學術品格》，《紅樓夢學刊》，2006年第2輯。
〔註88〕〔美〕戴維‧斯沃茨：《文化與權力——布爾迪厄的社會學》，陶東風譯，上
　　　　海：上海譯文出版社，2006年，第146頁。

　　然而場域的自主性終歸只是相對的。這種相對性表現在，另一方面，場域又「存在著偏離自主性的傾向，在這裏，合法性與推崇是在場域之外」〔註89〕。布爾迪厄通過對藝術場域的歷史研究發現，「一個肇始於十五世紀的進程，引導著藝術場域在十九世紀獲得了它真正的自主性。從那時起，藝術家不再聽命於資助人和庇護者的要求和命令，他們擺脫了國家和學院，等等。……每件事都促使我們相信，我們正在研究的這一邁向自主性的進程，是不可逆轉、不可阻擋的，而且藝術和藝術家已經一勞永逸地擺脫了外力，實現了自由。那麼，我們在今天看到的又是什麼呢？是一種庇護制的復歸，一種直接依附關係的復歸，是國家的復歸，是某些最粗暴不過的檢查制度的復歸，以及突然之間重新展開的一種線性和不確定的自主化進程。」〔註90〕因此，他提請我們注意，「場域之間的關係，……並不是一勞永逸地確定的，即使是它們演進的最一般的趨勢也並非如此」〔註91〕，也就是說，「事實上不存在超越歷史因素影響的場域之間關係的法則」〔註92〕。

　　而由劉心武的「秦學」所引起的風波正暴露了當前社會背景下中國學術場域自主性所承受的強大壓力，甚至可以說，中國學術場域面臨著自主性的危機。

　　從「秦學」風波中我們看到，一方面，學術場域自身的運行邏輯遭到了粗暴的干涉與強烈的譴責。場域外行動者用其他場域的邏輯來衡量學術場域的邏輯，以自身所持邏輯的合法性宣佈學術場域邏輯的不合法。從劉心武本人到廣大非學術場域的挺劉紅迷甚至是某些「同情」與讚賞劉心武的學者，都在用「絕不能放棄的公民權利」、「每個人的發言權」、「中國公民的繼承權」、「《紅樓夢》不是某些人的『獨立王國』，誰都有閱讀權與發言資格」、「自由」、「尊重」、「寬容」、「大度」等社會政治與道德場域的邏輯宣佈學術批評的不合法性〔註93〕，學術場域內正常的學術批評遭受到了非學術性的質疑與指

〔註89〕〔美〕戴維·斯沃茨：《文化與權力——布爾迪厄的社會學》，陶東風譯，上海：上海譯文出版社，2006年，第147頁。

〔註90〕〔法〕皮埃爾·布爾迪厄、〔美〕華康德：《實踐與反思：反思社會學導引》，李猛、李康譯，北京：中央編譯出版社，2004年，第150頁。

〔註91〕〔法〕皮埃爾·布爾迪厄、〔美〕華康德：《實踐與反思：反思社會學導引》，李猛、李康譯，北京：中央編譯出版社，2004年，第151頁。

〔註92〕〔法〕皮埃爾·布爾迪厄、〔美〕華康德：《實踐與反思：反思社會學導引》，李猛、李康譯，北京：中央編譯出版社，2004年，第150頁。

〔註93〕有的網友乾脆就用了「非法」一詞。他們寫道，「很多人攻擊劉心武是非法的。

責，正常的學術批評受到了極大的干擾，難以為繼。

　　另一方面，我們同時又可以看到，受某些非學術性的因素的影響，劉心武自許的「學術研究」得到了學術場域外熱烈的推崇。

　　這些因素中最主要的首先是劉心武的公眾形象。這些不同的公眾形象，有些是在劉心武長期的作家生涯中逐漸而自然地建立起來的，有些則是他在近期與「主流紅學家」的「鬥爭」中有意識地迅速塑造起來的。劉心武是當代文壇很長時期內非常有影響、創作力至今仍未衰竭的作家。作為一個佳作頻出的著名作家，他受到廣大讀者的推崇；作為一個「年高德勳」的前輩，他受到被扶掖的後輩作家的推崇〔註94〕；作為一個「擁有過人的修養、雅趣和探求精神」、具備「勤奮、多思，和持之以恒的鑽研韌性」因而有別於大多數作家的「曇花一現」、著述生涯能「久盛不衰」的老作家，他受到不平之士的推崇〔註95〕；作為一個不為名不為利不為「經費」計的「『紅學』行業外的退休金領取者」，他受到因為某些原因而痛恨一切「體制」、「組織」與「機構」者、有強烈的「尊老」美德者的推崇；作為一個可以登上「不是隨便什麼人都可以登堂入室的」「堂堂央視講壇」〔註96〕、著作能在國家級出版社出版、本人受到各種媒體高度關注的「名人」、「大家」，他又受到了某些仰視權威機構者的推崇；作為一個「紅學票友」、「民間紅學研究者」、「草根紅學家」，他受到因為某些原因而抵制「專家」、「權威」、「官方」、「主流」、「正統」者的推崇；作為一個受到「紅學泰斗」周汝昌先生的「一再指教」、鼓勵與支持，在「周汝昌先生幫助下完成秦學研究」的研究者，他又受到了某些雖不從事學術研究但尊崇學術權威者的推崇……

　　　　紅樓夢，是祖宗傳給每一個中國人的遺產，每個人都可以繼承，都可以評論和研究，誰敢獨吞祖宗的遺產，利用公眾傳播媒體設限，剝奪中國公民的繼承權，誰就是人民的公敵」。

〔註94〕網上就有一篇署名為某邱姓青年作家的文章。文章開頭是有感於「最近一些所謂的『紅學家』對劉心武先生大加撻伐」，覺得「實在有些看不過眼了」，繼而憤怒指斥那些「紅學家們」之「人性劣根性和黑幫做派」，但在接下來的部分中並沒有再具體談及學界批評的如何不當以及劉心武秦學研究的如何正當合理，而是大談了一番劉心武的扶掖後進、正直堅強、有情有義等「鮮為人知」的方面。而這些方面其實與「紅學家們」的「撻伐」是毫無關係的，因為這些「紅學家們」所批判的只是劉心武治《紅樓夢》的方法和觀點，矛頭並沒有指向其人身。

〔註95〕參見鮑布平：《誰來捍衛他的權利？》，《文學自由談》，2006年第1期。

〔註96〕參見鮑布平：《誰來捍衛他的權利？》，《文學自由談》，2006年第1期。

　　其次是劉心武揭秘《紅樓夢》的客觀效果──普及了關於《紅樓夢》的知識，激發了不少人對《紅樓夢》的閱讀興趣。很多人肯定與支持劉心武的研究，不是因爲認同他的方法、贊同他的觀點（有一些人甚至明確表示他的方法不妥、也不同意他的觀點），而是因爲他把傳統學術文化「娛樂化」、「普及化」了，引發了他們對《紅樓夢》的興趣。因此，他們讚賞他的「功德」，推崇他的「精神」。有網友甚至認爲，就連曹雪芹都會感激劉心武。他們不無把握地設問：「劉老師把紅學的知識給大眾普及，曹雪芹在天有靈，不知會不會稍稍欣慰。」

　　所有這些基於倫理、道德、政治、社會地位與影響等考慮的推崇引起的直接結果是：秦學著作一印再印，熱銷不已；劉心武的「人氣指數」越來越高，新浪、網易等網絡調查結果顯示大多數網友「力挺」劉心武，「（我）愛李宇春，更愛劉心武」；劉心武揭秘《紅樓夢》引發的討論成了「2005 年度中國十大學術熱點」評選的熱門候選項目，最後就連某位教授也禁不住「建議中央電視臺讓劉心武和紅學家（任選）來一場 PK，現場直播，公眾手機短信投票」，因爲「這樣更公正」。這樣，把學術場域的問題生拉硬拽到大眾娛樂場域中來，用大眾娛樂場域中投票決勝負的遊戲方式來爲紅學家與「秦學」之爭作個了斷，以「主流紅學家」人數之寡必然不敵挺劉紅迷群體之眾，場域內同行的評論必然會被場域外「同情」者的推崇所淹沒。既然「場域的界限位於場域效果停止作用的地方」，那麼如此一來，學術場域的邊界也就被摧毀了，學術場域的自主性也就蕩然無存了。

　　雖然「主流紅學家們」並不曾真的被迫「任選」一個走上央視舞臺與劉心武進行現場 PK，劉心武的「秦學」也真的像蔡義江所預言的沒有「熱鬧」多久〔註97〕，學術場域的「相對自主性」有驚無險地總算是保住了，但是「秦學」風波暴露出了許多不容迴避的問題：一部古典文學經典的價值和地位以如此奇特的方式得到了認識與鞏固，是幸還是不幸？一場學術場域內的鬥爭受到了場外如此多人的關注與參與，是全社會文明程度的提高還是降低？一

〔註97〕2007 年 7 月 9 日，在沉寂兩年之後，劉心武重返《百家講壇》開講「解密林黛玉」。7 月 22 日，劉心武的紅學新著《劉心武揭秘〈紅樓夢〉3》首髮式與簽售活動在北京圖書大廈舉行。雖有媒體稱「作家劉心武與紅學界衛道士們再燃『戰火』」，「紅學惡戰一觸即發」
（http://www.zymnet.com/bbs/read-htm-tid-37390.html），但事實上，各方面的反應遠遠不如兩年前熱烈。

次學術場域中原本常見的學術批評被場外大眾以捍衛「自由」、「民主」與「權利」為由而干擾甚至叫停，是全社會民主意識的增強還是扭曲？在這場熱熱鬧鬧的「圍毆」與「反圍毆」戰中，群情激憤的大眾是頭腦清醒的主動參與者，是閒悶無聊的湊熱鬧者，還是糊裏糊塗的被操縱者？這些問題，也許值得我們每一個人認真思考。

第二節　劉心武揭秘《紅樓夢》的動機

作為一名作家，劉心武是非常推崇《紅樓夢》的。他認為《紅樓夢》是中國古典文學當中最優秀的文學作品，是他進行創作最應該借鑒的對象。他說，

> 一個民族，她那世代不滅的靈魂，以各種形式在無盡的時空裏體現，其中一個極其重要的形式，就是體現在其以母語寫出的經典文本中。正如莎士比亞及其戲劇之於英國人，是他們民族魂魄的構成因素一樣，曹雪芹及其《紅樓夢》，就是我們中華民族不朽魂魄的一部分。閱讀《紅樓夢》，討論《紅樓夢》，具有傳承民族魂、提升民族魂的不可估量的意義，而所有民族發展的具體階段中的具體問題，具體癥結，具體的國計民生，無不與此相關聯。〔註98〕

他認為：

> 曹雪芹《紅樓夢》應該是中國的名片，中國人應該珍惜它，我愛中國，我愛母語，我愛方塊字，我愛用方塊字寫的作品。……曹雪芹生活在一個什麼樣的時代，康、雍、乾三個皇帝，全面評價，他們使中國國力強大是有功勞的，但是他們也造成了嚴酷的文字獄，那時候曹雪芹是多麼艱苦的創作，我們怎麼能不尊重曹雪芹和《紅樓夢》。我旗幟鮮明的表達自己的觀點，我反對貶低《紅樓夢》，反對誣衊，以及甚至不惜擡高另外一個國家的作品，來貶低我們的《紅樓夢》〔註99〕。

正是因為如此推崇《紅樓夢》〔註100〕的緣故，他才不懈地研究《紅樓夢》，苦

〔註98〕劉心武：《劉心武揭秘紅樓夢》，北京：東方出版社，2005年，第6頁。
〔註99〕《劉心武做客新浪談〈紅樓〉聊天實錄》，http：//book.sina.com.cn，2005年11月23日。
〔註100〕對於《紅樓夢》，劉心武只顧熱情地發表「看法」，而不屑冷靜地進行具體論

心地解讀《紅樓夢》的奧秘。他在不同的場合不止一次談到過揭秘《紅樓夢》的目的與動機。2005 年 11 月 23 日在做客「新浪讀書」談《紅樓夢》時，他說，「我個人覺得我研究的目的是引導大家來讀《紅樓夢》的原著，我是想達到這樣的目的。」〔註 101〕2006 年 7 月 10 日在中央電視臺的一個訪談節目中他又說：

> （觀眾問到）你要寫小說，你這麼去探索，你去搞秦可卿原型研究，從秦可卿入手，把所有那些你感興趣的人物都研究了，對我們來說，我們聽你這個有什麼好處呢？我覺得呢，我在這兒還要再次聲明，就是我的研究是很個性化的，是一個個案，絕對不要覺得我的研究就是一個標準，一個正確的東西，一個你必須接受的東西。我到電視臺錄這個節目的時候，我就一再聲明這一點，沒有這個意思。那你沒這個意思，你又不保證正確，你講給我們聽幹嗎呢？我要引起你對《紅樓夢》的興趣。〔註 102〕

> 我覺得我的動機是良好的。因為我自己寫小說，在寫作當中就碰到一個問題，特別是上個世紀 80 年代以後，外國文學的翻譯越來越旺盛，外國文學的新潮傳到中國來了，那個時候作家之間言必及馬奎斯、福克納什麼的，你見面不談的話你就落伍了。很多作家也是進行揣摩，他們怎麼寫的，怎么魔幻的，怎麼變形，或者怎麼意識流等等。我自己也很熱心，也參與這樣一個過程，而且我從中也獲得很多營養。但是我一想，我還是用母語寫作的一個人，在中國我也還是堅持用自己的母語來寫比較傳統的寫實性的作品。這樣我就覺得，我首先還是要向咱們中國自己的古典文學裏面的經典作品來借鑒，首選就是《紅樓夢》。特別是那個時候我正在構思我的第三部長篇小說叫做《四牌樓》，這個小說構思的總體來說，它是具有自傳性、自敘性、家族史的性質，而《紅樓夢》正好是這樣一部書。怎麼把自己掌握的生活素材，這些生活當中真實的人、活生生的人，把他轉化為藝術形象，就是從原型昇華為藝術形象，這是我要完成的一

證，因而往往推崇有些過頭，不乏溢美之詞。所謂「閱讀《紅樓夢》，討論《紅樓夢》，具有傳承民族魂、提升民族魂的不可估量的意義」即是一例。

〔註 101〕《劉心武做客新浪談〈紅樓〉聊天實錄》，http：//book.sina.com.cn，2005 年 11 月 23 日。

〔註 102〕劉心武：《我是劉心武》，天津：天津人民出版社，2006 年，第 184 頁。

> 個事，這是我的動機了。當然研究《紅樓夢》就要反過來了，因爲
> 它是一個成品，它呈現在我面前的是一個曹雪芹寫完的東西，我就
> 要看看它這個人物形象從哪裏來的，這樣對我的創作有好處，所以
> 這是我的動機。〔註103〕

作爲一個「沒有上過名牌大學」、沒有接受過嚴格的學術訓練的作家，他純粹
通過自己個人業餘十多年的「青燈黃卷，寂寞伏案」的研究，對《紅樓夢》
有了一套「自成體系」的獨特見解，並走上名師大家雲集的百家講壇，連續
講了23講，引起了極大的反響。這樣的成就來得該是多麼的不容易！然而當
他還正沉醉在成功的喜悅之中時，卻又遭到了來自紅學界的劈頭蓋臉的批
判，被指斥爲「新索隱」、「猜謎」、不是學術研究！儘管有些不快，但他還是
感到很欣慰，因爲

> 我覺得好像確實引起了一些原來對《紅樓夢》不感興趣的、特別是
> 年輕人，對《紅樓夢》產生興趣，這是我要達到的目的之一，我覺
> 得這個意義很大。因爲有一種說法就是說你原來是寫《班主任》，你
> 關注社會現實，現在你爲什麼不關注社會現實，你去關注《紅樓夢》
> 了？我就覺得在改革開放以後，西方文化大量湧入，這種湧入是必
> 然的，也是不可阻擋的，也是有好處的。但是在這種情況下，我們
> 有的年輕一代，他的時間完全用來看美國大片、看韓劇，或者看翻
> 譯小說，他們對中國的傳統文化、古典文化就比較輕視，或者沒有
> 輕視的前提，他們就沒工夫，沒有興趣。
>
> 所以我通過這樣一個講座和兩本書，起到了我作爲一個退休金領取
> 者所能發揮的餘熱。《班主任》的時候我三十多歲，現在我六十多歲
> 了，我還能夠引起一個轟動。這個轟動的效應之一使我欣慰，就是
> 說有些年輕人原來不知道中國還有《紅樓夢》這麼有趣的書，先不
> 說它多偉大，你可以先說它不偉大，就是說它怎樣的有趣，我需要
> 引起他們的興趣。〔註104〕

應該說，作爲一個長期以來一直沒有放棄過對國家與民族命運的思考、一直
很關注現實、很注重從本民族的傳統文化中吸取養分的作家而言，這種關於
自己研究動機與目的的表述也許還是不失眞誠的，而他所感到的欣慰應該也

〔註103〕劉心武：《我是劉心武》，天津：天津人民出版社，2006年，第184頁。
〔註104〕劉心武：《我是劉心武》，天津：天津人民出版社，2006年，第180～181頁。

是由衷的。但也惟其如此，才更讓人感覺悲壯與淒涼，因為他的這種努力與
欣慰無疑昭示了這樣一個令人感慨的事實：曾幾何時，《紅樓夢》已經從當初
的「新舊學者一致推崇，……上自達官貴人，下至販夫走卒，無不沉迷其中」
〔註105〕的「流傳極廣的」古典名著，變成了一部魅力遠遠不及美國大片、韓
劇或者翻譯小說的、過時的、讓年輕人產生不了興趣的書；只有依靠劉心武
這種揭秘──這種刺激、好玩的解讀與演繹，才能引起一部分人對它的好奇，
讓人產生點接近它的欲望！

　　通過用廣大觀眾容易接受的刺激而好玩的方式解讀《紅樓夢》，引起更多
人閱讀《紅樓夢》這一民族文學經典的興趣，從而使這一優秀的文化遺產能
夠傳承下去，並達到「傳承民族魂、提升民族魂」的目的，應該說，這種動
機也是非常美好的。如果真能達到目的的話，這種做法也是很巧妙的，可以
說與胡適當初考證《紅樓夢》有異曲同工之妙。胡適是用上層文化圈所欣賞
與慣用的學術方法研究《紅樓夢》，以上層文化的方式去博取上層文化圈對通
俗文化的認可，為通俗文化資本爭取合法性。他以雅包裝俗，是為讓俗攻破
雅。從胡適到劉心武，短短八十多年的歷史變遷，《紅樓夢》已經從當初難登
大雅之堂的下里巴人變成了如今曲高和寡的陽春白雪，從當初為「高雅文化」
所鄙棄的「通俗文學」變成了今日為「大眾文化」所排擠的「高雅文化」！
而劉心武此舉，正是想用大眾文化慣用的方式為高雅文化開路，讓大眾在「消
閒」、「娛樂」之中不知不覺地被牽引到傳統高雅文化的大道上去。實際上是
欲以大眾文化之形行高雅文化之實，也可以說是戴上大眾文化的假面為高雅
文化開拓生存的空間。化雅為俗，是為讓雅漸漸深入俗。從其社會動機來看，
這無疑是代表本民族自己傳統的高雅的文化與席卷全球的大眾文化而進行的
一場抗爭。

　　然而，時移勢易，劉心武此時所面臨的情勢與胡適當初已有了天壤之別。

　　胡適當時發起那場文化資本之戰，雖然也面臨著國故學界的強大阻力，然
而既有清末維新派白話文運動的實績在前為其鋪墊，又有五四浩浩蕩蕩的新文
化新思潮在旁助其聲威。尤其重要的是，國故學界的抵制雖然頑強，但是一方
面他們雖然堅持古文不宜廢，卻「吾識其理，乃不能道其所以然」〔註106〕，說

〔註105〕《紅樓夢研究稀見資料彙編》（下），呂啓祥、林東海主編，北京：人民文學
　　　　出版社，2001 年，第 1361 頁。
〔註106〕林紓：《論古文之不宜廢》，《民國日報》，1917 年 2 月 8 日。

服不了別人；另一方面，他們也預見到了抵制的結果只能是失敗，鼓舞不了自己。早在 1917 年胡適剛發表《文學改良芻議》提倡白話文學一個月即首先站出來對他進行正面迎擊的林紓自己就意識到了「古文之敝久矣」〔註107〕，並且在「白話一興，則喧天之鬧，人人爭撤古文之席而代以白話」〔註108〕的時代潮流面前也深深地明白，「方今新學始昌，即文如方、姚，亦復何濟於用？」〔註109〕，因此自己「明知其不適於用」〔註110〕、「無濟於實用」〔註111〕，而偏堅持「古文不宜廢」，是知其不可爲而爲之，在不可抗拒的強力面前只是一個淒涼無力的表示抗爭的手勢而已，只能寄希望於「悠悠百年，自有能辨之者」〔註112〕了！也就是說，胡適當時雖然是以一個初出茅廬的小子而對抗幾千年的傳統，但他的背後是新的時代與大眾強力的支持，他所抗擊的對象又外強而中乾，本身已經不堪一擊了，因此他獲得勝利是必然之勢。

　　而劉心武則不然。在劉心武所處身的當代中國社會，一方面，白話文已經通行全中國八十餘年，無論在書報雜誌、公用文告還是日常書寫等各種需要以文字形式呈現的情況下都被合理合法、毫無爭議並且熟練地使用著，《紅樓夢》早已失去其所曾經攜帶過的那種可以作爲統一的國語的範本的語言示範作用以及作爲自由地表達人的思想與情感的思想啓蒙意義，從而也就部分地喪失了因那兩種作用而爲廣大的民眾所矚目的條件。另一方面，如果說二十世紀八十年代西方「新潮」文學風靡中國，中國經典大家大作還只是相對受冷落的話，那麼到了二十世紀末，隨著電信技術的高度發展、傳媒手段的日益豐富、生活節奏的不斷加快、消費社會的漸趨形成，則是消費性、娛樂性、感覺直觀性、快餐式的以圖象文化爲主的大眾文化席卷了整個中國，無論是本國的還是外來的傳統意義上的文學都漸漸變得少人問津了。不要說越來越多的「文學愛好者」移情別戀了，就連一些專業的文學研究者也開始改弦易轍，另覓他途，不少人甚至惶恐地發現「文學死了」！雖說「文學終結論」未免有點危言聳聽，文學沒有也不會眞的死去，但無可否認的是傳統語言文本形態上的文學在圖象藝術的強勢競爭之下已經失去了大量的讀者，像

〔註107〕林紓：《送大學文科畢業諸學士序》，《民權》，1916 年 4 月 15 日。
〔註108〕林紓：論古文白話之相消長，《文藝叢報》（創刊號），1919 年 4 月。
〔註109〕林紓：《論古文之不宜廢》，《民國日報》，1917 年 2 月 8 日。
〔註110〕林紓：《國學扶輪社〈文科大辭典〉序》，1915 年。
〔註111〕林紓：《送大學文科畢業諸學士序》，《民權》，1916 年 4 月 15 日。
〔註112〕林紓：《論古文之不宜廢》，《民國日報》，1917 年 2 月 8 日。

《紅樓夢》這種不具備情節綿密完整的故事、含蓄的、主觀性強的文學作品尤其如此。在這種「不可阻擋的」時代趨勢面前，劉心武如果想以《紅樓夢》代表傳統文化而與以美國大片、日韓電視劇為代表的大眾文化爭奪受眾，就未免有點逆潮流而動、勢單力薄，因而也難以取勝了。

出人意料的是，他卻不僅達到了預期的目的──「引起了一些原來對《紅樓夢》不感興趣的、特別是年輕人，對《紅樓夢》產生興趣」，而且還「引起」了「一個轟動」，大覺快慰於心了！

不過，作為旁觀者，冷眼望去，我們卻不得不說：事情遠非那麼令人樂觀。劉心武原本是有感於這樣一種狀況──有的年輕人的時間完全用來看美國大片、看韓劇，或者看翻譯小說，對中國的傳統文化、古典文化則比較輕視，或者乾脆就沒有興趣，連輕視的前提都沒有，因而決心發揮一點「餘熱」，努力將這些年輕人爭取到《紅樓夢》這樣「偉大的」傳統文化這邊來，打算通過「揭秘《紅樓夢》」這種「有趣」的方式去為《紅樓夢》這部「偉大」的作品吸引被大眾文化所吸引了的年輕人，從而實現「傳承民族魂、提升民族魂」的目的。他所欲吸引的對象無疑或是對傳統文學喪失了興趣而受到圖象藝術吸引者，或是與傳統文學不曾有過多少接觸、受圖象藝術的薰陶而長大的年輕人，總而言之是沒有多少文學閱讀習慣或者文學鑑賞能力的人。最後吸引這些年輕人的目的是達到了，但是他們被吸引過來以後就能真的掌握「傳統文化」這種高雅的文化資本，真的能夠「傳承民族魂」嗎？恐怕未必。首先，這些從電視上通過劉心武的講座而「走近」《紅樓夢》的人，本來大多就抱著享受通俗化、娛樂化文化快餐的心態，劉心武「揭秘」《紅樓夢》固然令他們覺得「有趣」，但他們中恐怕很少有人會因此而有閒情關上電視，打開書卷，「來讀《紅樓夢》的原著」的。其次，即便真有人因此而開始讀《紅樓夢》的原著〔註113〕，那麼原本就是受劉心武「揭秘」的吸引而喜歡《紅樓夢》的，一旦真正打開《紅樓夢》，多半也是帶著「揭秘」的心理，試圖從中尋找宮廷秘聞、政治陰謀、一個男人和四個女人（一妻三情人）的情愛糾葛等刺激、有趣的故事。這樣的話，恐怕讀不完前四回就會因為「索然寡味」厭而釋卷、棄之不顧的。即使深得劉心武「小心爬梳」的「文本細讀」與大膽想像的「原型研究」之真傳，從文本中窺察了許多宮廷秘事、政治陰謀，理清了寶玉和

〔註113〕據有關方面統計，劉心武「揭秘」《紅樓夢》之前 5 年《紅樓夢》總共只賣了
　　　　 6 萬冊，而他揭秘後半年內卻賣了 8 萬冊！如此看來，劉心武的美好動機在
　　　　 一定程度上是得到了實現的。

「一妻三情人」的情愛糾葛，對於《紅樓夢》這部文學經典而言，也只是買櫝還珠而已。這樣一來，劉心武「傳承民族魂、提升民族魂」的宏願最終還是不免要落空了！因此，劉心武的這種勝利雖然一時的轟動效應很大，最終恐怕也還是一種虛幻的勝利。如果他一定要感到「快慰」的話，也只能是快慰於自己沉寂多時之後再次引起轟動，快慰於古老的《紅樓夢》一時又成了許多當代人的談資，而不是在以傳統文化對抗大眾文化的鬥爭中取得了勝利。事實上，所謂的代表傳統文化資本向大眾文化資本宣戰只是他的光榮夢境中假想的鬥爭，其真實性甚至還不及唐吉訶德迎戰大風車。雖然他憂心忡忡於西方文化、大眾文化的流行之下中國年輕人對於本國傳統、古典文化的輕視，努力想把這些年輕人爭取到傳統古典文化這邊來，但是因為他所用的「武器」並非傳統文化的精髓，而是借用傳統文化與學術之名而進行盡情發揮的一己之想像，通俗、易懂、直白而刺激，實際上也就是一種放棄對意義的追求、化有意義為無意義、娛樂、消閒式的對《紅樓夢》的讀解或者改寫，非常適合這些抱著享受通俗化、娛樂化文化快餐心態的年輕人的口味，因此他所欲爭取的對象不僅沒有構成強大的阻力，反而形成了強大的「粉絲群」。連起碼的對抗之勢都不曾形成過，當然就更談不上所謂鬥爭了。從這個意義上可以說他是順應時代潮流的，遠非逆時代而動，因此也就不存在「勢單力薄」的情況。

如果說在這場風波中真存在所謂鬥爭的話，那麼，也並不是由劉心武代表傳統文化與大眾文化進行鬥爭，而是來自傳統文化陣營的另外一些維護者與劉心武這位自許的傳統文化「維護者」進行了雖談不上轟轟烈烈但也喧鬧一時的鬥爭。我們這裏不擬討論鬥爭的雙方各自可能具有的一些爭奪個人利益的動機〔註114〕。至少就社會動機而言，雙方在一定程度上無疑都是為了延續《紅樓夢》的生命：在劉心武，是想「發揮餘熱」，盡力為被很多年輕人所冷落的《紅樓夢》多吸引一些「眼球」，彷彿不如此它便會因缺少這些年輕目光的撫慰而憔悴枯萎；在紅學家們，也是情之所鍾、義不容辭，想維護《紅

〔註114〕有些學者和網友指出，劉心武之所以要進行《紅樓夢》揭秘，是想借研究《紅樓夢》這部文學經典而把自己打造成一位「學者化的作家」，提高自己社會形象的「含金量」；同時也有網友指出，紅學家們對劉心武「揭秘」的反應如此強烈，是作為「體制內」的「專業研究者」，害怕「體制外」的業餘研究者跟自己搶飯碗。梁啟超嘗言，「正統派之學風……凡立一義，必憑證據。無證據而以臆度者，在所必擯。」因此，對於這樣一些無切實證據而純屬個人猜測的說法，筆者沒有興趣作進一步探討。

樓夢》作爲文學經典、《紅樓夢》研究作爲學術研究的高雅與純潔，彷彿只有這樣《紅樓夢》才能保持其獨特而偉大的魅力，傳之久遠。對於劉心武的揭秘《紅樓夢》之舉，紅學家們之所以那麼緊張、憂心忡忡，甚至有點憤怒，除了維護學術場域的共同規範以外，很大程度上也是因爲他們擔心劉心武「打著紅旗反紅旗」，聲稱要讓年輕人知道《紅樓夢》有多偉大，而最終會讓《紅樓夢》在這些年輕人眼裏變得跟美國大片、日韓電視劇一樣，喪失偉大的魅力。這鬥爭的雙方究竟誰才是眞正在維護《紅樓夢》這種中國傳統文化資本，誰又能眞正有力地維護它呢？一時恐怕誰也難以對於這個問題做出明確而且客觀公正的回答。我們所看到的是這樣一種過程雖然不太愉快、結果倒也算皆大歡喜的情況：因爲推出或者關注與報導了劉心武的「揭秘」以及相關論爭，電視節目提高了收視率，網站提高了點擊率，報紙增加了發行量；因爲關注甚至參與了相關論爭，許多網友行使了言論的自由權利，享受了爭鳴、甚至是盡情發泄所帶來的快感，豐富了自己的業餘生活；因爲講座造成了轟動，引起了爭議，劉心武的講稿以及其他舊著新作等也得以在幾個月之內接連印行，暢銷一時，名利雙收；因爲瞄準商機、及時出擊，相關出版社大賺了一把銀子；因爲與劉心武的爭論，一直「寂寞而辛苦」〔註115〕地在書齋中坐冷板凳研究《紅樓夢》的相關紅學家們雖然是「圍毆」不成反被「群毆」，但畢竟也算走進大眾的視野「秀」了一把，讓人們即使未讀他們的著作，至少也熟悉了他們的名字；借劉心武與紅學家們論爭的東風，不僅《紅樓夢》的銷量大增，而且各種各樣的「紅學書籍」──這其中少數是「原創書籍」，多數是「舊書重出」，甚至是「改頭換面，復出江湖」〔註116〕──也紛紛出爐，一印再印。一言以蔽之，無論離劉心武的初衷有多遠，這場由他所引發的文化資本的爭奪戰，不僅給中國的文化市場造成了一派繁榮景象，而且給諸多相關方面帶來了豐厚的經濟利益。以文化資本的爭奪始，以經濟利益的獲得終，在這過程中所運行的也許正是我們現在這樣一個市場經濟時代的必然邏輯。

〔註115〕胡婧：《喧嘩背後──2005 年紅學巡禮》，《藝術評論》，2006 年第 2 期。
〔註116〕參見胡婧：《喧嘩背後──2005 年紅學巡禮》，《藝術評論》，2006 年第 2 期。

下　編　《紅樓夢》經典化的外部原因

　　《紅樓夢》自問世以來，就受到了廣泛而熱烈的歡迎。正如陳獨秀（佩之）在教育還不普及、尤其是女子教育還很不普及的 1920 年所說的，「《紅樓夢》一書，我國讀書人，差不多都喜讀的。便是女子，略通文墨，也很喜歡看他」〔註1〕。然而作為一部中國小說史甚至是文學史上至高無上的作品，其經典地位還是在漫長的接受過程中逐漸建立並不斷鞏固的。如果我們追問：它是在什麼樣的情況下、如何成為經典的？它是誰的經典？是什麼樣的經典？我們就會發現，作為一部文學經典，在不同的歷史時期，《紅樓夢》之所以被奉為經典，卻很大程度上是由於某些非文學的原因。綜觀《紅樓夢》經典化歷程，可以毫不誇張地說，《紅樓夢》之所以被奉為經典、之所以能長期保持經典的地位，固然是其內在的經典性因素使然，但同時也離不開許多非文學的外力的綜合作用。概括而言，這些外力主要有以下幾種。

〔註 1〕《紅樓夢研究稀見資料彙編》（上冊），呂啓祥、林東海主編，北京：人民文學出版社，2001 年，第 48 頁。

第六章　名人效應與文化資本戰爭

　　哈羅德・布魯姆說，「在某種意義上，『經典的』總是『互爲經典的』」
〔註1〕。如果「經典的」也包括「經典人物」因而這句話也可以理解爲研究
者與研究對象之間的「互爲經典」的話，那麼我們可以說，在中國現當代文
化史上，有許多名人是與《紅樓夢》「互爲經典」的，《紅樓夢》的經典地位
是在一個接一個名人的「讚助」下確立並逐漸鞏固的。這一個個擁有雄厚的
文化資本與巨大的話語權力的名人，就是它一座座高大的紀念碑〔註2〕，不斷
地向世人證明它的超凡脫俗、奇光異彩，提示它的經典性，鞏固它的經典地
位，同時也因此而給自己增光添彩。這些名人與經典之間存在一種明顯的
互動關係。劉夢溪先生早就注意到了這種現象。他在《紅樓夢與百年中國》
一書中對名人涉紅情況做了較爲詳細的介紹：

> 　　回顧百年以來的紅學，我們可以發現一個特異的現象，現代中國思
> 想文化舞臺上許多第一流的人物，都程度不同地捲入紅學。有的是
> 自覺捲入，有的是被迫捲入，有的是不知不覺地誤入。王國維之外，
> 蔡元培、胡適之、陳獨秀、顧頡剛、俞平伯、吳宓等，都寫過研究
> 《紅樓夢》的專著或單篇論文。……陳寅恪的著作中，也每以紅樓
> 爲喻，增加理趣。
> 　　陳獨秀也寫過研究《紅樓夢》的長篇文章……蔡元培的《石頭記索

〔註1〕　〔美〕哈羅德・布魯姆：《西方正典》，江寧康譯，南京：譯林出版社，2005
　　　　年，第40頁。
〔註2〕　〔美〕哈羅德・布魯姆：《西方正典》，江寧康譯，南京：譯林出版社，2005
　　　　年，第39頁。

隱》，是索隱派紅學的典範之作。胡適的《紅樓夢考證》，是考證派
紅學的典範之作。……

王、蔡、胡都是當時的學術重鎮，他們出面大談紅學，影響是很大
的。俞平伯先生寫於 1978 年的《索隱與自傳說閒評》一文，其中有
一段話頗值得我們注意。他寫道：

紅學爲諢名抑含實義，有關於此書之性質。早歲流行，原不過紛紛
談論，即偶形諸筆墨固無所謂「學」也。及清末民初，王、蔡、胡
三君，俱以師儒身份大談其《紅樓夢》，一向視同小道或可觀之小說
遂登大雅之堂矣！

……

在三人影響下，參與或捲入紅學的中國現代人文學者還有很多，連
現在已是新儒家代表人物的牟宗三先生，在三十年代也曾發表過專
業性很強的研究《紅樓夢》的長篇論文，……此外，古文字學家容
庚、敦煌學家姜亮夫、中西交通史專家方豪、唐史研究專家唐長孺、
社會活動家王崑崙先生、文學史家鄭振鐸、阿英、李長之、劉大杰
等，都寫過有關《紅樓夢》的專文或專書。

……五十年代以後，躋身於紅學的著名人物就更多了。翦伯贊、鄧
拓、郭沫若、王力、郭紹虞、韓國磐、傅衣凌、程千帆、鄭朝宗等
等……趙岡……余英時……柳存仁……周策縱……馮其庸……何炳
棣……

許多知名作家介入紅學，爲百年來的紅學研究增添了色彩。沈從文、
魯迅、巴金、沈雁冰、冰心、張天翼、吳組緗、周立波等著名小說
家，都寫過重要的《紅樓夢》文字。詩人何其芳寫於五十年代的《論
紅樓夢》，更是代表一個時期學術水準的紅學專論。詩人徐遲也著有
紅樓夢的專書。林語堂的專著《平心論高鶚》、清宮小說家高陽的《紅
樓一家言》，人們非常熟悉。女作家張愛玲出版過《紅樓夢魘》。另
外散文、戲劇家，錢鍾書先生的夫人楊絳先生，也寫過重要的紅樓
夢論文……

最近在中國大陸上，又升起了兩顆以作家身份研究《紅樓夢》的新
星——王蒙和劉心武……〔註3〕

〔註3〕 劉夢溪：《紅樓夢與百年中國》，北京：中央編譯出版社，2005 年，第4～7頁。

劉夢溪先生放眼《紅樓夢》研究史，將百多年間涉紅名家幾乎盡數列舉了出來。然而百密不免一疏，仍有一些名家被劉先生遺漏了。僅從筆者較爲熟悉的北京師範大學來看，就至少有這麼幾位〔註4〕：

鍾敬文先生

鍾先生是著名民俗學家、民間文學大師、散文家、詩人和文藝理論家。鍾先生認爲，《紅樓夢》不僅建立起了永遠具有魅力的各種人物典型的殿堂，繪出了使人憤恨、使人眩惑、使人悲愴、使人失笑、使人愛慕……的種種難忘的場面和故事，還通過各種表現途徑，表達了強烈的反對封建主義制度的思想。因此他毫不掩飾自己對《紅樓夢》的熱愛之情，把《紅樓夢》和《水滸傳》一起比作我國古典小說史上的「泰華雙峰」，並充滿自豪地宣稱，像《紅樓夢》這樣包容宏富和意義深湛的作品，即使列入世界最優秀的古典作品的文庫中，也可以毫無愧色〔註5〕。作爲一位造詣精深的文藝理論家，鍾先生對於文學評論的敏感性與戰鬥性有著比一般讀者更爲深刻的認識，對於《紅樓夢》評論與研究史上的種種觀點與派別有著比一般評論家更爲深刻的洞見與更爲公允的評判。上世紀六十年代初期，在國內很多專家學者不僅紛紛批判以胡適爲代表的「新紅學」，而且「對五四以前的紅學那些有意義的部分，也一概加以抹煞」的情況下，鍾先生曾專門撰寫過一篇關於紅學的長篇論文，對「五四」前一段時期中很有代表性的兩種紅學觀點——以蔡元培爲代表的新索隱派紅學和以俠人爲代表的揭發《紅樓夢》在政治、家族倫理及兩性問題等方面的反封建意義的紅學——進行了細緻而深刻的研究與分析，指出：在舊索隱派基礎上派生的新的索隱派，即以蔡元培爲代表的索隱派，其做法雖然跟舊索隱派有些相似，但是旨趣卻截然不同。這一派紅學提出了民族的關係問題，認爲《紅樓夢》作者曹雪芹有意暴露或反對清朝統治者。對於以往的《紅樓夢》評論思想來說，這是一種新的因素，是一種民族主義的觀點。蔡元培之所以對《紅樓夢》做那種當時就被胡適「罵得一錢不值」，解放後尤其是 1954 年冬以後又被許多專家學者斥爲「紅學家的玄虛」、「唯心主義的解釋」、「把文學和政治的關係庸俗化」的索隱，其內在的、決定性的原因，是受當時中國社會反清統治和帝國主義侵略的思想潮流的驅使。作爲當時社會

〔註 4〕　當然，筆者下面所補充的鍾敬文、啓功、郭預衡、童慶炳幾位先生的涉紅情況並不是完全沒有進入劉夢溪先生的研究視野的。在他所主編的《紅學三十年論文選編》中，這幾位先生的紅學論文都被收錄了。

〔註 5〕　參見鍾敬文：《近代進步思想與紅學》，《北京師範大學學報》，1963 年第 3 期。

上民族資產階級意識的代表人物，蔡元培此舉，目的在於「用自己的新觀點，去解釋過去的文化成果，並使之爲資產階級的政治活動服務」。而以俠人爲代表的另一派紅學，用《紅樓夢》中「反對專制帝王權威、暴露貴族家庭罪惡、陳訴婚姻不自由的痛苦等事象，來說明這部現實主義作品的意義」，這在《紅樓夢》評論思想史上也是一種新的因素，屬於民主主義的觀點。這種民主主義的觀點，是近代中國舊民主革命時期，人民極廣泛和極迫切的對於民主的要求經由《紅樓夢》評論而得到的表現。無論是以蔡元培爲代表的民族主義的索隱紅學還是以俠人爲代表的民主主義紅學，都是當時的進步思想在文藝評論上的必然反映，都具有一定的歷史進步性和戰鬥意義，其產生與存在的社會意義不容忽略與抹煞。如果說蔡元培和俠人等正如鍾先生所言，是借其《紅樓夢》研究而傳達時代的呼聲的話，鍾先生此文，則不僅可以反映出他學養之深厚與見解之深刻，而且能反映出他作爲一位耿直的知識分子所具有的「史家」的責任感與公心。鍾先生承認，蔡元培的《〈石頭記〉索隱》確實缺乏科學的根據，以俠人爲代表的近代民主主義紅學，也確實「不能更科學地說明《紅樓夢》的社會、歷史意義」，這兩者都是不符合「我們今天所要求的」的「政治的意義和科學的意義統一」或「至少是盡可能統一的」學術見解的，但是他認爲，「對於歷史上的學術遺產，卻不能一律作這種嚴格的要求」〔註6〕。考慮到當時特殊的時代歷史氛圍，敢於不附和眾聲而出此言，需要的何止是學術勇氣呢？

啓功先生

啓先生是滿清皇族後裔，雍正皇帝的第九代孫，是當代聲名卓著的國學大師、古典文獻學家、書畫家、文物鑒定家和詩人，但他對《紅樓夢》亦有深入的研究與獨特的貢獻。啓功先生於上世紀六十年代初就寫過《讀紅樓夢札記》，從年代、地方、官職、服裝、稱呼及其他生活細節等多方面，具體分析《紅樓夢》中的避忌隱眞手法以及曹雪芹之所以「費盡苦心來運眞實於虛構」的原因〔註7〕；上世紀七十年代末啓功先生又爲北京師範大學出版社出版的《紅樓夢》（校注本）寫過序言，對於閱讀與研究《紅樓夢》提出了極具指導價值的八個方面的意見。兩篇文章見解深刻獨到，「非一般人所及」〔註8〕。

〔註6〕 參見鍾敬文：《近代進步思想與紅學》，《北京師範大學學報》，1963年第3期。

〔註7〕 啓功：《讀〈紅樓夢〉札記》，《北京師範大學學報》，1963年第3期。

〔註8〕 馮其庸：《啓功先生論紅髮微——〈紅樓夢〉裏的詩與人》，《紅樓夢學刊》，2002年第2輯。

不僅如此,早在 1952 年啓功先生就應作家出版社之邀,與俞平伯、華粹深、李鼎芳三位先生一道,對《紅樓夢》的程乙本進行校注整理。該版《紅樓夢》1953 年由作家出版社推出,從 1953 年 12 月第 1 次印刷到 1955 年 3 月底 8 次印刷,共印 15 萬冊。1957 年人民文學出版社對於作家出版社的《紅樓夢》重新進行整理,新版印行。這次啓功先生應邀獨立對《紅樓夢》進行注釋。該版《紅樓夢》僅從 1957 年 10 月第一次印刷到 1962 年 11 月重印,就印了 14 萬冊。此後又多次再版。雖然由於歷史的、政治的原因,在啓功先生所注的《紅樓夢》上長期看不到他的署名〔註 9〕,但正如于天池先生所言,他的注釋默默地「影響和沾漑了神州大地幾代的《紅樓夢》的讀者和學人」,「在《紅樓夢》的流傳史和紅學研究史上,啓功先生必將不朽」〔註 10〕。

郭預衡先生

郭先生是著名古代散文研究專家,對於《紅樓夢》也素有研究。上世紀六十年代,有感於當時的某些青年讀者,對於黛玉和寶玉以及他們的愛情悲劇已經不能完全懂得,「同情這愛情本身的悲歡喜懼的不少,窺見它的社會意義的不多」,有的讀者甚至從寶、黛愛情悲劇中只能得到消極的感傷,卻不能得到積極的鼓舞,郭先生特意撰寫了《論寶、黛愛情悲劇的社會意義》〔註 11〕一文,就寶、黛愛情悲劇的社會意義提出了精闢的見解,並對新時代的讀者該如何理解寶、黛愛情提出了指導性的意見。郭先生通過細緻的分析指出,寶、黛愛情不是一般的封建社會中公子小姐的或才子佳人的愛情,而是在封建貴族家庭內部所發生的兩個叛逆青年的愛情。他們的愛情,是以雙方的叛逆思想爲基礎的。而他們的愛情悲劇,也是以社會矛盾爲內容的。寶、黛愛情,不是等閒的男女之愛,而更多的是在舊的形式之下基於反抗的理想的一種新型的愛情。讀者如果將寶黛在愛情上所作的鬥爭僅僅縮小在性愛的範圍內,卻看不出他們在思想上的叛逆與反抗,就無法全面理解這一悲劇的

〔註 9〕 人民文學出版社出版的《紅樓夢》1957 年第一版時,在版權頁上曾出現過「注釋者啓功」的字樣,但隨著啓功先生被打成右派,1962 年第二版重印時,他的名字就被從版權頁上抹掉了,直到 2000 年人民文學出版社出版「教育部全國高等學校中文學科教學指導委員會指定書目」新版《紅樓夢》時「注釋者啓功」才又出現。

〔註 10〕 于天池:《潤物細無聲——談啓功先生對於〈紅樓夢〉研究的貢獻》,《北京師範大學學報》(社會科學版),2005 年第 5 期。

〔註 11〕 郭預衡:《論寶、黛愛情悲劇的社會意義》,《北京師範大學學報》,1963 年第 3 期。

意義。郭先生還進一步強調指出，寶、黛愛情的社會意義，當時歷史條件下與在今天是有所不同的。現在的讀者「從這一愛情悲劇中只能認識過去，卻不可能憧憬未來」，因此對於現在的「新青年」而言，寶、黛愛情只是一曲「舊時代的愛情生活的輓歌」，卻不能成爲他們今天「愛情生活的範本」。今天的讀者，應該視《紅樓夢》爲偉大的文學作品，卻不能把它當成生活的教科書。文章將寶、黛愛情與《紅樓夢》全書所反映的社會現實背景與條件以及作者曹雪芹所處的時代及其局限性聯繫起來全面考察，因而能透過賈寶玉和林黛玉二人舊式的男女之愛的悲劇表象，發現其愛情的全新的思想基礎及其悲劇的社會根源，揭示這一偉大的愛情深刻的社會意義。

童慶炳先生

童先生是當代著名文藝理論家、作家，但他可以說是以紅學研究開始自己的學術生涯的。童先生大學畢業後的第一篇學術論文就是《論高鶚續〈紅樓夢〉的功過》〔註12〕。一直以來，學術界對於高鶚續後四十回《紅樓夢》的評價始終都存在嚴重的分歧，「有一些人熱烈地讚賞它，有一些人猛烈地抨擊它」。童先生對曹雪芹所著《紅樓夢》前八十回和高鶚所續《紅樓夢》後四十回進行了反覆的細讀，發現與前八十回相比，高鶚所續後四十回《紅樓夢》的錯誤和缺點確實是較爲嚴重的。首先，它安排賈府最後「蘭桂齊芳、家道復初」，這破壞了原作悲劇的主題；其次，在某些方面歪曲了賈寶玉和林黛玉的反封建的性格特徵，損傷了原作中兩個中心人物形象的完美；第三，後四十回中充滿了鬼神迷信的描寫，削弱了原作現實主義眞實性的力量；另外，續作在藝術上也存在一些嚴重的缺點，減少了原作感染人的力量。儘管如此，童先生認爲，高鶚克服續書的種種困難，續作後四十回，不僅在個別細節的描寫上比較生動，而更重要的是保持和發展了前八十回的悲劇性質，從而使後四十回和前八十回能夠具有某些完整性和一致性的藝術效果，使得《紅樓夢》一百多年來得到了更爲廣泛的流傳，其功績也是不可磨滅的，應該得到正確的估定。文章不僅洋溢著作者對《紅樓夢》深沉的熱愛，表現出作者細緻敏銳的藝術感受力，更顯示了作者作爲一位文學理論工作者面對考察對象所不可或缺的冷靜、客觀、全面、公正的理性態度。該文爲劉夢溪先生主編的《紅學三十年論文選編》所收錄，被評價爲與茅盾的《關於曹雪芹》、何其

〔註12〕童慶炳：《論高鶚續〈紅樓夢〉的功過》，《北京師範大學學報》，1963 年第 3 期。

芳的《曹雪芹的貢獻》、俞平伯的《紅樓夢中關於十二釵的描寫》等一批重要
的文章一起「代表著建國後《紅樓夢》研究的新水平」〔註13〕。古稀之年，
童先生仍未忘情於紅學研究，又專門撰寫文章，從《紅樓夢》這個個案出發
探討文學經典化的問題〔註14〕。此外，童先生還常常在自己的課堂教學之中、
在其文藝理論著作中借用具體生動的《紅樓夢》文本來闡釋抽象的文藝理論
問題，對《紅樓夢》可謂是情有獨鍾、如數家珍。

　　前面我們用很長的篇幅引用了劉夢溪先生對於「名人涉紅」情況的介紹。
劉夢溪先生的文字原本主要是著眼於名人對於紅學學科的建設與推進的作
用。但我們發現，其實，名人的關注對於《紅樓夢》最大的作用也許倒更在
於主持了將其經典化的工程。也就是說，是一些名師大儒向《紅樓夢》投去
的眼光，不僅帶動起了世人紛紛對《紅樓夢》舉目注視，而且讓一雙雙好奇
打量《紅樓夢》的眼睛中充滿了讚賞，充滿了驚喜，從而順理成章、眾望所
歸地把《紅樓夢》推向了經典的寶座！

　　以蔡元培為例，用現代的學術眼光來看，他的《石頭記索隱》雖然也有
一定的文本依據，並不是像胡適所謂的「想入非非」，旁徵博引之史料也都還
確實可靠，但是肢解作品的藝術整體性、漫無邊際地附會索隱，畢竟只是一
種博雅的猜謎，而不能算嚴格意義上的學術研究，與以「科學」相號召的現
代學科建設實際上是反其道而行的。但他卻正是憑藉這一部《石頭記索隱》
成為了《紅樓夢》經典化的第一大功臣。他對《紅樓夢》的最大貢獻是讓人
們開始認識到《紅樓夢》是一部經典。之所以說是自他才開始，是因為傳說
中的從前的那位朱昌鼎先生雖然稱讀《紅樓夢》為治經，但畢竟只是在「好
講經學」的時風壓力之下一種「為欺飾世俗計」的玩笑〔註15〕。而蔡元培雖
不曾口稱經典，卻很主動而且實在的行動鄭重地顯示了這一點〔註16〕。當

〔註13〕劉夢溪：《紅學三十年》，《紅學三十年論文選編》，劉夢溪編，天津：百花文
　　　　藝出版社，1983年。
〔註14〕童慶炳：《〈紅樓夢〉、「紅學」與文學經典化問題》，《中國比較文學》，2005
　　　　年第4期。
〔註15〕況且，即使他不是開玩笑，他在社會上的影響力也極其有限。
〔註16〕王國維儘管也是一位聲名卓著的大儒，而且作為我國第一個運用西方哲學和
　　　　美學觀念從文學批評的角度來評價《紅樓夢》的藝術價值的學者，儘管他在
　　　　其比蔡元培的《石頭記索隱》還早13年發表（1904年）的《紅樓夢評論》中
　　　　也明白宣稱《紅樓夢》為文學經典（他的措辭為「我國之美術」中「一絕大
　　　　著作」，「自足為我國美術上唯一之大著述」），然而他的《紅樓夢評論》發表

顧頡剛說「實在蔡先生這種見解是漢以來的經學家給與他的」，他是在批評蔡元培因受古代經學家的影響而產生的對《紅樓夢》的這種見解。殊不知正是蔡元培這種彷彿古代經學家治經式的方式首次賦予了《紅樓夢》經典的色彩。《紅樓夢》雖然自問世以來即大受讀者喜歡，但是無論如何「膾炙人口」、「家置一編」、「人家案頭必有一部」，可在以往人們的眼裏，它終歸只是不登大雅之堂的稗官野史，只能做茶餘飯後的消遣之物而已。人們「博弈視之，俳優視之，甚且鴆毒視之，妖孽視之，言不齒於縉紳，名不列於四部。私衷酷好，而閱必背人；下筆誤徵，而群加嗤鄙。雖如《水滸傳》、《石頭記》之……託草澤以下民賊奴隸之砭，假蘭芍以塞黍離荊棘之悲者，亦科以誨淫誨盜之罪，謂作者已伏冥誅，繩諸戒色戒鬥之年，謂閱者斷非佳士。」〔註17〕而蔡元培以堂堂清廷翰林編修之學識與赫赫民國教育總長之威望，卻爲之專門著述，進行索隱，而且公開出版，流佈天下，這等於是向世人宣告，《紅樓夢》是一個值得像對待經典一樣嚴肅對待的對象，研究與談論《紅樓夢》是一件很有意義的事情。在他如此「無聲勝有聲」地提高了《紅樓夢》的身價以後，在「既無政治的干預也無商業的炒作」的情況下，人們紛紛閱讀《紅樓夢》、研究《紅樓夢》、自覺地挖掘《紅樓夢》的「魅力與價值」也就是自然而然的事情了。

再看胡適。他作爲當時中國社會「偶像席」中之風頭正健者，作爲人人爭相以「我的朋友胡適之」而矜誇的新文化運動的領軍人物、留洋歸來的新派學術大師，而考證通俗的白話小說《紅樓夢》；作爲被蔡元培延攬而至的北京大學的教授而與身爲北京大學校長的蔡元培激烈爭辯《紅樓夢》研究的正路與歧途，這就在社會上更加強化了早已由蔡元培帶給人們的關於《紅樓夢》的價值的意識，有意無意地與蔡元培一起合力確立了《紅樓夢》的經典地位。我們只需翻翻呂啓祥、林東海主編的《紅樓夢研究稀見資料彙編》，只需看看其中有多少篇文章提到了蔡元培的索隱、胡適的考證，我們就可以明白蔡、胡二人的示範、指引作用有多強了。當然，那麼多文章，並不是每篇都是對蔡、胡二人的研究方法與結論的重複，甚至也不是認同與讚賞，而更多的是爭鳴與批判，是想要超越他們；但它們無一例外地都有一個心照不宣、不言

之後在相當長的時間之內在學界並不曾引起多大的反響，更不曾在讀書界激起多大的熱潮。因此我們可以說，他雖然在《紅樓夢》研究史上有不容抹殺的開創之功，卻並非將《紅樓夢》推向經典寶座的第一人。

〔註17〕黃人：《小說林發刊詞》，《小說林》，1907年第1期。

自明的前提：《紅樓夢》是值得細細賞鑒、深入研討的。而這個前提正是蔡、胡二人給他們確定下來的！因此，我們所謂《紅樓夢》經典化過程中的名人效應，並不是指人們跟隨名人之後，亦步亦趨，人云亦云，毫無主見，毫無創見；而是指因爲有少數的名人研究在先，無聲地向世人證實了閱讀與研究《紅樓夢》的合法性和意義，便有無數的人繼其後，順應或萌發閱讀與研究《紅樓夢》的興趣，紛紛參與到談論《紅樓夢》、挖掘《紅樓夢》的價值與意義的活動中來，實際上也就是參與到將《紅樓夢》經典化並充實其經典形象、鞏固其經典地位的事業中來。

　　從心理學的角度來看，這種名人效應也可以說是一種暈輪效應〔註18〕，是以一種以偏概全的主觀臆測定勢爲基礎而形成的。而從社會學的角度來看，名人效應之所以會出現，是由於名人的名望與地位已經形成了一種無形而有力的符號資本，能在名人身上製造出一種神奇的光環，並賦予名人涉足之地、觸摸之處、目光逗留之所以及思想所及的一切以價值和意義。也就是說，這種由名望與地位所構成的符號資本，具有跨場域的通用性，或者說具有超強的轉換能力，能自行兌換成多種場域中有效的資本。

　　其實，談到對《紅樓夢》經典化起作用的名人，無論如何也不能忽略毛澤東。毛澤東雖然不是王國維、蔡元培、胡適那樣的通學大儒、學界領袖，然而作爲一個帶領中國人民打敗了外敵的侵略、結束了長期的內亂、搬掉了壓在人民頭上的「三座大山」、建立了一個新的人民共和國的開國領袖，至少在他所執政的 27 年期間，他在全中國各界人民中間卻享有比其他任何學界名人都更崇高的威望以及巨大的影響力和號召力。更何況他還不僅是一位革命家、政治家，也是一位才華橫溢的詩人，早在 1945 年國共重慶談判期間即以一闋「風調獨特、文情並茂」、氣勢豪邁的《沁園春·雪》征服了文化名流、國民黨元老如柳亞子等，被譽爲「中國有詞以來第一作手，雖蘇辛猶未能抗手」〔註19〕，在文化領域也擁有豐厚的資本。因此，即使沒有 1954 年那一場

〔註18〕又稱光環效應、成見效應。「暈輪」原意指月亮周圍的光環。心理學認爲，人們往往習慣於把對某人的評價統一起來，即當人們從某個角度出發認爲某人很出色時，便會想像他在其他方面也同樣出色。美國心理學家凱利與阿希等人在印象形成實驗中證實了這個效應的存在，他們認爲可以把這個效應看做是主觀推斷泛化、定勢的結果。

〔註19〕易孟醇、易維：《詩人毛澤東》，北京：人民出版社，2003 年，第 214～215 頁。毛澤東的知識與才華不僅折服了中國人，而且給很多與他有過交談的西方記者以深刻的印象。第一個去延安訪問他的西方記者埃德加·斯諾稱他「有

轟轟烈烈的」批俞運動」，僅僅毛澤東本人在長達 40 多年的歲月裏（早在延安時期毛澤東就常常喜歡跟人談《紅樓夢》）一直對《紅樓夢》讚不絕口、推崇備至，就足以引起相當大的名人效應，足以在蔡元培、胡適等合力將《紅樓夢》推向經典寶座之後，使它的經典地位穩穩當當地保持下來、底氣十足地突顯出來！

論聲譽與威望，當代名人劉心武自然與毛澤東不可同日而語，跟蔡元培和胡適相比也相去甚遠。然而在當代傳播手段豐富多樣、傳播技術高度發達的情況下，在各路媒體合力炒作之下，他及其秦學的名聲迅速得到了極大的膨脹，因此他所引起的名人效應卻比《紅樓夢》經典化歷史上任何一次都來得更加迅猛、更加聲勢浩大、更加無遠弗屆。一時間，不僅網絡上一片熱火朝天，成千上萬的網友紛紛表態發言，而且各種報刊雜誌甚至電視熒幕上關於《紅樓夢》與劉心武的話題也頻頻出現；不僅中國本土學者撰文著書各陳己見，而且臺灣和海外學者也加入了討論；不僅許多專家學者與普通紅迷自覺加入了爭論，就連一些純粹的「紅樓門外漢」也聽到了風聲，不由自主地想要問個究竟……借助於劉心武及其秦學的「功德」，《紅樓夢》這部文學經典又成為了舉國上下各色人等津津有味地談論的對象。可以說，其經典的地位得到了再一次的加固。當然這時經典化的含義也跟以往有了相當大的不同。如果說名人蔡元培、胡適等是率先確立了《紅樓夢》的經典地位，名人毛澤東是確認並鞏固了《紅樓夢》的經典地位，過往其他許許多多名人是幫助闡釋了《紅樓夢》之所以為經典的內在理據、豐富了其作為經典的內涵的話，當代名人劉心武則借一次奇思妙想的《紅樓夢》揭秘和一場沸沸揚揚的秦學風波打破了經典《紅樓夢》如今已經多少有點寂寞的存在狀態，為它挽

廣博的學識」，「有活潑的想像力」。1937 年去延安訪問過他的英國記者詹姆斯‧貝特蘭認為「與他談話，你馬上會意識到他頭腦靈活，思路清晰，意識到一種巨大的知識力量，除了淵博的知識外，他處理任何問題都非常實際，而且對自己的同胞們有深刻的瞭解」。1946 年去延安訪問過他的美國女記者安娜‧路易斯‧斯特朗也盛讚他「知識淵博，能與學者論學」，「他對中國古典文學有很深的造詣，並偏愛中國戲劇。他可以隨時引用中國古代文學作品如同可以隨時引用農民的諺語一樣。他也可以輕鬆自如地談論西方的哲學家，從早期的希臘直到當代的哲學家」，「毛還是一位才華橫溢的詩人，雖然他並沒有多少時間去發揮這方面的才華。1945 年，他乘坐美國大使赫爾利的飛機去重慶。這是他 20 年來第一次走出被封鎖的地區。他的詩詞轟動了中國陪都的知識界。他們原以為他是一個來自西北窯洞的土宣傳家，可是遇見的卻是一個在哲學修養和文學風格方面都遠勝過他們自己的人。」

留住了一些本已因迷惘而他顧的目光，同時也吸引來了一些好奇的目光。在一個經典要麼被戲說、被嬉皮笑臉地解構得面目全非，要麼被遺忘、被敬而遠之地冷藏的時代，《紅樓夢》此刻的所謂經典化，就是再度被人們作為經典而想起、熱熱鬧鬧地閒聊起。而劉心武對《紅樓夢》經典化的貢獻也正在這一點，即提醒人們：《紅樓夢》是一部經典！不管他是以那種方式！

　　歷史已經明明白白地向我們顯示出，是名人的「讚助」開啓並推動了《紅樓夢》經典化的過程。而透視這一經典化過程中一個個關鍵點背後的動因，我們則已經發現，那原來是一場場沒有硝煙的文化資本戰爭。按照布爾迪厄的觀點，當一種資源因其具有很高的價值而成為爭奪對象、并發揮「社會權力關係」的功能時，這種資源就可以理解為資本。上編我們通過對《紅樓夢》經典化過程的定點追蹤已經發現，蔡元培、胡適和毛澤東或借《紅樓夢》的索隱，或借《紅樓夢》的考證，或借關於《紅樓夢》研究的批判運動，自覺地進行著維護對於他們那個時代與社會、對於實現他們的理想有著很高價值的文化資本的戰爭。就蔡元培而言，借《紅樓夢》所爭奪的是既有利於普通民眾開創幸福新生活同時也有利於國家的統一與富強的文化資本——統一的國語。這場戰爭，是力爭以統一的國語去戰勝並取代文言文那種古老而腐朽的文化資本，力爭讓統一的國語在全社會得以普及。在當時的社會背景下，這種文化資本雖然還未獲得普遍的認可，但其潛在的巨大價值已經被以蔡元培為代表的憂國憂民的有識之士非常強烈地意識到了。就胡適而言，借《紅樓夢》所爭奪的是能夠勇敢地正視人生與社會、能夠自由地表達人的思想與情感、能夠深切地關注民生與社會的白話新文學——一種新型的文化資本。這場戰爭，是用白話新文學與文言文學那種古老而落後的文化資本進行殊死搏鬥，是為白話新文學爭取全社會的認可，為它潛在的巨大價值——改造國民的思想、情感與靈魂，再造文明，再造「自由、民主、科學」的社會——爭奪發揮的空間。就毛澤東而言，借《紅樓夢》批判運動所爭奪的主要是以歷史唯物史觀和階級鬥爭學說為中心的馬克思列寧主義這種文化資本。在毛澤東看來，歷史的發展已經證明了馬列主義具有極大的價值，它對於中國革命的勝利發揮了決定性的作用，也必將對中國當前與今後的社會主義建設發揮必不可少的作用，因此它必須普及與推廣，必須與資產階級唯心主義爭奪在知識分子乃至全體中國人民思想上的陣地。與蔡元培、胡適一樣，在毛澤東這裏，《紅樓夢》充當了進行文化資本鬥爭的工具。而與蔡元培、胡適略有

不同的是，毛澤東借《紅樓夢》批判運動所開展的同時也是一場爭奪以《紅樓夢》爲代表的可以批判地加以利用的封建文化遺產的運動。從這個意義上看，《紅樓夢》本身則又成了被爭奪的對象———一種有意義的文化資本。而到了劉心武這裏，情形則更加不同了。《紅樓夢》已經完全演變成了鬥爭的目的。按照他的自述，他之所以要揭秘《紅樓夢》，正是爲了保護《紅樓夢》這種本民族寶貴的傳統文化免受外來的大眾文化的侵襲與遮蔽，把它從受青年人冷落的狀態中解救出來，使它受到全社會的高度重視，不再貶值。如前所述，對於蔡元培、胡適和毛澤東而言，《紅樓夢》作爲文化資本鬥爭工具的功用與價值非常明顯。對於劉心武來說，《紅樓夢》無疑也是具有非凡價值的。然而其價值到底何在？所謂「曹雪芹及其《紅樓夢》，就是我們中華民族不朽魂魄的一部分。閱讀《紅樓夢》，討論《紅樓夢》，具有傳承民族魂、提升民族魂的不可估量的意義，而所有民族發展的具體階段中的具體問題，具體癥結，具體的國計民生，無不與此相關聯。」定位之高，與蔡、胡、毛三位相比，甚至與所有熱愛《紅樓夢》的人相比，恐怕都是有過之而無不及的。但同時其內容卻相當的空洞，令人莫名其妙。看來，對於劉心武而言，《紅樓夢》之非凡價值在他的頭腦中還只是一種抽象而模糊的概念，並沒有形成明晰而具體的認識。也許正因爲這樣，他才不太清楚該如何去保護《紅樓夢》，或者說，他爲此而開展的《紅樓夢》保衛戰才會引起那麼多非議，讓自己旨在保護《紅樓夢》的壯舉在紅學家們眼中變成了糟蹋《紅樓夢》的胡鬧……

　　《紅樓夢》經典化的過程就是由這樣一次次圍繞特定文化資本的戰爭所串聯起來的。文化資本爭奪戰的宏大動因驅使了蔡元培從事《石頭記》索隱，驅使了胡適進行《紅樓夢》考證，驅使了毛澤東發動與領導《紅樓夢》研究批判運動，也驅使了劉心武「揭秘」紅樓、創立「秦學」。而包括他們在內的眾多名人的「涉紅」行爲又引起了強烈的名人效應，使得讀紅隊伍浩浩蕩蕩，紅學研究碩果累累———《紅樓夢》因此而成了經典，因此而保持了經典的地位。

第七章　權威媒體推動下的紅學繁榮

　　如前所述，《紅樓夢》自問世以來即令無數讀者爲之心醉神迷，也吸引了
無數的文人學士爲之耗精費神地苦苦研究。在強烈的名人效應之下，長期以
來研究《紅樓夢》的人員數不勝數，研究方法、研究角度多種多樣，相關研
究成果可謂汗牛充棟，以至於有人說紅學已經成了一門專門的學問，成了與
甲骨學、敦煌學兩大門東方專學鼎足而立的「三大顯學」之一。據劉夢溪先
生統計，從 1978 年至 1987 年，僅中國國內各出版社出版的從小說批評的角
度研究《紅樓夢》的論著，就約有三十六種之多。這三十六種論著，除了兩
本是增訂修改過的再版書以外，其餘都是首次印行。〔註1〕學界對《紅樓夢》
長期而強烈的研究興趣於此可見一斑。自然，對任何一部文學經典而言，經
常受到學界關注與推崇都是其經典化必不可少的原因之一。而與別的文學經
典相比，《紅樓夢》在這一點上還表現出了其特異性，那就是在《紅樓夢》研
究中考證研究極爲發達。「新紅學」的開山祖師胡適對《紅樓夢》的畢生研究
全在考證，當代中國最負盛名的幾位紅學大師俞平伯、周汝昌、馮其庸、吳
世昌、吳恩裕等最主要的紅學著作也是考證之作。「考證派紅學集大成者」周
汝昌先生乾脆就提出了考證紅學才是眞正的紅學的觀點。在《什麼是紅學》
一文中，他說：

> 紅學顯然是關於《紅樓夢》的學問，然而我說研究《紅樓夢》的學問
> 卻不一定都是紅學。爲什麼這樣說呢？我的意思是，紅學有它自身的
> 獨特性，不能用一般研究小說的方式、方法、眼光、態度來研究《紅

〔註 1〕劉夢溪：《紅樓夢與百年中國》，北京：中央編譯出版社，2005 年，第 287～
　　　290 頁。

樓夢》。如果研究《紅樓夢》同研究《三國演義》、《水滸傳》、《西遊記》以及《聊齋誌異》、《儒林外史》等小說全然一樣，那就無須紅學這門學問了。比如說，某個人物性格如何，作家是如何寫這個人的，語言怎樣，形象怎樣，等等，這都是一般小說學研究的範圍。這當然也是非常必要的。可是，在我看來，這些並不是紅學研究的範圍。紅學研究應該有它自己的特定的意義。如果我的這種提法並不十分荒唐的話，那麼大家所接觸到的相當一部分關於《紅樓夢》的文章並不屬於紅學的範圍，而是一般的小說學的範圍。〔註2〕

他認為紅學研究的基本對象和主要範圍應該是曹學、版本學、探佚學和脂學四個方面！

周汝昌先生的看法雖然有可待商榷之處，不過有一點卻是毋庸置疑的，那就是，紅學繁榮的顯著標誌之一──《紅樓夢》考證研究極其發達是《紅樓夢》經典化過程中不可或缺的重大外因之一。

眾多學者考證《紅樓夢》，固然是出於對《紅樓夢》的熱愛之情。但紅學考證之所以如此發達，主要是因為《紅樓夢》在版本、作者、著作權歸屬等等方面撲朔迷離、迷霧重重。

《紅樓夢》經「曹雪芹於悼紅軒中披閱十載，增刪五次」，創作過程非常漫長，且經過了多次增刪〔註3〕。而且還在創作過程中，《紅樓夢》就被親友傳抄借閱（有些部分因此而散失不見），到乾隆中後期，「好事者每傳抄一部，置廟市中，昂其值得數十金，可謂不脛而走者矣」。可以想見，眾多的傳抄者水平不同、態度各異，而且所據底本也不盡相同，必然會導致多種不同版本的《紅樓夢》抄本流傳。除了傳聞有而實已不得見的近二十部抄本以外，一粟《紅樓夢書錄》（增訂本）中輯錄了 1962 年 9 月以前可以見到的十種脂抄本〔註4〕，分別是：甲戌本、己卯本、庚辰本、甲辰本、己酉本、戚滬本、戚寧本、蒙府本、夢稿本和鄭藏本。從那時至今，又發現了四種新的脂抄本，分別是：靖藏本、列藏本、北師大藏本和卞藏本。

〔註2〕 周汝昌：《什麼是紅學》，《.河北師範大學學報》，1982 年第 3 期。
〔註3〕 「披閱十載」、「增刪五次」是《紅樓夢》本文中的交代。張愛玲則認為《紅樓夢》實際上不只是十年間增刪五次，而是改寫達二十年之久，直到去世為止，大概占作者成年時間的全部。參見張愛玲：《張看紅樓‧自序》，北京：京華出版社，2005 年。
〔註4〕 該書「增訂版說明」寫於 1962 年 9 月。

　　乾隆辛亥年（1791）冬，「萃文書屋」首次以木活字排印出版了一百二十回《紅樓夢》（程甲本）。僅過七十天，經再次修改，「萃文書屋」於 1792 初又印行了一百二十回《紅樓夢》第二版。20 世紀 20 年代，胡適把這兩個本子分別定名爲「程甲本」和「程乙本」。從這兩個排印本開始，《紅樓夢》由手抄本進入到印本的階段，開始大量流傳。從那時開始出現的各種刻本、鉛印本、石印本等，絕大多數是以程本爲底本的，其中 1927 年以前主要是以程甲本爲底本，如一粟《紅樓夢書錄》（增訂本）中輯錄的本衙藏板本、抱青閣刊本、東觀閣刊本、寶文堂刊本、善因樓刊本、寶興堂刊本、藤花榭刊本、耘香閣刊本、會錦堂刊本、聚和堂刊本、凝翠草堂刊本、三讓堂刊本、同文堂刊本、緯文堂刊本、三元堂刊本、連元閣刊本、翰選樓刊本、五雲樓刊本、文元堂刊本、忠信堂刊本、經綸堂刊本、務本堂刊本、登秀堂刊本、雙清仙館刊本、聚珍堂刊本、翰苑樓刊本、芸居樓刊本、臥雲山館刊本、古越頌芬刊本等等。清光緒九年（1883 年）上海廣百宋齋採用西方傳入的現代鉛活字印刷術排印出的王希廉、姚燮評本《增評補圖石頭記》鉛印本以及其後許多的印本等等都是如此。1927 年胡適將程乙本標點，由上海亞東圖書館出版，程乙本才取代程甲本的地位，成爲最流行的版本。截止至 1949 年，根據程本翻印或稍作改動出版的《紅樓夢》已達兩百餘種。它們形成了所謂的「程本系統」。

　　這樣一來，民間所流傳的《紅樓夢》就出現了兩大版本系統，一個是八十回抄本系統，其中有脂硯齋等人的大量批語，故稱「脂本」系統；另一個是一百二十回的由程偉元、高鶚刊刻的木活字印本系統，也稱「程本」系統。

　　關於《紅樓夢》的版本問題，早在程偉元、高鶚在萃文書屋以木活字刊刻《紅樓夢》一百二十回本之後不久就有人談到了。周春在《閱紅樓夢隨筆》裏提到：「乾隆庚戌秋，楊畹耕語余云：『雁偶以重價購抄本兩部：一爲《石頭記》，八十回；一爲《紅樓夢》，一百二十回，微有異同。愛不釋手，監臨省試，必攜帶入闈，闈中傳爲佳話。』壬子冬，知吳門坊間已開雕矣。茲苕估以新刻本來，方閱其全。」〔註 5〕這說明在程偉元、高鶚《紅樓夢》刻本問世以前，民間已經至少有了兩部《紅樓夢》抄本，一本題爲《石頭記》，只有八十回，另一本題爲《紅樓夢》，有一百二十回。裕瑞也提到他「曾於程、高二人未刻《紅樓夢》版本之前，見抄本一部，其措辭命意與刻本前八十回多

有不同。抄本中增處、減處、直截處、委婉處，較刻本總當，亦不知其爲刪
改至第幾次之本。八十回書後，惟有目錄，未有書文，目錄有大觀園抄家諸
條，與刻本後四十回四美釣魚等目錄迥然不同。」〔註6〕不僅如此，他還就之
所以會出現多種不同版本的《紅樓夢》抄本的原因進行了分析，並明確表示
了對程刻本後四十回爲僞續的懷疑：

> 《紅樓夢》一書，曹雪芹雖有志於作百二十回，書未告成即逝矣。
> 諸家所藏抄本八十回書，及八十回書後之目錄，蓋因雪芹改《風月
> 寶鑒》數次，始成此書，抄家各於其所改前後第幾次者，分得不同，
> 故今所藏諸稿未能畫一耳。此書由來非世間完物也，而偉元臆見，
> 謂世間當必有全本者在，無處不留心搜求，遂有閒故生心思謀利者，
> 僞續四十回，同原八十回抄成一部，用以給人。偉元遂獲贗鼎於鼓
> 擔，竟是百二十回全裝者，不能鑒別燕石之假，謬稱連城之珍，高
> 鶚又從而刻之，致令《紅樓夢》如《莊子》內外篇，眞僞永難辨矣。
> 不然即是明明僞續本，程高彙而刻之，作序聲明原尾，故悉捏造以
> 欺人者。斯二端無處可考，但細審後四十回，斷非與前一色筆墨者，
> 其爲補著無疑。〔註7〕

此後，關於《紅樓夢》版本的記述與考證文字就更多了，著名的紅學專家胡
適、俞平伯、周汝昌、吳世昌、陳毓羆、潘重規、吳恩裕、馮其庸、胡文彬、
林語堂都寫過關於《紅樓夢》版本考證的文章或者專著，著名作家張愛玲也
有專著《張看紅樓夢》（又名《紅樓夢魘》）談《紅樓夢》的版本問題。

中國詩學自古即有「知人論世」的傳統。孟子說：「頌其詩，讀其書，不
知其人，可乎？是以論其世也，是尚友也。」而《紅樓夢》在作者問題上卻
存在著許多疑團：「披閱十載、增刪五次」的曹雪芹究竟是不是《紅樓夢》前
八十回的作者？如果不是，那麼作者又是誰？如果是，那麼曹雪芹的家世生
平到底是怎樣的？他是一個什麼樣的人？他究竟是誰的兒子〔註8〕？他生於
何時〔註9〕、又死於何時〔註10〕？他的祖籍在哪裏〔註11〕？《紅樓夢》後八十

〔註6〕《紅樓夢卷》第一冊，一粟編，北京：中華書局，1963年，第114頁。
〔註7〕《紅樓夢卷》第一冊，一粟編，北京：中華書局，1963年，第112頁。
〔註8〕關於曹雪芹的父親，學界主要有曹寅、曹頫、曹顒、曹宣等幾種說法。
〔註9〕關於曹雪芹的生年，學界主要有五說，其一爲康熙五十年（1711年），其二爲
康熙五十四年（1715年），其三爲康熙五十五年（1716年），其四爲康熙五十
九年（1720年）或六十年（1721年），其五爲雍正二年（1724年）。

回究竟是曹雪芹散失的原稿，還是由高鶚或者其他什麼人偽續的？脂硯齋究竟是誰，跟曹雪芹是什麼關係〔註12〕？……

　　《紅樓夢》既在作者問題上存在如此之多的未解、難解之謎，使人在研究文本本身時難以「知人論世」，各種版本又層見迭出，因此長期以來《紅樓夢》研究中的「考證」之風盛行，甚至可以說，從 1921 年胡適發表《紅樓夢考證》一文以後，「紅學長時間都是考證派的天下。一些學者為紅學所吸引，許多治文史的人關心紅學，大都是紅學考證的影響所致，因為考證容易引起人們的學術興趣。」〔註13〕

　　筆者據呂啓祥、林東海主編的《紅樓夢研究稀見資料彙編》粗略統計，自 1920 年至 1948 年年底，不計在此期間出版的評紅專著以及新中國成立後結集出版或擴展為專著的大家、名家論紅文章，大陸各地報紙雜誌上僅討論或涉及《紅樓夢》的版本與作者家世生平的文章就至少有 35 篇，分 94 期登載。詳見下表。

表1：1920～1948 年底報章雜誌關於《紅樓夢》的版本與曹雪芹家世生平的文章一覽表

序　號	作　者	篇　名	刊　物	時　間
1	朧螟	紅樓佚話	晶報	1921 年 5 月 18 日
2	黃乃秋	評胡適紅樓夢考證	學衡	1925 年 2 月
3	劉大杰	通信二則	北平：晨報副刊	1925 年 5 月 26 日

〔註10〕曹雪芹的卒年問題，學界主要有三種看法，即「壬午說（1762 年）」、「癸未說（1763 年）」和「甲申說（1764 年）」。「壬午說」是 1928 年胡適根據自己 1927 年得到的「甲戌本」上的批語「壬午除夕，書未成，芹為淚盡而逝」而提出的；癸未說是周汝昌先生於 1947 年提出的；甲申說最早是由胡適提出來的，上世紀八十年代初梅廷秀（梅節）先生又重新提出甲申說。五十年代中期六十年代早期，主張「壬午說」的俞平伯、王佩璋、周紹良、陳毓罴、鄧允建先生和主張「癸未說」的曾次亮、吳恩裕、吳世昌、周汝昌先生進行論戰，《光明日報》、《文匯報》、《文學研究集刊》、《新建設》上刊載這些文章，一時出現「百家爭鳴」的局面。

〔註11〕關於曹雪芹的祖籍，主要有兩說。一為豐潤說，周汝昌先生力主此說。另一為遼陽說，馮其庸先生力主此說。

〔註12〕關於脂硯齋的身份，紅學界主要有四種說法：（一）曹雪芹本人說；（二）史湘雲說；（三）曹雪芹叔父說；（四）曹雪芹堂兄弟說。

〔註13〕劉夢溪：《紅樓夢與百年中國》，北京：中央編譯出版社，2005 年，第 35 頁。

4	容庚	紅樓夢的本子問題質胡適之俞平伯先生	北京大學研究所國學門周刊	1925 年 11 月 11 日至 12 月 23 日共四期登載
5	哀梨	紅學之點滴	北平：世界日報	1927 年 9 月 3～17 日 9 次連載
6	化蝶	金陵十二釵	北平：益世報	1929 年 7 月 6-9 日四日連載
7	奉寬	蘭墅文存與石頭記	北大學生	1931 年 3 月
8	李玄伯	曹雪芹家世新考	故宮周刊	1931 年 5 月
9	素癡	跋今本紅樓夢第一回	天津：大公報	1934 年 3 月 10 日
10	惹雲	紅樓夢著書處——今國貨商場	南京：中國時報	1935 年 3 月 7 日
11	秋岳	花隨人聖盦摭憶	中央時事周報	1935 年 4 月 13 日
12	胡適	胡適之先生與秋岳商榷函件	中央時事周報	1935 年 5 月 18 日
13	宋孔顯	紅樓夢一百二十回均曹雪芹作	青年界	1935 年 5 月
14	王沨	關於紅樓夢	上海：滬江府中季刊	1935 年 6 月
15	茅盾	節本紅樓夢導言	上海：申報	1936 年 1 月 1 日
16	嚴微青	關於紅樓夢作者家世的新材料	時代青年	1936 年 5 月 25 日
17	誠齋	紅樓瑣記	北平晨報	1936 年 6 月 29 日
18	萱慕	紅樓說叢	北平晨報	1936 年 7 月至 1937 年 1 月 37 次連載）
19	曼尼	紅樓雜談	北平：華北日報	1936 年 8 月 29 日
20	白衣香	紅樓夢問題總檢討	天津：民治月刊	1938 年 9 月 1 日
21	慧先	曹雪芹家點滴	上海：學術	1940 年 2 月
22	周黎庵	談清代織造世家曹氏	上海：宇宙風（乙刊）	1940 年 2 月
23	讀雲	紅學雜記	北平：新光雜誌	1940 年 12 月
24	方豪	紅樓夢考證之新史料	重慶：東方雜誌	1943 年 3 月
25	張琦翔	讀紅樓夢札記	北平：北大文學	1943 年 6 月
26	嚴敦傑	論紅樓夢及其他小說中之科學史料	重慶：東方雜誌	1943 年 7 月
27	方豪	紅樓夢新考	說文月刊	1944 年 5 月

28	周越然	紅樓夢的版本和傳說	上海：天地	1944 年 6 月
29	諟進	與曹雪芹有關的女子們	青島：民民民	1944 年 7 月
30	李壽民	脂硯齋本紅樓夢	上海：茶話	1947 年 2 月
31	守常	曹雪芹籍貫	北平：新民報日刊	1947 年 12 月 4 日
32	萍蹤	曹雪芹籍貫	青島：民言晚報	1947 年 12 月 23 日
33	適之	曹雪芹家的籍貫	申報	1948 年 2 月 14 日
34	湛盧	關於曹雪芹	北平：華北日報	1948 年 11 月 17-30 日七次連載
35	湛盧	紅樓夢發微——賈家祖籍問題（一——四）	北平：華北日報	1948 年 10 月 21 日——11 月 9 日四次連載

　　近三十年的時間裏出現這麼多關於《紅樓夢》考證的文章與著作，可能有人會覺得並不算多。但考慮到當時的具體條件，我們就可以發現，這樣的數字其實已經不小了。事實上，在 20 世紀 50 年代以前，脂本《紅樓夢》有的還沒有被發現，有的雖然被發現了，但珍藏在個別學者或收藏者手中，僅有極少數研究者得以借閱，而絕大部分研究者則無緣見其真面目。

　　如目前所知最古老的《紅樓夢》版本甲戌本，它是 1927 年被胡適意外地得到的。胡適得到甲戌本以後驚喜非常，並根據它寫作了《考證〈紅樓夢〉的新材料》一文，不僅首次對不同脂本之間的關係進行了研究〔註 14〕，還重點考證了「脂硯齋與曹雪芹」、「秦可卿之死」、「《紅樓夢》的凡例」、「從脂本裏推論曹雪芹未完之書」等幾個問題。對於這部「世間最古又最可寶貴的紅樓夢寫本」〔註 15〕，胡適一向視為平生秘本，從不輕易示人。1948 年 12 月 16 日胡適南下，臨行匆忙，一生藏書俱皆拋下，只隨身帶走了這部 16 回的甲戌本和他父親遺稿的清抄本。1961 年 5 月，胡適才決定將甲戌本由臺北商務印書館影印出版，但也僅只五百部而已。1962 年 6 月中華書局上海編輯所才得以朱墨套印甲戌本出版，在大陸發行。此後，1973 年、1975 年、1985 年上海人民出版社和上海古籍出版社也分別影印出版了甲戌本。就筆者目前瞭解

〔註 14〕當時胡適還沒有認識到戚本其實也屬於脂本系統。在該文中胡適將甲戌本（即他當時所謂脂本）與戚本進行了比較，斷定甲戌本與戚本前二十八回同出於一個有評的原本，但甲戌本為直接抄本，而戚本則是間接抄本。

〔註 15〕胡適：《影印乾隆甲戌脂硯齋重評石頭記的緣起》，《胡適紅樓夢研究論述全編》，上海：上海古籍出版社，1988 年，第 298 頁。

到的情況來看，在 60 年代以前，除胡適本人外，只有俞平伯、周祜昌、周汝昌和陶洙等寥寥幾人接觸過甲戌本。俞平伯，是 1931 年胡適讓他讀的甲戌本，他當時還遵胡適之命爲甲戌本寫了一個「跋」〔註 16〕。周汝昌兄弟，是 1948 年向胡適借閱過甲戌本並用朱墨兩色抄了一本〔註 17〕。而陶洙，則是 1949 年春天向周汝昌借過甲戌本過錄本，以它去校讀過己卯本〔註 18〕。

　　庚辰本，它是 1933 年被胡適借閱並經他撰文進行了介紹，才得以爲世人所知的。此本 1932 年初由徐星曙於北京東城隆福寺地攤購得，此後一直由徐家秘藏。1949 年 5 月 5 日，經鄭振鐸先生介紹，燕京大學圖書館才購自徐氏後人之手。1955 年北京文學古籍刊行社對庚辰本進行了影印。1974 年，人民文學出版社進行了重印，原本所缺部分以蒙府本的相關文字補入。

　　己卯本約於上世紀 20 年代末 30 年代初爲著名藏書家董康所得，後歸其友陶洙所有。1947 年和 1949 年春陶洙曾根據庚辰本和周汝昌的甲戌本過錄本對己卯本校讀過兩次。1949 年陶洙才將此書讓與北京圖書館。但由於某種原因，北京圖書館在 50 年代還只是將己卯本對極少數研究者開放。己卯本另有殘卷一冊，1959 年冬才出現在北京琉璃廠中國書店，爲中國歷史博物館購得。1980 年己卯本及其殘卷才由上海古籍出版社影印出版。

　　甲辰本 1953 年才出現於山西。曾藏於山西文物局，後歸北京圖書館。1989 年 10 月才由書目文獻出版社影印出版。

　　己酉本原爲清嘉慶年間姚玉棟收藏，後來長期爲中國科學院文學研究所吳曉鈴先生私家收藏。1987 年才由中華書局影印出版。

　　夢稿本原爲楊繼振道光己丑年（1829）收藏，1959 年爲中國科學院文學研究所圖書館買到。1963 年開始影印出版。

　　鄭藏本原爲鄭振鐸先生所珍藏，1958 年先生去世之後被捐贈給北京圖書館。1991 年 2 月才由書目文獻出版社影印出版。

　　蒙府本 1960 年至 1961 年間才出現於北京琉璃廠中國書店，由北京圖書館重金購藏。1987 年才由書目文獻出版社影印出版。

〔註 16〕　參見俞平伯：《脂硯齋評〈石頭記〉殘本跋》，《燕郊集》，上海：上海良友復興圖書印刷公司，1936 年。

〔註 17〕　胡適：《影印乾隆甲戌脂硯齋重評石頭記的緣起》，《胡適紅樓夢研究論述全編》，上海：上海古籍出版社，1988 年，第 298 頁。

〔註 18〕　參見周汝昌：《評北京師範大學藏〈石頭記〉抄本》，《光明日報》，2003 年 5 月 22 日。

靖藏本原藏於揚州靖氏，1959 年夏由毛國瑤先生發現，1964 年尚在，後佚失，至今下落不明。《紅樓夢》研究者中已知的只有毛國瑤先生一人見過靖藏本，另外還有俞平伯、吳恩裕、周汝昌三人收到過毛國瑤所抄的不同於有正本（即戚滬本）的批語。

列藏本道光十二年（1832）由隨第 11 屆舊俄傳教使團來華的大學生庫爾梁德採夫所得，傳入俄京，1962 年蘇聯漢學家裏弗京（漢名李福清）於蘇聯亞洲人民研究所列寧格勒分所收藏中重新發現此本，1964 年撰文介紹，始爲人所知。1986 年才由中華書局影印出版。

北師大本 1957 年即由北師大圖書館從琉璃廠一書店買進，然而直到 2000 年 12 月才被北京師範大學中文系博士生曹立波在圖書館查資料時偶然發現，從此被研究界所知。

卞藏本更是遲至 2006 年 6 月才由深圳收藏家卞亦文在上海拍得，開始爲研究界所知。

戚本本來是最早被發現並被出版的脂本。它 1911 年出現於上海，1911～1912 年間被上海有正書局老闆狄葆賢（平子）據以攝影付諸石印。然而很長時間以內並沒有人認識到它屬於脂本系統，它在版本學上的價值沒有被人們發現。直到甲戌本出現之後，研究者才知道有正本的文字屬於脂本系統。不過，有正本的底本戚滬本 1921 年據稱被毀於火，1975 年其前四十回才在上海又被偶然發現。戚寧本原也一直爲私家收藏，1945 年抗戰勝利後才歸國立中央圖書館（即今南京圖書館前身）。

一言以蔽之，1920～1948 年基本上確實屬於一個「《紅樓夢》版本研究的獨斷時代」〔註19〕。

同時，在 1920～1948 年之間，關於曹雪芹的史料被發現的也並不多。1921 年以前，雖然也存在著一些關於《紅樓夢》的作者爲曹雪芹的傳聞，但人們對於《紅樓夢》的作者到底是誰並不確定，對於曹雪芹的家世身世也所知甚少。胡適早年查到的《江南通志》、《八旗氏族通譜》、《曹棟亭全集》、《八旗詩鈔》、《八旗文經》、《四松堂集》等資料，1930 年前後李玄伯在故宮查到的曹寅、曹顒、曹頫的奏摺以及他另外查得的尤侗的《艮齋倦稿》，1947 年周汝昌查到的《懋齋詩鈔》等就是那個時期研究者們研究曹雪芹家世生平所據的主要史料了。

〔註19〕陳維昭：《紅學通史》（上冊），上海：上海人民出版社，2005 年，第 200 頁。

　　在那樣一個甲戌本、庚辰本等珍貴的本子被壟斷於私人手中，絕大多數研究者只能借助二手資料（主要是「壟斷」者的介紹文字）進行研究的時代，在那樣一個關於曹雪芹的史料比較匱乏的時代，就已經出現了這麼多的考證文章。而到了上世紀七八十年代，甲戌本、庚辰本、己卯本、夢稿本、戚序本已經影印出版，甲辰本、鄭藏本、蒙府本已經可以借閱，己酉本也有一些研究者借閱到了，版本研究比以前方便了許多，於是，「七十年代後期以後，版本考證出現了小小的熱潮，僅 1975 年至 1985 年共十年的時間，各學術刊物發表的關於《紅樓夢》版本的論文就有一百三十篇之多，臺灣、香港地區的數字還沒有包括在內。研究版本問題的專著，出版了多部」〔註 20〕，如吳世昌的《紅樓夢探源》（1961 年，英文版）、馮其庸的《論庚辰本》（1978 年）、吳恩裕的《曹雪芹佚著淺探》（1979 年）、吳世昌的《紅樓夢探源外編》（1980 年）、吳恩裕的《現存己卯本〈石頭記〉新探》（1980 年）、孫遜的《紅樓夢脂評初探》（1981 年）、魏紹昌的《紅樓夢版本小考》（1982 年）、周汝昌的《我讀〈紅樓夢〉》（1982 年）、應必誠的《論石頭記庚辰本》（1983 年）、梁歸智的《石頭記探佚》（1983 年）等等。至於作者研究方面，20 世紀 50 年代以後，又發現了許多重要的史料。如 1954 年吳恩裕發現了載有永忠三首弔曹雪芹詩的《延芬室集》殘稿，之後又發現了敦誠的《鷦鷯庵筆塵》手稿、《四松堂詩鈔》乾隆抄本、明義《綠煙瑣窗集詩選》以及敦敏的《懋齋詩鈔》手抄本等。1955 年王利器發現了宜泉的《春柳堂詩稿》。1957 年賈宜之發現了《涇陽曹氏族譜》。1963 年發現了《五慶堂重修遼東曹氏宗譜》。1975 年吳新雷發現了藍應襲等人撰修的《上元縣志》卷十五的《曹璽傳》。同年馮其庸、李華發現了康熙二十三年未刊稿本《江寧府志》卷十七「宦迹」裏的《曹璽傳》和康熙六十年刊《上元縣志》卷十六《人物傳》裏的《曹璽傳》。1975 年，故宮博物院明清檔案部出版了《關於江寧織造曹家檔案史料》，次年又出版了《李煦奏摺》。隨著這些重要材料的浮出水面，關於曹雪芹祖籍、家世生平以及生卒年的研究愈益「火爆」起來，曹雪芹生平研究和曹寅家世研究成為了專門的「曹學」，而且成績斐然，僅論著就有幾十部，其中較有代表性的有：周汝昌的《紅樓夢新證》（1953 年）、吳世昌的《紅樓夢探源》（1956 年，英文版）、吳恩裕的《有關曹雪芹八種》（1958 年）、吳恩裕的《曹雪芹的故事》（1978 年）、馮其庸的《曹雪芹家世新考》（1980 年）、周汝昌的《曹雪芹小傳》（1980

〔註 20〕劉夢溪：《紅樓夢與百年中國》，北京：中央編譯出版社，2005 年，第 131 頁。

年）、吳恩裕《曹雪芹叢考》（1980 年）、馮其庸的《夢邊集》（1982 年）、吳
新雷和黃進德的《曹雪芹江南家世考》（1983 年）、馮其庸的《曹學敘論》（1992
年）、劉繼堂和王長勝主編的《曹雪芹祖籍在豐潤》（1994 年）、馮其庸主編的
《曹雪芹墓石論爭集》（1994 年）、河北省曹雪芹研究會編的《曹雪芹研究》
（1995 年）、王暢的《曹雪芹祖籍考論》（1996 年）、馮其庸和楊立憲主編的
《曹雪芹祖籍在遼陽》（1997 年）、李奉佐的《曹雪芹祖籍鐵嶺考》（1997 年）、
王暢和馮保成編的《曹雪芹祖籍論輯》（1998 年），等等。曹學論著數字之龐
大，著實「令人咋舌」〔註21〕。

　　如果說專家學者對《紅樓夢》持續的關注、不懈的考證研究是使之成為
經典的重要原因的話，面向大眾的、綜合性的報紙對於《紅樓夢》研究的積
極支持與配合，則是推動其經典化的一個至少是同等重要的原因，因為正是
這些報紙極為有效地擴大了《紅樓夢》在社會上的影響範圍與影響力度。只
要稍稍留心看看上面的「1920～1948 年年底報紙雜誌關於《紅樓夢》的版本
與曹雪芹家世生平的文章一覽表」，我們即可發現，表中所列的 35 篇文章，
除了少數是發表在學術期刊上以外，其他大部分都是發表在綜合性報紙上
的。對學術無興趣者，不會訂閱或者借閱學術刊物，因此很少會接觸到它們。
而那些面向大眾發行的報紙卻會「強行」地把《紅樓夢》一次又一次地「塞」
進大眾的閱讀視野。無論讀沒讀過《紅樓夢》、喜不喜歡《紅樓夢》、對《紅
樓夢》有沒有研究的興趣，報紙的廣大讀者都會不時地從這些報紙上讀到關
於《紅樓夢》的文章。久而久之，勢必會加深《紅樓夢》在一般報紙讀者心
中的印象，加強《紅樓夢》在他們心中的分量，讓他們即使並不瞭解《紅樓
夢》也會認為它是一部經典！

　　如果說 1949 年以前那些發表關於《紅樓夢》的文章的報紙還主要是一
些地方性的報紙、對大眾的影響力還不是特別大的話，1949 年以後，報紙
引導大眾視《紅樓夢》為經典的作用就尤其顯著了。眾所周知，《光明日報》、
上海《文匯報》與《人民日報》並稱中國三大報紙。尤其是在 20 世紀 50-70
年代，這三大報紙可以說是中國最具權威性的全國性報紙。《光明日報》創
刊於 1949 年，最初由中國民主同盟主辦，以知識分子為主要的讀者對象。
上海《文匯報》1938 年由抗日愛國的知識分子創辦於「孤島」時期的上海，
是在全國具廣泛影響的以知識分子為主要讀者對象的大型綜合性日報，也

〔註21〕陳維昭：《紅學通史》（下冊），上海：上海人民出版社，2005 年，第 452 頁。

是中國出版歷史最長的一張綜合性日報。《人民日報》是中國第一大報，它1948 年 6 月 15 日由《晉察冀日報》和晉冀魯豫《人民日報》合併而成，最初是中共華北局的機關報，1948 年 8 月 1 日轉為中国共產黨中央委員會機關報。《人民日報》不僅是中國最具權威性、最有影響力的全國性報紙，而且被聯合國教科文組織評為世界上最具權威性、最有影響力的十大報紙之一。《光明日報》和《文匯報》這兩大報紙，在《紅樓夢》經典化的過程中起到了非常大的推波助瀾的作用。據筆者粗略統計，僅在 1962 年一年之內，這兩份報紙上所發表的與《紅樓夢》或曹雪芹有關的文章就有 39 篇，分 51 期登載。其中僅考證方面的文章就有 25 篇，分 34 期登載。具體情況見下表：

表 2：1962 年《光明日報》、《文匯報》刊登的與《紅樓夢》有關的文章

序　號	作　者	篇　目	發表時間	刊物名稱
1	周汝昌	曹雪芹家世生平叢話（一）	1962 年 1 月 30 日	光明日報
2	周汝昌	曹雪芹家世生平叢話（二）	1962 年 2 月 22 日	光明日報
3	吳恩裕	曹雪芹的卒年問題	1962 年 3 月 10 日	光明日報
4	周紹良	關於曹雪芹的卒年	1962 年 3 月 14 日	文匯報
5	周汝昌	曹雪芹家世生平叢話（三）	1962 年 3 月 20 日	光明日報
6	雲鄉	「紅樓夢」裏放風箏	1962 年 3 月 27 日	光明日報
7	吳恩裕	「脂批石頭記」中的「松齋」是誰敘	1962 年 3 月 28 日	文匯報
8	陳毓羆	有關曹雪芹卒年問題的商榷	1962 年 4 月 8 日	光明日報
9	周汝昌	曹雪芹家世生平叢話（四）	1962 年 4 月 10 日	光明日報
10	吳世昌	脂硯齋是誰	1962 年 4 月 14 日	光明日報
11	鄧允建	曹雪芹卒年問題商兌	1962 年 4 月 17 日	文匯報
12	吳世昌	曹雪芹的生卒年	1962 年 4 月 21 日	光明日報
13	吳柳	京華何處大觀園敘	1962 年 4 月 29 日	文匯報
14	周汝昌	曹雪芹卒年辨（上）	1962 年 5 月 4 日	文匯報
15	周汝昌	曹雪芹卒年辨（上）——駁「壬午說」十論點	1962 年 5 月 5 日	文匯報
16	周汝昌	曹雪芹卒年辨（下）——「癸未說」的道理安在	1962 年 5 月 6 日	文匯報
17	雲鄉	大觀園中的鳥兒	1962 年 5 月 5 日	光明日報

18	吳恩裕	曹雪芹卒於壬午說質疑——答陳毓羆和鄧允建同志	1962 年 5 月 6 日	光明日報
19	朱南銑	關於脂硯齋的眞姓名	1962 年 5 月 10 日	光明日報
20	陳邇冬	葬花詩事外記	1962 年 5 月 29 日	光明日報
21		曹雪芹故居和墓地究竟在何處北京文化部門初步搜集到不少可供參考的資料	1962 年 5 月 29 日	文匯報
22	周汝昌	曹雪芹家世生平叢話（五）	1962 年 6 月 2 日	光明日報
23	吳小如	讀「脂批石頭記」隨箚二則	1962 年 6 月 5 日	光明日報
24	鄧允建	再談曹雪芹的卒年問題	1962 年 6 月 10 日	光明日報
25	陳毓羆	曹雪芹卒年問題再商榷	1962 年 6 月 10 日	光明日報
26	平伯	「鐵獅子胡同」與「田家鐵獅」	1962 年 6 月 14 日	光明日報
27	吳世昌	敦誠挽曹雪芹詩箋釋	1962 年 6 月 17 日	光明日報
28	聶石樵	「林四娘」的藝術處理	1962 年 6 月 17 日	光明日報
29	吳恩裕	「讀脂批石頭記隨箚」讀後	1962 年 6 月 23 日	光明日報
30	陳邇冬	讀「紅樓夢」另箚：海棠詩事、關於賈寶玉出家	1962 年 6 月 24 日	文匯報
31	陳邇冬	讀「紅樓夢」另箚：海棠詩事、關於賈寶玉出家	1962 年 6 月 28 日	文匯報
32	吳曉鈴	「紅樓夢」戲曲——「古本戲曲叢刊」編餘偶得之二	1962 年 7 月 4 日	文匯報
33	周汝昌	再商曹雪芹卒年	1962 年 7 月 8 日	光明日報
34	吳恩裕	考證曹雪芹卒年我見	1962 年 7 月 8 日	光明日報
35	一粟	爲「海棠詩」進一解	1962 年 7 月 14 日	文匯報
36	堯	「紅樓夢」在國外	1962 年 8 月 1 日	文匯報
37	玉工	曹雪芹和「疆場」	1962 年 8 月 5 日	文匯報
38	吳世昌	再論脂硯齋與曹氏家世——答朱南銑先生，兼論某些考證方法與態度	1962 年 8 月 9 日	光明日報
39	吳世昌	再論脂硯齋與曹氏家世——答朱南銑先生，兼論某些考證方法與態度	1962 年 8 月 11 日	光明日報
40	陳邇冬	讀「紅樓夢」零箚：「秋爽齋中的疑迹」、「李紈詩句與賈母謎語」	1962 年 8 月 12 日	文匯報

41	周汝昌	曹雪芹家世生平叢話（六）	1962 年 8 月 18 日	光明日報
42	陳邇冬	讀「紅樓夢」零箚：「秋爽齋中的疑迹」、「李紈詩句與賈母謎語」	1962 年 8 月 25 日	文匯報
43	周汝昌	曹荃和曹宣	1962 年 8 月 28 日	光明日報
44	李西郊	曹雪芹的籍貫	1962 年 8 月 29 日	文匯報
45	陳邇冬	曹雪芹與孔繼涑	1962 年 9 月 8 日	光明日報
46	周汝昌	曹雪芹家世生平叢話（七）	1962 年 9 月 25 日	光明日報
47	蔡潤	從「曹雪芹的詩」談到掌握第一手材料問題	1962 年 10 月 14 日	光明日報
48	王崑崙	晴雯之死——「紅樓夢」人物論之一	1962 年 12 月 8 日	光明日報
49	王崑崙	花襲人論——「紅樓夢」人物論選篇	1962 年 12 月 22 日	光明日報
50	王昆崙	花襲人論——「紅樓夢」人物論選篇	1962 年 12 月 25 日	光明日報
51	周汝昌	蓮池北岸的天香樓	1962 年 12 月 25 日	文匯報

這兩份面向全國、發行量非常大的報紙在短短一年的時間之內如此高密度地登載《紅樓夢》研究方面的文章，勢必在廣大知識分子讀者中造成很大的影響。一方面，它無疑會強烈地刺激起廣大知識分子對《紅樓夢》的研究興趣，使更多的人參與到《紅樓夢》的研究行列之中去；另一方面，它也必然會深刻地影響到廣大知識分子對《紅樓夢》的認識與評價，具體地說，就是把《紅樓夢》視爲值得特別關注的經典。麥克盧漢說：「傳媒即信息」。光明、文匯兩報主要是面向知識分子的報紙，同時也是在中國共產黨直接領導下的報紙。《光明日報》雖然最初是由中國民主同盟創辦的，但 1957 年即已改由中共中央宣傳部和中共中央統戰部領導，由中共中央主辦。《文匯報》雖然是上海「孤島」時期由抗日愛國的知識分子創辦的，但從一開始就直接在中共上海市委的領導之下。具有這樣的背景的兩大報紙，在廣大知識分子心目中，無疑既具有學術先進性又具有政治正確性，因而也就具有相當大的權威性和導引作用。對於兩大報紙的廣大讀者而言，它們如此密集地發表《紅樓夢》研究方面的文章，等於就是在反覆傳遞這樣的信息：《紅樓夢》是一部值得關注的經典，大家都應該把它當作經典來研讀！

隨著中國學術事業的不斷發展，高校學報、文學研究刊物越來越多，尤

其是隨著《紅樓夢學刊》等紅學專門刊物的創建，在《光明日報》、《文匯報》上已越來越少見到學術性很強的紅學研究文章了。但是，這兩大報紙並未因此而退出《紅樓夢》經典「讚助者」的行列。事實上，它們仍一直對《紅樓夢》以及《紅樓夢》研究保持著特別關注〔註22〕，並以此特別關注推動著《紅樓夢》經典化的進程。

其實，論到對《紅樓夢》經典化的推動作用，《人民日報》一點兒也不亞於《光明日報》和上海《文匯報》這兩大報紙。早在上世紀 50 年代的「批俞運動」中《人民日報》上就登載了多篇與《紅樓夢》有關的文章，如：1954年 10 月 23 日鍾洛的《應該重視對「紅樓夢」研究中的錯誤觀點的批判》、1954年 10 月 30 日周汝昌的《我對俞平伯研究紅樓夢的錯誤觀點的看法》、1954年 11 月 20 日何其芳的《沒有批評，就不能前進》、1954 年 12 月 8 日張嘯虎的《俞平伯研究紅樓夢的錯誤的又一根源》、1955 年 12 月 3 日李希凡和藍翎的《正確估價紅樓夢中「脂硯齋評」的意義》等等。筆者根據《人民日報》圖文數據庫提供的信息進行了粗略的統計，發現最近十年來《人民日報》上登載的「涉紅」文章至少有 64 篇之多。詳細情況見下表：

表 3：2000 年至 2010 年人民日報與《紅樓夢》有關的文章

序　號	作　者	篇　目	時間、版面
1		請保留曹雪芹故居遺址	2000.04.29 第 5 版
2		《繡像紅樓夢》（原刊程甲本）「重見天日」	2000.11.18 第 6 版
3		有學術價值的《紅樓夢》甲戌校本	2001.01.13 第 8 版
4	董洪亮	紅學研究又獲重要資料	2001.03.05 第 6 版
5	杜永道	假如黛玉當壚記賬	2002.05.17 第 11 版
6	袁振喜	《紅樓夢》已被譯成二十七種文字	2003.10.15 第 2 版

〔註22〕紅學研究中的新發現、新觀點、新動向總能迅速在兩報上得到報導。如 1986年 7 月 15 日《光明日報》報導「新發現的睿親王淳穎《讀石頭記偶成》詩」；1986 年 11 月 25 日《文匯報》報導「俞平伯發表紅學研究新觀點」；1992 年 8月 16 日《文匯報》登載馮其庸「曹雪芹墓石目見記」；1993 年 6 月 6 日《光明日報》報導「豐潤發現曹氏重要墓誌銘和墓碑」；2003 年 5 月 22 日《光明日報》發表周汝昌「評北京師範大學藏《石頭記》抄本」；2006 年 10 月 31日《光明日報》報導「專家認定新發現脂硯齋評《紅樓夢》殘抄本」（即卞藏本）等。

7	王靜	十年一夢《曹雪芹》	2003.12.12 第 16 版
8	陳原	舞劇新作《紅樓夢》完成	2004.02.25 第 9 版
9	李懷中	雪落毗陵驛	2004.06.26 第 8 版〔副刊〕
10	魏運亨、王瑩	曹雪芹祖籍是否在遼陽 專家再舉新證據	2004.06.26 第 7 版
11	李舫	清代《紅樓夢》畫冊亮相國博	2004.09.03 第 9 版
12	洪文	《紅樓走筆》出版	2004‧11‧14 第 8 版
13	胡洋	舞劇《紅樓夢》即將在京上演	2004‧12‧10 第 9 版
14	袁晞	馮其庸重校評批《紅樓夢》	2004‧01‧14 第 14 版
15	羅雪村、劉瓊	與「瓜飯樓主」談《紅樓夢》	2005‧03‧13 第 12 版
16	劉瓊	曹雪芹寫過另一部著作嗎？	2005.03‧21 第 11 版
17	張祝基	孜孜紅樓求夢人	2005‧07‧05 第 16 版（國際副刊）
18	羅雪村	涵詠‧解味	2005.09.17 第 8 版
19	張賀	新版《紅樓夢》年內開拍	2006.01‧16 第 11 版
20	玉明	《紅樓夢》為何又「紅」起來	2006.03.02 第 9 版
21	白瑩	紅學再出新成果	2006‧08.03 第 9 版
22	長風	學者呼籲抵制戲說紅學	2006‧08‧31 第 9 版
23	張賀	《話說紅樓夢中人》普及紅學常識	2006.11‧24 第 14 版；
24	張賀	周彙本力求恢復《紅樓夢》原貌	2006‧12‧06 第 11 版
25	張夢陽	迎風冒雪訪雪芹	2007‧01‧13 日第 7 版
26	許娜	周汝昌劉心武攜手還原《紅樓夢》	2007‧01‧14 日第 8 版
27	劉瓊	《紅樓夢》校注本為何受歡迎	2007‧02‧09‧第 14 版
28	楊春茂	訪曹雪芹故居	2007‧03‧17 第 7 版
29	楊健、楊雪梅	定是紅樓夢里人	2007‧04‧30 第 11 版
30	李希凡	為紅樓人物作圖譜	2007‧06‧26 第 16 版〔副刊〕
31	賈語	《劉心武揭秘〈紅樓夢〉》第三部出版	2007‧08‧12 第 8 版
32		江城熱演《紅樓夢》	2007.11.09 第 11 版
33	傅光明	癡心詩性解「紅樓」	2007.11.10 第 8 版〔副刊〕

34	曹玲娟	知名學者點評四大名著翻拍熱潮 重拍名著需懷敬畏之心	2008.01.03 第 11 版 （文化觀察）
35	徐馨	電影《紅樓夢》將開拍	2008.04.14 第 11 版〔版名：文化新聞〕
36	廣聞	紅樓夢經典故事系列電影啓動	2008.07.04 第 16 版〔版名：副刊〕
37	仲言	「紅樓」能容幾多夢（文藝點評）	2008.08.07 第 16 版〔版名：文藝評論〕
38	郭春豔	《聲色繁花紅樓夢》付梓	2008.09.22 第 15 版〔版名：副刊〕
39	鄧建勝	曹雪芹南宋祖籍地在南昌武陽鎮	2008.11.21 第 11 版〔版名：文化新聞〕
40	董陽	北京推出昆曲《紅樓夢》	2009.05.29 第 8 版〔版名：副刊〕
41	黃敬文、陳一鳴、周之然	溫家寶和金正日一道觀看朝版歌劇《紅樓夢》	2009.10.05 第 1 版〔版名：要聞〕
42		著名翻譯家楊憲益遺體告別儀式在京舉行	2009.11.30 第 4 版〔版名：要聞〕
43	李忠發	朝鮮歌劇《紅樓夢》在京演出	2010.05.08 第 1 版〔版名：要聞〕
44	韋多澤、周之然	同賞《紅樓夢》　中朝情意濃	2010.05.14 第 15 版〔版名：國際副刊〕
45	吳芸淩	朝鮮歌劇《紅樓夢》持續升溫	2010.06.17 第 24 版〔版名：副刊〕
46	王向東	「風月筆墨」何其多（金臺隨感）	2010.07.10 第 8 版〔版名：副刊〕
47	周絢隆	不斷完善的《紅樓夢》	2010.07.13 第 20 版〔版名：副刊〕
48	劉玉琴	看朝鮮如何編演《紅樓夢》（藝文觀察）	2010.07.15 第 24 版〔版名：副刊〕
49	詹躍仙	炒作心態拍不好《紅樓夢》（看臺人語）	2010.07.20 第 24 版〔版名：文藝評論〕
50	劉劍飛	重拍經典要做足幕後文章（看臺人語）	2010.07.20 第 24 版〔版名：文藝評論〕
51	譚旭東	學會敬畏經典（文藝點評）	2010.07.20 第 24 版〔版名：文藝評論〕

52	周絢隆	這個夢，離那個夢有多遠敘（藝文觀察）	2010.07.29 第 24 版〔版名：副刊〕
53	倪夏	求雅還是求眾（文藝點評）	2010.08.13 第 24 版〔版名：文藝評論〕
54	陳原、李少紅	拍名著實在是一把雙刃劍	2010.08.13 第 17 版〔版名：文教周刊〕
55	祝宇紅	名著改編話「忠實」（文藝點評·「影視與文學」討論（6））	2010.09.04 第 7 版〔版名：文藝評論〕
56		《移步紅樓》（新書架）	2010.09.07 第 20 版〔版名：副刊〕
57	伍荷	《紅樓夢》出國巧變身	2010.09.10 第 23 版〔版名：國際副刊〕
58	李舫	經典翻拍，邊走邊看（金臺論道·名著翻拍與經典詮釋）	2010.09.10 第 17 版〔版名：文教周刊〕
59	范正偉	把重心放回《紅樓夢》	2010.09.27 第 24 版〔版名：副刊〕
60	梅敬忠	詩心詩夢解紅樓（書人書事）	2010.11.16 第 20 版〔版名：副刊〕
61	楊雪梅	馮其庸：誨人一甲子，半生寄國學（人物）	2010.10.18 第 12 版〔版名：文化〕
62	李敏善	《紅樓夢詩詞書畫作品集》出版	2010.10.05 第 4 版〔版名：副刊〕
63	李學江	舞劇《紅樓夢》渥太華首演成功	2010.10.11 第 3 版〔版名：要聞〕
64	陳原	紅樓夢：一「石」激起幾多浪（2010 各美其美 美美與共·翻閱 2010·年終盤點）	2010.12.17 第 18 版

這 64 篇文章之中，既有與《紅樓夢》有關的新聞報導、讀者來信、文學散文、人物介紹與訪談等，又有關於《紅樓夢》的文藝評論。可以說，涉及《紅樓夢》的方方面面，《人民日報》無不關注。作為中國最具權威性的綜合性日報——中國第一大報，《人民日報》是全體中國人瞭解中國社會發展情況、瞭解中國共產黨中央精神的最主要媒體。它不像《光明日報》、上海《文匯報》那樣以知識分子為主要的讀者對象，而是面向全體中國人民的，因此它的發行量比《光明日報》和上海《文匯報》都還要大，影響的範圍更廣泛，因而也具有更大的權威性。它對《紅樓夢》方方面面的關注，事實上是在不斷地在中國人心目中強化著「《紅樓夢》是經典」這一認識。

第八章　《紅樓夢》在中國社會的高度普及

　　《紅樓夢》自問世之初，便被熱心的讀者輾轉傳抄。程偉元在程甲本《新鐫全部繡像紅樓夢》卷首的《紅樓夢序》裏就作過這樣的介紹：「《紅樓夢》小說本名《石頭記》，作者相傳不一，……好事者每傳抄一部，置廟市中，昂其值得數十金，可謂不脛而走者矣」〔註1〕。乾隆五十六年（1791年）萃文書屋用木活字首次印刷程偉元、高鶚「程甲本」一百二十回《紅樓夢》，揭開了《紅樓夢》文本傳播史上新的一頁，從此，「《紅樓夢》一書……後遂遍傳海內，幾於家置一編」〔註2〕。從那時至今，在兩百多年的時間裏，隨著中國印刷技術的逐步提高，《紅樓夢》被幾百家出版社不斷地以木活字、雕版、鉛印、石印、朱墨套印、影印、冷排（電腦激光照相排字）等多種方式出版印行著。據一粟《紅樓夢書錄》（增訂本）收錄，截止至1954年10月，已經出版的《紅樓夢》各種版本就有70餘種，這還不包括許多有資料記載但編者未及見到的版本。〔註3〕另據有關統計結果顯示，截至2007年11月30日，《紅樓夢》版本數已達到381種，涉及的出版社多達126家〔註4〕。很多出版社對於《紅樓夢》都是一版再版。如由汪原放校讀標點、卷首附胡適《紅樓夢考證》一文

〔註1〕　程偉元：《紅樓夢序》，《紅樓夢卷》第一冊，一粟編，北京：中華書局，1963年，第31頁。

〔註2〕　汪堃：《寄蝸殘贅》卷九，《紅樓夢卷》第二冊，一粟編，北京：中華書局，1963年，第381頁。

〔註3〕　《紅樓夢書錄》（增訂本），一粟編，上海：上海古籍出版社，1981年，第31頁。

〔註4〕　參見陳強：《四大名著版本知多少？》，中國圖書商報網站，2007年12月21日。

的亞東本《紅樓夢》1921 年初版，至 1948 年止已經印刷了 16 版。由周汝昌、周紹良、李易校訂標注並由啓功注釋的人民文學出版社版《紅樓夢》1957 年出版，到 1974 年已排版 4 次，印刷 11 次。由中國藝術研究院紅樓夢研究所校注的人民文學出版社新一版《紅樓夢》1982 年 3 月首版，首印量爲 43500 套，至 2007 年初，這部新注的《紅樓夢》各種版本加起來，已累積印刷了 380 萬套。問世之初的輾轉手抄與後來多家出版社不斷的出版印行，造成了兩百多年間《紅樓夢》文本的高度易得性。對於《紅樓夢》而言——事實上對於所有的文學經典而言，這種文本的高度易得性無疑都是其經典化最起碼的條件。這其中的道理很簡單：只有大量的讀者能閱讀到文本，才能進而喜歡上它、評論它、鑒賞它、一致把它推向經典的寶座。文本的高度易得性可以說是所有文學作品經典化之具有普遍性的外因之一，因此對《紅樓夢》在這方面的情況我們不擬贅述，只想重點介紹一下爲《紅樓夢》所獨有、推動其經典化的其他一些外因，包括《紅樓夢》走進中學教科書且長期安居其間、《紅樓夢》被改編成各種各樣的戲曲、《紅樓夢》被頻繁地改編成影視作品以及《紅樓夢》以其他多種多樣的民間藝術形式在中國社會廣泛傳播等等，是它們與文本的易得性一起共同構成了《紅樓夢》在中國社會的高度普及。

第一節　《紅樓夢》走進教科書

　　蔡元培、胡適等所代表或領導的以《紅樓夢》爲工具的文化資本之爭一經取得勝利，《紅樓夢》的文學經典地位一經確立，隨著中國對西方教育模式的引進，順理成章地，《紅樓夢》便進入了學校教材之中，成爲學校課程學習的內容〔註5〕。

〔註 5〕　筆者此處所謂學校教材，指的是普及中國語文知識的中學教材，而不是作爲專業學習與研究之基礎的大學教材。事實上，早在二十世紀初甚至十九世紀末《紅樓夢》就已經在大學的前身「書院」的課程和講義中出現了。1897 年東林書院教授竇警凡爲所授「中國文學史」課程撰寫的講義——中國第一部文學史《歷朝文學史》第四章《敍子》中就談到了《紅樓夢》，儘管他將《紅樓夢》與《鏡花緣》、《聊齋誌異》、《閱微草堂筆記》等文學作品歸類於雜家。此後隨著現代西方思想對中國文化的影響進一步加強，人們的文學觀念進一步偏離傳統而西化，包括《紅樓夢》在內的許多中國小說逐漸在「中國文學史」課程及教材中佔據了一席之地。不過應該說隨著魯迅「中國小說史」課程的開授及其《中國小說史略》的出版，《紅樓夢》在大學「中國文學史」課程與教材中的經典地位才得到了突現。

　　1923 年中華民國教育部頒佈了《國語課程標準綱要》。該新學制《國語課程標準綱要》包括《小學國語課程綱要》、《初級中學國語課程綱要》、《高級中學公共必修的國語課程綱要》、《高級中學第一組必修的特設國文課程綱要》四部分。小學部分由吳研因起草，初級中學部分由葉紹鈞起草，高級中學部分由胡適起草。該綱要重視學生的課外閱讀，它把讀書分成「精讀」和「略讀」，並注重選文的文學性和趣味性，強調「選文注重傳記、小說、詩歌」，要「蘊含文學趣味」。這等於是爲《紅樓夢》等小說文本進入學校教材頒發了通行證。配合這一綱要的出臺，1924 年商務印書館出版的《新學制高級中學國語讀本〈古白話文選〉》中就收錄了兩篇來自《紅樓夢》的課文——《劉姥姥》和《林黛玉》。這是《紅樓夢》進入中學語文教材的開始。從此以後，《紅樓夢》就頻頻出現在中學語文教材之中。

　　筆者對北京師範大學圖書館所藏清末至 1949 年《師範學校及中小學教科書書目》進行了調查。在 33 種共計 144 冊初中國文教材中，有 5 種教材收錄了《紅樓夢》選段，分爲 6 課。應該說明的是，這 33 種教材有 11 種教材單冊不全，而剩下的 22 種成套完整的國文教材中還有 3 套共 10 冊是 1923 年以前出版的，所以實際上只應該算調查了 19 種教材，發現有 5 種收錄了《紅樓夢》。這 5 種教材的具體情況如下：

（1）沈星一編，黎錦熙、沈頤校《新中學教科書初級國語讀本》3 冊，上海中華書局，民一十四至一十八年（1925～1929）。第 2 冊第 13 篇爲《劉老老》，節選自《紅樓夢》第 6 回「賈寶玉初試雲雨情　劉姥姥一進榮國府」、第 39 回「村姥姥是信口開闔　情哥哥偏尋根究底」、第 40 回「史太君兩宴大觀園　金鴛鴦三宣牙牌令」、第 41 回「櫳翠庵茶品梅花雪　怡紅院劫遇母蝗蟲」和第 42 回「蘅蕪君蘭言解疑癖　瀟湘子雅謔補餘香」等五回。

（2）朱劍芒編輯，魏冰心校訂《初中國文》6 冊，上海世界書局，民一十八年（1929）。第 4 冊第 15 課爲《劉老老》，節選自《紅樓夢》第 6 回「賈寶玉初試雲雨情　劉姥姥一進榮國府」、第 39 回「村姥姥是信口開闔　情哥哥偏尋根究底」、第 40 回「史太君兩宴大觀園　金鴛鴦三宣牙牌令」、第 41 回「櫳翠庵茶品梅花雪　怡紅院劫遇母蝗蟲」等四回。

（3）北平文化學社編《初中三年級國文讀本》6 冊，北平文化學社，民

二十一年（1932）。第 4 冊收有《劉老老》一篇，同樣節選自《紅樓夢》第 6、39、40、41 等四回。

（4）王伯祥編《開明國文讀本》6 冊，上海開明書店，民二十一至二十二年（1932～1933）。第 2 冊收有《寶玉題園》一篇課文，節選自《紅樓夢》第 17～18 回「大觀園試才題對額　榮國府歸省慶元宵」。

（5）王雲五主編，傅東華編著《復興初級中學教科書國文》6 冊，上海商務印書館，民二十二至二十四年（1933～1935）。第 1 冊有兩篇課文《劉老老》（一）和《劉老老》（二），節選自《紅樓夢》第 40 回「史太君兩宴大觀園　金鴛鴦三宣牙牌令」和第 41 回「櫳翠庵茶品梅花雪　怡紅院劫遇母蝗蟲」。

在 22 種共 67 冊高中國文教材中，有四種教材收錄了《紅樓夢》選段，分爲五課。和上述初中國文教材一樣，這些高中教材大部分單冊不全。在所調查的 22 種教材中，只有 7 種是成套完整的。在這 7 種完整的教材中，有一種收錄了《紅樓夢》選段。收有《紅樓夢》選段的四種教材具體情況如下：

（1）傅東華、陳望道編輯《基本教科書國文》6 冊，上海商務印書館，民二十至二十二年（1931～1933）。第 1 冊第 41 課、42 課爲《劉老老》（一）和《劉老老》（二），節選自《紅樓夢》第 40 回「史太君兩宴大觀園　金鴛鴦三宣牙牌令」和 41 回「櫳翠庵茶品梅花雪　怡紅院劫遇母蝗蟲」。

（2）徐公美等編注，江蘇省立揚州中學國文科會議主編，江蘇省立中學國文學科會議聯合會校訂《新學制中學國文教科書高中國文》6 冊，南京南京書店，民二十至二十二年（1931～1933）。第 3 冊第 5 組收有一篇《劉老老》，節選自《紅樓夢》第 40 回「史太君兩宴大觀園　金鴛鴦三宣牙牌令」。

（3）河北省省立北平高級中學編《國文讀本》，北平，編者自刊，民二十三年（1934）。第 2 冊（下）第 21 組有一篇《林黛玉》，節選自《紅樓夢》第 26 回「蜂腰橋設言傳心事　瀟湘館春困發幽情」、第 27 回「滴翠亭楊妃戲彩蝶　埋香冢飛燕泣殘紅」和第 28 回「蔣玉菡情贈茜香羅　薛寶釵羞籠紅麝串」。

（4）中等教育研究會編纂《高中國文》6 冊，天津華北書局，民二十七年（1938）。第 6 冊第 15 課爲《劉老老》，節選自《紅樓夢》第 40

回「史太君兩宴大觀園　金鴛鴦三宣牙牌令」。

另外，在中國國家圖書館，筆者還發現 1949 年上海聯合出版社出版的由其臨時課本編輯委員會所編輯的《高中國文》第三冊第 26 課「王鳳姐弄權鐵檻寺」選自《紅樓夢》第 15 回「王鳳姐弄權鐵檻寺　秦瓊卿得趣饅頭庵」。

雖然由於受時間和條件所限，筆者所調查的教材很少，但僅從這一小規模的調查結果即可大致看出，自 1924 年至 1949 年期間，中國南北幾大權威出版機構如上海商務印書館、上海中華書局、上海世界書局、開明書店、南京書店、北平文化學社、天津華北書局等所出版的初中和高中國文教科書裏面都收錄有《紅樓夢》。在出版業還遠非今日這般發達的當時，北京、上海這兩大文化教育中心的中學教材，應該足以反映整個中國中學教材的基本面貌了！

自新中國成立至今六十餘年的時間裏，除了 1949 年至 1954 年、1958 年至「文革」《紅樓夢》曾兩度因為特定的政治歷史原因而短暫地告別中學語文教材以外〔註6〕，它可以說是中學語文教育舞臺上的常客，被選編的篇目多種多樣，有《劉姥姥一進榮國府》、《訴肺腑》、《葫蘆僧判斷葫蘆案》、《林黛玉進賈府》、《大觀園試才題對額》、《黛玉之死》、《香菱學詩》、《寶玉挨打》、《抄檢大觀園》等等多篇。

教材收錄《紅樓夢》，最初當然是文化資本之爭與名人效應的結果。可以說它是蔡元培、胡適等借《紅樓夢》而開展的文化鬥爭的勝利成果在學校課程與教材裏得到了展示。而另一方面，這種展示——近一個世紀以來中學教材很少間斷的收錄，反過來又進一步擴大了《紅樓夢》的傳播範圍，從而也就擴大並鞏固了文化鬥爭的勝利果實。其實也許說教材的收錄保證了《紅樓夢》在社會上的廣泛傳播更為合適一些，因為它讓每一個上過中學的孩子都接觸到了被譽為經典的《紅樓夢》。而隨著初中等教育的日益普及，尤其是新中國成立以後九年義務制教育的日益普及，閱讀《紅樓夢》的人也在日益增多。因此，這種體制化的安排無疑又成了確立《紅樓夢》之經典地位的後續手段與原因。

〔註 6〕參見朱琪：《紅樓書聲——中學教材中的〈紅樓夢〉篇目淺探》，《紅樓夢學刊》，
　　　　2007 年第 3 輯和鄭萬鍾：《〈紅樓夢〉與中學語文教材》，《揚州教育學院學報》，
　　　　2005 年第 2 期。

第二節　《紅樓夢》改編成戲曲

　　自清朝乾隆年間起，《紅樓夢》就被改編成多種戲曲形式，在民間得到了廣泛傳播。僅 1981 年新版的一粟《紅樓夢書錄》（增訂本）中就收錄了昆曲、子弟書、大鼓、蓮花落、八角鼓、馬頭調、嶺兒調、銀紐絲、鼓子曲、墜子、秦腔、推子、揚州調、彈詞、灘簧、越劇、福建調、湖廣調、湘劇、川劇、四川竹琴、四川揚琴、四川清音、滇戲、桂劇、粵劇、皮簧、京劇、評劇、話劇等 31 種戲曲形式的《紅樓夢》曲目共 361 種。新中國成立以來，《紅樓夢》不僅被進一步改編成多種地方戲如錫劇、龍江劇、黃梅戲、潮劇、紹劇等，而且還被搬上了話劇、舞劇、歌舞劇的舞臺；不僅被改編為現代評書、大鼓詞等，上電臺、電視臺開講開唱，而且還與西方文化進行了有趣的融合——典型的中國民間戲曲越劇《紅樓夢》、《紅樓夢》彈詞等披上了西方音樂的盛裝。

　　從一粟編的《紅樓夢書錄》中所記錄的紅樓戲曲的情況我們不難看出，清代不少紅樓戲曲的改編者都中過舉人、進士甚至狀元，他們或者做過朝廷命官，或者是官員幕僚，在社會上享有很高的地位和聲望。如昆曲《葬花》的撰者孔昭虔是嘉慶六年（1801）恩科進士，還歷任編修、浙江布政使，評者孔昭熏則是嘉慶十八年（1813）舉人、臨邑訓導，署翰林院五經博士；昆曲《紅樓夢傳奇》撰者石韞玉是乾隆五十五年（1790）狀元；昆曲《十二釵傳奇》撰者朱鳳森也是嘉慶六年（1801）恩科進士，曾任河南濬縣知縣；昆曲《紅樓新曲》撰者嚴保庸是嘉慶二十四年（1819）解元、道光九年（1829）進士、山東知縣；滇戲《寶玉聽琴》撰者李坤是光緒二十九年（1903）進士、編修；桂劇《芙蓉誄》撰者唐景崧是同治四年（1865）進士，署臺灣巡撫。這些上層文人不僅以自身對《紅樓夢》的喜愛而帶動了社會上讀《紅樓夢》談《紅樓夢》的風尚，而且親自將《紅樓夢》改編成戲曲供演出，使《紅樓夢》的受眾進一步增加、傳播範圍大為拓寬。

　　《紅樓新曲》撰者嚴保庸曾經這樣回憶道：「道光癸未、甲申間，余以會試留都，暇日則製新曲，付梨園歌之，傾動一時，彼中人多有師事者。余嘗有句云：偶緣我作逢場戲，竟累人為舉國狂，紀實也」〔註 7〕。從中我們頗可以看出《紅樓夢》戲曲在當時受歡迎的情況。

〔註 7〕　《紅樓夢書錄》（增訂本），一粟編，上海：上海古籍出版社，1981 年，第 332 頁。

　　事實上，紅樓戲曲不僅在整個社會識字率還很低的清代受到了國人熱烈的歡迎，而且兩百多年來一直長演不衰。

　　先看傳統戲劇方面。民國時期，京劇壓倒戲劇舞臺上長期占統治地位的昆曲，異軍突起。京劇舞臺上湧現出了一大批著名的演員，其中最出類拔萃的京劇表演大師歐陽予倩、梅蘭芳、荀慧生等都非常擅長演紅樓戲。當時南方以上海為中心，北方以北京為中心，紅樓戲的演出非常興盛，演出的紅樓戲劇目有二十多種。梅蘭芳的有關回憶給我們提供了最好的證明——他在《舞臺生活四十年》中說，「我在民國五年的冬天，應許少卿的邀請，第三次到上海來，在天蟾舞臺唱了四十幾天，『奔月』演過七次，『葬花』演了五次。這兩齣戲演出的次數，要占到了那期全部的四分之一，而且每次都賣滿堂」。而杜春耕、呂啟祥在統計 20 世紀二三十年代北京上演紅樓戲的頻率時發現，三百天之內，在不同的演出地點，紅樓戲的演出竟高達 91 次，平均每十天上演 3 次〔註8〕！

　　20 世紀 50 年代以後，在多種紅樓戲爭奇鬥豔的局面中則是越劇獨勝群芳，許多越劇團都不斷上演紅樓戲，有些越劇團甚至還直接以「紅樓劇團」命名。在所有演出紅樓戲的劇團中，最受歡迎的當然還數上海越劇院了。1958年 2 月 18 日至 3 月 31 日，由徐進改編、上海越劇院著名越劇演員徐玉蘭和王文娟主演的越劇《紅樓夢》首期公演，連演 54 場，場場爆滿。1959 年該劇被確定為建國十週年的獻禮劇目，曾先後赴越南、朝鮮、日本、新加坡、泰國等國家和香港、澳門、臺灣等地區演出，引起了很大的轟動。不僅該劇成了紅樓戲中的經典，而且主演徐玉蘭和王文娟也成了千萬戲迷心中的偶像。1982 年上海舉辦第三屆全國紅學討論會期間，徐玉蘭和王文娟等越劇表演藝術家應邀與與會代表一起參觀大觀園。結果當他們中午在一個小鎮用餐時，得到消息的戲迷們為一覩「寶黛」風采而紛紛趕來。一時間小鎮上人山人海，差點兒沒將一座石橋踩塌！1986 年，上海越劇院由徐玉蘭、王文娟領銜組建紅樓劇團，使紅樓戲的演出更加活躍。1996 年，上海越劇院著名劇作家吳兆芬創作出了一組「紅樓折子戲集錦」，取名為《錦裳新曲紅樓夢》，演出時動用上海越劇院紅樓劇團所有的一線演員，為廣大紅迷、越劇迷奉獻了又一場紅樓盛宴，取得了很好的市場反響。其中的《白雪紅梅》、《妙玉靜心》、《寶玉別晴雯》、《寶玉夜祭》等摺子，都已經成了目前舞臺上經常上演的折子戲。

〔註 8〕杜春耕、呂啟祥：《二三十年代紅樓戲一瞥》，《紅樓夢學刊》，1996 年第 4 輯。

1997 年 8 月底上海越劇院在逸夫舞臺上推出「紅樓唱紅樓」大型越劇演唱會。1999 年 8 月，上海越劇院為上海大劇院量身製作了「新版越劇《紅樓夢》」。該劇由徐玉蘭、王文娟版越劇《紅樓夢》改編而成，由徐王二人的兩對高徒錢惠麗和單仰萍、鄭國鳳和王志萍分別組合主演。另外，為了彌補尹桂芳、袁雪芬兩位越劇大師的「尹派」「袁派」《紅樓夢》沒有影像畫面流傳於世的遺憾，上海越劇還推出了由兩位大師的得意弟子趙志剛、方亞芬主演的「尹袁流派」的交響樂版本《紅樓夢》。這兩種新版越劇《紅樓夢》的排練和演出可以說是當時上海文化界的一件盛事。兩劇不僅服裝華美，舞臺氣勢恢弘，音樂旋律優美，唱腔婉轉動聽，而且彙聚了越劇界頂尖的演員，展現了不同的流派與風格，因而令無數觀眾為之迷醉，也獲得了媒體的大量報導與好評。

越劇《紅樓夢》不僅是上海越劇院的看家戲，而且也常常被其他各家越劇團體搬上舞臺。20 世紀 80 年代，風靡一時的浙江小百花越劇團就排演過《大觀園》，小百花的茅威濤、何英、何賽飛等優秀演員聯袂上場，一時間在越劇界和廣大戲迷中造成了很大的影響。

2007 年，作為中央電視臺搶救民族文化精品工程的重點項目之一，由上海越劇院演員主演，拍攝了經典版越劇電影《紅樓夢》、交響越劇電影《紅樓夢》以及由《元妃省親》、《白雪紅梅》、《寶玉別晴雯》、《寶玉夜祭》、《晴雯補裘》、《黛玉葬花》、《寶玉哭靈》等七個折子戲組成的越劇電視片《紅樓夢精品折子戲》。

京劇和越劇之外，其他一些劇種的戲劇表演藝術家們的紅樓戲也創造了輝煌的演出業績。

如粵劇。粵劇名伶何非凡 1948 年主演了根據《紅樓夢》改編的粵劇《情僧偷到瀟湘館》。自上演之日起，該劇在廣州連續演了一年多的時間，367 個場次，而且場場爆滿，觀眾喝彩連連，演員欲罷不能。《情僧偷到瀟湘館》不僅打破了粵劇票房歷史的最高紀錄，同時也創造了紅樓戲曲演出史上的一個輝煌。1984 年陳冠卿將該劇進行整理改編，由深圳市粵劇團將它搬上了舞臺，依然受到了戲迷的熱烈歡迎。

再如曲劇。1956 年河南鄭州曲劇團改編上演曲劇《紅樓夢》。該劇受到了觀眾極其熱烈的歡迎，當時僅在鄭州一個劇場就連演了兩百多場，成了河南曲劇史上的一個里程碑。

再如評劇。且不需說評劇大師韓少雲 1956 年首演的經典劇目《評劇紅樓

夢》，單看看河北豐潤評劇團演出的紅樓戲就可以知道《紅樓夢》借戲曲表演形式在民間得到了多麼廣泛而深入的傳播。豐潤評劇團只是一個縣區級的劇團。自 2002 年起，該團連續排演了五部《紅樓夢》系列評劇，分別爲《曹雪芹》、《劉姥姥》、《賈母》、《焦大與陳嫂》以及《晴雯》等。豐潤評劇團分別以此五劇連續參加了第三、四、五、六、七這五屆中國評劇藝術節，連獲殊榮，引起了很大的轟動。《曹雪芹》進京參加了慶祝中国共產黨第十六次代表大會大匯演，受到首都觀眾的熱烈歡迎。《劉姥姥》在北京長安大戲院演出後引起轟動，一年之中在中央電視臺播出了六次，在各地演出場場爆滿，還應邀赴臺灣進行了演出。自 2004 年首演起一年中，這部戲還爲農民演出了近百場，走到哪裏紅到哪裏。現在這個被農民親切地稱爲「莊戶劇團」的劇團每年都在農村將包括《紅樓夢》系列評劇在內的評劇演出 450 場以上……

我們再來看看結合了西方藝術元素的現代戲曲方面：

1981 年，由于穎改編、中國著名舞蹈家陳愛蓮主演，首次將《紅樓夢》以中國古典舞劇的形式搬上了舞臺。1997 年陳愛蓮舞蹈學校重新排演該劇，一上演即引起了轟動，連續演出 300 場。同年該劇還代表中國參加了「1997 國際歌劇舞劇年的精品展演」，取得了巨大的成功。至 2006 年 12 月 8 日在北京大學百年講堂的演出爲止該劇已經演出了 500 場。

2000 年，由陳薪伊導演、越劇明星們聯袂演繹的交響樂伴奏越劇《紅樓夢》在上海大劇院首演。

2004 年 10 月 15 日在第六屆中國上海國際藝術節上，另一部由趙明編導、山翀和武巍峰主演的舞劇《紅樓夢》的演出，同樣獲得了極大的成功。不僅中國觀眾熱烈歡迎，就連巴西、印度、加拿大、德國等許多國家的高級文化官員看完演出後也非常興奮，稱讚不已。2010 年 10 月，在中國和加拿大慶祝建交 40 週年之際，北京友誼歌舞團還帶著舞劇《紅樓夢》遠赴加拿大，爲加拿大朋友們進行了表演，受到了加拿大觀眾的熱烈歡迎。

2006 年 12 月 3 日，北京又上演了由北京市群眾文化社團集體創作的大型民族交響越劇《紅樓夢》，令許多觀眾迷醉不已，流連忘返。

2007 年 8 月 1 日著名話劇導演張廣天導演的話劇《紅樓夢》在北京東方先鋒劇場首演，因其明顯「惡搞」《紅樓夢》，臺詞「粗鄙」、劇情「亂套」，在京城引起不小的爭議。

2007 年秋，廣州明星巨典公司聯合有關單位，在 9 月至 10 月間，推出「紅

樓藝術套餐」系列，即新版越劇《紅樓夢》、話劇《紅樓夢》、舞劇《紅樓夢》、音樂會《紅樓夢》。

2007 年 11 月 10 日至 11 日兩天，作爲上海國際藝術節閉幕演出，由導演陳薪伊執導的大型明星版全景歌舞劇《紅樓夢》在上海虹口足球場上演。該劇邀請了內地和港臺許多實力派和偶像派明星出演，造成了很大的轟動效應。

2010 年 5 月，朝鮮血海歌劇團帶著自己改編自《紅樓夢》的朝鮮歌劇《紅樓夢》來到北京。自 5 月 7 日在北京開啓中國巡演序幕後，在一個多月的時間裏，朝鮮歌劇《紅樓夢》在呼和浩特、長沙、武漢、福州、深圳、重慶等 13 個城市進行了 26 場演出，受到觀眾的熱烈歡迎，場場爆滿，創造了票房銷售紀錄。

……

曲藝方面，紅樓說唱也一直爲人們所喜聞樂聽。民國時期，常在上海唱大鼓最有名的「北平書場」演出的大鼓名家白雲鵬就是以唱《紅樓夢》大鼓詞而聞名於世。傅惜華先生爲我們記錄了四十年代《紅樓夢》在北方書場的演出情況：「近日歌場所流行之曲，雖近二十種，然以衍述《紅樓夢》故事者，竟占全部三分之一強，可知此言非謬。《紅樓夢》之曲本，計有《勸黛玉》、《探晴雯》、《黛玉悲秋》（一名《大觀園》）、《寶玉探病》、《黛玉思親》、《黛玉葬花》、《黛玉歸天》等」〔註9〕。1963 年，爲紀念曹雪芹逝世 200 週年，上海市人民評彈團演出了陳靈犀、夏史撰寫的中篇彈詞《晴雯》。從左弦《評彈散記》中我們可以瞭解到當時的演出受到了觀眾多麼熱烈的歡迎：「1963 年排練成熟後，就去揚州、常州等地演出，很受歡迎。後來在上海演出，書場門口鵠立買票的，通宵達旦。隊伍繞著書場轉了幾圈」〔註10〕。同年全國曲協還曾組織舉辦了一場《紅樓夢》大鼓詞專場演唱會，同樣大受歡迎。1983 年，爲紀念曹雪芹逝世 220 週年，天津市曲藝團還到北京作了《紅樓夢》曲藝專場演出。這場演出的盛況，給了紅學家馮其庸先生極其深刻的印象：「天津市曲藝團到北京作了《紅樓夢》專場的演出，演出是十分成功的。觀眾對曲藝演出不斷叫好，特別是當曲藝界的老前輩駱玉笙等曲藝家出場時，有的竟大聲呼喊起來，這種狂熱的劇場氣氛，我在北京住了三十年，看戲總不下幾百次，

〔註 9〕仲涵（傅惜華）：《梅花大鼓》，《華北日報・「俗文學」周刊》，1948 年 5 月 7 日。
〔註10〕左弦：《評彈散記》，上海：上海文藝出版社，1982 年，第 282 頁。

但這種熱烈的情況，還是不多見的，記得只有梅蘭芳、周信芳、蓋叫天的紀念演出，差堪比擬」〔註11〕。

1988 年，上海交響樂隊民樂伴奏《金陵十二釵》評彈演唱會開始公演。

1993 年天津曲藝團錄製的系列京韻大鼓《金陵十二釵》開始在天津人民廣播電臺播放，它以評書將十二段唱詞串連在一起，發展出一種新的廣播曲藝形式，很受聽眾歡迎。

2001 年 1 月 21 日晚，竇福龍創作的彈詞開篇系列《金陵十二釵》評彈交響樂音樂會在上海大劇院開演，大獲成功。後來其中的《林黛玉》、《王熙鳳》、《賈巧姐》等篇還成為一些彈詞名家的代表曲目，經常在電臺中播放。

2004 年為紀念曹雪芹誕辰２８０週年，著名評書表演藝術家劉蘭芳在中央人民廣播電臺「評書連播」欄目中開始播講百集評書《紅樓夢》。

1987 年，大型電視連續劇《紅樓夢》的播出在全國引起轟動，而劇中由著名詞曲家王立平譜寫的一首首旋律優美、風格各異而又主題鮮明的插曲也受到了廣大聽眾的深深喜愛。《枉凝眉》、《紅豆曲》、《葬花吟》等至今仍是人們耳熟能詳的歌曲，稍上一點兒年紀的中國人差不多都能合著那優美的旋律哼唱幾句。20 世紀 80 年代，全國音樂錄音磁帶展播，經過觀眾投票選出的前十名中，《紅樓夢》的音樂錄音名列第一。1995 年，《紅樓夢》的音樂作為套曲入選了二十世紀華人音樂經典。《紅樓夢》的音樂不僅在中國大陸深受聽眾喜愛，而且在臺灣和新加坡也有很多熱心的聽眾。1999 年新加坡就有一位指揮家把《紅樓夢》搬上了舞臺，轟動了新加坡。2000 年中國電影樂團在北京推出了 1987 年版電視連續劇《紅樓夢》經典歌曲音樂會，30 多場演下來，場場爆滿。該音樂會至今在全國已經舉辦了 70 多場。作為 1987 年版電視劇《紅樓夢》中音樂的作曲者，著名作曲家王立平不無興奮與自豪地看到，《紅樓夢》經典歌曲音樂會受到了老少歌迷同樣的喜愛。每到一地，他發現，觀眾席上坐的並不僅僅是四五十歲或者更老的老人，年輕人也佔了很大的比例〔註12〕。

〔註11〕馮其庸：《序言》，《天津市曲藝團.紅樓夢曲藝集》，瀋陽：春風文藝出版社，
　　　　1985 年，第 1 頁。
〔註12〕龍音希：《夢繫紅樓〈紅樓夢〉音樂會》，《廣州日報》，2006 年 12 月 18 日。

第三節　《紅樓夢》走上熒屏

　　據不完全統計，自 1924 年以來，包括香港和臺灣地區在內，中國根據《紅樓夢》改編的電影、電視劇已接近 60 部。

1. 1924 年，上海民新影片公司首次將梅蘭芳演的 5 出京戲片段拍攝剪輯成一部兩本長的戲曲短片，其中就有《黛玉葬花》、《千金一笑》、《俊襲人》等。

2. 1927 年，上海復旦影片公司率先拍攝了配有字幕的無聲故事片《紅樓夢》，這是真正意義上的第一部《紅樓夢》影視作品。該片由任彭年、俞伯岩導演，由陸劍芬和陸劍芳分別飾演賈寶玉和林黛玉。

3. 1928 年上海孔雀影片公司也拍攝了同名故事片《紅樓夢》。針對此前復旦影片公司《紅樓夢》的廣告「本片是近代裝，非老戲式之古裝」，孔雀版《紅樓夢》在廣告中特意指出，「本片乃古裝香豔巨片，非時裝可比」

4. 1936 年，上海大華影業公司拍攝了古裝歌唱片《黛玉葬花》，由當時在戲曲界享有盛名，被梁啓超譽為「北有梅郎，南有雪芳」的李雪芳主演。這是第一部據《紅樓夢》改編拍攝的有聲電影。

5. 1939 年，上海新華影片公司拍攝了故事片《王熙鳳大鬧寧國府》，由當時著名影星顧蘭君出任主演。

6. 1942 年，偽「中聯」拍攝了電影《紅樓夢》。

7. 1944 年，中華電影聯合股份有限公司拍攝了故事片《紅樓夢》。該片演員周璿、袁美雲、王丹鳳、白虹、梅熹、歐陽莎菲等當時都是紅得發紫的影壇大明星。影片播映之後，轟動一時。

8. 1948 年，上海國泰影業公司拍攝了故事片《紅樓殘夢》。

9. 1949 年，香港青華影片公司拍攝了粵語片《紅樓夢》。

10. 1949 年，香港三星影片公司拍攝了粵語電影《寶玉憶晴雯》。

11. 1949 年，香港拍攝了由《紅樓夢》改編的故事片《風月寶鑒》。

12. 1950 年，香港大觀公司拍攝了粵語片《花落紅樓》。

13. 1951 年，上海國泰影業公司又拍攝了故事片《紅樓二尤》，由 40 年代即享譽梨園的著名京劇演員嚴惠珠飾演尤三姐。

14. 1951 年，香港金城影片公司拍攝了粵語片《紅樓新夢》。

15. 1952 年，香港長城影業公司拍攝了《新紅樓夢》。該片公映後，風靡東南亞，打破了國語片海外最高票房紀錄。

16. 1952 年，香港大城影片公司拍攝了粵語片《今古紅樓》（龍鳳花燭）。

17. 1954 年，香港拍攝了粵語影片《大觀園》。

18. 1956 年，香港拍攝了《黛玉歸天》。

19. 1956 年，香港宇宙影業公司拍攝了粵語片《情僧偷到瀟湘館》。

20. 1962 年，香港邵氏兄弟影業公司拍攝了彩色黃梅調電影版《紅樓夢》。香港當紅的影星樂蒂飾林黛玉，影片公映後影迷驚呼「林黛玉」再世。該片最有古典味，被譽爲紅樓夢電影之經典。

21. 1962 年，上海海燕電影製片廠和香港金聲影業公司合作拍攝了彩色越劇戲曲電影《紅樓夢》上下集。該片由徐進編劇、岑範導演，由著名越劇表演藝術家徐玉蘭和王文娟分別飾演賈寶玉和林黛玉。該片公演後迅速風靡海內外。據該片導演岑範介紹，從 1962 年 11 月 21 日起，該片在香港連續映出 38 天 400 餘場，觀眾近 40 萬人次。香港報紙在 1 個多月內發表了香港文藝界人士撰寫的評論文章達 100 多篇。當時香港票價 1 元至 3 元不等，最貴票價爲包廂 3.5 元，在這種情況下，《紅樓夢》票房超過 80 萬港幣，創造了當時的票房紀錄。1978 年，影片在國內重映，全國 36 家電影院 24 小時連放。僅以上海來說，當年 36 家電影院，24 小時連映這部電影，依然場場爆滿。「跑片員需要不停地在各個電影院奔波，才能滿足連映的要求。很多電影院散場之後，地上都是觀眾被踩丟的鞋子和襪子。」飾演林黛玉的王文娟 45 年後回憶當年盛況印象依然頗深〔註13〕。雖然當時人們的平均月工資僅 36 元，但是四年之內各地放映《紅樓夢》的票房總收入達到了兩億多元。

22. 1962 年，香港鳳鳴電影有限公司拍攝了粵劇片《黛玉葬花》。

23. 1963 年，上海海燕電影製片廠和香港金聲影業公司再次合作，拍攝了彩色京劇戲曲電影《尤三姐》。

24. 1975 年，香港拍攝了 TVB 版（無線版）5 集電視連續劇《紅樓夢》。

25. 1977 年香港邵氏影業公司拍攝了故事片《金玉良緣紅樓夢》。該片爲古裝黃梅調歌唱片，由李翰祥導演，由著名影星張艾嘉扮演林黛玉，「臺灣首席女星」、「亞洲影后」林青霞反串賈寶玉，是當年的十佳華語電影之一。

26. 1977 年，青年導演邱剛健在新加坡拍攝《紅樓夢醒》。這是一部掛紅樓名的時裝片，拋開《紅樓夢》原著，將故事隨心所欲地亂編。該片在新加坡公映

〔註13〕《說不盡綿延 45 年「紅樓」情：徐玉蘭王文娟談越劇電影〈紅樓夢〉的故事》，《深圳特區報》，2007 年 3 月 21 日。

後反響非常不好，只演了兩天就沒人願看了，自然也就沒法在香港上映了。

27. 1977 年香港還推出了兩部由《紅樓夢》改編的豔情片電影：邵氏兄弟有限公司拍攝的粵語片《紅樓春夢》和香港思遠電影公司拍攝的粵語片《紅樓春上春》。

28. 1977 年香港還推出了佳視版電視劇《紅樓夢》，由伍衛國飾賈寶玉，毛舜筠飾林黛玉，米雪飾薛寶釵。

29. 1978 年臺灣今日電影公司又拍攝了《新紅樓夢》。該片陣容豪華，除林黛玉的扮演者以外，賈寶玉、薛寶釵和賈母的扮演者淩波、李菁、李麗華為三代影后。

30. 1978 年，臺灣華視首次拍攝了電視劇《紅樓夢》。

31. 1980 年，上海電視臺拍攝了由上海昆劇團演出的戲曲藝術片《晴雯》。

32. 1983 年，臺灣華視第二次拍攝的 69 集電視連續劇《紅樓夢》播出。

33. 1984 年，上海電視臺和上海越劇院聯合錄製了電視越劇《紅樓夢》，但這次實驗拍攝只完成了《紅樓夢》第一二兩集。

34. 1984 年，四川電視臺拍攝川劇電視藝術片《王熙鳳》，獲得首屆全國戲曲電視劇評比三等獎。

35. 1984 年，中央電視臺和上海戲曲學校聯合拍攝了我國第一部京劇電視連續劇——五集京劇電視連續劇《紅樓十二官》。

36. 1987 年，中央電視臺拍攝完成了 36 集電視連續劇《紅樓夢》。此版電視劇得到了大眾的一致好評，被譽為「中國電視史上的絕妙篇章」和「不可逾越的經典」，在電視上不斷重播。據有關方面統計，如今這版電視劇在全國各地電視臺已經反覆播映達 700 次以上。當時為了拍這部連續劇，中央電視製作中心和北京市宣武區人民政府聯合在北京宣武區南菜園公園內，仿照小說中的大觀園，興建了一座「北京大觀園」。另外還在河北定縣建造了寧國府、榮國府一條街。這兩處用於拍攝的實景如今已經成為有名的遊覽景點，尤其是大觀園，不僅每天要接待許許多多慕名前來的遊客，而且還經常舉辦與《紅樓夢》有關的活動，使人們身臨其境地感受紅樓文化的薰陶。1987 年夏天，中央電視臺播出了長達 36 集的《紅樓夢》電視連續劇，影響所及，紅學一時間熱了起來，人們街頭巷尾聚談不已，紅學書籍處處馨銷〔註14〕。

〔註14〕劉夢溪：《關於紅學》，人民網，2003 年 12 月 1 日。

37. 1989 年，北京電影製片廠歷經 3 年的艱苦攝製終於以破記錄的投資而拍成
　　全長 735 分鐘的中國最長電影巨著——6 集系列故事片《紅樓夢》。影片由
　　著名導演謝鐵驪執導，聚集了全國包括越劇、京劇、呂劇、相聲、評彈、
　　話劇、評劇、河北梆子、昆曲等八九個劇種的演員。

38. 1989 年，臺灣拍攝了 18 集歌仔戲電視劇《金陵十二釵》。該劇由許聖羽執
　　導，楊麗花製作出品。

39. 1990 年，黑龍江省龍江劇院演出的龍江劇《荒唐寶玉》被拍攝成電視藝術
　　片，白淑賢飾演賈寶玉；王春環飾演林黛玉。

40. 1990 年，瀋陽評劇院演出的評劇《紅樓夢》被拍攝成爲上下兩集的電視藝
　　術片。由評劇表演藝術家宋麗、田敬陽演唱，李淼、何英楠配像。

41. 1991 年，上海電視臺、北京電視戲曲藝術研究會聯合錄製了 10 集京劇電
　　視劇《曹雪芹》。

42. 1996 年，臺灣華視拍攝了第三版電視連續劇《紅樓夢》，全劇共 73 集。

43. 1998 年，北京電影製片廠電視部拍攝了 20 集電視劇《秦可卿之謎》。

44. 2001 年，浙江影視創作所、紹興電視臺和杭州南廣影視製作公司聯合拍攝
　　完成了 30 集越劇電視連續劇《紅樓夢》。該劇薈萃了越劇界的十大流派四
　　代名家聯袂出演。

45. 2001 年，廣東潮劇院演出的潮劇《葫蘆廟》被拍攝成了電影，該劇由范莎
　　俠編劇，吳峰導演，陳學希、劉小麗主演。該劇劇本曾獲「2000 年中國曹
　　禺戲劇獎」，主演陳學希獲第 18 屆中國戲劇梅花獎，填補了潮劇在這一項
　　目上的空白。

46. 2002 年，無錫電視臺、北京鼎豪文化傳播有限公司、無錫光大城市建設發
　　展有限公司、無錫光大影視文化傳播有限公司聯合攝製完成了 21 集電視
　　連續劇《紅樓丫頭》。

47. 2003 年，中央電視臺中國電視劇製作中心攝製完成 30 集電視連續劇《曹
　　雪芹》。

48. 2003 年 12 月，由胡雪楊導演，由錢惠麗、單仰萍、陳穎、方亞芬等當紅
　　越劇明星分飾賈寶玉、林黛玉、薛寶釵、王熙鳳等人物的數字電影越劇《紅
　　樓夢》在上海電影廠試映獲得成功，這是國內首部高清晰數字電影舞臺藝
　　術片，也是中國電影界第一次全部用數字技術拍攝的影片，因此當時的新
　　聞報導就很興奮地用了「越劇《紅樓夢》拍成數字電影　銀幕寶黛毫髮畢

現」這樣的標題〔註15〕。

49. 2004 年，齊魯音像出版社出品了 30 集電視劇《劉姥姥外傳》，該劇由馮大年導演，由歸亞蕾、樊少皇和蓋麗麗出任主演。

50. 2006 年，河北省唐山市豐潤區評劇團演出的評劇《劉姥姥》被拍攝成電視劇播出。

51. 2007 年，中央新聞記錄電影製片廠拍攝完成了越劇數字電影《紅樓夢》（經典民樂版）。該片由韋翔東擔任總製片人兼總導演，由「徐王流派」的鄭國鳳扮演賈寶玉，王志萍扮演林黛玉，金靜扮演薛寶釵，謝群英扮演王熙鳳。2007 年 11 月 20 日，該片在上海影城與浦東新世紀影城開始放映，深受觀眾歡迎，上映 10 天即贏得 40 萬元票房。

52. 2007 年，中央新聞記錄電影製片廠拍攝完成了越劇數字電影《紅樓夢》（交響版）。該劇由韋翔東擔任總製片人兼總導演，由「袁劉派」傳人「越劇王子」趙志剛與越劇名旦方亞芬聯袂主演，分別扮演賈寶玉、林黛玉，陶慧敏扮演薛寶釵，王志萍扮演王熙鳳。

53. 2007 年，中央電視臺搶救民族文化精品工程拍攝了越劇電視片《紅樓精品折子戲》。

54. 2007 年，由四川長富集團投資，中央電視臺、四川電視臺聯合拍攝了川劇電視連續劇《王熙鳳》。該劇共 17 集，由 1987 版電視劇《紅樓夢》中的「寶哥哥」歐陽奮強導演，由四朵川劇「梅花」———劉萍、孫勇波、陳智林和曉艇這四名戲曲梅花獎的得主分別扮演王熙鳳、賈璉、賈珍和店老闆。

55. 2008 年 6 月 29 日，由萬眾盛世傳媒投資（北京）有限公司等投資拍攝，由中國藝術研究院紅樓夢研究所、中國紅樓夢學會等聯合開發的《紅樓夢》經典故事系列電影創作在北京啟動。萬眾盛世傳媒宣佈將斥資億元把「紅樓夢經典故事」拍成系列電影，第一期工程擬拍 10 部，之後還會有第二期、第三期。這個浩大工程的首部電影是《九龍佩／紅樓二尤》，由年輕導演喻瀚湫執導，於 2008 年 9 月開機，2009 年 2 月 14 日上映。

56. 2009 年 7 月，法制日報社影視中心、恒娛星空文化傳播有限公司拍攝完成35 集電視連續劇《黛玉傳》，2010 年 9 月首播。

〔註15〕張裕：《越劇〈紅樓夢〉拍成數字電影 銀幕寶黛毫髮畢現》，中新網，2003年 12 月 25 日。

57. 2010 年 9 月，由北京電視臺等單位投資拍攝的 50 集新版電視劇《紅樓夢》
在北京衛視上映。該劇歷經 4 年多時間的籌備之後方於 2006 年 3 月全面
啓動。當時爲了選好演員，該片的主要製作方之一北京電視臺還在海內外
華人中開辦了一個「紅樓夢中人」大型選秀活動（號稱「海選」）。海選活
動啓動儀式於 2006 年 8 月 21 日在人民大會堂舉行。同日，「紅樓夢中人」
官方網站正式開通，開始接受報名。2006 年 12 月 27 日網上報名截至，總
報名人數突破 43 萬。那次海選，先分北京、深圳、成都、鄭州、瀋陽、
廣州、濟南、西安、臺灣等九大賽區進行，最後在北京進行全國總決賽。
自 2006 年 8 月 21 日啓動開始，至 2007 年 6 月 9 日北京「巔峰之戰總決
賽」止，那次海選活動歷時近十個月，在全國掀起了一股《紅樓夢》熱潮。
且不說參賽的選手們幾乎人手一本《紅樓夢》，把它看得爛熟，說起紅樓
知識來如數家珍，單是普通大眾對《紅樓夢》的興趣也陡然升溫，越來越
多的人捧讀《紅樓夢》，引起書店中各類有關《紅樓夢》的書籍熱銷不已。
進入決賽以後，每個周末守在電視機前，看「紅樓夢中人」，討論與《紅
樓夢》有關的問題，更是成了不少百姓的消遣方式！經過了眾多風波和爭
議之後，新版《紅樓夢》的籌拍好容易才於 2007 年 10 月 30 日正式啓動。
此時突然又大生變故，原定導演胡玫因與演員選秀活動存在分歧，宣佈退
出劇組，改由另一著名女性導演李少紅接手執導。新版《紅樓夢》的拍攝
完全可以稱得上轟轟烈烈而且一波三折，拍攝過程中也不時有新聞傳出，
撥動《紅樓夢》讀者與觀眾的好奇之心。2010 年 9 月 2 日，新版《紅樓夢》
在北京衛視和安徽衛視首播。爲了配合新版《紅樓夢》的開播，北京電視
臺還錄製了大型節目《BTV 紅樓中國夢文化盛典》，包括「解密紅樓」、「絕
對紅樓」、「趣說紅樓」、「紅樓服飾」、「紅樓養生」等節目以及王剛評點《紅
樓夢》等等，帶領大家重溫《紅樓夢》這部文學經典，領略其豐富的文化
含蘊。雖然自新版《紅樓夢》開播之日甚至是尚未開播之時起，其導演李
少紅和演員們便一直在遭遇著負面新聞的圍剿，開播之後整部電視劇的收
視率也很不理想，除了前兩集收視率很高以外，後來就一路下滑，最後以
慘淡收局，但是它的播出卻再次激起了大眾對《紅樓夢》本身的關注，各
網絡和平面媒體上大量的關於新版《紅樓夢》中演員、場景、音樂、服裝、
氛圍、導演手法等的爭論，關於新版改編的成敗得失的爭論就是一大明
證。藉此東風，人民文學版的小說《紅樓夢》銷量再次一路飆升。由不得

有人在盤點 2010 年時不這麼感慨，新版電視劇《紅樓夢》「好壞也不妨暫時擱置一邊」，至少應該肯定「這部電視劇確實讓人們重新讀起了古典名著《紅樓夢》」〔註 16〕。

58. 2007 年退出新版電視劇《紅樓夢》劇組不久，導演胡玫即高調宣稱將拍攝一部新版電影《紅樓夢》，並將拍攝地點選在了北京市懷柔區雁棲湖畔的懷柔古都文化園影視基地。不過儘管已經「籌備」了幾年，新聞會開了幾度，該片的開拍日期卻一拖再拖，似乎至今還未開拍。

第四節　《紅樓夢》以其他多種方式在民間傳播

除了被改編成影視、戲曲作品以外，《紅樓夢》還以畫冊、電視電影劇照集、年畫、檯曆、掛曆、連環畫、明信片、年曆片、賀年片、書法、篆刻、雕塑、剪紙、郵票、郵票紀念張、電話磁卡、煙畫〔註 17〕、煙標〔註 18〕、酒標〔註 19〕、瓷器〔註 20〕、酒瓶〔註 21〕、茶壺、茶葉罐〔註 22〕、火花、撲克、書簽、藏書票、信箋、信封、日記本、扇面、花瓶、硯臺〔註 23〕、漆器、蛋

〔註 16〕陳原：《紅樓夢：一「石」激起幾多浪》，人民網-文化頻道，2010 年 12 月 17 日。

〔註 17〕20 世紀 20 年代，南洋兄弟煙草公司為了和英美煙商競爭，邀請當時幾位知名畫家，設計了一套《紅樓夢》人物煙畫。該套煙畫共 120 張，每張上都畫著《紅樓夢》中人物。人物形象、服飾、姿態等各有千秋，栩栩如生。每張煙畫上角標有畫中人物名字，下角署明畫片編號，背後還配有相關詩詞。該套煙畫被譽為「中國煙畫之鼻祖」。參見徐昫《稀世罕見的「紅樓煙畫」》，《鍾山風雨》2005 年第 5 期。

〔註 18〕如：南京捲煙廠出品過《金陵十二釵》煙標，湖南新晃捲煙廠出品過兩種《大觀園》煙標，寶雞捲煙廠還發行過金陵十二釵圖案的有獎煙標。

〔註 19〕如：四川宜賓紅樓夢酒廠生產的盒裝紅樓夢酒，其酒標為金陵十二釵圖案。

〔註 20〕20 世紀 90 年代景德鎮瓷器公司製作過一套共 12 件「金陵十二釵」套盤，盤上手工繪有《紅樓夢》金陵十二釵人物畫像，形象栩栩如生。

〔註 21〕如：山東省鄆城酒廠等單位出品的瓷質酒瓶中，帶有「雙玉讀曲」、「黛玉吟詩」等圖案，紅樓夢人物活靈活現。

〔註 22〕如：雲南下關沱茶集團 2007 年就推出了「紅樓夢中沱茶香」鑒藏特別紀念茶「金陵十二釵」，號稱「限量極品」，2007 年、2008 年一直在電視上大做廣告。

〔註 23〕如：《人民日報》1999 年 12 月 5 日報導：一方題為《紅樓夢》的歙硯精品在「歙硯之鄉」安徽省黃山市屯溪老街「硯雕世家」面世。《紅樓夢》歙硯採用眉子硯石精雕而成，酷似一部被翻卷把讀的《紅樓夢》巨著，置放於鏤空雕刻而成的花梨木托架上。在線裝古籍豎排箋行間，以二王體書法陰刻染綠的兩頁文字，正好是第二十七回中的「黛玉葬花詞」，其中一頁文字成為歙硯正

畫、織繡、娟人〔註24〕、彩色金幣、彩色銀幣〔註25〕、香水紙、不乾膠粘貼、筷子套、站臺票、門票〔註26〕、獎券〔註27〕、彩票甚至是食品〔註28〕、藥品〔註29〕與店鋪贈送的卡片〔註30〕等其他多種形式在民間廣泛傳播著。下面擇其要者簡單介紹一下。

第一，圖畫

一粟《紅樓夢書錄》中記載有《十二金釵圖》、《葬花圖》、《紅樓集豔圖》、《瀟湘妃子葬花圖》、《紅樓夢圖詠》（改琦繪）、《改七香先生人物仕女畫譜》（改琦繪）、《改七香紅樓夢臨本》（改琦繪）、《紅樓夢圖說》、《讀紅樓夢圖》、《林黛玉葬花圖》、《瀟湘妃子撫琴圖》、《增刻紅樓夢圖詠》（王墀繪）、《紅樓夢寫眞》（王釗繪）、《瀟湘侍立圖》、《黛玉葬花圖》（陶巽人繪）、《紅樓夢壓花箋》、《紅樓夢西湖景》、《紅樓夢年畫》、《石頭記新評》（李菊儕繪）、《紅樓夢七十二釵畫箋》（吳岳繪）、《顰卿葬花圖》、《葬花圖》（蘇曼殊繪）、《紅樓夢圖》（沈泊塵繪）、《紅樓夢人物畫片》、《大觀園圖》（茗溪漁隱繪）、《大觀園圖說》、《大觀園記》、《大觀園圖》（清宮瑾、珍二妃令畫苑所繪）等共 28 套跟《紅樓夢》有關的圖畫。

現在能見到的著名的圖畫主要有清代孫溫繪製的全本《紅樓夢》畫冊，清代改琦繪製的《紅樓夢圖詠》、《改七香紅樓夢臨本》、《紅樓夢人物

面的背景，另一頁文字則隨書頁卷勢從厚厚的書脊直鋪陳到封底的大部分，露出「紅樓夢」三字封面書名。

〔註24〕據《人民日報》報導，1987 年 10 月 16 日羅馬尼亞總統齊奧塞斯庫及其夫人來中國訪問參觀北京大觀園時，總統獲贈一對寶玉黛玉燒瓷雕像，其夫人則獲贈一套精裝英文版《紅樓夢》和一套絹人十二金釵。

〔註25〕中國人民銀行發行過《紅樓夢》彩銀幣、彩金幣。《紅樓夢》彩銀幣是中國名著體裁金銀幣的開山之作。

〔註26〕上海、北京的大觀園景點當年本爲拍攝電影、電視劇《紅樓夢》而建造，後來才對外開放。兩個大觀園的門票上就印有榮府景觀以及《紅樓夢》劇中場面。

〔註27〕如：1988 年，中國社會福利有獎募捐委員會發行過兩套《紅樓夢》題材的社會福利獎券。

〔註28〕如：安徽華泰集團生產的「洽洽瓜子」裏面就贈送過 12 枚一套的《紅樓夢》卡「金陵十二釵」。

〔註29〕如：湖北省武漢市健民製藥廠生產的龍牡壯骨沖劑包裝盒裏就有《紅樓夢》人物圖片。

〔註30〕如：民國二十年（1931）上海南洋兄弟煙草公司大聯珠香煙就附贈過彩色石印的《紅樓夢人物畫片》，這些畫片全套共一百幅。當代石頭記飾品有限公司的一些加盟店也曾向顧客贈送過以《紅樓夢》爲題材的「石頭記卡」。

圖》，戴敦邦繪製的《紅樓夢群芳譜》、《紅樓人物百圖》、《紅樓夢插圖集》，
董可玉繪製的《紅樓夢百美圖》，董世鵬繪製的《董世鵬紅樓人物群芳譜》
等等。

第二，篆刻、書法作品

篆刻、書法作品常見的有王少石篆刻的《紅樓夢印譜》、倪品之篆刻的《紅
樓夢人物印譜》、王三山著《紅樓夢詩詞書法篆刻帖》以及申萬勝書寫的《紅
樓夢詩詞書法集》等。

1991 年上海閘北區革命史料館美術工作者周麗菊歷時兩年多，將８０萬
字的《紅樓夢》微雕細刻在面積不足１平方米的２８０塊名貴彩石上，每一
章回的目錄採用小篆字體，正文則全部用繁體隸書。

第三，連環畫

中國首部《紅樓夢》連環畫本是民國二年（1913 年）十一月十九日至民
國四年初北京《黃鍾日報》以附刊的名義刊行的《金玉緣圖畫集》。稍後，上
海亞東書局用六十四開本的形式出版了連環圖畫本《紅樓夢》〔註31〕。

1949 年新中國成立以後，上海三民圖書公司、上海人民出版社、上海人
民美術出版社、上海新美術出版社、江蘇人民出版社、江蘇少年兒童出版社、
浙江人民美術出版社、天津人民美術出版社、湖南少年兒童出版社、山西人
民出版社、遼寧美術出版社、河北科學技術出版社、嶺南美術出版社、中國
戲劇出版社、中國電影出版社、光明日報出版社、中國廣播電視出版社、中
國婦女出版社、農村讀物出版社等多家國內知名出版社都出版過有關《紅樓
夢》人物與故事的連環畫。

第四，年曆卡、月曆卡等

人民美術出版社、天津人民美術出版社、上海人民美術出版社、湖北
美術出版社、文化藝術出版社、上海畫報出版社、朝花美術出版社、北京
燕山出版社、西泠印社、長城出版社、遠方出版社、中國旅遊出版社、電
子工業出版社、廣西日報社、黑龍江朝鮮民族出版社、中國建設雜誌社等
多家出版機構都印製過有關《紅樓夢》人物或詩詞選本的年畫或掛曆。而
這還未包括許多企事業單位委託印廠印刷的有關《紅樓夢》的各式掛曆。

〔註31〕張慶善、杜春耕：《〈金玉緣圖畫集〉序》，《紅樓夢學刊》，2003 年第 1 輯。

第五，明信片

北京外文出版社、中國電影出版社、人民中國雜誌社、甘肅人民出版社、河南教育出版社、河北美術出版社、長城出版社、中國建設出版社、中國婦女出版社、中國攝影出版社、現代出版社、北京體育學院出版社、北京周報出版社、中國郵政、浙江省郵票公司、河北省郵電局、山西省郵電局、湖北省武漢市郵政局、河北省唐山市郵電局南昌市郵電局、黑龍江省牡丹江市郵電局、江西省南昌市郵政局、廣西桂林市郵政局等多家單位都發行過有關《紅樓夢》的明信片。

第六，郵票

1974 年 1 月至 1991 年 11 月我國共發行過「T」字頭特種郵票共 168 種，郵票編號自 T.1 至 T.168。在這 168 種特種郵票中就有九種共十四套是以中國古典文學作品爲題材的，它們分別是 1979 年 12 月 1 日發行的八枚一套的 T43《西遊記》郵票，1981 年 11 月 20 日發行的十二枚一套的 T69《紅樓夢金陵十二釵》郵票及一枚一套的 T69M《紅樓夢》小型張，1983 年 2 月 21 日發行的四枚一套的 T82《西廂記》及一枚一套的 T82M《西廂記》小型張，1984 年 10 月 30 日發行的四枚一套的 T99《牡丹亭》郵票及一枚一套的 T99M《牡丹亭》小型張，1987 年 12 月 10 日發行的四枚一套的 T123《水滸傳》郵票（第一組）及一枚一套的 T123M《水滸傳》小型張、1989 年 7 月 25 日發行的四枚一套的 T138《水滸傳》郵票（第二組）和 1991 年 11 月 19 日發行的四枚一套《水滸傳》郵票（第三組），1988 年 11 月 25 日發行的四枚一套的 T131《三國演義》郵票（第一組）及一枚一套的 T131M《三國演義》小型張和 1990 年 12 月 10 日發行的四枚一套的 T157《三國演義》郵票（第二組）。在四大古典名著中，儘管《紅樓夢》郵票在這些 T 字頭郵票裏只發行了一次，而《三國演義》發行了兩次，《水滸傳》更是發行了三次，但是無論是《三國演義》兩次的發行量還是《水滸傳》三次的發行量累計起來都沒有《紅樓夢》一次的發行量大。事實上，即使把 T1-T168 中所有的《水滸傳》、《三國演義》、《西遊記》、《牡丹亭》、《西廂記》郵票及小型張的發行量累計起來，也與《紅樓夢》郵票的發行量相差甚遠。前者總共只有 9540 張，而後者（不計小型張）則多至 305 萬張！

第七，電話磁卡

中國網通（中國網絡通信集團公司）、中國鐵通（中國鐵通集團有限公司）、中國聯通（中國聯合通信有限公司）、中國衛通（中國衛星通信集團公司）等都發行過多種《紅樓夢》電話磁卡，如《紅樓夢》組畫電話磁卡、金陵 12 釵電話套卡、《紅樓夢》系列賈寶玉 12 張套卡、《紅樓夢》人物 50 張套卡、《紅樓夢》故事 120 張套卡、寶玉神遊太虛境 4 拼圖卡等等。

第八，火花

南京火柴廠、上海火柴廠、濟南火柴廠、成都火柴廠、安陽火柴廠、遵義火柴廠、普洱火柴廠等多家火柴廠都用過《紅樓夢》火花。最保守地統計，全國各地至少有五十多家火柴廠生產的火柴盒上印過有關《紅樓夢》的火花。

除書法、篆刻作品以外，其他這多種傳播形式實際上都採用的是圖畫的形式。對於不識字的人或者對於雖識字但不曾讀過《紅樓夢》的人來說，欣賞《紅樓夢》圖畫無疑也是粗略地「閱讀」《紅樓夢》的一種方式。阿爾維托說得很有道理：「欣賞繪畫是一回事，經由繪畫來學習神聖莊嚴的故事是不同的。圖畫對於不識字者的效用，就像書本對於讀者一樣。不識字者可以從圖畫中看到可以學習的故事，如此一來，不識字者也可以閱讀」〔註32〕。而對於讀過《紅樓夢》的人來說，欣賞《紅樓夢》圖畫則無疑會更增強他們對《紅樓夢》的感性認識。

借助著學校教材、戲曲、影視以及其他形形色色豐富多樣的傳播形式，《紅樓夢》的影響滲透進了國人生活的方方面面。可以這樣說，在中國，要找到很多細讀或者通讀過《紅樓夢》文本的人也許有點兒難，但要找到一個知道《紅樓夢》或者說知道賈寶玉、林妹妹、王熙鳳的人，那就太容易了！無論是長期出現在學校教材之中，還是頻頻被改編成其他各種藝術或者工藝形式在民間傳播，無疑都是作爲文學作品的《紅樓夢》被經典化的結果，但另一方面它們又都擴大了《紅樓夢》的「閱讀」範圍，加強了《紅樓夢》的可接觸性、可得到性，而這種輕易可得到、可接觸性無疑又反過來進一步在全社會加深並鞏固了《紅樓夢》作爲經典的形象，因此而成爲《紅樓夢》經典化的外因。

〔註32〕〔加〕阿爾維托：《閱讀史》，北京：商務印書館，2002 年，第 121 頁。

餘　論

　　爲了將研究的目光專注於《紅樓夢》的經典化這一問題，在本論文中，我們沒有具體討論近代文學觀念的轉變以及作爲這一轉變的重大標誌之一——小說、尤其是白話小說地位的提升。我們也幾乎沒有論及文學觀念的近代轉變對《紅樓夢》經典化所起的作用。但這並不意味著我們認爲近代文學觀念的轉變對《紅樓夢》經典化不具備重大意義。事實上，它形成了《紅樓夢》經典化的大背景。談到《紅樓夢》的經典化問題，我們不應該忘記，這一經典化過程是與小說這一文學類型從近代以來的命運與地位息息相關的。只有當（白話）小說在作爲整體的文學中獲得了獨立的生存地位，可以與傳統經典文學類型平起平坐甚至超越它們的時候，《紅樓夢》作爲小說之一種才有可能得到關注並進而成爲經典。只有小說的地位得到了提升，可以位列文學正宗了；只有白話文學的地位得到了提升，登上了文學的大雅之堂，《紅樓夢》的經典化才具有了可能。因此，小說這一類型得以正宗化是《紅樓夢》經典化的大前提。

　　《紅樓夢》兩百多年的接受史，也就是它逐步被經典化的歷史。《紅樓夢》的經典地位是在這一漫長的歷史過程中，在一個接一個名人的「讚助」下確立並逐漸鞏固的。在本論文中，我們只定點追蹤了《紅樓夢》經典化過程中幾個至關重要的人物。蔡元培可以說是把《紅樓夢》推向經典寶座的第一人。他的《石頭記索隱》雖然算不上嚴格意義上的學術研究，但是他以堂堂清廷翰林編修之學識與赫赫民國教育總長之威望，用古代經學家治經式的方式創作與發表《石頭記索隱》，首次賦予了《紅樓夢》經典的色彩，讓人們開始認識到《紅樓夢》是一部經典。五四新文化運動的領軍人物胡適是以蔡元培的

批判者的姿態走進《紅樓夢》「讚助者」的行列的，然而實際上他卻繼承了蔡元培的事業，以其開創了「新紅學」的《紅樓夢考證》將《紅樓夢》作為與經學、史學同等的嚴肅的學術研究主題，進一步確立了它在文學大家庭中的經典地位。《紅樓夢》在社會主義新中國之所以還能夠繼續並且長期保持經典的地位，首先必須歸功於中華人民共和國的開國領袖毛澤東。毛澤東通過其本人毫不掩飾的對《紅樓夢》的熱愛之情，更通過他所親自發動和領導的那一場全國上下轟轟烈烈的關於《紅樓夢》研究的批判運動，更明確地為《紅樓夢》定了性：中國古代最好的一部小說、中國在世界面前最值得驕傲的民族文化經典、反映中國封建社會的通俗歷史教科書。從這個意義上可以說，毛澤東是接過胡適傳過來的接力棒，確認並鞏固了《紅樓夢》的經典地位。劉心武是我們定點追蹤的最後一人。確切地說，經歷了蔡元培、胡適、毛澤東以及他們時代許許多多人的努力之後，《紅樓夢》在中國文學中的經典地位早已穩穩當當地確立了。劉心武的貢獻只在於，在當今這樣一種過去時代的、傳統的經典普遍有點寂寞的存在狀態中，通過其《紅樓夢》揭秘所引起的風波，讓「對中國的傳統文化、古典文化」「沒有興趣」的「年輕一代」中的許多人關注起《紅樓夢》，讓許多人再度記起：《紅樓夢》是中華民族值得驕傲的文學經典。

　　《紅樓夢》之所以能成為經典，從表面上看，是因為受到了一些具有巨大話語權力的名人的讚助。而透過歷史的煙塵，細細地審視那一次次讚助的前因後果，我們發現，那些名人之所以讚助《紅樓夢》成為經典，是為了藉此爭奪特定的文化資本。蔡元培推崇《紅樓夢》，主要是為了借助它而把廣大無條件習得文言文的平民大眾從語言上統一起來、武裝起來，為他們爭取開創幸福新生活同時也有利於國家的統一與富強的文化資本——統一的國語。胡適考證《紅樓夢》，主要是為了曲折地實現其「再造文明」的計劃，為了爭取這樣一種新型的文化資本——能夠勇敢地正視人生與社會、能夠自由地表達人的思想與情感、能夠深切地關注民生與社會的白話新文學，用它來改造國民的思想、情感與靈魂。毛澤東之所以發動關於《紅樓夢》研究的批判運動，主要是為了推廣與加強社會主義文化建設所需的最大資本——馬克思列寧主義唯物史觀和階級鬥爭學說。而劉心武之所以「揭秘」《紅樓夢》，據他所說是為了抗擊西方文化對中國社會的強勢入侵，在許多「輕視傳統文化」的年輕人中更好地「傳承民族魂」。一次次由文化資本之爭所驅動的「名人讚

助」把《紅樓夢》推向了、留在了經典的寶座，也讓《紅樓夢》走進了教科書，走進了戲曲、影視，走進了中國人日常生活的各個角落。而教科書中的《紅樓夢》篇目、多姿多彩的紅樓戲曲、影視以及隨處可見的紅樓物品等，既是《紅樓夢》成爲經典以後的結果，又是《紅樓夢》進一步經典化的原因，它們以各各不同的方式，長期地、不斷地、即使無聲也執著地告訴人們《紅樓夢》是一部經典，鞏固與加深了《紅樓夢》在人們心中的經典形象。

　　同樣是爲了讓研究的目光更專注一點，在本論文中，我們只談到了《紅樓夢》經典化過程中起關鍵作用的外在因素。其實，《紅樓夢》之所以被經典化，還有一個最大的原因是我們都不能忘記的，那就是它本身的經典性品質，這是它得以成爲經典的內因。《紅樓夢》之所以在白話小說也能成爲文學經典的背景之下，能夠得到文化名人的高度關注與大量稱引，之所以被頻頻出版、長期流傳、以多種形式廣泛傳播，首先都是因爲它具有這種經典性品質，也即其高度的藝術品質。童慶炳先生指出：

> 文學經典有兩極：一極是作品的藝術品質，即作品的藝術原創性、意義的豐富性、藝術描寫的特點、藝術展現的遼闊空間和藝術語言的生動性等。只有高度的藝術品質所產生的藝術魅力，才能征服一代又一代的接受者，才能保證作品經得起歷史和實踐的沖刷而作爲文學經典保留下來。一部藝術品質不高的作品，可能因一時的權力推崇和意識形態的推波助瀾而喧囂一時進而成爲經典，一旦推崇它的權力和意識形態過去，那麼它就必然要跌回非經典的地位。《紅樓夢》之所以能成爲文學經典的長青樹，是因爲它的藝術品質這一極是經得起嚴格的審美檢驗的。離開藝術品質這一極，無論誰權力多大，鼓吹得多麼賣力，都無法保證《紅樓夢》的文學經典地位。
> 文學經典的成立不僅需要文本的藝術品質第一極，還需要「文本接受」這第二極。如同「接受美學」所闡明的那樣，當一個文本未被閱讀之前，還不能成爲審美對象，文本的藝術品質再高，也是沒有意義的。只有當文本被讀者閱讀之後，其藝術世界被具體化之後，那麼文本才構成審美對象，才眞正成爲作品。對於文學經典來說，它必須經過歷代讀者的持久的閱讀、評論和研究，特別被一些具有權力的人、具有學者資格的人所評論和研究，才能延續它的經典地位。《紅樓夢》成爲經典的長青樹，就在於它的藝術品質被眾多讀者

所評論和研究，並非常幸運地形成了「紅學」，從而使這第二極變得

十分強大〔註1〕。

在本論文中，實際上我們只是探討了《紅樓夢》經典化的「第二極」，而不曾涉及最重要的「第一極」──其自身的藝術品質這一極。關於這一極，兩百多年間不知有多少文人學者曾經撰文著書進行過深入細緻的分析和探討，然而總不能窮盡《紅樓夢》強大的藝術魅力之奧妙！筆者受學識才力所限，難以在本文中對「第一極」進行探討。然而力雖不能，心嚮往之。這方面的思索一定會成為我日後學習與研究的重點課題之一。

考察《紅樓夢》的經典化過程，我們還發現，它實際上包括了兩個不同層面上的經典化過程：文學經典和大眾經典。如果說眾名人學者的影響以及走進教科書等體制化的安排主要是讓《紅樓夢》成了一部文學經典──學校經典、研究經典的話，戲曲、影視等對《紅樓夢》的大量改編以及其他多種民間形式對《紅樓夢》的傳播則讓《紅樓夢》成了一部家喻戶曉、婦幼皆知的民間大眾經典。而紅學家們與劉心武圍繞「秦學」所進行的鬥爭，除了主要是為了維護學術規範與打破「學術壟斷」所進行的鬥爭以外，一定程度上也是因為在怎樣傳承文化經典──讓《紅樓夢》繼續保持原來的文人經典的面目，還是將它改編、改寫，讓它更徹底地轉化成大眾經典──的問題上產生分歧而發生的鬥爭。就宏觀的目的來說，紅學家們和劉心武可以說是一致的，都是為了推廣與傳承傳統文化，雙方並無牴牾之處。但是就具體的方式而言，卻存在著很大的意見分歧，矛盾正是因此而生。劉心武儘管聲稱《紅樓夢》是「中國的名片」，曹雪芹及其《紅樓夢》是「中華民族不朽魂魄的一部分」，「閱讀《紅樓夢》，討論《紅樓夢》，具有傳承民族魂、提升民族魂的不可估量的意義」，但是從他不辭辛苦、頂著「壓力」對《紅樓夢》所做的執著的「揭秘」工作來看，我們卻很難感受到什麼「民族魂」，倒是強烈地感受到了對《紅樓夢》價值與意義的消解。因此似乎可以說，對劉心武而言，不管白貓黑貓，逮到老鼠就是好貓。也就是說只要能想辦法引起大眾對《紅樓夢》的興趣，只要讓人們不忘記《紅樓夢》，還能關注《紅樓夢》，還承認它是經典，這便起到傳承《紅樓夢》這部中華民族的經典的作用了。而在紅學家們看來，傳承《紅樓夢》，則是要挖掘與汲取其非凡的藝術價值、博大精深

〔註1〕童慶炳：《〈紅樓夢〉、「紅學」與文學經典化問題》，《中國比較文學》，2005年第4期。

的思想內涵與包羅萬象的文化寶藏。在他們看來，劉心武的「揭秘」將《紅樓夢》娛樂化、庸俗化了，歪曲了《紅樓夢》，玷污了《紅樓夢》。這樣不是傳承傳統文化，而是扼殺傳統文化。傳播越廣，則流毒越大，因此必須及時「喝止」。

　　然而，在當今這樣一個時代，即使學者們能「喝止」劉心武「揭秘《紅樓夢》」、「褻瀆《紅樓夢》」（事實上這點他們也是做不到的），他們就真能抵制得了《紅樓夢》被「娛樂化」、「庸俗化」的趨勢嗎？

　　事實上，不僅在劉心武「攪渾」了紅學的現在，早在《紅樓夢》借助電影、電視、戲曲等大眾傳媒而增加了受眾、擴大了知名度、成為更加響噹噹的經典以來，它就早已不是當初單純的文人經典，而是已經分裂成了大眾的經典與文人的經典，早已被「娛樂化」、「庸俗化」了。文人所欣賞的《紅樓夢》的敘事之技巧、語言之韻味、內蘊之深厚廣博等等，在一般大眾眼裏根本沒有意義。令大眾感慨唏噓的更多只是《紅樓夢》中所表現的家庭與愛情的悲劇和糾葛等等。大眾們有自己的經典《紅樓夢》，那就是他們更樂於欣賞的根據《紅樓夢》而改編的影視戲曲作品等。他們不太能接受文人的經典《紅樓夢》，那部敘事緩慢、瑣碎、累贅、拖沓〔註2〕——充滿了「起居的細節，小兒女的心思，倫常的禮數，客來客去」這些「日常生活小事」、或者讓人覺得「暈暈」的或者讓人「不耐煩」〔註3〕的《紅樓夢》原著。據說就連余秋雨這樣的文化名人、散文作家、文學教授，也覺得《紅樓夢》「枯燥乏味，內容沉悶，故事單調」。可見劉心武的所謂「揭秘」所謂「秦學」所掀起的紅潮只是讓這種早已出現的裂變更醒目了而已，他卻並非肇其端者。

　　其實，《紅樓夢》的這種遭遇何嘗不是所有的文學經典在現代社會的共同命運？在傳播技術高度發達與多樣、生活壓力日益加大、生活節奏日益加快的現代社會，一部文學經典如果要在相當大規模的接受者中被「瞭解、接受、弘揚、傳播」，它就「勢所必然」、「不可阻擋」地要從原本只適合「軟軟的一卷在手，靜靜地坐在窗前或者燈下細讀深思的」文人經典變成「美術、音樂、曲藝、戲曲、電影、電視甚至網絡遊戲等等」，不可避免地要添加一些「不良

〔註2〕　據《現代快報》記者曹鋒報導，南京理工大學的陳東林副教授認為《紅樓夢》的故事情節過於瑣屑、累贅、拖沓，故事發展的節奏太慢，有相當一些故事枯燥乏味，無法引起讀者的閱讀興趣。
〔註3〕　王安憶：《小說家的十三堂課》，上海：上海文藝出版社，文匯出版社，2005年，第211頁。

的添加物」〔註4〕，同時也不可避免地喪失一部分文學與美學價值。接受方式與接受對象的不同使同一部經典具有幾乎是截然不同的面目與含義，這原是由不同場域中趣味不同的接受群所決定的。「美術、音樂、曲藝、戲曲、電影、電視甚至網絡遊戲等等」更多面向的是大眾，而大眾的「生活環境，不是精巧雅致的書齋，也不是靜穆寥遠的山川田園，而是熙熙攘攘、風波叢生的都市生活。在這種生活中，招徠、競爭、炫耀、斗勝、鬨笑、人頭攢動、聲嘶力竭，無所不有。在較快的生活節奏與情感節奏中，市民們無意於追求典雅的意境、濃鬱而迷茫的詩情，無心於細細品味那種空靈、含蓄、主觀性強烈的美學形態與藝術形式。他們所醉心的，是具有容量、具有情節的綿密的故事，是能直接地並情調熱烈地滿足感官享受的緊鑼密鼓。」〔註5〕

在我們這樣一個喧囂的「改革開放」的時代，究竟該怎樣傳承傳統？怎樣才能很好地弘揚與傳播我們的文學經典，同時做到不讓它們喪失原有的「天然新鮮」，做到讓「真紅不枯槁」〔註6〕？這雖不是本文主要關注的問題，也不是筆者所能回答的問題，但無疑卻是我們大家都應該認真思索的問題！

〔註4〕 紀健生：《但願真紅不枯槁》，《紅樓夢學刊》，2006年第6輯。
〔註5〕 馮天瑜、何曉明、周積明：《中華文化史》，上海：上海人民出版社，1990年，第698頁。
〔註6〕 紀健生：《但願真紅不枯槁》，《紅樓夢學刊》，2006年第6輯。

參考文獻

（一）書　籍

1. 曹雪芹、高鶚：《紅樓夢》，北京：人民文學出版社，1982 年。

2. 曹雪芹：《脂硯齋重評石頭記》（影印庚辰本），北京：人民文學出版社，1995 年。

3. 曹雪芹：《脂硯齋重評石頭記》（影印己卯本），上海：上海古籍出版社，1981 年。

4. 曹雪芹：《脂硯齋重評石頭記甲戌校本》，北京：作家出版社，2004 年。

5. 《八家評批紅樓夢》，馮其庸編，北京：文化藝術出版社，1991 年。

6. 王夢阮、沈瓶庵：《紅樓夢索隱》，北京：北京大學出版社，1989 年。

7. 郭豫適：《紅樓夢研究小史稿：清乾隆至民初》，上海：上海文藝出版社，1980 年。

8. 郭豫適：《紅樓夢研究小史續稿：五四時期以後》，上海：上海文藝出版社，1981 年。

9. 韓進廉：《紅學史稿》，石家莊：河北人民出版社，1981 年。

10. 陳維昭：《紅學通史》（上下冊），上海：上海人民出版社，2005 年。

11. 孫玉明：《紅學：1954》，北京：北京圖書館出版社，2003 年。

12. 《紅樓夢卷》，一粟編，北京：中華書局，1963 年。

13. 《紅樓夢書錄》，一粟編，上海：上海古籍出版社，1981 年。

14. 《紅樓夢研究稀見資料彙編》（上下冊），呂啓祥、林東海主編，北京：人民文學出版社，2001 年。

15. 《紅樓夢資料彙編》，朱一玄編，天津：南開大學出版社，2001 年。

16. 劉夢溪：《紅樓夢與百年中國》，北京：中央編譯出版社，2005 年。

17. 杜景華：《紅學風雨》，武漢：長江文藝出版社，2002 年。

18. 陳維昭：《紅學與二十世紀學術思想》，北京：人民文學出版社，2000 年。

19. 于景祥：《紅樓夢本事之爭》，瀋陽：遼寧古籍出版社，1997 年。

20. 陳輝：《〈紅樓夢〉的當代命運》，合肥：合肥工業大學出版社，2007 年。

21. 李輝：《文壇悲歌》，廣州：花城出版社，1998 年。

22. 《王國維遺書》，王國華、趙萬里編，北京：商務印書館，1940 年。

23. 《胡適、魯迅、王國維解讀〈紅樓夢〉》，張國星編，遼海出版社，2001 年。

24. 李辰冬：《李辰冬古典小說研究論集》，北京：中華書局，2006 年。

25. 俞平伯：《紅樓夢研究》，上海：復旦大學出版社，2004 年。

26. 俞平伯：《紅樓心解》，西安：陝西師範大學出版社，2005 年。

27. 王崑崙：《紅樓夢人物論》，北京：北京出版社，2004 年。

28. 《紅樓夢研究參考資料選輯》（第一至四輯），北京：人民文學出版社，1973 年。

29. 《紅樓夢研究資料集刊》，華東作家協會資料室輯，上海：華東作家協會資料室，1954 年。

30. 《紅樓夢問題討論集》，作家出版社編輯部編，北京：作家出版社，1955 年。

31. 洪廣思：《階級鬥爭的形象歷史——評〈紅樓夢〉》，北京：人民文學出版社，1974 年。

32. 李希凡、藍翎：《紅樓夢評論集》，北京：人民文學出版社，1973 年。

33. 郭豫適：《紅樓夢問題評論集》上海：上海古籍出版社，1998 年。

34. 郭豫適：《論紅樓夢及其研究》，上海：上海古籍出版社，1992 年。

35. 蔣和森：《紅樓夢論稿》，北京：人民文學出版社，1981 年。

36. 《紅學三十年論文選編》，劉夢溪編，天津：百花文藝出版社，1983 年。

37. 《海外紅學論集》，胡文彬、周雷編，上海：上海古籍出版社，1982 年。

38. 余英時：《紅樓夢的兩個世界》，上海：上海社會科學院出版社，2006 年。

39. 周汝昌：《紅樓夢新證》，北京：人民文學出版社，1976 年。

40. 周汝昌：《紅樓夢與中華文化》，北京：工人出版社，1989 年。

41. 周汝昌：《周汝昌點評紅樓夢》，北京：團結出版社，2004 年。

42. 周汝昌：《紅樓小講》，北京：北京出版社，2002 年。

43. 馮其庸：《紅樓夢思想》，哈爾濱：黑龍江教育出版社，2005 年。

44. 徐遲：《〈紅樓夢〉藝術論》，上海：上海文藝出版社，1980 年。

45. 舒蕪：《說夢錄》，上海：上海古籍出版社，1982 年。

46. 林語堂：《平心論高鶚》，西安：陝西師範大學出版社，2004 年。

47. 張畢來：《紅樓佛影》上海：上海文藝出版社，1979 年。

48. 薩孟武：《紅樓夢與中國舊家庭》，桂林：廣西師範大學出版社，2005 年。

49. 周中明：《紅樓夢的語言藝術》，桂林：灕江出版社，1982 年。

50. 周中明：《紅樓夢的藝術創新》，哈爾濱：黑龍江教育出版社，2002 年。

51. 王彬：《紅樓夢敘事》，北京：中國工人出版社，1998 年。

52. 周思源：《紅樓夢創作方法論》，北京：文化藝術出版社，1998 年。

53. 梅新林：《紅樓夢哲學精神》，上海：學林出版社，1995 年。

54. 張愛玲：《張看紅樓》，北京：京華出版社，2005 年。

55. 高陽：《紅樓一家言》，北京：生活・讀書・新知三聯書店，2001 年。

56. 范傳新：《紅樓夢與三十六計》，北京：解放軍文藝出版社，1998 年。

57. 成窮：《從紅樓夢看中國文化》，昆明：雲南人民出版社，2005 年。

58. 胡文彬：《紅樓夢與中國文化論稿》，北京：中國書店，2005 年。

59. 呂啓祥：《紅樓夢尋：呂啓祥論紅樓夢》，北京：文化藝術出版社，2005 年。

60. 白盾：《悟紅論稿——白盾論紅樓夢》，北京：文化藝術出版社，2005 年。

61. 王蒙：《紅樓啓示錄》，北京：生活 讀書 新知三聯書店，1991 年。

62. 王蒙：《王蒙活說紅樓夢》，北京：作家出版社，2005 年。

63. 李劼：《歷史文化的全息圖象——論紅樓夢》，北京：新星出版社，2006 年。

64. 劉小楓：《拯救與逍遙（修訂本二版）》，上海：華東師範大學出版社，2007 年。

65. 薛海燕：《〈紅樓夢〉——一個詩性的文本》，北京：中國社會科學出版社，2003 年。

66. 張毅容：《現代批評視野中的紅樓夢》，桂林：廣西師範大學出版社，2004 年。

67. 梁歸智：《獨上紅樓——九面來風說紅學》，太原：山西古籍出版社，2005 年。

68. 《紅樓夢曲藝集》，天津市曲藝團編，瀋陽：春風文藝出版社，1985 年。

69. 《蔡元培語言及文學論著》，高平叔編，石家莊：河北人民出版社，1985 年。

70. 《蔡元培全集》，高平叔編，北京：中華書局，1984 年。

71. 《蔡元培全集》，蔡元培研究會編，杭州：浙江教育出版社，1998 年。

72. 《蔡元培先生紀念集》，蔡建國編，北京：中華書局，1984 年。

73. 《自述與印象：蔡元培》，楊揚編，上海：上海三聯書店，1997 年。

74. 張曉唯：《蔡元培評傳》，南昌：百花洲文藝出版社，1993 年。

75. 李敖：《胡適評傳》，北京：中國友誼出版公司，2001 年。

76. 《胡適紅樓夢研究論述全編》，上海：上海古籍出版社，1988 年。

77. 胡適：《白話文學史》，天津：百花文藝出版社，2002 年。

78. 《胡適文集》，歐陽哲生選編，北京：北京大學出版社，1998 年。

79. 《胡適往來書信選》，中國社會科學院近代史研究所中華民國史組編，北京：中華書局，1979 年。

80. 《中國新文學大系 建設理論集》，趙家璧主編，上海：上海文藝出版社，1981 年。

81. 易竹賢：《胡適傳》，武漢：湖北人民出版社，2005 年。

82. 沈衛威：《無地自由——胡適傳》，合肥：安徽教育出版社，2005 年。

83. 《胡適日記》，沈衛威編，太原：山西教育出版社，1997 年。

84. 《胡適論中國古典小說》，易竹賢編，武漢：長江文藝出版社，1987 年。

85. 胡適：《胡適論學近著》，上海：上海書店，1989 年。

86. 《胡適口述自傳》，唐德剛編，桂林：廣西師範大學出版社，2005 年。

87. 唐德剛：《胡適雜憶》，桂林：廣西師範大學出版社，2005 年。

88. 《胡適日記全編》，曹伯言編，合肥：安徽教育出版社，2001 年。

89. 《追憶胡適》，歐陽哲生選編，北京：社會科學文獻出版社，2000 年。

90. 《解析胡適》，歐陽哲生選編，北京：社會科學文獻出版社，2000 年。

91. 羅志田：《再造文明的嘗試》，北京：中華書局，2006 年。

92. 周明之：《胡適與中國現代知識分子的選擇》，桂林：廣西師範大學出版社，2005 年。

93. 余英時：《重尋胡適歷程——胡適生平與思想再認識》，桂林：廣西師範大學出版社，2004 年。

94. 曹而云：《白話文體與現代性》，上海：上海三聯書店，2006 年。

95. 林紓：《畏廬三集》，北京：商務印書館，1924 年。

96. 《嚴復集》，王栻編，北京：中華書局，1986 年。

97. 《王國維文集》，姚淦銘、王燕編，北京：中國文史出版社，2007 年。

98. 《毛澤東傳》（1893～1949），中共中央文獻研究室編，北京：中央文獻出版社，2004 年。

99. 《毛澤東傳》（1949～1976）（1～4 卷），中共中央文獻研究室編，北京：中央文獻出版社，2004 年。

100. 〔美〕 羅斯・特里爾，《毛澤東傳》，胡爲雄、鄭玉臣譯，北京：中國人民大學出版社，2006 年。

101. 《毛澤東年譜》，中共中央文獻研究室編，北京：中央文獻出版社，2002 年。

102. 易孟醇、易維：《詩人毛澤東》，北京：人民出版社，2003 年。

103. 《毛澤東文集》，中共中央文獻研究室編，北京：人民出版社，1999 年。

104. 《毛澤東早期文稿》，長沙：湖南出版社，1990 年。

105. 《毛澤東選集》，北京：人民出版社，1991 年。

106. 《毛澤東自述》（增訂本），馬連儒、柏裕江編，北京：人民出版社，1996 年。

107. 董志文、魏國英：《毛澤東的文藝美學活動》，北京：高等教育出版社，1995 年。

108. 《建國以來毛澤東文稿》，北京：中央文獻出版社，1990 年。

109. 《毛澤東文藝論集》，中共中央文獻研究室編，北京：中央文獻出版社，2002 年。

110. 《毛澤東書信選集》，中央文獻研究室編，北京：中央文獻出版社，2003 年。

111. 《毛澤東軍事文集》，北京：軍事科學出版社、中央文獻出版社，1993 年。

112. 《毛澤東幽默趣談》，許祖範等編，濟南：山東人民出版社，1995 年。

113. 陳晉：《文人毛澤東》，上海：上海人民出版社，2005 年。

114. 龔育之、逢先知、石仲泉：《毛澤東的讀書生活》（增訂版），北京：生活・讀書・新知三聯書店，1996 年。

115. 劉心武：《劉心武揭秘紅樓夢》，北京：東方出版社，2005 年。

116. 劉心武：《劉心武揭秘紅樓夢》（第二部），北京：東方出版社，2005 年。

117. 劉心武：《劉心武揭秘紅樓夢》（第三部），北京：東方出版社，2007 年。

118. 劉心武：《我是劉心武》，天津：天津人民出版社，2006 年。

119. 劉心武：《紅樓望月》，太原：書海出版社，2005 年。

120. 《是誰誤解了紅樓夢──從劉心武「揭秘」看紅學喧囂》，紅樓藝苑、藝術評論等編，西安：陝西人民出版社，2006 年。

121. 鄭鐵生：《劉心武「紅學」之疑》，北京：新華出版社，2006 年。

122. 《清末文字改革集》，北京：北京：文字改革出版社，1958 年。

123. 《朱子語類》，黎靖德、王星賢編，北京：中華書局，1986 年。

124. 劉再復、林崗：《傳統與中國人》，合肥：安徽文藝出版社，1999 年。

125. 金耀基：《從傳統到現代》，北京：中國人民大學出版社，1999 年。

126. 馮天瑜、何曉明、周積明：《中華文化史》，上海：上海人民出版社，1990年。

127. 左弦：《評彈散記》，上海：上海文藝出版社，1982年。

128. 王安憶：《小說家的十三堂課》，上海：上海文藝出版社、文彙出版社，2005年。

129. 〔美〕哈羅德‧布魯姆：《西方正典》，江寧康譯，南京：譯林出版社，2005年。

130. 〔荷〕佛克馬、蟻布思：《文學研究與文化參與》，俞國強譯，北京：北京大學出版社，1996年。

131. 劉小楓、陳少明：《經典與解釋的張力》，上海：上海三聯書店，2003年。

132. 魯迅：《中國小說史略》，上海：上海古籍出版社，1998年。

133. 楊義：《中國古典小說史論》，北京：中國社會科學院出版社，1995年。

134. 夏志清：《中國古典小說史論》，南昌：江西人民出版社，2001年。

135. 孟昭連、寧宗一：《中國小說藝術史》，杭州：浙江古籍出版社，2003年。

136. 〔美〕浦安迪：《中國敘事學》，北京：北京大學出版社，1995年。

137. 石昌渝：《中國小說源流論》，北京：生活‧讀書‧新知三聯書店，1995年。

138. 陳平原：《小說史》，北京：北京大學出版社，1993年。

139. 陶東風：《文學史哲學》，鄭州：河南人民出版社，1994年。

140. 〔德〕漢斯—格奧爾格‧加達默爾：《真理與方法》，洪漢鼎譯，上海：上海譯文出版社，2004年。

141. 包亞明：《布爾迪厄訪談錄：文化資本與社會煉金術》，上海：上海人民出版社，1997年。

142. 〔法〕皮埃爾‧布爾迪厄：《藝術的法則——文學場的生成和結構》，劉暉譯，北京：中央編譯出版社，2001年。

143. 〔法〕皮埃爾‧布爾迪厄、〔美〕華康德：《實踐與反思：反思社會學導引》，李猛、李康譯，北京：中央編譯出版社，2004年。

144. 〔美〕戴維‧斯沃茨：《文化與權力——布爾迪厄的社會學》，陶東風譯，上海：上海譯文出版社，2006年。

145. 高宣揚：《布爾迪厄的社會理論》，上海：同濟大學出版社，2004年。

146. 〔法〕皮埃爾‧布爾迪厄：《實踐理性》，譚立德譯，北京：生活‧讀書‧新知三聯書店，2007年。

147. 〔美〕傑姆遜：《後現代主義與文化理論》（精校本），唐小兵譯，北京：北京大學出版社，1997年。

148. 〔美〕詹明信：《晚期資本主義的文化邏輯》，北京：生活‧讀書‧新知三聯書店，1997年。

149. Bourdieu P, The Logic Of Practice, Standford： Standford University, 1990.

150. John Guillory, Cultural Capital： The Problem of Literary Canon Formation, Chicago and London： The University of Chicago Press, 1993.

151. E. Dean Kolbas, Critical Theory and the Literary Canon, Boulder： Westview Press, 2001.

（二）論　文

1. 童慶炳：《〈紅樓夢〉、「紅學」與文學經典化問題》，《中國比較文學》，2005 年第 4 期。

2. 童慶炳：《論高鶚續〈紅樓夢〉的功過》，《北京師範大學學報》，1963 年第 3 期。

3. 鍾敬文：《近代進步思想與紅學》，《北京師範大學學報》，1963 年第 3 期。

4. 啓功：《讀〈紅樓夢〉札記》，《北京師範大學學報》，1963 年第 3 期。

5. 郭預衡：《論寶、黛愛情悲劇的社會意義》，《北京師範大學學報》，1963 年第 3 期。

6. 《馮其庸、李希凡、張慶善訪談錄──關於劉心武『秦學』的談話》，《紅樓夢學刊》，2005 年第 6 輯。

7. 張書才：《「劉心武揭秘紅樓夢」芻議》，《紅樓夢學刊》，2006 年第 1 輯。

8. 紀健生：《劉郎已恨蓬山遠，更隔蓬山一萬重──讀〈劉心武揭秘紅樓夢〉》，《紅樓夢學刊》，2006 年第 1 輯。

9. 沈治鈞：《何須漫相弄，幾許費精神──評劉心武揭秘〈紅樓夢〉》，《紅樓夢學刊》，2006 年第 1 輯。

10. 呂啓祥：《秦可卿形象的詩意空間──兼説守護〈紅樓夢〉的文學家園》，《紅樓夢學刊》，2006 年第 4 輯。

11. 管恩森：《究竟誰「群毆」了誰？──從網易文化頻道看劉心武紅學事件背後的傳媒力量》，《紅樓夢學刊》，2006 年第 2 輯。

12. 周先慎：《學術規範與學術品格》，《紅樓夢學刊》，2006 年第 2 輯。

13. 李心峰：《學術是什麼，不是什麼？》，《紅樓夢學刊》，2006 年第 2 輯。

14. 劉石：《文學研究不同於猜謎活動》，《紅樓夢學刊》，2006 年第 2 輯。

15. 張慶善：《〈劉心武「紅學」之疑〉序》，《紅樓夢學刊》，2006 年第 2 輯。

16. 鮑布平：《誰來捍衛他的權利？》，《文學自由談》，2006 年第 1 期。

17. 朱琪：《紅樓書聲──中學教材中的〈紅樓夢〉篇目淺探》，《紅樓夢學刊》，2007 年第 3 輯。

18. 鄭萬鍾：《〈紅樓夢〉與中學語文教材》，《揚州教育學院學報》，2005 年第 2 期。

19. 劉象愚：《經典、經典性與關於「經典」的論爭》，《中國比較文學》，2006年第 2 期。

20. 陶東風：《文化經典在百年中國的命運》，《文藝理論研究》，1995 年第 3 期。

21. 陶東風：《文學經典與文化權力———文化研究視野中的文學經典問題》，《中國比較文學》，2004 年第 3 期。

22. 王寧：《文學的文化闡釋與經典的形成》，《天津社會科學》，2003 年第 1 期。

23. 顏敏：《經典的涵義和經典化問題》，《創作評譚》，1998 年第 2 期。

24. 周憲：《文化研究的「去經典化」》，《博覽群書》，2002 年第 2 期。

25. 劉意青：《經典》，《外國文學》，2004 年第 5 期。

26. 王中江：《經典的條件：以早期儒家經典的形成爲例》，《中國哲學史》，2002 年第 2 期。

27. 斯圖爾特・施拉姆：《毛澤東的遺產》，《現代哲學》，2006 年第 1 期。

28. 李根亮：《〈紅樓夢〉的傳播與接受》，武漢：武漢大學，2005 年。

後　記

　　一直在想著要將博士論文好好修改與增補一下，然而由於種種原因，一直未能如願。如今論文即將付梓，其中種種缺憾將無所遁於讀者眼底，思之不覺汗顏。至於本書中任何可能啓人思考、新人耳目之處，我都要獻給那些在我研究與寫作過程中給過我指導與幫助的人們。

　　首先我要感謝我的導師童慶炳先生。當年老師不嫌棄我的淺薄愚鈍，讓我作爲他最後一屆碩士生忝列門牆。然而畢業後多年裏我卻一直只是深陷日常工作與家務瑣事之中，沒有做出一點令他驕傲的成績。後來，老師又不嫌棄我的庸碌，給了我一個攻讀博士學位、提高自己的機會。人到中年，又是做了多年老師再回頭做學生，我自然不敢懈怠。然而既不得不堅持工作，又不得不繼續料理家務，即使我有再大的決心，也根本不可能像別的大部分同學那樣全身心地投入到學習與研究中去。這就不由得老師不格外爲我著急了：怕我沒有足夠的時間讀書研究，怕我的學位論文寫作找不到好的切入點，怕我不能按時完成學業……因此就連當我聽說師母病重打電話過去詢問時，老師也不忘追問我論文的進展！我也知道老師一向認眞負責，每一個學生的論文都浸透了他的心血，但我總忍不住責備自己讓他操了太多的心。2008 年我的博士論文定稿之前，正值老師胃病异常嚴重、即將住院動手術之時。當時老師身體非常不舒服，行走坐臥都很痛苦，可他還是仔仔細細地審閱了我的論文，小到語句標點，大到謀篇布局，都提出了非常具體的意見。幾年來，每次想起老師當時忍著巨大的痛苦跟我談論文時的情景，看到老師在我論文初稿上寫下的密密麻麻的意見，我都忍不住淚流滿面。我祈願老師能健康長壽，學術生命長青，讓我在前行的路上能一直受到他的指引！

　　感謝程正民先生。多年來程老師一直是那麼和藹親切、平易近人，就像

自家的長輩一樣，在學習、工作和生活各個方面給了我許多關心和指點。每念及此，總覺溫暖滿心。

感謝北京師範大學文藝學研究中心的李春青先生、王一川先生、李壯鷹先生、陶東風先生、蔣原倫先生、季廣茂先生和曹衛東先生。諸位先生博學深思、寬厚熱情，不僅在課堂上用他們淵深的學識充實了我的頭腦，而且在論文開題時給了我許多建設性的意見。感謝我們當時的班主任老師趙勇先生，在論文交付答辯的最後階段，幫助我們處理了許多瑣碎的事宜。

感謝中國社會科學院文學研究所的杜書瀛先生和中國語言大學人文學院的黃卓越先生。兩位先生在論文答辯之時給了我許多熱情的鼓勵與中肯的意見。

感謝我的工作單位北京外國語大學中文學院的領導和同事們。在我讀博期間，他們在課程與課時安排等方面盡可能多地為我提供方便，給了我寶貴的理解與支持。

感謝我的父母。年老體弱的他們不僅原諒了女兒難以膝下盡孝的苦衷，還總是在我困難的時候千里迢迢為我送來及時的幫助。

感謝我的先生。沒有他的包容與支持，我的研究絕對不可能那麼順利地完成。

對我的女兒，除了感激，我更多的是愧疚。當年我開始攻讀博士學位時，女兒也正要上小學。那四年裏，我不僅不能像每一個媽媽都應該做的那樣帶她學習、陪她玩耍，還常常不由自主地在她身上發泄自己的焦慮，讓她不知無辜地遭受了多少訓斥！四年中，她默默地學會了自己的事情自己做，不來向我提什麼要求。實在是因為太羨慕別人而忍不住時，也只是問：「媽媽，等你論文寫完了，能不能帶我出去玩玩？」後來我的論文終於寫完了，可女兒也已經長成了一個人見人誇「自理能力很強」的小姑娘，不再那麼渴望與需要媽媽的陪伴！我知道，無論我做什麼，也補償不了我親愛的孩子。我只能希望，她能一直像現在這樣求知若渴。這樣，當她長大之後，她就能由衷地感到驕傲——在自己很小的時候，就用自己的獨立自強支持了媽媽的博士論文寫作，幫助媽媽完成了一件了不起的事情！

最後，我還要感謝花木蘭文化出版社以及該社北京聯絡處的聯絡人楊嘉樂博士。沒有花木蘭文化出版社對學術出版事業的無私支持，沒有楊博士的辛勤工作，本書不知還要等多久才能跟讀者見面。

2012 年 12 月 12 日於沁山水